Der Teufel von
Münster

Alfred Bekker wurde 1964 in Borghorst (heute Steinfurt) geboren und wuchs in den münsterländischen Orten Ladbergen und Lengerich auf. Er schreibt Krimis, Fantasy, historische Romane und Bücher für junge Leser. Seine Romane um DAS REICH DER ELBEN, die DRACHENERDE-SAGA und die GORIAN-Trilogie haben ihn einem großen Publikum bekannt gemacht.
www.AlfredBekker.de

ALFRED BEKKER

Der Teufel von Münster

KRIMINALROMAN

emons:

Bibliografische Information der Deutschen Nationalbibliothek
Die Deutsche Nationalbibliothek verzeichnet diese Publikation in der Deutschen Nationalbibliografie; detaillierte bibliografische Daten sind im Internet über http://dnb.d-nb.de abrufbar.

MIX
Papier aus verantwortungsvollen Quellen
FSC® C083411

Umschlagfoto: photocase.de/leopard
Umschlaggestaltung: Tobias Doetsch
Druck und Bindung: CPI – Clausen & Bosse, Leck
Printed in Germany 2012
ISBN 978-3-89705-924-5
Originalausgabe

Die Veröffentlichung dieses Werkes erfolgt auf Vermittlung der Agentur Molden, Köln.

»Wer ist schon fähig, darüber zu richten,
was der Traum, was der Wahn
und was die wirkliche Welt ist – außer dem Herrn?
Und geht es nicht vielen von uns wie dem Besessenen
in der Geschichte von den Schweinen zu Gerasa,
den Jesus nach dem Namen fragt und der da antwortet:
›Mein Name ist Legion, denn viele sind wir.‹«

Branagorn von Corvey
(auch bekannt als Fra Branaguorno d'Elbara),
in den Jahren 989–1002 Lehrer,
Erzieher und Berater von Kaiser Otto III.

»Sire, geben Sie Narrenfreiheit!«

Mynona (alias Salomo Friedlaender; 1871–1946)

Die Tote in Telgte

Der Blick durch das Zielfernrohr zeigt den Körper einer jungen Frau. Man sieht nicht sofort, dass es eine Frau ist, denn ihr Schädel ist vollkommen kahl. Sie lehnt mit dem Rücken am Wagenrad eines Anhängers. Ihr Blick ist starr und tot, die Augen weit aufgerissen, die Züge eine Maske puren Entsetzens. Das Fadenkreuz ist genau auf den Hals ausgerichtet, wo noch immer Blut austritt und dann von der Kleidung aufgesogen wird.

Ein Mann kommt herbei. Er trägt die Gewandung eines mittelalterlichen Händlers. Das Trinkhorn entfällt ihm vor Schreck. Met spritzt heraus. Er ruft laut und versucht dabei, den Sound der Mittelalter-Rockband mit der nervtötenden Leier zu übertönen. Seine Stimme klingt heiser. Es dauert nicht lange, und andere kommen herbei. Ein kleiner Menschenauflauf bildet sich.

»Notarzt!«, ruft jemand.

Nein, für den ist es zu spät.

Viel zu spät.

Das Entsetzen breitet sich aus wie eine ansteckende Krankheit. Nur eine einzige Seele empfindet jetzt so etwas wie Zufriedenheit. Nein, eher Genugtuung. Und auch das nur für einen sehr kurzen, raren Moment, der rasch verfliegt. Ein paar Herzschläge – länger dauert es nicht.

Schließlich senkt sich der Blick durch das Zielfernrohr, obwohl es kaum möglich ist, sich aus dem Bann der Ereignisse zu befreien.

Eine Hand greift in die weiten Taschen des Gewandes und fühlt nach den Büscheln mit Haaren, die sich darin befinden. Dichtes, dickes Haar ist es. Erinnert schon fast mehr an die Mähne eines Pferdes als an das Haar einer Frau. Es fühlt sich auf jeden Fall gut an.

Ein Gedanke drängt sich auf.

Jetzt gehört es mir!

***

»Danke, dass Sie so freundlich sind, mich mitzunehmen«, sagte Anna van der Pütten. Sie war einunddreißig, Kriminalpsychologin, hatte dunkelbraunes schulterlanges Haar, das sie mit ein paar Nadeln zu einer Frisur aufgesteckt hatte, die ihr im Moment reichlich ramponiert vorkam. Es hatte alles etwas schnell gehen müssen, und zu allem Überfluss war ihr Wagen gerade heute in der Werkstatt. Aber auf so etwas nahmen Mörder leider keine Rücksicht. Und Serienkiller schienen in dieser Hinsicht besonders rücksichtslos zu sein. Ein halbes Jahr Pause ohne Mord, und dann zielsicher einen Tag heraussuchen, an dem es einem schlecht passte. Fast konnte man dahinter böse Absicht vermuten. Oder doch eher eine Projektion meinerseits, überlegte Anna, die gerade damit beschäftigt war, den Inhalt ihrer Handtasche zu ordnen. Nicht dass es nötig gewesen wäre, dort für Ordnung zu sorgen. Vielmehr war das eine Art Ritual für sie, das der Konzentration diente. Geordnete Tasche, geordneter Geist. Ein kleiner Trick, um umzuswitchen und kurzfristig alles vergessen zu können, was bis vor ein paar Minuten noch wichtig erschienen war und jetzt nichts als geistigen Ballast darstellte, den man so schnell wie möglich loswerden musste, um sich für die nächste Anforderung zu sammeln. In Anna van der Püttens Beruf war dies ein immer wiederkehrendes Problem. Man hatte sich in einem Gespräch mit einem Patienten sehr stark auf dessen jeweilige Problematik eingelassen, war tief in die traumatisierenden Erlebnisse eines Menschen eingestiegen, der überfallen worden war, und musste sich dann blitzschnell auf einen potenziellen Selbstmörder einstellen, der mutwillig als Geisterfahrer auf der A 1 unterwegs gewesen war, um dabei den Tod zu finden, und bei dem festgestellt werden sollte, inwiefern die Gefahr von Selbst- oder Fremdgefährdung noch anhielt.

Am Steuer des Volvo saß Kriminalhauptkommissar Sven Haller von der Kripo Münster. Eine gute Viertelstunde war es her, dass das Telefon in seinem Büro im Polizeipräsidium am Friesenring geklingelt und er die Nachricht erhalten hatte, dass es ein neues Opfer des sogenannten Barbiers gab.

Ein halbes Jahr war Ruhe gewesen. Und jetzt hatte jener geheimnisvolle Serienmörder wieder zugeschlagen, der bereits zuvor vier Frauen ermordet hatte. Barbier nannte ihn die Boulevardpresse, weil er die Angewohnheit hatte, seinen Opfern post mortem die Haare abzurasieren, von denen sich dann an den Tatorten auch stets so gut wie keine mehr befunden hatten.

Frauenhaar schien für den Mörder so etwas wie eine Trophäe zu sein. Ansonsten glich kein Verbrechen dem anderen, und die ermittelnden Behörden tappten noch immer vollkommen im Dunkeln.

Sieben Jahre war der erste Fall schon her. Am Anfang hatte sich das LKA eingeschaltet, und eine große Sonderkommission war gebildet worden, die für eine Weile fast die gesamten personellen Kapazitäten der Kripo Münster gebunden hatte. Aber das Interesse von Medien und Öffentlichkeit war flüchtig – und nachdem die Ermittlungen irgendwann mehr oder minder stecken geblieben waren, landete der Fall schließlich bei den unaufgeklärten Verbrechen. Viele davon gab es nicht. Zumindest bei den Morden, die überhaupt als solche bekannt wurden, konnte man mit einer fast vollständigen Aufklärungsrate rechnen.

Der Barbier war eben eine der wenigen Ausnahmen. Er hatte in den darauffolgenden Jahren wieder und wieder zugeschlagen. Immer waren die Opfer junge Frauen, und immer sicherte er sich ihr Haar als Trophäe. Welche abartige Begründung letztlich der Grund für sein Vorgehen war, blieb bis jetzt ein Rätsel. Die Kollegen des LKA hatten ein sogenanntes Profiling vorgenommen und versucht, die Taten anhand einer exakten Analyse des Tatortes einem bestimmten Tätertypus zuzuschreiben, den man vielleicht näher eingrenzen konnte.

Aber irgendwie schien sich der Barbier all diesen Kategorisierungen zu entziehen. Die Methode war jedes Mal unterschiedlich, und inzwischen hatte Sven Haller die von den Kollegen angefertigten Gutachten innerlich bereits in den Papierkorb geworfen. In diesem Fall passte einfach nichts zusammen. Jede Spur schien nur weiter in die Irre zu führen. Das einzig Verbindende war das Abschneiden der Haare. Aber das konnte aus sehr unterschiedlichen Motiven geschehen sein – angefangen von sexuellem Fetischismus bis hin zu Bestrafung und Rache.

Und doch dachten weder Sven Haller noch Anna van der Pütten daran aufzugeben.

Anna van der Pütten war erst beim letzten Fall vor einem halben Jahr hinzugezogen worden. Sie hatte sich in die Materie eingearbeitet, und anfangs hatte Haller die Hoffnung gehabt, durch ihre Unterstützung die Ermittlungsfäden noch mal aufnehmen zu können.

Aber diese Hoffnung hatte sich leider nicht erfüllt.

In den letzten sieben Jahren war kein Tag vergangen, an dem dieser Fall Sven Haller nicht wenigstens für kurze Momente durch den Kopf gegangen war. Der Gedanke, dass ein Mörder nicht nur nach wie vor frei herumlief, sondern mit hoher Wahrscheinlichkeit nach weiteren Opfern suchen und irgendwann wieder zuschlagen würde, hatte Haller nicht losgelassen.

Nun war genau das eingetreten.

»Ist es wirklich sicher, dass es der Barbier war?«, fragte Anna van der Pütten in die bedrückende Stille hinein. Haller war gerade auf die Westbeverne Straße gefahren. Von nun an musste man nur noch den Schildern mit der Aufschrift »Telgte« folgen, um auch tatsächlich nach Telgte zu kommen. Sie fuhren gerade an einem Plakat vorbei, das auf den berühmten Mittelalter-Markt hinwies, der zweimal im Jahr in der Kleinstadt vor den Toren Münsters stattfand.

Genau dieses Ereignis hatte der Täter sich offenbar für sein Comeback als Serienkiller ausgesucht.

»Nach dem, was die Kollegen durchgegeben haben, treffen alle Merkmale zu. Auch Details, die nicht in der Presse waren. Es muss derselbe Verrückte sein.«

»Ich weiß, dass das kein Trost ist, Herr Haller, aber vielleicht kommen wir ihm durch diesen Mord ein Stück näher.«

»Nein, das ist tatsächlich kein Trost«, murmelte Haller düster.

»Versuchen Sie, sich nicht emotional in die Sache zu involvieren«, sagte Anna van der Pütten. »Betrachten Sie die Tatsache, dass dieser Mörder wieder zugeschlagen hat und noch immer keine Handschellen trägt, nicht als persönliche Niederlage.«

»Tut mir leid, das tue ich aber«, erwiderte Haller etwas ungehalten. »Ich kann da nicht einfach nur meinen Job machen. Das geht nicht.«

»Vielleicht wäre das aber das Beste.«

»Was?«

»Wenn Sie einfach Ihren Job machen. Und nicht mehr.«

»Ich wäre Ihnen dankbar, wenn Sie diesen unbekannten Irren analysieren würden – und nicht mich, Frau van der Pütten.« Hallers Worte klangen etwas ärgerlich.

Die größten Fehler wurden bei Ermittlungen meistens am Anfang gemacht, wusste Anna. Ganz besonders galt das, wenn gleich zu Beginn der Verdacht bestand, dass ein Verbrechen mit anderen Taten in Zusammenhang stand, die bisher nicht aufgeklärt werden konnten. Taten, zu denen der Ermittler aber gefühlsmäßig längst Stellung bezogen hatte, was vor allem nach den Vernehmungen von Hinterbliebenen wohl auch gar nicht zu vermeiden war. Frühzeitige Festlegungen aufgrund von zu großer persönlicher Anteilnahme, individuellen Vorurteilen oder zu großer Empathie mit dem Opfer oder seinen Angehörigen machten ihn unter Umständen später blind für das Offensichtliche. Aber Anna schwieg jetzt. Sie wusste nur zu gut, dass es nicht darauf ankam, jemandem die Wahrheit zu sagen. Es kam vielmehr darauf an, diese Wahrheit im richtigen Moment zu sagen – und das war immer ein Moment, in dem sie auch angenommen werden konnte. Alles andere war schlicht sinnlos.

»Er ist wie eine Zikade«, sagte Haller plötzlich.

»Wer?«

»Na, der Mörder. Wer sonst?«

»Um ehrlich zu sein, habe ich keine Ahnung davon, wie dieser Vergleich gemeint ist. In Biologie war ich nie besonders gut.«

Haller lächelte matt. »Zikaden schlüpfen nur alle siebzehn Jahre. In der Zwischenzeit sind sie scheinbar verschwunden, aber nach siebzehn Jahren treten sie so massenhaft auf, dass ihre Fressfeinde völlig überfordert mit den großen Schwärmen sind. Verstehen Sie nicht? Für eine Weile in der Versenkung zu verschwinden ist eine Strategie, um sich seinen Jägern zu entziehen, sie glauben zu machen, dass man gar nicht mehr existiert. Und wenn derjenige dann plötzlich doch wieder aus der Versenkung auftaucht, rechnet niemand mehr mit ihm.«

»Ein guter Vergleich. Aber ich fürchte, unser Mörder wird keine siebzehn Jahre brauchen, um erneut aufzutauchen. Wir gehen ja davon aus, dass es bei allen Morden dieser Serie derselbe Täter war. Dass seine Reizschwelle inzwischen erheblich vermindert worden ist, dürfte sich schon allein darin zeigen, dass die Abstände zwischen den einzelnen Morden immer kürzer wurden. Er wird immer schneller diesen besonderen Kick brauchen, den ihm seine Taten verschaffen.«

Mehrere Wiesen waren während des Mittelalter-Marktes in Telgte zu Parkplätzen umfunktioniert worden. Aber Haller dachte gar nicht daran, das letzte Stück bis zum Markt auf der Planwiese, der ganz im Zeichen mittelalterlicher Heerlager, Verkaufsstände und musikalischer Veranstaltungen stand, zu Fuß hinter sich zu bringen. Anstatt die vorgelagerten Parkplätze zu benutzen, fuhr Haller bis zum eigentlichen Markt. Ordner, die ihn aufzuhalten versuchten, bekamen seinen Dienstausweis entgegengehalten.

Schließlich ging es allerdings auch mit Hilfe dieses Ausweises nicht mehr weiter. Haller stellte den Wagen zu ein paar anderen Dienstfahrzeugen, die bereits früher eingetroffen waren. Anna van der Pütten stieg einen Moment vor ihm aus. Sie ließ den Blick über den Mittelalter-Markt schweifen. Sowohl viele der Aussteller als auch zahlreiche Gäste hatten sich in eine mittelalterliche Gewandung geworfen. Sie trugen Wams, Umhang, spitze Lederstiefel, die die Form eines nach oben gebogenen Schnabels aufwiesen. Die Frauen trugen geschnürte Kleider, und an jeder Ecke gab es Schwerter, Trinkhörner und andere Dinge, die entweder tatsächlich oder vermeintlich mittelalterlich waren. Manchmal mischte sich das mit Accessoires der Gothic- und der Fantasy-Szene, und so fand sich zwischen all den aufrechten Recken, holden Burgmaiden oder bunten Gauklern, die mit ihren Kunststücken die Leute zu unterhalten wussten, hin und wieder auch ein untoter Vampir oder ein mehr oder minder gut geschminkter Ork. Anna war schon einmal auf dem Mittelalter-Markt in Telgte gewesen – allerdings in der Vorweihnachtszeit, wenn dort eine ganz andere, nicht minder reizvolle Atmosphäre herrschte und die hehren Recken und holden Maiden die Kälte mit reichlich Met bekämpften. Die waren in ihrer historischen Gewandung so detailgetreu, dass sie sich die Kleidung etwa mit Pferdehaaren ausstopften. Jetzt war Sommer, und da es in den letzten Wochen nicht geregnet hatte, sank man auf der Wiese wenigstens nicht bis zum Knöchel in den Schlamm ein.

Es war auffällig, dass viele Leute zusammenstanden und redeten, während sich eine Mittelalter-Rockband auf der Bühne ziemlich vergeblich darum bemühte, ihr Publikum zu begeistern. Aber das war keineswegs die Schuld der Musiker. Genauso wenig wie es an den Auslagen der Händler lag, dass sich im Moment kaum jemand für Dolche, Schwerter, Gewandung oder CDs mit originalgetreuem Minnesang in historisch korrektem Mittelhochdeutsch interessierte. Es hatte sich offenbar inzwischen herumgesprochen, dass irgendetwas Schreckliches geschehen war. Die verhältnismäßig große Anzahl von uniformierten Polizisten war ein Indiz dafür. Außerdem war ein Teil des Marktes quasi abgeriegelt worden. Eine Markierung mit Flatterband zeigte an, welcher Bereich nicht mehr betreten werden durfte.

»Da sind Sie ja endlich«, begrüßte einer der Uniformierten die beiden Ankömmlinge. Er war Mitte fünfzig, hatte einen grauen Bart und wirkte etwas behäbig. Anna hatte das Gefühl, dieses Gesicht irgendwann schon einmal gesehen zu haben, aber das konnte auch eine Täuschung sein. Sie hatte oft mit Polizisten zu tun, und es gab viele in diesen Jahrgängen und mit ähnlich grauen Bärten.

Haller runzelte die Stirn. »Wer sind Sie denn?«, fragte er.

»Kriminalobermeister Willi Ternieden. Ich leite den Einsatz hier.«

»Ach so.«

»Dafür weiß ich aber, wer Sie sind – nämlich vom Kollegen in der ausgebeulten Lederjacke.«

»Kommissar Raaben ist schon da?«

»Ja. Schon eine geraume Weile.«

»Und wo ist die Tote nun?«

»Hinter dem Stand da vorne. Folgen Sie mir.« Bevor sie gingen, wandte sich Ternieden an Anna van der Pütten. »Sie sind wahrscheinlich die Gerichtsmedizinerin?«

»Nein, Kriminalpsychologin. Ich heiße Anna van der Pütten.«

»Oh, tut mir leid.«

»Wie bitte?«

»Es hat mir niemand gesagt, dass jemand wie Sie kommt. Ich sag immer, wenn schon einer tot ist, ist es eigentlich zu spät für den Einsatz eines Psychologen.«

Anna war sich nicht sicher, ob das witzig gemeint war. Ternieden schien sich da selbst nicht so ganz im Klaren zu sein. Er wirkte jedenfalls etwas verlegen und unsicher.

»Am besten, Sie beide sehen sich einfach mal an, was los ist«, meinte er schließlich. »Also, ich bin ja schon lange dabei und habe auch schon manches mit ansehen müssen. Von Unfällen auf der A 1 bis zu sonst was – aber das hier wird mir sicher einige Nächte lang den Schlaf rauben«, war er überzeugt.

Die Tote lehnte an einem Anhängerrad. Anna fühlte einen Stich. Es war nicht der erste Tatort, an dem sie war, und wenn Haller mit seiner Vermutung recht hatte, dann war es noch nicht einmal der erste, für den dieser spezielle Täter verantwortlich war. Und trotzdem konnte Anna nicht verhindern, dass ihr ein Schauer über den Rücken lief. Es gab eben Dinge, an die konnte man sich trotz aller professionellen Distanz einfach nicht gewöhnen. Und vielleicht war das auch ganz gut so. Man durfte sich nur nicht so sehr von den grausigen Umständen einer Tat gefangen nehmen lassen, dass man seinen Job nicht mehr machen konnte. Wie so oft war die Dosis entscheidend. Etwas Einfühlung war gut, zu viel davon reines Gift, wenn es darum ging, der Wahrheit ein Stück näher zu kommen.

Im Hintergrund hörte Anna wie aus weiter Ferne, wie einer der Polizisten über Funk fragte, wieso denn die Gerichtsmedizin noch nicht da sei. Wahrscheinlich lag es an einem der regelmäßig auftretenden Staus, die einen mit ziemlich großer Sicherheit festsetzten, wenn man versuchte, Münster zu bestimmten Zeiten zu verlassen oder wenn man umgekehrt von außen in die City wollte. Alles eine Frage des Timings. Und wenn Anna das, was sie vom Funkverkehr mitbekam, richtig interpretierte, hatten sich die Kollegen wohl den falschen Zeitpunkt und die falsche Strecke ausgesucht.

Anna ging auf die Tote zu, der man eine furchtbare Wunde am Hals zugefügt hatte. Einen Schnitt wie mit einer Sense oder einem langen Messer gezogen. Ihre leeren Augen starrten ins Nichts. Die Tote trug eine dunkle Hose, eine weiße Bluse und einen dunklen Blazer. Die Kleidung war voller Blut, und der Schädel war sehr sorgfältig rasiert worden.

Das letzte Opfer – Nummer vier der Serie des Barbiers – hatte Anna nur in der Leichenhalle gesehen. Was die Frauen anging, die der unbekannte Serienmörder zuvor umgebracht hatte, war sie auf das am jeweiligen Auffindungsort der Leiche geschossene Fotomaterial angewiesen gewesen. Aber dieses Material umfasste insgesamt mehrere tausend Fotos, die jedes Detail auf den Speicherchip bannten, das man seinerzeit für relevant gehalten hatte. Das Problem war natürlich immer, dass man zumeist erst später sagen konnte, was tatsächlich relevant war und was nicht. Jedenfalls hatte sich Anna tagelang diese Fotos angesehen, in der Hoffnung, dabei auf irgendein Detail zu stoßen, das ihr vielleicht etwas mehr über den Täter zu verraten vermochte. Jeder Mensch gab schließlich in jedem Augenblick durch sein Verhalten eine Stichprobe seiner Persönlichkeit ab. Eine Stichprobe, die bis zu einem gewissen Grad immer auch repräsentativ für das Ganze war und einem Rückschlüsse auf die Persönlichkeit erlaubte – sofern man diese Stichprobe richtig zu interpretieren wusste. Und das Verhalten eines Täters am Tatort war – darüber waren sich alle Fachleute einig – die aussagekräftigste Verhaltensstichprobe, die sich nur denken ließ. Nichts dabei war einfach nur zufällig oder Ergebnis irgendwelcher Umstände.

»Kennen wir den Namen der Toten?«, fragte Haller an Kevin Raaben, seinen Kollegen, gerichtet. Raaben war vielleicht Anfang dreißig und damit gute zehn Jahre jünger als Haller. Er trug eine Lederjacke und zerschlissene Jeans. Am Hals war außerdem eine Tätowierung zu sehen. Irgendein verschnörkeltes Zeichen, das Anna, die Raaben nur flüchtig kannte, nicht zu deuten wusste. Es wirkte chinesisch. Anna vermutete, dass Raaben wohl irgendwie durch dieses Tattoo etwas gegen das biedere, uncoole Beamtenimage tun wollte, das sein Job nun mal mit sich brachte.

»Jennifer Heinze«, gab Raaben an. »Sie hatte einen Ausweis bei sich. Wohnt in Ladbergen im Lerchenweg. Außerdem hatte sie einen Autoschlüssel dabei.«

»Das heißt, wir müssen jetzt alle Autos auf dem Parkplatz überprüfen und zusehen, ob der Schlüssel passt«, seufzte Willi Ternieden. »Aber vielleicht können wir das leichter haben.«

»Ich bin für Vorschläge immer offen«, meinte Haller.

»Ich schlage vor, einfach bei ihr zu Hause anzurufen. Sie wird ja möglicherweise Angehörige haben. Der Lerchenweg in Ladbergen – da stehen nur Einfamilienhäuser. Sie ist noch zu jung, um selbst eins zu besitzen. Sie ist schließlich erst sechsundzwanzig. Also nehme ich an, dass das Opfer noch bei seinen Eltern wohnte.«

»Und denen wollen Sie dann am Telefon mitteilen, dass ihrer Tochter der Hals aufgeschlitzt wurde, um dann nach der Automarke zu fragen, die ihre Tochter fährt?«, fragte Anna dazwischen. »Klingt nicht gerade nach viel Takt, Herr Ternieden.«

Der Kriminalobermeister zuckte mit den Schultern. »Irgendwann werden sie es ja doch erfahren. Und man muss ja auch mal daran denken, wie wir hier über die Runden kommen, finde ich …«

»Ich denke, der Wagen ist jetzt nicht das Wichtigste«, meinte Haller. »Wir müssen vor allem die Personalien der Zeugen sichern. Die sind sonst weg, und wir müssen sie erst über die Medien wieder mühsam zusammentrommeln, was erfahrungsgemäß nie so richtig klappt.«

»Damit haben meine Leute längst angefangen«, sagte Willi Ternieden.

In diesem Moment war ein Tumult zu hören. Anna sah einen Mann in einem grauen Wams aus fließendem Stoff, der mit beiden Händen ein Schwert umfasste. Er trug eng anliegende Hosen und hohe Lederstiefel. Während er mit dem Schwert voranstürmte, stieß er einen durchdringenden Kampfschrei aus. Die Kapuze, die bis dahin seinen Kopf bedeckt hatte, glitt zurück und gab den Blick auf schulterlanges weißblondes Haar frei. Sein Gesicht wirkte fein geschnitten und war sehr blass. Die zweischneidige Klinge wirbelte mit einer mörderischen Geschwindigkeit und Präzision durch die Luft. Die dazu nötige Kraft traute man dem zwar hochgewachsenen, aber dennoch zierlich und feingliedrig wirkenden Mann kaum zu. Nur um Haaresbreite strich die Klinge über den mit einer Schnabelmaske verdeckten Kopf eines Pestarztes hinweg. Ein dumpfer Laut kam unter der Maske hervor. Der Pestarzt taumelte zurück, während der bleiche, langhaarige Krieger zu einem weiteren Schlag ausholte.

Zwei der uniformierten Polizisten kamen herbei.

»Hören Sie auf!«, rief Kriminalobermeister Willi Ternieden, der ebenfalls auf dem Weg dorthin war.

Der Pestarzt drängte sich zwischen den Menschen hindurch, die sich rund um den Fundort der Leiche angesammelt hatten. Der Schwertstreich des Kriegers ging derweil ins Leere. Er verlor das Gleichgewicht, stolperte beinahe. Dann ergriffen ihn mehrere Beamte. Einer entwand ihm das Schwert.

»Haltet ihn! Haltet den Traumhenker! Ergreift den Todesboten, oder Ihr werdet es bereuen!«, schrie der hagere Krieger aus Leibeskräften. Er meinte ganz offensichtlich die Gestalt in der Schnabelmaske, die wenig später in der Menge untergetaucht war.

Der Krieger ließ sich nur mit Mühe von den Beamten halten. Er mobilisierte das Äußerste an Kraft, um sich loszureißen, und schien wie ein Wahnsinniger von dem Wunsch erfüllt zu sein, dem Boten des Schwarzen Todes zu folgen.

»Was ist das denn für ein Irrenhaus hier?«, murmelte Haller.

Raaben hingegen war wie erstarrt, und Willi Ternieden rief: »Handschellen! Worauf warten Sie denn?«

Anna van der Pütten ging unterdessen mit entschlossenen Schritten auf den Krieger zu.

»Warten Sie, bleiben Sie hier«, verlangte Haller.

»Ich kenne den Mann«, erklärte Anna knapp.

»Und wer ist der Verrückte?«, fragte Haller.

»Er heißt eigentlich Frank Schmitt, glaubt aber, er sei Branagorn der Elbenkrieger.«

»Na, Gott sei Dank nicht Jack the Ripper.«

»Das ist nicht witzig, Herr Haller.«

»Ist er bei Ihnen in Behandlung?«

»Ja.«

Haller folgte Anna und versuchte, sie einzuholen.

»Lassen Sie mich durch!«, rief sie dann mit einer Entschiedenheit, die man ihr auf den ersten Blick kaum zutraute, einer Polizistin entgegen, die sie davon abhalten wollte, sich weiter dem Krieger zu nähern, der sich noch immer den Griffen der Uniformierten zu entwinden versuchte und dabei wie ein Wahnsinniger schrie. Er artikulierte jetzt unverständliche Worte in einer fremden Sprache – aber vielleicht auch nur sinnlos aneinandergereihte Silben. Da war sich niemand unter den Anwesenden völlig im Klaren.

»Branagorn, hören Sie auf damit«, rief Anna. »Was fällt Ihnen ein, mit dem Schwert auf jemanden einzuschlagen?«

Der Angesprochene wirkte wie erstarrt, als er Anna sah. Im nächsten Moment gab er seinen Widerstand gegen die Beamten, die ihn festhielten, auf.

Einer der Beamten holte Handschellen hervor.

»Das wird nicht nötig sein«, versicherte Anna.

»Das sah gerade aber etwas anders aus«, meinte der Beamte.

»Ich kenne den Mann. Und Sie können mir glauben, dass ich die Situation kontrolliere. Lassen Sie ihn los. Er wird niemandem etwas tun.« Sie wandte sich an Willi Ternieden. »Bitte! Wenn Sie wollen, dass eine Eskalation vermieden wird, dann sollten Sie auf mich hören. Herr Schmitt ist mein Patient. Warum er ausgerechnet hier und jetzt seine Impulse nicht kontrollieren konnte, weiß ich nicht, aber dafür wird es einen Grund geben. Er ist nicht gefährlich.«

Ternieden nickte schließlich und wandte sich an den Elbenkrieger. »Machen Sie keine Dummheiten«, forderte er.

Branagorn alias Frank Schmitt wurde losgelassen und schien sich tatsächlich etwas beruhigt zu haben.

»Ich weiß, wer die Frau getötet hat. Ich kenne den Boten des Todes.«

»Immer der Reihe nach Herr ... äh ... Schmitt«, sagte Ternieden etwas unbeholfen.

»Es ist der Traumhenker! Und Ihr lasst ihn unbehelligt davonlaufen.« Der Elbenkrieger streckte die Hand mit den dürren und sehr langen Fingern in die Richtung aus, in die der Pestarzt mit der Schnabelmaske verschwunden war. »Die Schritte des Todesboten sind noch deutlich zu hören, und Ihr folgt ihm nicht, obwohl es Eure Pflicht wäre, das Böse zu bekämpfen!«

»Beruhigen Sie sich«, forderte Anna. »Sie kennen mich doch. Wir können über alles sprechen und werden auch sicherlich eine Lösung für Ihr Problem finden.«

Er sah sie an. »Wie könnte ich Euer Gesicht vergessen, werte Cherenwen«, sagte der Elbenkrieger nun in einem sehr viel sanfteren Tonfall. »Aber Ihr irrt Euch, nicht ich habe ein Problem, sondern Ihr alle, denn der Traumhenker ist unter Euch. Der Tod-in-Gestalt. Der pure Wille zum Bösen und der Verderbtheit! Und er nimmt Besitz von Euch. Er kriecht in Eure Seelen, bis er eins ist mit einem von Euch und ihn zum Werkzeug des Verderbens macht, weil das seine Natur ist. Ich kenne ihn! Ich kenne diesen Todbringer und Seelenverderber!«

»Wichtig ist, dass Sie jetzt ruhig werden, Branagorn«, sagte Anna und machte eine beschwichtigende Geste. Sie war ihm vor ein paar Monaten zum ersten Mal begegnet, als er auf dem Dach des Signal-Iduna-Hochhauses am Servatii-Platz in der Nähe des Hauptbahnhofs gestanden hatte, um sich in die Tiefe zu stürzen. Er leide vermutlich an einer Krankheit namens Lebensüberdruss, war die Diagnose gewesen, die er selbst später während ihres gemeinsamen Gesprächs gestellt hatte. Nicht gerade ein psychologisch anerkannter Fachterminus, aber in der Sache vollkommen zutreffend. Anna hatte ihn auch danach weiter therapeutisch begleitet. Nach einem stationären Aufenthalt in der westfälischen Landesklinik in Lengerich hatte sich sein Zustand sehr gebessert. Gebessert in dem Sinn, dass er in der Lage schien, sein tägliches Leben als Hartz-IV-Empfänger in einem betreuten Wohnprojekt in Münster-Kinderhaus zu bewältigen. Doch auch wenn nicht mehr von einer akuten Suizid-Gefahr auszugehen war, so war er noch lange nicht über den Berg, zumal Anna eine Reihe weiterer Symptome und Krankheitsbilder an ihm diagnostiziert hatte, die zum Teil nur schwer einzuordnen waren und ein äußerst komplexes Gesamtbild ergaben. Dass er sich einbildete, Branagorn von Elbara zu sein, ein Elbenkrieger aus einer anderen Welt, den es auf magische Weise auf die Erde verschlagen hatte, war nur eines der zum Teil bizarren Persönlichkeitsmerkmale von Frank Schmitt.

Anna hatte festgestellt, dass man leichter mit ihm kommunizieren konnte, wenn man ihn nicht mit »Herr Schmitt« anredete, sondern akzeptierte, dass er Branagorn, der Elbenkrieger war. Das war auch der Grund, warum sie es mitunter tolerierte, dass er sie Cherenwen nannte, was offenbar der Name einer ihm verwandten Seele war. Jedenfalls hatte Anna das Gefühl, dass es dadurch in vielfacher Hinsicht einfacher geworden war, einen Zugang zu ihm zu finden. Und das rechtfertigte diese Vorgehensweise allemal. Das psychische System des Patienten zu verstehen war immer der erste Schritt. Aber nur der erste. Es mussten noch einige mehr folgen. Branagorn lebte anscheinend in seiner eigenen Realität und schien auch wenig geneigt zu sein, diese zu verlassen. Wahrscheinlich, so war es Anna schnell klar geworden, musste man einfach etwas bescheidener sein, was die erreichbaren Ziele anging. Wenn einer psychisch stabil genug war, um dem Wunsch, der eigenen Existenz ein Ende zu setzen, nicht nachzugeben und im Alltag einigermaßen über die Runden zu kommen, war das vielleicht schon mehr, als man erhoffen konnte. Da konnte er zum Beispiel seine seltsame Ausdrucksweise ruhig beibehalten.

Branagorn machte einen Schritt auf Anna zu. »Cherenwen! Ihr seid Euch anscheinend nicht darüber im Klaren, dass Euch ein schlimmer Feind gerade entkommt. Der Mörder ist auf und davon, und Ihr seht zu und hindert mich daran zu tun, was notwendig wäre.«

»Hallo, Kripo Münster«, mischte sich jetzt Sven Haller ein und zeigte Branagorn seine Polizeimarke.

Der Elbenkrieger wandte sich an den Leiter der Mordkommission und verzog das Gesicht, so als litte er unter starken Schmerzen. Mit der linken Hand fasste er sich ans Ohr, das unter seinem langen Haar verborgen war. »Ihr braucht nicht so zu schreien«, sagte Branagorn. »Ich habe ein sehr feines Gehör. Eure Worte tun mir weh.«

»Ich bitte vielmals um Verzeihung«, knirschte Haller sichtlich genervt zwischen den Zähnen hindurch. »Sie haben gerade gesagt, dass

Sie etwas über den Täter wissen, der für das furchtbare Verbrechen verantwortlich ist, das hier geschehen ist.«

»In der Gestalt eines Pestarztes ist er entkommen«, antwortete Branagorn.

»Der Kerl, mit dem Sie gekämpft haben?«

»Ihr solltet ihn Traumhenker nennen, denn er wird Euch in Euren Alpträumen wiedererscheinen, da bin ich mir ganz sicher.«

»Also, Ihre Mittelalter- und Fantasy-Spielerei in allen Ehren, aber wenn Sie irgendeine Beobachtung gemacht haben, die mit dem Verbrechen in Zusammenhang steht, dann teilen Sie mir das jetzt bitte mit, Herr …«

»Branagorn, Herzog von Elbara.«

Haller atmete tief durch. »Wie auch immer. Haben Sie gesehen, dass …« Haller deutete in Richtung der Toten, aber Branagorn war gedanklich offenbar mit etwas völlig anderem beschäftigt.

Raaben trat neben Haller und flüsterte ihm zu: »Das ist ein Spinner, auf den sollten wir nichts geben.«

»Ich glaub auch«, murmelte Haller und wandte sich an Anna van der Pütten. »Verständigen Sie den Sozialpsychologischen Dienst?«

»Wie – in die Klapse?«, fragte Willi Ternieden ziemlich laut. »Kommt der jetzt einfach so davon? Herr Schmitt hat sich strafbar gemacht! Versuchte Körperverletzung und Bedrohung! Pardon, versuchte schwere Körperverletzung, schließlich ist eine Waffe verwendet worden.«

»Wenn Sie diesen Pestdoktor hier irgendwo finden, steht einer Anzeige nichts im Wege«, meinte Raaben und wies auf die Menschenmenge. Die Suche nach dem Pestdoktor hätte jetzt wohl der berühmten Suche nach der Stecknadel im Heuhaufen geglichen. »Allerdings weiß ich nicht, ob der wirklich Anzeige erstatten würde. Es schien ihm wichtiger zu sein, schnell abzuhauen.«

»Würden Sie nicht auch so schnell wie möglich türmen, wenn jemand mit einem Schwert hinter Ihnen her wäre?«, fragte Ternieden.

»Ja, das ist *eine* mögliche Erklärung dafür«, stimmte Raaben zu.

»Sie wollen doch wohl nicht behaupten, dass dieser Schwarze-Tod-Karnevalist tatsächlich der Barbier sein könnte«, ereiferte sich Ternieden.

Raaben zuckte mit den Schultern. »Voreilige Festlegungen sind der größte Feind eines erfolgreichen Ermittlungsabschlusses.«

Ternieden seufzte. »Zu unserer Zeit haben wir nicht gelernt, wie man so geschwollen redet. Ich weiß gar nicht, wie wir trotzdem unsere Arbeit schaffen konnten.«

Raaben wandte sich an Anna. »Da muss man doch kein Psychologe sein, um eine gewisse unterschwellige Aggressivität herauszuhören, oder?«

Anna kam nicht dazu, etwas zu sagen, denn Haller ergriff nun das Wort. Ein Machtwort. »Lassen Sie alle nach einem Kerl Ausschau halten, der als Schwarzer Tod oder Pestdoktor herumläuft. Ich will mir nicht nachsagen lassen, dass ich irgendeinen Hinweis nicht verfolgt hätte. Und was die Anzeige gegen Herrn Schmitt angeht, so leite ich Ihren Bericht und Ihre Anzeige gerne an den Staatsanwalt weiter, falls Sie von Amts wegen Anzeige erstatten wollen.«

»Was ist mit meinem Schwert?«, fragte Branagorn.

Anna beobachtete schon eine ganze Weile, wie der bleiche Mann mit gesenktem Blick dastand, so als würde er intensiv den Boden absuchen. Sein Alter war schwer zu schätzen, fand Anna. Er konnte Ende zwanzig sein, aber manches an ihm wirkte seltsam greisenhaft, und die pergamentartige, durchscheinende Haut trug ebenfalls zu diesem Eindruck bei. Außerdem war er sehr hager, was auch in seinem Gesicht die Knochen hervorstehen ließ. Wenn sie nicht gewusst hätte, dass in seinen Unterlagen ein Geburtsdatum stand, das ihn als gerade Dreißigjährigen auswies, so hätte Anna auch ein Alter von fünfzig oder mehr ohne Verwunderung akzeptiert. Er selbst behauptete allerdings, bereits jahrtausendelang zu leben – in dieser und anderen Welten. Elbenkrieger waren schließlich nahezu unsterblich.

»Ich brauche mein Schwert«, stellte Branagorn jetzt fest, machte einen Schritt auf die Leiche zu und schien dabei einen weiteren Quadratmeter grasbewachsenes Bodenareal der Telgter Planwiese systematisch mit den Augen abzusuchen. Es war eine unmissverständliche Forderung, die mit solchem Nachdruck über die Lippen gebracht wurde, dass Haller und Raaben aufhorchten. Ternieden machte hingegen nur eine wegwerfende Handbewegung, griff zum Walkie-Talkie und gab an die Kollegen eine kurze Beschreibung des Pestdoktors durch.

»Ihr Schwert bleibt erst mal konfisziert«, erklärte Haller an Branagorn gerichtet.

»Mit welchem Recht?«, fragte Branagorn, ohne dabei den Blick vom Boden zu lösen.

»Was heißt hier, mit welchem Recht?«

»Ein Schwert zählt juristisch nicht als Waffe«, erklärte Branagorn. »Rechtlich gesehen handelt es sich um ein stehendes Messer, und für deren Besitz gibt es keinerlei Einschränkungen oder Meldepflichten, im Gegensatz zu Springmessern mit verdeckter Klinge, für die ab einer Klingenlänge von zehn Zentimetern gesonderte Bestimmungen gelten.«

»Sie rasseln das ja regelrecht herunter.«

»Ich habe mich informiert.«

»Hatten Sie schon mal Ärger wegen Ihres Schwertes – oder weshalb haben Sie das alles auf Abruf parat?«

Branagorn blickte jetzt auf. Er musterte Haller auf eine so intensive Weise, dass dies dem Kriminalhauptkommissar sichtlich unangenehm war. »Wollt Ihr Euch nun an die Gesetze halten und mir mein Eigentum zurückgeben?«

»Nein.«

»Ihr wollt das Gesetz vertreten und haltet Euch selbst nicht daran. Was für eine verderbte Welt! Was ein schändliches Verhalten! Aber anstatt dass Ihr das Böse sucht und findet, das in die Gestalt des Schwarzen Todes gefahren ist, quält Ihr jemanden, der reinen Herzens ist und so rechtschaffen, dass sich das Eure schmutzige Phantasie vermutlich gar nicht vorzustellen vermag.«

Raaben kicherte. »'tschuldigung, aber Sie haben wirklich eine seltsame Weise, sich auszudrücken.« Er wandte sich an Haller. »Aber in der Sache hat er recht.«

»Das Schwert bekommt er nicht wieder«, stellte Haller fest. »Und was das Juristische angeht, Herr Schmitt …«

»Bitte Branagorn«, bat der bleiche Mann. »Und im Übrigen beschwöre ich Euch: Bleibt bei den Buchstaben des Rechts, Herr, und überlasst mich nicht einer unkalkulierbaren Willkür. Denn wenn ich dem Traumhenker das nächste Mal begegne, so will ich es gut gerüstet tun.«

»Wie auch immer. Bei Großveranstaltungen ist es möglich, den Waffenbegriff etwas weiter auszulegen. Vor Fußballspielen sammeln wir auch alles Mögliche ein, was man ansonsten ohne Meldepflicht oder Genehmigung besitzen darf.«

»Und dieser Winkelzug soll rechtfertigen, dass Ihr mich um mein Eigentum bringt?«, brauste Branagorn auf, und sein Gesichtsausdruck bekam eine Art wilder Entschlossenheit.

»Das ist kein Winkelzug, sondern unsere Gesetzeslage.«

»Ihr wollt das Entwenden eines Schwertes damit rechtfertigen, dass hier eine Großveranstaltung durchgeführt wird, auf der wiederum jeder zweite oder dritte Anwesende eine Klinge bei sich führt? Ihr wollt mich anscheinend für dumm verkaufen und verspottet mich.«

»Ich bin überzeugt davon, dass Sie Ihr Schwert nach Abschluss eines eventuellen Verfahrens – falls es dazu überhaupt kommen sollte – zurückerhalten werden, werter Branagorn«, mischte sich nun Anna van der Pütten ein, um die langsam, aber sicher eskalierende Situation wieder etwas zu entspannen. Sie wandte sich an Haller und nickte ihm zu. »Nicht wahr, Herr Haller?«, fragte sie, um Bestätigung heischend, noch einmal nach, wobei sie in ihren Tonfall eine Art von Nachdruck legte, die dem Kriminalhauptkommissar bedeuten sollte, die Sache jetzt bitte schön endlich wieder etwas herunterzukochen. Haller seufzte.

»Ja, das kann ich Ihnen in der Tat hoch und heilig versprechen, Herr Schmitt, ich meine natürlich Herr Branagorn.«

Branagorns Blick wurde wieder starr. Er fixierte einen bestimmten Punkt am Boden. Anna glaubte, dies sei ein äußeres Zeichen der tiefen inneren Oppositionshaltung, die er Haller und den anderen Polizisten gegenüber zweifellos empfand. Auf jeden Fall stand hier ein Mensch, der bis ins Mark empört darüber war, wie er behandelt wurde, und es offenbar einfach nicht nachvollziehen konnte, dass man ihn daran gehindert hatte, auf jemand anderen mit dem Schwert loszugehen.

»Ich denke, wenn Sie Ihr Schwert ein paar Tage nicht zur Hand haben, werden Sie damit leben können, Branagorn.«

»Wenn Ihr das von mir verlangt, Cherenwen, dann werde ich es auf mich nehmen, ohne zu murren.«

»Da bin ich sehr froh.«

Branagorn streckte nun eine Hand aus und deutete auf einen bestimmten Punkt am Boden. »Dort sind Haare.«

Anna runzelte die Stirn. »Wie bitte?« Es dauerte einen Augenblick, bis sie begriff, dass sie gar nicht angesprochen worden war, sondern dass Branagorn seine Worte in Wahrheit an Sven Haller gerichtet hatte.

»Ich bin zwar kein Fährtensucher, und es mag sicher andere geben, die sich auf die Kunst des Spurensuchens besser verstehen als ich, aber ich glaube, Ihr solltet diese Haare sichern, um daraus Eure Erkenntnisse herauszulesen, wie es bei Euch üblich ist, Herr Haller.«

»Ich sehe nichts«, sagte Haller.

»Dann schaut genau hin. Es sind die Haare der Toten. Derjenige, der sie ihr abgenommen hat, scheint einige von ihnen verloren zu haben.« Branagorn folgte mit den Augen der Spur am Boden. »Dort sind ebenfalls Haare.«

Raaben hockte sich hin. Er hatte einen Latexhandschuh über die rechte Hand gestreift und blinzelte. Dann ging er auf die Knie und beugte sich noch tiefer. »Da ist ja tatsächlich was!«, entfuhr es ihm. Er holte eine Pinzette und ein kleines Tütchen aus den Taschen seiner Lederjacke. Wenig später hielt er irgendetwas mit der Pinzette ins Licht. Anna konnte unmöglich erkennen, was es war.

»Das könnte wirklich ein Haar sein.«

»Fassen Sie nichts an«, sagte Haller, als Branagorn sich der Toten bis auf wenige Schritte genähert hatte.

Branagorn deutete auf eine Stelle etwa zwei Handbreit neben dem Kopf der Toten. »Hier ist ein Abdruck«, stellte er fest.

Raaben war bereits bei ihm. »Da ist tatsächlich irgendetwas«, wunderte er sich. »Könnten sogar Fingerabdrücke sein.«

»Vergesst die Fingerabdrücke«, fuhr Branagorn dazwischen. »Wenn Ihr die nehmt, dann zerstört Ihr die tatsächliche Spur.«

»Was sollte das bitte schön sein, wenn ich mal in aller Bescheidenheit fragen darf?«, warf Raaben mit einem halb spöttischen, halb ironischen Unterton ein.

»Die tatsächliche Spur besteht aus diesen Flecken hier.« Branagorn zeigte mit seinen dünnen, langen und sehr mager wirkenden Fingern auf das, was er meinte.

Raaben hob die Augenbrauen. »Ach ja?«

»Es ist der Abdruck einer Hand, die sich hier kurz abgestützt hat.«

»Und warum sollte der Handabdruck interessanter sein als die Fingerabdrücke?«

»Weil die Fingerabdrücke von den Leuten stammen, denen der

Wagen gehört, und schon vorher dort waren. Aber die anderen Abdrücke stammen von einer Hand, da bin ich mir sicher. Allerdings einer Hand, die von einem Handschuh bedeckt wurde. Deswegen ist es sinnlos, einen Abdruck finden zu wollen. Die kleinen unverwechselbaren Linien werdet Ihr nicht finden und daher auch nicht vergleichen können, werter Hüter der Ordnung.«

Raaben war ziemlich perplex.

Haller ebenfalls.

»Herr Schmitt hat anscheinend gute Augen«, stellte Raaben fest.

»Er stört trotzdem«, stellte Haller klar und wandte sich an Anna. »Frau van der Pütten, ich möchte, dass dieser Elbenkrieger hier verschwindet und uns unsere Arbeit machen lässt.«

»Ich sehe genau, was geschehen ist«, sagte Branagorn unterdessen. »Eine Person, die nicht größer als ein Meter siebzig ist, hat mit einem sehr scharfen Messer den Hals dieser Frau aufgeschlitzt. Es war eine einzige von Wut erfüllte Bewegung, mit viel Kraft. Und sehr viel Hass. Dem Hass, den ein zuvor selbst zutiefst erniedrigtes Wesen empfindet oder jemand, der sich in höchster Lebensgefahr glaubt.«

»Branagorn!«, schritt Haller ein.

Aber der Elbenkrieger ließ sich nicht stoppen. Dass inzwischen der Gerichtsmediziner und ein Team der Spurensicherung eingetroffen waren, schien ihn nicht zu kümmern. Sein Blick wirkte glasig, so als würde er alles um sich herum ausblenden. Alles, bis auf ganz bestimmte Details, von denen er glaubte, dass sie eine Bedeutung hatten. Er sprach weiter, und Anna, die zuerst ebenfalls den Impuls in sich verspürte, ihn in seinem Redefluss zu stoppen, sagte dann doch kein Wort. Sie spürte eine eigenartige Faszination, die schwer zu erklären war. Branagorns Wortfluss entfaltete einen Sog, dem sie sich nicht entziehen konnte, auch wenn sie es eigentlich wollte. Es widerstrebte ihr zutiefst, sich einfach auf diese Straße aus reiner Phantasie entführen zu lassen. Ein schlüpfriger Regenbogen, der ins Nirwana führte und von dem man erwartete, dass er einen von jeglicher Erkenntnis entfernte. Aber eigenartigerweise hatte Anna genau das gegenteilige Gefühl – und vielleicht war es das, was sie am meisten verwirrte. Branagorn sprach über die Geschehnisse, die sich seiner Meinung nach hier zugetragen hatten, so, als wäre er auf eine geheimnisvolle Weise in der Lage, sie zu *sehen* – nicht wie jemand, der lediglich eine begründete Hypothese aufstellte. Es schien ihm alles genauso klar vor Augen zu liegen wie die Haare, die er am Boden sah, oder der Handabdruck beziehungsweise das, was er dafür hielt. Das war ja noch keineswegs erwiesen. Genauso gut konnte wirklich alles nur Gerede sein, und Anna rief sich diese Möglichkeit ganz bewusst in Erinnerung.

»Das lange Messer, die Todessichel des Traumhenkers, wurde an der Kleidung abgewischt«, fuhr Branagorn fort. »Dreimal ist die Klinge am Stoff der Beingewandung entlanggestrichen worden und einmal an der Bluse, deren fließender Stoff das Blut nicht so leicht annimmt. Aber dennoch war dies der vierte Streich, denn das Gewehr war inzwischen schon fast zur Gänze gereinigt.«

»Gewehr?«, echote Raaben.

Branagorn drehte sich kurz um. »Ihr verzeiht, Unwissender. Ich vergaß, dass das Wort Gewehr innerhalb des letzten Jahrtausends eine Verarmung seiner Bedeutung hinnehmen musste und in dieser Zeit nicht mehr für jede Art der Bewaffnung von Messer bis zum Schwert oder einem explodierenden Handrohr steht, sondern nur noch für langläufige Schusswaffen verwendet wird.«

»Was Sie nicht sagen ...«

»Der Traumhenker hat vielerlei Gestalt. Diesmal ist er in eine Person gefahren, die sich befleckt sieht und die trotz ihrer grenzenlosen Wut die Schuld fühlen kann, die sie mit dem Blut an ihrem Messer abstreifen will, als hätte sie sich die Kleider mit Staub besudelt.« Er ließ aufmerksam den Blick schweifen. Die Augen der Gaffer, die sich in ziemlich großer Zahl versammelt hatten, hingen an Branagorn. Vielleicht war sich der eine oder andere nicht hundertprozentig sicher, ob dies hier nicht vielleicht sogar Teil irgendeiner Vorstellung war, die im Rahmen des Mittelalter-Spektakels auf der Planwiese gegeben wurde. Anna entnahm das zumindest einigen Bemerkungen, die vorzugsweise von Leuten kamen, für die der schrecklich zugerichtete Leichnam aufgrund des Blickwinkels nicht zu sehen war. Selbst Anna hatte Mühe, Branagorns fluktuierenden Gedankengängen zu folgen. Sein Blick war einige Augenblicke starr auf den kahlen Schädel der Toten gerichtet. »Nicht mit demselben Messer, sondern mit der Klinge eines Baders, die nicht breiter ist als zwei Finger, geschah dies«, sagte er und meinte damit wohl die Rasur des Opfers.

»Nennt man so etwas auf Deutsch nicht zufällig Rasierklinge?«, fragte Raaben spöttisch.

Branagorn ging nicht weiter darauf ein. »Man sieht an der Haut, wie die einzelnen Bahnen gezogen wurden. Die Klinge war sehr scharf. Der Traumhenker scheint ein Meister des Baderhandwerks gewesen zu sein. Kein Haar ist geblieben, und er hat auch nur wenige verloren …« Er blickte plötzlich an sich herab und zuckte dabei förmlich zusammen. An seinem Ärmel schien er etwas entdeckt zu haben. Wenig später hatte er es in der Hand. Es war ein Haar – so schwarz und dick, dass es zu dem feinen und sehr hellen Haar dieses sonderbaren Mannes einfach nicht passte und daher auch nicht von ihm stammen konnte.

Branagorn wandte sich an Haller und hielt ihm das Haar hin. Er hielt es dabei mit Daumen und Zeigefinger. »Bewahrt dies auf, Hüter der Ordnung. Vielleicht gelingt es Euch, daraus mit der Magie Eurer Wissenschaft Erkenntnisse zu gewinnen.«

»Darf ich Sie daran erinnern, dass das Haar an *Ihrer* Kleidung war, Herr Schmitt?«

»Ich würde es bevorzugen, wenn Ihr mich Branagorn …«

»Nein, diesen Mist mache ich nicht mit! Hier liegt eine Tote, und da sollte das Spiel vorbei sein.«

»Wie auch immer – nehmt dieses Haar und untersucht es mit den Methoden, die Euch zur Verfügung stehen, Hüter der Ordnung, denn den meinen werdet Ihr gewiss misstrauen, so wie Ihr mir insgesamt recht argwöhnisch gegenübersteht.«

»Das kann man wohl sagen.«

»Dass dieses Haar an meiner Kleidung war, ist nicht verwunderlich. Der Totenhenker hat es dorthin übertragen, als ich mit ihm kämpfte. Ihr wart doch Zeuge dieses Geschehens, in dessen Verlauf mir mein Schwert genommen wurde.«

»Tun Sie ihm doch den Gefallen«, bat Anna.

»Wenn Ihr Patient mir auch einen Gefallen tut, Frau van der Pütten. Er soll von hier verschwinden und sich augenblicklich aus dem markierten Bereich entfernen. Sofort!«

»Wenn Ihr Euer Versprechen haltet, so will ich Euch entgegenkommen«, versprach Branagorn.

Haller gab Raaben ein Zeichen. Daraufhin nahm Raaben das Haar an sich und tütete es fachgerecht ein, sodass man es einer Laboruntersuchung zuführen konnte.

Branagorn verneigte sich leicht. Dann schritt er davon.

Er drehte sich nicht noch einmal um. Mit einem etwas ungelenk wirkenden Sprung überwand er das Flatterband. Seine Haare wehten dabei etwas zur Seite.

Anna sah in diesem Moment zum ersten Mal sein Ohr. Es lief spitz zu und wirkte irgendwie entstellt. Vielleicht die Folge eines Unfalls, ging es ihr durch den Kopf. Um das Ergebnis einer kosmetischen Operation konnte es sich eigentlich kaum handeln, dafür war es einfach zu schlecht. Doch es gab tatsächlich Fälle, in denen sehr enthusiastische Rollenspieler nicht nur im täglichen Leben als Ork, Teufel oder Vampir verkleidet waren, sondern sich zusätzlich chirurgisch-plastischen Eingriffen unterzogen, um sich lange Zähne oder Implantate von Teufelshörnern einsetzen zu lassen.

Anna hatte das Gefühl, Schmitt nachgehen zu müssen. »Herr Haller, entschuldigen Sie mich …«

»Frau van der Pütten, lassen Sie diesen Spinner jetzt einfach laufen und unterstützen Sie mich hier. Bitte! Für Herrn Schmitt können Sie frühestens dann wieder etwas tun, wenn die Staatsanwaltschaft ihn von Amts wegen anklagt und Sie dann irgendein Papier aufsetzen können, das sich Gutachten schimpft und in dem diesem Verrückten dann bescheinigt wird, dass er nichts für die Dummheiten kann, die er begeht.«

Anna zögerte. Im nächsten Moment war Branagorn bereits in der Menge verschwunden. Sie ließ suchend den Blick umherschweifen, doch er war nirgendwo mehr zu sehen.

»Er ist mein Patient«, sagte Anna schließlich.

»Aber nicht jetzt, Frau van der Pütten. Nicht jetzt! Denn jetzt brauche ich Sie hier. Und so lange verbannen Sie diesen Bekloppten bitte aus Ihren Gedanken. Meine Güte, man sollte mit dem Ritterspielen aufhören, wenn man älter als zehn ist, würde ich sagen. Alles andere ist doch krank.«

»Das nennt man LARP, Herr Haller.«

»Wie bitte?«

»Live Acting Role Playing. Sehen Sie sich um! Das ist heute nichts Ungewöhnliches.«

Anna ertappte sich dabei, dass sie immer wieder nach Branagorn Ausschau hielt. Sie fragte sich, ob sie ihn jetzt einfach so sich selbst überlassen konnte. Schließlich hatte er sich mit dem Pestarzt ja eine handfeste Auseinandersetzung geliefert, die um ein Haar ein schlimmes Ende hätte nehmen können.

Anna sah zu, wie der Gerichtsmediziner seine erste, oberflächliche Begutachtung abschloss, gegenüber Haller die naheliegende Vermutung äußerte, dass tatsächlich der Kehlenschnitt die Todesursache war, und wie dann der Leichnam in einen Zinksarg gelegt und abtransportiert wurde. Inzwischen war die Presse eingetroffen. Nicht nur die örtliche, sondern auch der Vertreter einer überregionalen Boulevardzeitung, deren Logo auf seiner Tasche zu sehen war. Das lokale Fernsehen würde sicher nicht lange auf sich warten lassen. Vom Studio Münster des WDR aus war es schließlich nicht viel weiter, als wenn man die Fahrt nach Telgte am Friesenring begann.

Die Beamten der Spurensicherung machten sehr akribisch ihre Arbeit, und inzwischen waren zusätzliche Beamte gekommen, die von Hauptkommissar Haller instruiert worden waren, die Personalien so vieler Besucher des Mittelalter-Marktes wie möglich aufzunehmen und sie danach zu fragen, ob sie vielleicht irgendwelche sachdienlichen Hinweise geben konnten, die Aufschluss über das Tatgeschehen lieferten.

Wahrscheinlich würde es Wochen dauern, all diese Hinweise abzuarbeiten und dabei die Spreu vom Weizen zu trennen. Das war auch der Grund dafür, dass Sonderkommissionen, die direkt im Anschluss an ein Verbrechen eingerichtet wurden, zuerst unter Umständen mit über hundert Beamten besetzt waren und dann im Laufe der Zeit auf eine kleine Zahl von Ermittlern zusammenschmolzen.

Die Personalien aller Besucher des Mittelalter-Marktes aufzunehmen war vermutlich nicht machbar. Schon jetzt strömten viele von ihnen zu den Parkplätzen.

Es gab eine Megafon-Durchsage, die alle aufrief, sich zu melden, die möglicherweise den Tathergang beobachtet hatten oder das Opfer kannten. »Wer von Ihnen kennt Jennifer Heinze aus Ladbergen? Falls sie nicht allein auf dem Mittelalter-Markt war, so sollten ihre Begleiter sich umgehend mit der Polizei in Verbindung setzen, denn jede Information kann der Aufklärung eines Verbrechens dienen.«

Haller wandte sich an Anna van der Pütten.

»Tun Sie mir einen Gefallen, Frau van der Pütten.«

»Wenn es sich machen lässt.«

»Halten Sie mir diesen Irren in Zukunft vom Leib!«

»Wie kommen Sie darauf, dass er Sie noch mal ansprechen wird?«, fragte Anna.

Haller sah sie etwas verwundert an. »Hören Sie, dazu braucht man nicht Psychologie studiert zu haben, um das zu prognostizieren.«

»Ach nein?«

»Der schien doch regelrecht besessen von diesem Geschehen hier zu sein und hat es anscheinend in seine Wahnvorstellungen integriert. Das ist nichts Besonderes. Bei vielen Querulanten ist das der Fall. Die quälen einen dann oft sehr ausdauernd mit ihren angeblichen Hinweisen und wollen einem erklären, wie man zu arbeiten hat, wen man am besten verhaften sollte und so weiter.«

»Na, wenigstens glauben Sie nicht, dass er etwas mit dem Verbrechen zu tun hat.«

»Wir werden uns natürlich sein Schwert genau anschauen, aber so wie es scheint, hat es nicht die richtige Form und ist auch viel zu stumpf, um die Tatwaffe gewesen zu sein. Ich will den Laboruntersuchungen nicht vorgreifen, aber …«

»Sie haben ernsthaft vor, die Waffe einzuschicken?«

»Natürlich!«

Anna war ziemlich perplex. »Dann müssten Sie theoretisch alle Dolche und Messer und was es sonst noch an mittelalterlichen Hieb- und Stichwaffen zurzeit auf der Planwiese so gibt, einsammeln und untersuchen. Da hätten Sie dann aber eine Waffenkammer zusammen, über die sich Barbarossa und Co. sicherlich gefreut hätten.«

»Verlassen Sie sich darauf, dass unsere Kollegen bei ihren Befragungen den Aspekt ›verdächtige Bewaffnung‹ durchaus im Auge haben«, stellte Haller klar.

»Na, da bin ich ja beruhigt.«

»Aber zurück zu dem, was hier geschehen ist. Es muss sehr schnell gegangen sein. Ein einziger Hieb von vorne, und das Opfer sank zu Boden. Den Spuren zufolge wurde das Opfer in seine jetzige Position geschleift – ein oder zwei Meter weit.«

»Wir haben auf jeden Fall wieder eine neue Tötungsmethode«, stellte Anna fest. Die bisherigen Opfer dieser Serie waren entweder mit einem Jagdgewehr erschossen, mit einer Drahtschlinge erwürgt oder – wie die letzten beiden Opfer – mit einem stumpfen, bisher nicht identifizierten Gegenstand erschlagen worden.

»Schließen Sie irgendetwas daraus?«, fragte Haller.

»Wenn es kein anderer Täter ist, der sich den Barbier zum Vorbild genommen hat, dann scheint er blutiger, brutaler, wütender zu werden. Mit einer Schusswaffe haben Sie eine große Distanz zwischen Täter und Opfer. Bei einer Drahtschlinge oder einer Keule sehen Sie kein Blut. Der Tod kommt fast klinisch rein daher. Aber wenn Sie jemandem mit einem Messer die Kehle aufschlitzen, dann ist das schon eine sehr direkte Form der Konfrontation. Der Täter hat Jennifer Heinze direkt in die Augen geschaut und gesehen, wie der Schrecken in ihrem Gesicht stand, die Todesangst, das Entsetzen über den unmittelbar bevorstehenden Tod …«

»Ich verstehe, was Sie meinen. Glauben Sie, er wollte das? Hat er es genau auf diese Eindrücke abgesehen?«

»Ja, das könnte sein. Er hat es diesmal auch in Kauf genommen, sich im wahrsten Sinne des Wortes mit Blut zu besudeln, denn bei dieser Mordmethode kann man eigentlich nicht damit rechnen, ohne Blutspritzer davonzukommen.«

Haller nickte. »Das gilt selbst für Elitesoldaten und Schächter, die gelernt haben, wie man mit einem Messer tötet.«

Schächter und Elitesoldaten – ein eigenartiger Zusammenhang, den Haller da ganz beiläufig und nur unter dem rein handwerklichen Aspekt betrachtet herstellte, fand Anna. Aber genau dieser etwas irritierende Vergleich setzte einen Gedankenfluss in Gang. »Vielleicht war Branagorns Gedanke gar nicht so weit von dem entfernt, was …«

»Kommen Sie mir nicht wieder mit dem Spinner! Ein paar Haare auf dem Boden zu finden ist keine Kunst. Was glauben Sie, wie viele Leute hier herumlaufen und andauernd Haare verlieren? Und abgesehen davon …«

»Nein, das meine ich nicht«, widersprach Anna.

Haller hob die Augenbrauen. »Sondern? Was dann?«

»Ich war gedanklich immer noch bei dem Aspekt davor. Dass der Täter sich mit Blut besudelt hat. Wenn es wirklich derselbe Täter war, scheint er immer weniger Scheu gehabt zu haben.«

»Korrekt. Erst das Gewehr, dann die Drahtschlinge, zuletzt die Keule oder was es auch immer gewesen sein mag, und nun eine richtige Sauerei.«

»Also jemand, der sich bisher nicht gerne die Hände oder irgendetwas anderes schmutzig gemacht hat. Warum hat er es jetzt aber in Kauf genommen? Vielleicht deswegen, weil er sich in irgendeiner Form davor geschützt hat.«

»Ich komme nicht ganz mit, Frau van der Pütten.«

»Verstehen Sie wirklich nicht? Der Pestarzt, mit dem Branagorn aneinandergeriet, hat seine Verkleidung vielleicht nicht ohne Grund gewählt. Die Pestärzte des Mittelalters haben diese Schnabelmasken getragen, um sich vor den Ausdünstungen der Kranken zu schützen – auch davor, dass sie mit hochinfektiösem und in der Regel mit Blut vermengten Speichel angespuckt wurden und sich dabei selbst infizierten.«

»Das ist doch an den Haaren herbeigezogen«, glaubte Haller. »Verzeihen Sie diese Ausdrucksweise angesichts der besonderen Umstände dieses Verbrechens, bitte! Aber Sie können doch nicht im Ernst daraus schließen, dass der Täter hinter dieser Pestmaske steckte und der edle Elbenritter namens Schmitt das natürlich mit seinen Argusaugen sofort erkannt hat und nichts anderes im Sinn hatte, als den Täter zu stellen – beziehungsweise ›einen Unhold mit dem Schwert zu enthaupten‹, wie dieser komische Vogel sich wahrscheinlich ausgedrückt hätte.«

»Es würde aber passen!«, beharrte Anna. »Das mit dem Pestdoktor, meine ich. Es würde psychologisch und vom vermutlichen Tatgeschehen her zusammenpassen, das war alles, was ich dazu sagen wollte. Und keine Sorge, ich werde jetzt nicht versuchen, mit Hilfe irgendwelcher magischen Sprüche unsere bisher reichlich dürftigen Erkenntnisse zur Täterpersönlichkeit noch etwas zu vermehren.«

»Das beruhigt mich, Frau van der Pütten«, seufzte Haller.

Der Irre aus Münster

»Ey, guckst du komisch!«, rief einer der Jugendlichen, die vor dem Siebziger-Jahre-Wohnblock herumlungerten. Die Jungs trugen tief hängende Hosen, und ihre Kapuzenshirts hatten eine gewisse Ähnlichkeit mit Branagorns Wams. Die Mädchen standen etwas abseits und kicherten viel.

Brüningheide oder Kinderhaus-West hieß dieser Stadtteil von Münster, der seinem Image als sozialer Brennpunkt trotz aller amtlichen Anstrengungen nie wirklich entkommen war. In einem dieser Hochhäuser, die wie eine Zeitkapsel den Eindruck einer Satellitenstadt aus den siebziger Jahren des 20. Jahrhunderts bewahrten, wohnte Frank Schmitt alias Branagorn, Elbenkrieger aus dem Gefolge des Königs von Elbiana und Herzog von Elbara, den man auch Branagorn den Suchenden nannte. Ein kleines Apartment, das abgesehen von Küche und Bad nur aus einem einzigen Raum bestand, hatte man ihm zugewiesen. Aber er fand, dass er schon schlechter gewohnt hatte. Immerhin war die Wohnung – anders als eine, die er zuvor belegt hatte – frei von Schimmel. In dieser Hinsicht war er empfindlich. Er konnte Schimmel sofort in der Nase spüren und hasste alle intensiven Gerüche. Die Wohnung hatte Doppelglasscheiben, was bei Bauten dieser Jahrgänge nicht selbstverständlich war. Die waren immerhin ganz gut gegen Lärm, auch wenn sie eigentlich aus Energiesparerwägungen allgemeiner Standard geworden waren. Aber Branagorn war lärmempfindlich. Starke Gerüche und Lärm – diese Kombination war für ihn nur sehr schwer erträglich und deswegen ging er eigentlich auch jeglichen Menschenansammlungen aus dem Weg.

Umso mehr Überwindung hatte ihn der Besuch des Mittelalter-Marktes gekostet. Aber es hatte schließlich einen guten Grund gegeben, dort hinzugehen.

Der Traumhenker, sein alter Feind, war dort gewesen. Er hatte es gespürt. Und nur deswegen hatte er sich unter all die Menschen gemischt, unter ihre schwer erträglichen Gerüche und ihr manchmal dröhnendes, manchmal schrilles Gerede, das von stampfender Musik untermalt wurde. Seine Sinne waren empfindlich. Er liebte die

Stille, wie er sie manchmal auf dem idyllisch gelegenen Gelände der westfälischen Landesklinik für Psychiatrie im etwa vierzig Kilometer entfernten Lengerich genießen konnte.

Wenn er unter Leuten war, musste er sich willentlich gegen all die von außen auf ihn einströmenden Sinnesreize abschirmen. Und manchmal, so hatte er das Gefühl, überrollte ihn einfach diese Welle aus Geschrei und Gestank, und er brach darunter vollkommen erschöpft zusammen.

»Ey, hörst du auch schwer?«, sprach der Typ im Kapuzenshirt ihn noch einmal an, obwohl Branagorn ihn zu ignorieren versucht hatte. »Redest nicht mit jedem, oder was? Guckst du echt eingebildet.«

Einige der jungen Männer lachten dröhnend. Die Mädchen kicherten. Es war nicht das erste Mal, dass Branagorn zum Ziel ihres Spottes wurde, was er für gewöhnlich mit Gleichmut ertrug.

»Ey, der ist so blass wie ein Vampir. Der sollte echt mal in die Sonne gehen«, tönte der Kerl herum.

Branagorns Handy klingelte.

Er holte das Gerät unter seinem Wams hervor und nahm das Gespräch entgegen. »Wer begehrt, mit Hilfe des sprechenden Artefakts mit mir zu reden?«, fragte er.

»Die Zeichen auf Ihrem Display sollten es Ihnen eigentlich verraten haben, Branagorn«, sagte eine Frauenstimme. »Ich bin es, Anna van der Pütten – falls Sie meine Stimme noch immer nicht erkannt haben sollten.«

»Natürlich habe ich Eure Stimme erkannt, werte Cherenwen! Wie könnte ich sie je vergessen?«

»Ich wollte eigentlich nur wissen, ob Sie gut nach Hause gekommen sind.«

»Ich danke Euch für Eure Sorge, holde Cherenwen.«

»Sie waren ja recht aufgebracht auf dem Mittelalter-Markt in Telgte.«

»Die Gründe dafür sind Euch bekannt, obgleich ich den Eindruck habe, dass eine besondere Form der Einfalt Eure Seele zu schützen scheint.«

»Das ist wirklich eine sehr charmante Art und Weise, mir zu sagen, dass Sie mich für eine Idiotin halten, Branagorn.«

»Der Traumhenker ist unterwegs. Er ist aus der Starre seiner Untätigkeit erwacht, und er wird wieder zuschlagen. Vielleicht in anderer Gestalt, vielleicht mit der Hilfe einer anderen, ihm verwandten und ebenso hasserfüllten und zynischen Seele. Es ist nicht die Frage, *ob* es geschieht, werte Cherenwen. Es ist nur die Frage, *wann* das sein wird.« Branagorn machte eine Pause, er erreichte gerade die Tür des Wohnblocks und trat im nächsten Augenblick ins Innere. Manche der Postfächer quollen von Reklamesendungen über, als hätten die Austeiler sich alle Mühe gegeben, hier so viel wie möglich von ihren Sonderangebotsprospekten loszuwerden. Die Wände waren mit Graffiti verschmiert. I SHIT ON YOU stand da in großen, kunstvoll verschnörkelten Buchstaben. Der Geruch von Urin und Erbrochenem hing in der Luft. Manchmal kam es vor, dass ein Betrunkener es nicht bis zu seiner Wohnung schaffte. Vor allem dann nicht, wenn der Aufzug defekt war, was sehr häufig der Fall war.

Branagorn ging den Flur entlang, während er das Gespräch mit Anna van der Pütten fortsetzte. »Ihr seid keine Idiotin«, widersprach er ihren letzten Worten. »Vielmehr seid Ihr eine reine Seele, die zu arglos ist, um zu erkennen, welche Gefahr droht. Und im Übrigen unterhalte ich mich gerne mit Euch, denn unsere Seelen sind verwandt.«

»Dann schlage ich vor, dass wir unsere Unterhaltung bei unserer nächsten Sitzung fortsetzen.«

»Die ist erst in drei Tagen.«

»Wie gesagt, ich wollte nur sichergehen, dass es Ihnen gut geht, Branagorn. Wir sehen uns am Dienstag.«

»Ihr braucht meine Hilfe schon vorher, Cherenwen. Der Traumhenker wird erneut Blut fließen lassen. Vielleicht schon sehr bald ...«

»Bis Dienstag, Branagorn«, beharrte Anna van der Pütten.

Das Gespräch war zu Ende.

»Oh sprechendes Artefakt, wie jämmerlich, dass ein Zauber nur die Worte, aber nicht die Gedanken zu übertragen vermag. Ihr habt nicht begriffen, wovor ich Euch warnen wollte«, murmelte Branagorn, während er noch auf das Display blickte, wo ihm angezeigt wurde, dass die Verbindung nicht mehr bestand.

Er hörte Schritte hinter sich.

»Ey, du hast schönes Handy«, hörte er die Stimme des Kerls, der ihn schon draußen angesprochen hatte.

Branagorn blickte auf. Auf dem Kapuzenshirt seines Gegenübers stand das Wort DELIGHT – »Freude« – in verschnörkelten Großbuchstaben. Es wirkte in diesem Moment wie ein ironischer Kommentar auf das Erscheinen dieses Kerls.

Er war einen halben Kopf größer als Branagorn, und im Gegensatz zu dessen eher hagerer Gestalt wirkte er sehr kräftig. An der Rechten trug er einen Schlagring. Branagorn fiel das sofort auf.

Der Kerl mit dem DELIGHT-T-Shirt streckte die geöffnete Linke aus und sagte: »Gib es mir!«

Branagorn hatte einiges aus den Gesprächen der Jugendlichen mitbekommen. Zum Beispiel, dass die anderen den hier Taliban nannten, weil er im letzten Jahr versucht hatte, sich einen Bart wachsen zu lassen, was allerdings über ein relativ bescheidenes Endergebnis nicht hinausgekommen war. Der Spitzname war jedoch geblieben. Abgesehen davon war Taliban offenbar dafür bekannt, dass er von anderen die Herausgabe von Geld, Handys, MP3-Playern oder anderen als wertvoll angesehenen Dingen erpresste. Bei der Auswahl seiner Opfer war er nicht besonders wählerisch. Meistens waren es Altersgenossen, aber er beklaute auch Rentner, wenn er zu wenig Kleingeld in der Tasche hatte, um seinen Haschischkonsum finanzieren zu können.

Jeder redete im Haus davon. Jeder wusste Bescheid, aber bislang hatte es noch niemand gewagt, etwas gegen Taliban zu unternehmen. Es hieß, dass er ein paar ihm treu ergebene Gefolgsleute hatte, die einem auch dann noch einen ungebetenen Besuch abstatten konnten, wenn er selbst verhindert war, weil er mal wieder eine der kleineren Strafen absitzen musste, zu denen er mehr oder weniger regelmäßig verurteilt wurde, wenn ihn die Polizei mal wieder nach einer Marihuana-Einkaufstour nach Holland mit frischer Ware erwischte.

Taliban hatte Branagorn bisher – sah man mal von seinen abfälligen Bemerkungen ab – in Ruhe gelassen. Offenbar war diese Schonzeit nun zu Ende. Vielleicht hatte er auch einfach bisher noch nicht gesehen, dass der Elbenkrieger ein Handy besaß.

»Ich sehe keinen Anlass, Euch mein Eigentum zu überlassen, werter Herr«, erklärte Branagorn ruhig und machte keinerlei Anstalten, seinem Gegenüber das Mobiltelefon auszuhändigen.

»Ey, du laberst! Kannst du nicht Deutsch, oder was?«

»Ich spreche viele Sprachen, und Ihr scheint Euch in der Euren ein wenig vergriffen zu haben«, erwiderte Branagorn.

Taliban kniff die Augen zusammen, sodass sie zu schmalen Schlitzen wurden. Branagorn nahm einen Geruch wahr, der eine für sein olfaktorisches Feinempfinden äußerst anstrengende Mischung aus Schweiß, Marihuana und noch ein paar anderen Komponenten war. Was Letztere betraf, so wollte der Elbenkrieger gar nicht so genau wissen, welche Anteile da im Einzelnen noch vorhanden waren. Er spürte so schon einen kaum zu unterdrückenden Brechreiz.

Taliban hob die geöffnete Hand und deutete auf die leere und mit Elbenrunen verzierte Lederscheide, die Branagorn an dem breiten Gürtel trug, der sein Wams zusammenhielt. »Hattest du nicht immer ein Schwert bei dir?«

»Heute nicht.«

»Wer hat es dir abgezogen?«

»Die Hüter der Ordnung.«

»Bullen? Arme Sau!«

»Verzeiht mir, werter Taliban, wenn ich das Gespräch mit Euch nicht fortzusetzen gedenke.«

Branagorn wollte einfach an Taliban vorbei in Richtung des Aufzugs gehen, aber der Kerl mit dem DELIGHT-T-Shirt stellte sich ihm erneut entgegen.

»Los, Handy her!«

»Ich werde Euch mein sprechendes Artefakt nicht geben.«

Taliban drängte Branagorn mit seiner schieren Körpermasse gegen die Wand. »Komm mir nicht dumm, du bleicher Arsch!«

Branagorn befreite sich mit einem kräftigen Stoß gegen die Schulter seines Gegenübers. Taliban ließ die Faust mit dem Schlagring nach vorne schnellen – genau auf Branagorns Kopf zu. Aber dieser wich mit einer Geschwindigkeit zur Seite, die man dem zerbrechlich wirkenden, blassen Mann kaum zutraute. Die Faust mit dem Schlagring krachte in die Wand. Der Schlagring hinterließ dort einen sehr charakteristischen Abdruck. Während Branagorn sich mit einem schnellen Schritt endgültig aus der Reichweite seines Gegners brachte, schrie Taliban laut auf und hielt sich die Hand.

»Verdammte Scheiße!«, rief er.

In diesem Moment passierten einige seiner Freunde, vor denen Taliban vor Kurzem noch seine große Show abgezogen hatte, die Außentür des Wohnblocks und betraten wenig später den Flur, der zu den Aufzügen führte.

Sie blieben stehen und wirkten einen Moment lang wie erstarrt.

»Ey, was ist passiert?«, fragte einer von ihnen.

Taliban wollte etwas sagen, konnte aber kein verständliches Wort herausbringen, weil ihn der Schmerz in der Hand wohl daran hinderte.

»Hat der dünne Mann dich geschlagen, oder was?«

»Scheiße!«

»Hätte nie gedacht, dass der Irre dich schafft, Alter!«

Talibans Gesicht lief dunkelrot an.

»Ich darf Euch versichern, dass es keinen Kampf gegeben hat«, erklärte nun Branagorn.

»Bin ausgerutscht. Mit Schlagring an der Hand«, knurrte Taliban. »Ist scheißglatt hier. Ey, ich sach dir, verklagen sollte man die Scheiß-Putzfrau! Und das Handy von dem Typ da ist auch echt arm. Voll scheiße und billig! Wer will so'n Teil tragen ohne schämen?«

Für einen Moment trafen sich die Blicke von Branagorn und Taliban. Dann ging der Elbenkrieger den Flur entlang bis zu den Aufzügen. Es gab insgesamt drei davon – und nur an einem stand ein Schild mit der Aufschrift DEFEKT. Ein ach so seltenes Zeichen der Hoffnung in einer bösen Welt, dachte Branagorn, fuhr hinauf in den zehnten Stock und erreichte schließlich eine Wohnungstür. F ANK S HMIT stand da an der Tür. Drei Buchstaben waren nicht mehr zu lesen. Aber das bedeutete ihm nichts, und er dachte auch nicht im Traum daran, dies in Ordnung zu bringen. Frank Schmitt wirkte auf ihn manchmal wie der Name eines Fremden, mit dem ihn nichts verband außer der Tatsache, dass er ihn auf die Formulare schreiben musste, die ihn dazu berechtigten, alle möglichen staatlichen Hilfen in Anspruch zu nehmen. Aber ansonsten hatte dieser Name nicht das Geringste mit ihm zu tun. Nicht mit seiner Seele und dem, was im Innersten seine Persönlichkeit ausmachte.

Er trat in die außerordentlich spärlich eingerichtete Wohnung. Eine Matratze lag auf dem Boden, ein paar Kleidungsstücke sorgfältig aufgeschichtet in einer Ecke. Außerdem gab es ein Gestell aus Gusseisen, das eigentlich wohl mal als Ständer für ein Kaminbesteck gedient hatte.

In Branagorns Wohnung allerdings diente es als Waffenständer. Mehrere Schwerter und Rapiers unterschiedlicher Größe waren dort zu finden. Und es gab ein Regal mit Büchern. Es waren fast hundert.

Branagorn schnallte den Gürtel mit der leeren Schwertscheide ab und warf beides auf die Matratze. Dann schritt er zur Balkontür und trat ins Freie. Er schnüffelte zunächst vorsichtig und mit deutlich ablesbarem Misstrauen in den Gesichtszügen, so, als wollte er keinen zu kräftigen Atemzug nehmen, ehe er nicht überprüft hatte, ob die Geruchsqualität der Luft einigermaßen erträglich war. Erträglich – nicht etwa gut oder hervorragend.

Je nachdem, wie der Wind stand und welche Industrieanlage in Münster gerade welche Gerüche seinem Balkon entgegenwehte, konnte die Qualitätsbeurteilung ganz unterschiedlich ausfallen.

Branagorn wagte nun einen etwas kräftigeren Atemzug und ließ den Blick über das von Hochhausbauten geprägte Kinderhaus schweifen. Von hier aus konnte man sogar das Signal-Iduna-Hochhaus mitten in der Stadt und die Lambertikirche sehen.

Hier irgendwo, in diesen Straßen, zwischen diesen Häusern und in diesem Land bist du also, Traumhenker, ging es ihm durch den Kopf. Du hast es darauf angelegt, dich mit mir zu messen. Nun gut, du sollst dein Duell haben! Ich, Herzog von Elbara und treuester unter den Gefolgsmännern des Königs von Elbiana, bin dazu bereit. Du wirst mir nicht entkommen, Bringer des Übels und Verderber der Seelen!

Und während Branagorns dürre Hände um die Balkonbrüstung fassten, schloss er die Augen und lauschte. Irgendwo da draußen schlug jetzt das Herz einer Mörderseele im Bewusstsein tiefer Schuld etwas schneller, einer Schuld, die zu groß war, um Vergebung erwarten zu können.

»Du wirst mir nicht entkommen, Traumhenker«, murmelte Branagorn, und es klang wie ein sehr feierliches Versprechen.

Letzte Ausfahrt Ladbergen

Haller fuhr für Annas Geschmack ziemlich schnell. Hansalinie hatte man die A1 früher genannt, sie durchschnitt das Münsterland wie ein gebogener Dorn und hatte außer einigen tausend Unfalltoten auch ein paar kleinere Baggerseen hinterlassen, wie zum Beispiel die Buddenkuhle in Ladbergen.

Haller nahm die Ausfahrt.

»Sie haben gar nicht Ihr Navi eingeschaltet«, stellte Anna fest.

»Brauche ich nicht. Ich komme von hier.«

»Aus Ladbergen?«, fragte sie und betonte dabei das Wort auf der vorletzten Silbe.

»Nein, aus Ladbergen«, widersprach Haller und betonte die erste Silbe. »Allein an der Aussprache hört man schon, dass Sie nicht aus Ladbergen kommen.«

»Das sind eben die kleinen Unterschiede.«

»Na ja, streng genommen bin ich auch ein Zugezogener. Meine Eltern haben hier in den Siebzigern gebaut, weil das Land so billig war. Und ganz ehrlich: Zuerst haben wir auch Lad*ber*gen gesagt.«

»Na, da bin ich ja beruhigt.«

»Im Übrigen sind die Auswärtigen schon seit Langem in der Mehrheit.«

»Na ja, Ladbergen war für mich bisher immer nur eine Ausfahrt an der Autobahn, wenn ich zwischendurch mal in den westfälischen Landeskliniken in Lengerich zu tun hatte«, meinte Anna. »Ist ja vielleicht auch nicht gerade eine Weltstadt.«

»Sagen Sie so etwas nicht! Nicht über die Heimat von Neil Armstrong!«

»Wie bitte?«

»Ja, wussten Sie das nicht? Die Vorfahren von Neil Armstrong, dem ersten Menschen auf dem Mond, stammen aus Ladbergen. Ich habe in der Schule neben jemandem gesessen, der mit Armstrong verwandt war. Etwas weitläufig natürlich.«

»Dann dürfte hier ja einiges los gewesen sein, als Armstrong vom kleinen Schritt für einen Menschen und vom großen für die Menschheit sprach und einen Fußabdruck hinterließ.«

»Und Sie denken, dass ich alt genug sein müsste, um das noch erlebt zu haben?«

»Haben Sie nicht?«

Haller erreichte die Kreuzung und bog von der Saerbecker Straße in die Lengericher Straße, vorbei an einer Tankstelle auf der rechten Seite.

»Ich war vier«, sagte Haller. »Und wir sind erst ein Jahr später hierhergezogen.«

»Dann haben Sie das verpasst.«

»Nein. Mein Freund in der Schule sagte, dass gar nichts los gewesen sei, als Neil Armstrong den Mond betrat.«

»Ach!«

»Es war Schützenfest. Und das war wichtiger! Überall haben sich die Leute die Mondlandung im Fernsehen angesehen. Mein Vater hatte extra einen Bunt-Fernseher gekauft. Eine Riesenkiste! Nur in Ladbergen-Wester hat niemand hingesehen, denn was ist schon eine Mondlandung, wenn man zum Schützenfest gehen kann?«

Anna lachte. Und Haller, der sonst eher verkniffen dreinsah, lächelte zumindest kurz.

Vielleicht reden wir nur so viel, weil wir uns von der äußerst unangenehmen Aufgabe ablenken wollen, die vor uns liegt, dachte Anna. Es war niemals Routine, den Angehörigen eines Mordopfers zu begegnen. Für keinen Polizisten und auch nicht für jemanden, der Psychologie studiert hatte. Es gab eben einfach Situationen, da hatte jegliches Bemühen um professionelle Distanz seine Grenzen.

Haller bog noch mal ein und anschließend ein weiteres Mal. Anna hatte längst die Orientierung verloren. Sie befanden sich in einer Siedlung mit schmucken Einfamilienhäusern. Alle rot verklinkert, mit grauweißen Fugen. Für architektonischen Firlefanz boten die strengen Bauvorschriften keinen Platz.

Schließlich bemerkte Anna das Schild mit der Aufschrift »Lerchenweg«. Vor einem der rot verklinkerten Bungalows stellte Haller den Wagen ab.

»Hier ist es«, sagte er knapp.

»Tja …«

»Zum Glück war schon ein Kollege hier und hat den Eltern von Jennifer Heinze die traurige Nachricht überbracht.«

»Das heißt keineswegs, dass für uns die Aufgabe jetzt angenehmer wird«, wandte Anna ein.

»Stimmt«, musste Haller zugeben. »Für einen Sonntagvormittag kann ich mir wirklich Schöneres vorstellen, als mit den Eltern eines Mordopfers unangenehme Fragen zu erörtern.«

»Es wundert mich, dass sich bisher niemand gemeldet hat, der mit ihr zusammen auf dem Mittelalter-Markt in Telgte war«, sagte Anna. »Wir haben doch auch keinen Wagen gefunden, der zu dem Schlüssel passt, den sie bei sich trug.«

»Das mit dem Wagen wundert mich auch«, sagte Haller. »Aber wieso sollte sie nicht allein zu dem Markt gefahren sein?«

»Weil die meisten, die ich da gesehen habe, eindeutig in Gruppen gekommen waren. Man verkleidet sich, geht zusammen über den Markt, kauft sich ein paar Sachen, die man unbedingt glaubt, haben zu müssen und die das eigene Mittelalter-Feeling etwas auf Vordermann bringen ...«

»Jennifer Heinze war nicht verkleidet«, stellte Haller klar. »Sie trug ganz normale Straßensachen. Nicht wie Ihr spezieller Elbenfreund zum Beispiel.«

Sie stiegen aus.

Wenig später standen sie vor der Haustür. Haller klingelte. Ein Mann mit Halbglatze machte auf.

»Haller, Kripo Münster. Dies ist unsere Psychologin, Frau ...«

»Meine Frau und ich trauern, aber wir sind nicht bekloppt, und es gibt bei uns in Ladbergen nicht mal einen Kirchturm, der wirklich hoch genug wäre, um sich mit gutem Gewissen zu Tode stürzen zu können. Also machen Sie sich keine Sorgen.«

»Ich wollte sagen, dies ist Frau van der Pütten, und wir würden Ihnen gerne noch ein paar Fragen stellen. Sie sind Herr Heinze, nehme ich an.«

»Nehmen Sie richtig an.«

»Dürfen wir hereinkommen?«, fragte Anna.

Herr Heinze atmete tief durch. Es hörte sich an, als würde er unter einer Zentnerlast ächzen. Und wahrscheinlich war ihm auch genau so zumute.

»Kommen Sie«, murmelte er. »Aber dass meine Frau in der Verfassung ist, mit Ihnen zu reden, kann ich Ihnen nicht versprechen.«

Herr Heinze führte sie in ein weitläufiges Wohnzimmer mit dicken, lederbezogenen Sesseln und Perserteppichen auf Parkett.

»Setzen Sie sich«, sagte er. »Ich komme gleich wieder. Kann ich Ihnen etwas anbieten?«

»Nein, danke«, sagte Haller.

»Mir auch nichts«, ergänzte Anna.

»Ich habe nur Kaffee da. Oder einen Korn. Den habe ich erst mal gebraucht, als Ihre Kollegen hier waren und uns gesagt haben, was mit …« Herr Heinze sprach nicht weiter. Er schluckte, und sein Gesicht wurde dunkelrot.

»Es ist schon gut, Herr Heinze. Machen Sie sich um unser Wohl keine Gedanken«, sagte Anna. »Sie stehen jetzt im Mittelpunkt. Und Sie haben alles Recht dazu, zu trauern und eine Weile in erster Linie an sich selbst zu denken.«

Er warf Anna einen kurzen Blick zu und nickte stumm.

Herr Heinze ging hinaus, verschwand durch eine Tür in einem anderen Raum und kehrte nach ein paar Augenblicken zurück.

»Entschuldigen Sie, wenn meine Frau heute nicht mit Ihnen reden möchte. Sie schafft das einfach nicht und ist völlig am Ende.«

»Vielleicht kann ich ihr helfen«, sagte Anna.

Herr Heinze schüttelte den Kopf. »Nein«, erwiderte er mit einem Tonfall, der an klirrendes Eis erinnerte. »Das können Sie nicht!« Er setzte sich. Sein Blick wirkte sehr nachdenklich. Er sah zwar in Hallers Richtung, schien aber durch ihn hindurchzusehen, so als wäre der Kriminalhauptkommissar gar nicht da.

»Herr Heinze, wir haben bei Ihrer Tochter einen Wagenschlüssel gefunden. Aber keines der Fahrzeuge, die wir auf dem Parkplatz an der Planwiese in Telgte gefunden haben, passte zum Schlüssel.«

»Sie hat einen Smart. Den haben wir ihr geschenkt. Ich glaube, das war nach ihrer bestandenen Prüfung, die sie zur Bankkauffrau gemacht hat. Sie war immer eher fleißig und hat alles mit Bestnoten hinter sich gebracht.«

»Farbe und Kennzeichen?«

»Gelb«, sagte Herr Heinze. »Und was das Kennzeichen angeht, schaue ich mal in meinen Unterlagen nach. Auswendig weiß ich das nicht. Wissen Sie, der Smart ist nämlich als Zweitwagen auf mich zugelassen. Wegen der Versicherung. Wenn man jung ist und ein Auto haben will, bezahlt man sich ja dumm und dämlich …« Er seufzte. »Sechsundzwanzig Jahre. Ist eigentlich kein Alter zum Sterben, oder?«

»Nein«, sagte Haller.

»Glauben Sie wirklich, dass Sie den Verrückten kriegen, der ihr … *so was* … angetan hat?«

»Wir tun unser Bestes, Herr Heinze. Darauf können Sie sich verlassen.«

»Ihr Kollege, der hier war, um uns die Nachricht zu überbringen, hat gesagt, dass man ihr die Haare abgeschnitten hat. Stimmt das?«

»Ja.«

»Dann ist es vielleicht der Irre, der schon ein paarmal hier in der Gegend zugeschlagen hat, oder? Die Zeitungen waren doch voll davon. Der Frisör oder so ähnlich.«

»Barbier. Aber das ist nur ein anderes Wort.«

»Wie lange ist es her, dass dieser Verrückte die erste Frau umgebracht hat?«

»Sieben Jahre.«

»Und Sie haben, wenn Sie mal ehrlich sind, immer noch keine richtige Spur, hab ich recht?«

Haller schwieg. Natürlich hatte er recht. Auch wenn es schwerfiel, das einzugestehen, aber genauso war es. Haller wusste das – und Anna wusste, dass Haller sie niemals hinzugezogen hätte, wenn er in der Lage gewesen wäre, in dem Fall mit herkömmlichen polizeilichen Methoden voranzukommen. Aber bisher gab es nur Fragen. Und keine Antworten.

»Herr Heinze, ich weiß, dass das fast zu viel verlangt ist, aber wir brauchen Ihre Hilfe«, mischte sich Anna nun ein. »Je mehr wir über Ihre Tochter wissen, desto eher finden wir vielleicht irgendeinen Ansatzpunkt für unsere Ermittlungen.«

»Fragen Sie«, sagte Heinze. »Ich halte das schon aus. Es hat ja keinen Sinn. Irgendwie muss es ja weitergehen, auch wenn ich mir im Moment nicht so richtig vorstellen kann, wie. Wissen Sie, in dem Alter, in dem meine Tochter war, habe ich längst nicht mehr zu Hause gewohnt, und ich habe mich schon gefragt, ob irgendwas mit ihr nicht in Ordnung ist. Sechsundzwanzig und noch zu Hause. Aber das scheint heute ganz normal zu sein. Ist ja auch am bequemsten. Ich habe immer mal wieder versucht, Jennifer dazu zu bringen, sich langsam ein eigenes Nest zu bauen. Schließlich hat sie einen guten

Job, und auch wenn ich von ihrem Freund nicht gerade besonders viel halte … Na ja, wie auch immer. Jetzt würde ich mir wünschen, sie würde noch jahrelang bei uns wohnen.«

»Sie erwähnten einen Freund …«, hakte Anna ein.

»Ja. Timothy.«

»Und wie weiter?«

»Timothy Winkelströter. Läuft immer herum wie so eine finstere Nachtgestalt oder so. Bleich geschminkt, und an den Fingern trägt er so Ringe mit Totenschädeln und so ein Zeug.«

»Trägt er zufälligerweise auch ein Schwert?«, fragte Haller.

Herr Heinze hob die Augenbrauen. »Manchmal. Kennen Sie ihn etwa?«

»Nein.«

»Hätte mich nicht gewundert, wenn der einschlägig wegen irgendwas vorbestraft wäre.«

»Am besten, Sie geben uns einfach die Adresse«, sagte Haller.

»Ich weiß nur, dass er in Kattenvenne wohnt. Ehrlich gesagt habe ich immer gehofft, dass es mit dem Typen möglichst schnell aus ist, und vor einer Woche schien es tatsächlich so zu sein. Die beiden hatten anscheinend Schluss gemacht. Nur schien unsere Jennifer darüber alles andere als glücklich zu sein.«

»Wir werden der Sache mal nachgehen«, versprach Haller. »Wir müssen von Ihnen jetzt noch ein paar Einzelheiten wissen. Wann genau ist Jennifer am Samstag nach Telgte gefahren? Und mit wem?«

»Das war gegen elf am Morgen. Sie ist in den Smart gestiegen und losgefahren. Sonst war da nichts. Tschüss, Papa, und das war's.«

»Sie war also allein?«

»Ja.«

»Kann es sein, dass sie sich mit Freunden getroffen hat, dort den Wagen abstellte und sie dann gemeinsam weitergefahren sind?«

»Wäre möglich. Aber dazu kann ich ehrlich gesagt nichts sagen.«

»Wir würden uns gerne das Zimmer Ihrer Tochter ansehen.«

»Zimmer?« Herr Heinze hob die Augenbrauen. »Es sind insgesamt drei Zimmer, die sie bewohnt hat. Natürlich können Sie sich dort umsehen, wenn Sie meinen, dass Ihnen das irgendwie weiterhilft.«

Herr Heinze brachte Sven Haller und Anna van der Pütten ins Dachgeschoss, das wohl komplett von Jennifer Heinze bewohnt worden war. Die Dachneigung ließ einen Ausbau gerade noch zu. Licht fiel durch große Dachfenster. Man konnte dem Zug der Wolken zusehen.

Herr Heinze stand erst etwas verlegen herum und meinte dann, er wolle mal nach seiner Frau sehen.

»Tun Sie das ruhig, wir kommen schon zurecht«, ermutigte ihn Anna.

»Gut«, sagte er so knapp und hölzern, wie es wohl ohnehin seiner Art entsprach. Aber diese etwas knorrige Fassade half ihm, das Gesicht zu wahren.

Anna sah sich um. Zu den ersten Dingen, die ihr auffielen, gehörte ein Plakat. Es warb für ein Konzert der Mittelalter-Rockband Schandmaul, das vor sieben Jahren in der Jovel Music Hall in Münster stattgefunden hatte.

»Sie war dort«, murmelte Anna.

»Was?«, fragte Haller und sah zu ihr hinüber, während er in Jennifer Heinzes Kleiderschrank sah, in dem es einige Gewänder gab, die gut auf den Markt in Telgte gepasst hätten.

»Jennifer Heinze war auf dem Schandmaul-Konzert vor sieben Jahren. Wurde nicht in der Damentoilette der alten Jovel Music Hall an der Grevener Straße damals das zweite Opfer des Barbiers gefunden – oder habe ich das falsch in Erinnerung?«

»Nein, das stimmt. Opfer Nummer eins ist ein halbes Jahr vorher durch ein Jagdgewehr umgekommen. Die Tote im Jovel war Nummer zwei, dann hat sich der Täter erst mal eine Pause von zwei Jahren gegönnt, ehe er wieder zuschlug …« Haller runzelte die Stirn und sah sich das Plakat interessiert an. Das Plakat war sogar von den Musikern mit Autogrammen versehen worden. »Stimmt, sie ist zur Tatzeit am Tatort Nummer zwei gewesen, das verbindet sie mit Franka Schröerlücke, dem zweiten Opfer. Es sei denn, Jennifer hat dieses Plakat auf einem Flohmarkt gekauft.«

»Glaube ich nicht.«

»Ich auch nicht, Frau van der Pütten. Jennifer hatte den Schrank voller ›Gewandungen für die Maid‹, wie man sie in diversen und einschlägigen Internetshops kaufen kann, wenn man das Bedürfnis hat, als Erwachsene noch Burgfräulein zu spielen …«

»Ah, ich merke, Sie haben inzwischen zum Thema recherchiert.«

»Ein paar Klicks im Netz nenne ich noch keine Recherche.«

»Besser als nichts.«

»Was ich sagen wollte, ist: Wieso hat Sie von dem Plunder nichts angezogen, als sie nach Telgte fuhr? Ich meine, wenn es einen passenden Ort gegeben hätte, um die Sachen zu tragen, dann doch wohl dort, oder irre ich mich?«

Anna zuckte mit den Schultern. »Das Plakat ist sieben Jahre alt. Sie war offenbar schon damals mit der Mittelalter-Szene verbunden. Aber manchmal ändert sich der Geschmack oder das Leben oder beides.«

»Worauf wollen Sie hinaus?«

»Na ja, inzwischen wurde Jennifer Bankkauffrau, lief wahrscheinlich in gediegener Businesskleidung herum und trug Faltenrock und Bluse anstatt ›Gewandung‹. Manchmal versucht man sich von der Allgemeinheit erst abzuheben und findet das dann später mehr und mehr überflüssig, kann sich aber von den Accessoires der Protestphase trotzdem nicht trennen.«

»So wie die alten Opas in ihren Easy-Rider-Lederjacken, die man manchmal sieht.«

»Genau. Das ist natürlich alles nur Spekulation. Wir können Jennifer Heinze ja leider nicht mehr fragen.«

Haller wühlte etwas in dem Kleiderschrank herum, räumte mit einer weit ausholenden Bewegung einen Großteil der langen, bis zum Boden reichenden Kleider und Mäntel zur Seite, und was dann zum Vorschein kam, ließ sie beide staunen.

Haller bückte sich und hob eine Maske nach Art eines mittelalterlichen Pestarztes hoch.

»Der Schwarze Tod scheint uns wirklich zu verfolgen«, stellte er mit galligem Unterton fest.

Der Freak aus Kattenvenne

Als Anna van der Pütten und Sven Haller bei den Heinzes in Ladbergen fertig waren, fuhren sie nach Kattenvenne, um mit Timothy Winkelströter zu sprechen. Die Adresse herauszufinden war nicht allzu schwierig. Haller brauchte dazu noch nicht einmal im Polizeipräsidium in Münster anzurufen, um seine Kollegen zu bitten, das zu ermitteln. Er hatte sein Laptop dabei, ging damit über einen Stick ins Internet und hatte die Adresse wenig später gefunden.

Timothy Winkelströter wohnte in einer Einliegerwohnung, die in einem zweistöckigen Haus mit Walmdach lag. Das Haus schätzte Haller auf gut hundert Jahre, auch wenn es gut in Schuss war. Es hatte einige kleine Erker, und die Wände waren von wildem Wein überwuchert. Im Zeitalter der roten Verklinkerung hätte der Bauherr wohl niemals die Genehmigung für den Bau dieses Hauses bekommen, insofern verdankte es seine Errichtung der Gnade des frühen Baubeginns.

Winkelströter war allerdings offenbar nicht zu Hause. Auf das Klingeln an seinem Schild reagierte auch nach dem fünfzehnten Mal niemand.

Stattdessen öffnete der im Haus wohnende Vermieter die Tür. Dem Türschild zufolge lautete sein Name Möller.

»Der ist nicht da«, sagte er.

»Kripo Münster. Wir wollen zu Herrn Winkelströter.«

»Hab ich kapiert«, sagte Möller. Er war von mittlerem Alter und trug ein kariertes Hemd, das ihm vielleicht vor zwanzig Jahren mal gepasst hatte, dessen Knöpfe jetzt aber zum Zerreißen gespannt waren. »Iss abba nich da.«

»Ist das Ihr Haus?«

»Jooo.«

»Wann kommt Herr Winkelströter denn zurück?«

»Weiß nich.«

»Heute noch?«

»Kann sein. Kann auch nich sein. Immer unterwegs. Hatt 'n Geländewagen – fallse ihn verfolgen wollen.«

»So dringend ist es auch nicht. Aber vielleicht rufen Sie uns an, sobald er auftaucht – oder noch besser: Sie sagen ihm, dass er sich dringend bei uns melden soll!«

Haller gab ihm seine Karte.

Der sah mit einem Stirnrunzeln darauf.

»Kannnixsehen«, sagte er. »Keine Brille.«

»Schon gut«, murmelte Haller resignierend. Er warf Anna einen Blick zu, der zu sagen schien: Ja, so steht es wirklich mit der berühmt-berüchtigten Mithilfe der Bevölkerung.

»Sachihmabbabescheid«, versprach der Hauseigentümer.

»Danke, sehr nett von Ihnen«, meinte Haller.

Als sie zum Wagen zurückgingen, verdrehte er die Augen.

***

Anna van der Pütten gähnte. Es war Sonntagabend. Sie befand sich seit dem späten Nachmittag in einem der Konferenzräume des Münsteraner Polizeipräsidiums, der zum Lagezentrum umfunktioniert worden war.

»Will jemand noch Kaffee? Sonst nehme ich den Rest«, meldete sich Raaben zu Wort. Haller antwortete nicht. Er schien in seine Gedanken vertieft zu sein. Schon seit einer ganzen Weile starrte er auf die zahllosen Fotos, die am Tatort gemacht worden waren. Auf dem Großbildschirm waren sie in aller Deutlichkeit und mit vielen Details zu sehen, die man ohne die vorliegende immense Vergrößerung gar nicht bemerkt hätte.

Das Telefon klingelte. Eine Kollegin, deren Namen Anna bisher nicht kannte, ging dran. »Wenden Sie sich doch bitte an die Pressestelle«, sagte sie freundlich, aber bestimmt. »Nein, ich kann Ihnen leider keine Auskünfte geben.« Es folgte noch eine Bekräftigung in Form eines »Wirklich nicht« und ein ziemlich gereiztes »Bitte!«. Sie wandte sich an Haller.

»Ich frage mich, woher die diese Nummer haben, Sven.«

»Ich habe es aufgegeben, mich noch über irgendetwas zu wundern«, meinte Haller. »Auf der Leitung, die frei bleiben soll, ruft die Presse an, und auf den Nummern, auf denen Hinweise eingehen sollten, kommt jede Menge Müll, aber nichts Brauchbares.«

Die Tür ging auf. Markus Friedrichs von der Spurensicherung trat ein. Anna kannte ihn. Er war an dem Tatort auf der Planwiese gewesen und hatte sich auch bereits an den Ermittlungen bei den vorangegangenen Morden des sogenannten Barbiers beteiligt. Dunkles Haar, glattes Gesicht und eine Brille, die irgendwie nie wirklich dort zu sitzen schien, wo sie hingehörte. Vielleicht lag das daran, dass die wenig markante Nase dafür einfach nicht den rechten Halt bot. Man konnte Friedrichs für Mitte zwanzig halten, wenn man übersah, dass sich an den Schläfen und im Nacken bereits erste graue Strähnen zeigten. Jemand, der mit vierzig immer noch so aussah, als hätte Mutti ihm die Sachen zum Anziehen rausgelegt, und für den es kein höheres Ziel gab, als mit größtmöglicher Akribie seine Arbeit zu machen.

Während sich unter den Polizisten alle anderen duzten, war Friedrichs der Einzige, der alle siezte und auch von allen gesiezt wurde. In diesem Sinn gehört er nicht wirklich dazu, dachte Anna – und das hatte Friedrichs mit ihr gemeinsam. Der Unterschied war, dass sie wirklich nicht dazugehörte, Friedrichs jedoch eigentlich längst hätte dazugehören müssen, es aber offenbar nicht wollte.

»Ich muss Ihnen was zeigen«, sagte Friedrichs und legte den vergrößerten Computerausdruck eines Tatortfotos auf Hallers Tisch.

Anna erkannte sofort, worum es ging. Es zeigte die Flecken am Anhänger-Aufbau, die nach Branagorns Ansicht zusammengenommen einen Handabdruck ergaben.

»Was ist das?«, fragte Haller.

»Sehen Sie sich das hier an.« Friedrichs legte einen weiteren Ausdruck vor Haller auf den Tisch. »Es handelt sich um einen ähnlichen Abdruck. Der Fotoausschnitt ist sieben Jahre alt und stammt aus der Damentoilette der alten Jovel Music Hall an der Grevener Straße vom Tag des Schandmaul-Konzerts.«

»Dort wurde Franka Schröerlücke, das zweite Opfer des Barbiers, gefunden«, erklärte Haller.

»Es ist ein Ausschnitt eines Tatortfotos, allerdings hat man diese Spur damals nicht zuordnen können und auch nicht richtig gesichert. Die Ausdrucke entsprechen übrigens dem Maßstab eins zu eins. Ich habe jetzt genaue Messungen durchgeführt und mit einer neuen Vergleichssoftware für isometrische Daten gearbeitet.«

»Und mit welchem Ergebnis?«, fragte Haller.

»Also, wenn es eine Hand ist, dann vermutlich dieselbe. Und es dürfte auch derselbe Handschuh gewesen sein. Sehen Sie die Linien hier? Ich kann Ihnen das noch auf einer anderen Vergrößerung zeigen.«

»Nicht nötig.«

»Das dürften sehr charakteristische Nähte sein. Ich habe den Abdruck außerdem fachgerecht gesichert. Es sind Muster erkennbar, die auf stark strukturiertes Leder schließen lassen.«

»Eigenartig«, meinte Haller stirnrunzelnd. »Dieser Spinner scheint das sogar erkannt zu haben.«

»Sie meinen Branagorn?«, echote Anna.

»Ich meine Frank Schmitt. Dass Sie diesen Firlefanz mit dem Fantasy-Namen mitmachen, ist meiner Meinung nach selbst für eine Therapeutin etwas zu viel der Einfühlung. Oder ist es kein Therapieziel mehr, sich der Realität zu stellen?«

Anna ging darauf nicht weiter ein. Stattdessen wandte sie sich an Friedrichs. »Das heißt, unser Täter trägt bei seinen Taten immer dieselben Lederhandschuhe.«

»Ja«, bestätigte Friedrichs. »Und möglicherweise gibt es irgendein orthopädisches Problem bei ihm. Denkbar wäre natürlich auch hohes Alter, Übergewicht oder etwas Vergleichbares.«

»Wieso das?«, fragte Haller.

Friedrichs atmete tief durch, so, als wäre er genervt davon, seinen vergleichsweise unwissenden Mitmenschen etwas erklären zu müssen, und als verstünde er nicht wirklich, weshalb die anderen nicht selbst darauf kamen. »Ich habe mir den Kopf darüber zerbrochen, wie diese Abdrücke zustande gekommen sind. Es lastete auf jeden Fall sehr viel Gewicht auf der Hand. Da ist nicht einfach nur mal so an die Wand gepatscht worden. In dem Fall auf der Planwiese ist außerdem vorher auf die feuchte, grasbewachsene Erde gefasst worden. Das ist sicher. Ich denke Folgendes: Der Täter hat sowohl in der alten Jovel Music Hall vor sieben Jahren als auch auf der Telgter Planwiese das Opfer zuerst getötet und dann in eine sitzende Haltung gebracht. Anschließend rasierte er es, und dabei musste er in die Knie gehen oder hocken. Hinterher kam er aber offenbar nicht hoch, ohne sich abzustützen.«

»Also irgendein Problem mit dem Bewegungsapparat – im weitesten Sinne«, zog Anna ein Resümee.

Friedrichs nickte. »Ja, ich bin gerade mit einem Orthopäden in Kontakt, der mir da vielleicht ein paar Hinweise geben kann. Also wenn wir ganz konservativ argumentieren, könnte man so sagen: Der Barbier hat die Angewohnheit, sich beim Aufstehen abzustützen und irgendwo Halt zu suchen.«

»Und die Spuren können nicht während eines Kampfes entstanden sein?«, fragte Haller.

»Die beiden Toten selbst geben keine Hinweise, die in diese Richtung deuten, Herr Haller. Ich halte das für unwahrscheinlich.«

Haller seufzte. »Also müssen wir jetzt alle humpelnden Handschuhträger im Münsterland überprüfen – oder wie sehe ich das?«

»Lässt sich was zur Größe der Täterhand sagen?«, fragte Raaben.

Friedrichs nickte. »Größe sieben mit einem geschätzten Handumfang von 19,6 Zentimetern, würde ich sagen. Das entspricht der Größe S bei Männern, der Größe M bei Frauen und der Größe XL bei Kindern.«

»Mit anderen Worten: Der Handschuh passt jedem«, resümierte Haller.

»Ich möchte die Bilder gerne jemandem zeigen«, kündigte Anna an. »Auch das aus dem alten Jovel.«

»Aber nicht Ihrem Elbenkrieger«, verlangte Haller.

»Doch – genau dem.«

»Aber …«

»Herr Haller, er wusste es! Er hat auf einen Blick im Grunde dasselbe gesehen, was Ihr Kollege mit Hilfe seiner aufwendigen Methodik schließlich auch herausbekommen hat. Bitte!«

Haller seufzte. »Ende der Diskussion! Das kommt nicht in Frage. Und verlangen Sie nicht von mir, dass ich in Zukunft an Magie glaube!«

»Ganz sicher nicht. Aber dass Branagorn das Haar auf dem Boden gesehen hat, dass er diesen Abdruck und die Struktur erkannt hat … Das ist alles nicht so verwunderlich, wie Sie vielleicht denken.«

»Es reicht mir völlig, wenn die Psychologie mir erklärt, warum jemand Vater oder Mutter hasst oder jemanden umbringt. Ich brauche nicht auch noch wissenschaftliche Erklärungen für Dinge, die es nicht gibt«, sagte Haller jetzt schroff.

»Was ich meine, hat gar nichts mit Psychologie zu tun«, erwiderte Anna. »Und auch nicht mit Magie. Es geht einfach darum, dass er mehr sieht als andere.«

»Sag ich ja! Weiße Mäuse und so was!«

Friedrichs ergriff jetzt noch einmal das Wort, nachdem er sich schon zum Gehen gewandt hatte. »Ach ja, Herr Haller – es sitzt draußen noch jemand, der Sie gerne sprechen würde«, meinte er beiläufig. »Er sagt, er würde das letzte Opfer kennen.«

Haller hob die Augenbrauen. »Und das sagen Sie mir erst jetzt?«

Friedrichs zuckte mit den Schultern. »Es hat mich ja niemand gefragt.«

»Der Zeuge soll schon mal ins Zimmer 2 gehen.«

»Ich werde es ihm sagen«, versprach Friedrichs.

Zimmer 2 war ein spartanisch eingerichteter Besprechungsraum mit unbequemem Mobiliar. Dieses Mobiliar entsprach nicht einer besonderen Verhörtaktik, die die Folter durch unbequemes Sitzen und schmerzende Druckstellen im Gesäß sowie Rückenschmerzen bei längerer Dauer des Gesprächs schleichend wiedereinführen wollte. Es war schlicht eine Frage fehlender finanzieller Mittel. Anna war das schon unangenehm aufgefallen, als sie zum allerersten Mal ein längeres Gespräch mit einem Verdächtigen in diesen Räumlichkeiten hatte führen müssen und sich hinterher gefragt hatte, ob dessen Aggressivität nun wirklich Ausfluss einer soziopathischen Persönlichkeit oder vielleicht doch nur das unweigerliche Resultat schlechten Sitzmobiliars war.

Der Zeuge hatte schon Platz genommen. »Ich bin Timothy Winkelströter«, sagte er. »Herr Möller hat mir gesagt, dass ich mich bei Ihnen melden soll.«

»Das ist richtig«, bestätigte Haller und setzte sich. Er stellte seine Kaffeetasse ab und plemperte dabei. »Wollen Sie auch einen Kaffee?«

»Nein. Es geht um Jennifer, nehme ich an.«

»Ja. Sie waren Ihr Freund?«

»Also, wie soll ich sagen?«

»Ja oder nein. Das ist doch nicht allzu schwierig.«

Timothy Winkelströter beugte sich vor. Anna musterte ihn dabei. Er trug einen langen Ledermantel, der fast bis zu den Knöcheln reichte. Seine Finger waren von Ringen besetzt. Um den Hals hing ein Amulett mit verschnörkelten Schriftzeichen, die Anna entfernt an die magischen Runen erinnerten, die auf Branagorns Schwertscheide zu sehen waren. Seine Haare reichten bis weit über die Schultern und waren ziemlich strähnig.

»Die Sache ist die: Wir hatten eigentlich Schluss gemacht. Oder noch genauer gesagt: Ich hatte mit ihr Schluss gemacht, weil sie genervt hat.«

»Hm«, meinte Haller. »Wann war das?«

»Das war am Freitag vor acht Tagen. Wir haben uns dann einige Zeit nicht gesehen, und als ich am Samstag zum Mittelalter-Markt nach Telgte gefahren bin …«

»Sie waren also dort?«, unterbrach ihn Haller.

»Ja, sicher.«

»Fahren Sie bitte einfach fort«, ermutigte ihn Anna, denn sie hatte das Gefühl, dass sich Haller nicht gerade einen günstigen Augenblick ausgesucht hatte, um den Gesprächsfluss seines Gegenübers zu stören.

Timothy Winkelströter schluckte. »Einen leckeren Met haben Sie nicht zufällig, oder?«

»Tut mir leid«, meinte Haller. »Kaffee oder Wasser, mehr gibt's hier nicht.«

»Dann lassen Sie es besser. Ich will mich ja nicht vergiften.«

»Wie kam es, dass Sie doch mit Jennifer Heinze zum Markt gefahren sind?«, ging Anna nun dazwischen und wunderte sich selbst über ihre Ungeduld, die eigentlich jeglichen Konventionen ihres Berufsstandes widersprach.

»Das habe ich doch noch gar nicht gesagt«, wunderte sich Timothy.

»Nein, aber ich habe es angenommen.«

Timothy seufzte. »Wie gesagt, ich war auf dem Weg nach Telgte, sie hat mich auf dem Handy angerufen und gesagt, sie sei auch auf dem Weg dorthin. Und ob wir nicht noch mal über alles reden könnten und so. Na ja, ich bin ja kein Unmensch. Wir hatten ja auch schöne Zeiten. Also haben wir einen Treffpunkt an einem Parkplatz vereinbart, sie ist in meinen Wagen eingestiegen, und wir sind zum Markt gefahren.«

»Wie ging es dann weiter?«, fragte Anna. Ihr fiel eine Tätowierung am Unterarm auf, als der Ärmel seines Mantels etwas hochrutschte. Es war ein Stierkopf auf einem Kreuz. Irgendwo hatte sie dieses Zeichen schon einmal gesehen, konnte es aber im Moment nicht recht einordnen. Aber kultische Geheimlehren waren ebenso wenig ihr Spezialgebiet wie die alchemistischen Geheimzeichen des Mittelalters oder was auch immer Timothy Winkelströter sonst als Vorlage für diesen leider ziemlich dauerhaften Körperschmuck gewählt hatte.

»Tja, ich will nicht drumrumreden«, sagte Timothy.

Drumrum – dieses eine Wort wies ihn als jemanden aus, der in dieser Gegend geboren und aufgewachsen war. Anna war erst während ihres Studiums in Köln aufgefallen, dass man daran münsterländische Landsleute in der Fremde erkennen konnte. Drumrum und drumzu – zwei akustische Erkennungszeichen, die jeden Münsterländer so eindeutig identifizierten, wie das »Woll« den Sauerländer. Anna hatte sich bis dahin immer eingebildet, reines Hochdeutsch zu sprechen, und es war ihr erst in dem Moment klar geworden, als sie einen Kommilitonen, der, wie sich herausstellte, aus Emsdetten kam, diese beiden Worte benutzen hörte, die sie bis dahin ebenfalls bedenkenlos gebraucht und sich danach mühsam abgewöhnt hatte.

Nach seiner verheißungsvollen Ankündigung, nicht »drumrumreden« zu wollen, schwieg Timothy Winkelströter allerdings erst einmal eine Weile. Er wirkte plötzlich in sich gekehrt, und seine Hand umfasste das Amulett mit den Runen, so, als würde er sich davon irgendeine Art von Schutz oder Stärkung erhoffen. Der Stierkopf auf dem Kreuz an seinem Arm wurde dadurch sehr gut sichtbar, sodass Anna jede Einzelheit daran erkennen konnte.

»Wann haben Sie Jennifer denn zuletzt gesehen?«, fragte Anna jetzt behutsam. Ihre Stimme hatte einen samtweichen Klang. Sie hatte sich diesen Tonfall für schwierige Therapiesituationen angewöhnt. Er half besser als jeder Trick, den man in einem Seminar für Gesprächsführung erlernen konnte.

»Das war an einem der Stände. Ich wollte ein Trinkhorn aussuchen, und Jennifer hat mich so vollgequatscht, da sind wir etwas aneinandergeraten. Mir war klar, dass es keine gute Idee gewesen ist, sich noch mal zu treffen, obwohl wir früher immer gerne zusammen auf den Markt auf der Planwiese gegangen sind. Sie werden das vielleicht kennen. Da gibt dann ein Wort das andere, und schließlich ist sie ziemlich wutentbrannt abgedampft. Danach habe ich sie nicht mehr gesehen. Und von ihrem Tod habe ich erst später erfahren, als da dieser große Tumult entstand und Ihre Kollegen mit Megafonen ihre Durchsage machten. Aber da waren so viele Menschen, ich konnte nichts sehen.«

»Wann war Ihnen klar, was geschehen ist?«

»Lutz Brackenhorst hat es mir gesagt. Der hat den Stand ganz in der Nähe, wo Jennifer gefunden wurde. Ich kenne Lutz gut, weil ich ihn über meinen Internetshop mit Amuletten beliefere.« Timothy schüttelte den Kopf. »Furchtbar, was dieser Irre ihr angetan hat.«

»Aber Sie hielten es nicht für nötig, sich bei unseren Beamten zu melden«, stellte Haller fest. »Wieso nicht?«

»Ich hätte doch gar nichts dazu sagen können«, verteidigte sich Timothy Winkelströter. »War ich vielleicht dabei, als Jennifer starb? Nein!«

»Jede Information, die wir bekommen, kann uns weiterhelfen, den Täter zu fassen«, widersprach Haller. »Oder wollten Sie nur nicht selbst verdächtig erscheinen?«

»Ich?«

Er ist wirklich überrascht, erkannte Anna. Allerdings erschien es ihr letztlich doch ziemlich verwunderlich, wie unbeteiligt er den Tod seiner Exfreundin hinnahm. Ob das nur eine coole Maske war, oder ob da noch etwas anderes dahintersteckte, hatte Anna für sich selbst noch nicht entschieden. Jedenfalls stimmte da irgendetwas nicht. Er verschwieg etwas.

»Sie haben sich mit Ihrer Freundin oder Exfreundin, oder was immer sie in dem Moment auch gerade für Sie gewesen ist, heftig gestritten, wie Sie selbst erklärt haben«, stellte Haller fest. »Und wenig später ist sie tot! Haben Sie für die Zeit nach Ihrem Streit ein Alibi?«

»Sehe ich etwa aus, als wäre ich irre und würde Frauen erst umbringen und dann einer Radikalrasur unterziehen? Sehe ich wirklich so aus?«

»Wenn wir Tätern ihre Schuld ansehen könnten, dann wäre unser Job etwas leichter, Herr Winkelströter. Leider ist das nicht der Fall, und so sind wir auf solche Sachen wie Alibis und dergleichen angewiesen, um den Täterkreis einzugrenzen oder jemanden auszuschließen.«

»Ich habe ein paar Kumpels getroffen und bin mit denen über den

Markt gezogen. Und abgesehen davon hatte ich noch eine Auseinandersetzung mit einem der Händler.«

»Weswegen?«

»Deswegen!« Timothy Winkelströter erhob sich urplötzlich und riss seinen Mantel auseinander, als würde er einen Exhibitionisten parodieren wollen.

»Sehe nichts«, sagte Haller.

»Die Elbenrunen an der Gürtelschnalle. Die habe ich designt! Solche Schnallen biete ich auch über meinen Shop an, und dieser Sack hat einfach das Design geklaut. Das ist ein Verstoß gegen das Urheberrecht, falls Ihnen das was sagt.«

»Namen und Adressen der Personen, die Ihre Geschichte bestätigen können, bitte«, verlangte Haller. »Dann dürfte sich das doch rasch klären lassen, oder?«

Timothy Winkelströter zögerte aus irgendeinem Grund. Warum?, fragte sich Anna unwillkürlich, und das Gefühl, dass da etwas faul war, verstärkte sich. War es die Tatsache, dass sein Lächeln maskenhaft war und ohne Beteiligung der Schläfenmuskulatur zustande kam? War es die sehr eindringliche Sprechweise, dieser Tonfall, der besonders überzeugend wirken sollte und es genau deswegen nicht war?

»Okay«, sagte Timothy Winkelströter schließlich und lehnte sich zurück. Er wich Annas Blick aus.

Haller schrieb sich eine Reihe von Namen auf, die der Zeuge ihm sagte. Bei manchen Adressen wusste Timothy die Straßennummer nicht, aber dafür die Handynummer, was die ganze Angelegenheit wohl erheblich vereinfachen würde. Außerdem wollte Haller noch genau wissen, wo Jennifer Heinzes Wagen abgestellt worden war.

»War es das?«, fragte Timothy Winkelströter.

»Ja, das war's.« Haller nickte. »Zumindest fürs Erste. Haben Sie ein Handy? Für den sehr wahrscheinlichen Fall, dass wir an Sie noch Rückfragen haben.«

»Oder Sie mich orten wollen.«

»Na, da wir doch beide davon ausgehen, dass die von Ihnen benannten Zeugen Ihr Alibi bestätigen können und Sie uns auch sonst die Wahrheit gesagt haben, wird das ja wohl kaum nötig sein.«

Timothy nannte Haller seine Handynummer.

»Einen Moment. Der Kuli funktioniert nicht mehr«, stellte Haller nach dem ersten Strich fest. »Tja, das Zeitalter der Schriftlichkeit scheint unwiderruflich zu Ende zu gehen.« Haller nahm sein Handy hervor. »Ich tippe die Zahlen direkt ins Menü ein, wenn Sie sie mir sagen.«

»Falls Sie sich vertan haben sollten, können Sie ja die Audio-Aufzeichnung abhören, die Sie von meiner Aussage gemacht haben.«

Bevor Timothy Winkelströter die Tür erreichte, sagte Anna: »Herr Winkelströter, zwei Fragen noch …«

Timothy grinste. »Die psychologische Masche, was? Harmlos tun und hintenrum kommen. Bitte, ich habe nichts zu verbergen, und auch wenn Jennifer und ich uns nicht im Guten getrennt haben, will ich genauso wie Sie, dass der verrückte Killer-Frisör endlich das Handwerk gelegt bekommt.«

»Frage Nummer eins: Waren Sie eigentlich auf dem Schandmaul-Konzert vor sieben Jahren?«

Er sah Anna irritiert an. »Häh?«

»Jovel Music Hall, Grevener Straße.«

»Ja, richtig, die ist doch abgerissen worden, und die sind dann in so ein pleitegegangenes ehemaliges Autohaus umgezogen.«

»Waren Sie dort?«

Er zeigte ihr seine Ringe, strich dann mit den Händen an seinem Ledermantel herab. »Jeder im Umkreis von hundert Kilometern, der so aussieht wie ich oder sich auch nur ansatzweise für Mittelalter-Rock interessiert, war an dem Tag dort. Eigentlich jedenfalls.«

»Was heißt das?«

»Ich leider nicht! Ein Kumpel von mir wollte Karten besorgen, und ich habe mich auf ihn verlassen. Tja, der hat es leider verpennt, und deswegen musste ich dann draußen bleiben. Leider.« Er runzelte die Stirn. »Was ist das für eine Frage? Ah, ich verstehe schon … Damals ist auch was passiert, nicht wahr? Ist doch richtig.«

»Frage Nummer zwei: Welche Handschuhgröße haben Sie eigentlich?«

Er runzelte die Stirn. Dann sah er auf seine Hände. Zierliche Hände mit den schlanken Fingern eines Pianisten. Die Ringe mit den Geisterfratzen, Totenköpfen und magischen Runen ließen sie noch zarter erscheinen. Eine Mischung aus Grufti-Design und der beringten Schrumpelfinger-Tarnung eines Karl Lagerfeld, wie Anna fand. »Bin ich ein Mädchen und friere?«, fragte Timothy. »Ich trage nie Handschuhe. Da passen auch meine Ringe nicht drunter.«

»Mag ja sein«, sagte Anna. »Aber …«

»Ist Ihnen außerdem aufgefallen, dass Sommer ist?«

»Hätten Sie was dagegen, wenn wir Ihre Hände einfach vermessen?«, ließ sich Anna nicht beirren.

Er zuckte mit den Schultern. »Kein Problem.«

»Handumfang 16,6 Zentimeter – das passt doch in Größe sieben hinein«, meinte Anna später. Da saßen Anna und Haller in einem Restaurant in der Nähe des Friesenrings. Es handelte sich um das »Mongo's«, das vor allem für seine asiatische Straßenküche bekannt war. Anna knurrte gewaltig der Magen. Genau wie Haller war sie den ganzen Tag nicht zum Essen gekommen, sondern hatte sich mehr oder weniger nur von einem Schokoriegel und einigen Tassen des dünnen Kaffees ernährt, den es im Polizeipräsidium gab. Auch eine Art von Diät, dachte sie. Aber auf die Dauer wohl nicht sehr empfehlenswert.

»Herr Friedrichs hat die Hände von Timothy Winkelströter gescannt, aber er sagt, dass man daraus überhaupt keine Aussage schließen könne. Der Täter hat Handschuhe getragen, und wahrscheinlich sind nicht mal die erkennbaren Teile der Lederstruktur beweiskräftig genug, um am Ende die Handschuhe eindeutig zu identifizieren – vorausgesetzt, sie fallen in unsere Hände.«

»Er könnte es gewesen sein«, stellte Anna klar. »Wir können ihn nicht einfach ausschließen, was möglich wäre, wenn er jetzt Riesen-Ork-Pranken hätte.«

Haller verzog das Gesicht. »Entweder Sie waren zu oft im »Herrn der Ringe«, oder Sie sind zu häufig mit diesem Spinner befasst – Frank Schmitt alias Branagorn.«

»Vielleicht trifft ja beides zu«, meinte Anna.

»Dann sollten Sie auf die notwendige professionelle Distanz achten.«

»Dazu gibt es für unsereins sogenannte Supervisionen. Da kann man dann mit einer ausgebildeten Fachkraft über die eigene persönliche Verstrickung in einen Fall oder das Bearbeitungsthema eines Patienten sprechen, um zu vermeiden, dass man durch blinde

Flecken in seinem Urteilsvermögen beeinträchtigt wird, während man seinen Job zu machen versucht.«

»Und?«

»Was und?«

»Gehen die blinden Flecken davon weg?«

»Nein, das nicht …«

»Warum spart man sich diesen Mist dann nicht? Das ernährt doch nur eine aufgeblähte Therapeutenkaste.«

»Die blinden Flecken gehen nicht weg, aber man sieht sie besser und ist sich ihrer bewusst. Man weiß dann, wie sehr sie die eigene Wahrnehmung trüben.«

»Na ja, jedenfalls gab es bei Weitem keinen Grund, Timothy Winkelströter festzuhalten, Anna.«

Nur beiläufig registrierte Anna, dass Haller sie beim Vornamen genannt hatte. Es fiel ihr erst ein paar Augenblicke später auf, nachdem sie zuvor für einige Momente nur das unbestimmte Gefühl gespürt hatte, dass sich irgendetwas verändert hatte.

»Mag sein.«

»Und seine Motivlage spricht auch gegen ihn als Täter. Schließlich hat er mit Jennifer Heinze Schluss gemacht, und nicht umgekehrt.«

»Vorausgesetzt, er sagt die Wahrheit.«

»Eins zu null für Sie, Anna, äh, Frau …« Er sah sie an. »Es wäre praktisch, wenn wir uns langsam duzen könnten.«

»Praktisch?«, echote Anna.

»Tun wir alle in der Abteilung.«

»Alle außer Herrn Friedrichs.«

»Das ist ein eigenes Kapitel. Den duzt niemand, er selbst umgekehrt auch niemanden. Ich glaube, es ist für alle Beteiligten auch das Beste, wenn das so bleibt. Aber bei Ihnen … Sie sind im Moment so oft bei uns, dass Sie quasi dazugehören.«

»Wenn Sie das so sehen …«

»Also in Ordnung? Ich heiße Sven, wie Sie inzwischen ja mitgekriegt haben.«

»In Ordnung.«

Hallers Telefon klingelte. Er nahm es aus der Innentasche seines Jacketts. »Ja, bitte? Hier Haller.«

Er sagte eine ganze Weile gar nichts und schließlich brachte er dreimal hintereinander ein lang gezogenes »Hmmm …« heraus, bevor er das Gespräch schließlich mit einem »Na, das ist ja wenigstens etwas!« beendete.

»Gibt's was Neues, was mit unserem Fall zu tun hat?«

»Ja. Das war mein Kollege Raaben. Er hat den Wagen von Jennifer Heinze gefunden.«

»Und?«

»Ihr Handy war noch dort. Ich hatte mich schon gewundert, eine junge Frau unter neunzig im frühen einundzwanzigsten Jahrhundert ohne Handy. Friedrichs glaubte, dass es eventuell vom Täter mitgenommen wurde, weil vielleicht Daten – Telefonnummern oder SMS – darauf waren, die den Täter betrafen. Aber das war wohl ein Irrtum.«

Anna runzelte die Stirn. »Jennifer hat sich mit diesem Timothy auf einem Parkplatz getroffen und ihr Handy im Wagen gelassen? Das ist aber auch sehr eigenartig.«

»Nein, nicht unbedingt«, widersprach Haller. »Das Handy steckte in der Freisprechanlage. Es war sogar noch eingeschaltet, und Raaben hat festgestellt, dass sie tatsächlich vorher mit Timothy Winkelströter telefoniert hat. Das spricht dafür, dass dessen Aussage der Wahrheit entspricht. Ich nehme an, dass sie das Handy einfach in der Freisprechanlage vergessen hat. Das ist mir auch schon passiert, weshalb ich in der Regel auch die Freisprechanlage nicht benutze.«

»Obwohl es Vorschrift ist?«

»Welcher Schaden ist größer? Wenn mich ein wichtiger Anruf nicht erreicht, oder wenn ich nur mit einer Hand lenken kann, was ich sowieso überwiegend tue?«

»Eigenartige Einstellung, Herr … Sven.«

»Wieso?«

»Sind Gesetze nicht für alle da? Auch für die Polizei?«

»Jetzt wollen wir mal nicht päpstlicher als der Papst oder meinetwegen pedantischer als Friedrichs sein«, wehrte Haller ab. »Jedenfalls sagt mein Kollege, dass das Menü des Handys voller Nummern von Bekannten ist. Das hilft uns vielleicht weiter.« Haller blickte in sein Glas mit Mineralwasser, und Anna hatte auf einmal den Eindruck, dass er ziemlich niedergeschlagen war.

»Ich habe in den nächsten Tagen einige Termine, aber ich werde versuchen, dir auf jeden Fall zur Verfügung zu stehen, wenn du meine Hilfe brauchst«, sagte Anna.

»Wir haben nichts«, stellte Haller fest. »Keinen einzigen brauchbaren Zeugen, keine Spuren, die etwas taugen, kein Motiv, das sich aufdrängt und weswegen wohl der Schluss naheliegt, dass wir es tatsächlich mit einem Verrückten zu tun haben. Die Opfer haben, außer dass sie jung und weiblich waren, wenig gemeinsam. Es scheinen einfach noch wesentliche Informationen in diesem Puzzle zu fehlen – und wenn der Mörder sich so lange Zeit lässt, bis die ganze Fahndungsmaschinerie, die ihn jagt, wieder eingeschlafen ist, dann hat er auch dieses Mal leider sehr gute Chancen, vollkommen unerkannt davonzukommen. Es ergibt sich nicht einmal ein vages Bild.«

»Das trifft leider zu. Aber ich bin trotzdem zuversichtlich.«

»Schön. Wenigstens eine.«

Haller bezahlte und ließ sich eine Quittung für die Spesenabrechnung ausstellen.

Ein Elbenkrieger in der Achtermannstraße

Anna van der Pütten hatte ihre Praxis im zweiten Stock eines insgesamt dreistöckigen Hauses in der Achtermannstraße nahe dem Münsteraner Hauptbahnhof, in direkter Nachbarschaft zu Amnesty International und einer Kulturinitiative untergebracht. Ihre Privatwohnung lag ein Stockwerk höher und war deutlich kleiner. Aber momentan reichte sie, denn angesichts der vielen Arbeit, die sie zu bewältigen hatte, war nicht im Traum daran zu denken, dass sich an ihrem Single-Status etwas änderte. Vielleicht war die Arbeit auch nur ein Vorwand, und der eigentliche Grund lag darin, dass sie das Chaos fürchtete, das eine Beziehung in ihr Leben hätte bringen können. Diesen Gedanken hatte sie nie wirklich bis in alle seine verästelten Konsequenzen hinein verfolgt.

Branagorn kam überpünktlich zu seinem Termin.

Anna bat ihn in ihr Besprechungszimmer. »Setzen Sie sich doch.«

»Ich danke Euch für Eure Gastfreundschaft, Cherenwen«, erwiderte er. Diesmal trug er ein anderes Schwert an der Seite. Zwar benutzte er dieselbe Lederscheide, und die Klingen hatten offenbar ähnliche Ausmaße, aber der Griff war sehr viel höher und darüber hinaus oben mit einem elfenbeinfarbenen Totenkopf ausgestattet. Vermutlich ist es kein Elfenbein, sondern nur irgendein Kunststoff, dachte Anna.

Die Tatsache, dass Branagorn offenbar über mehrere Klingen verfügte und es für unbedingt erforderlich hielt, eine davon auch zu tragen, erweckte ein deutliches Unbehagen bei ihr. Das wird ein Punkt sein, den wir zusammen aufarbeiten müssen, nahm sie sich vor. Waffen und das Gefühl von Sicherheit und Macht, das sie vermitteln konnten – offenbar schien das für Branagorn eine ganz besondere Bedeutung zu haben.

»Ist Euch der Traumhenker in den letzten Nächten begegnet, werte Cherenwen?«, fragte er.

»Nein – aber was genau meinen Sie damit?«

»Wenn es nicht der Fall war, dann wird es zweifellos noch geschehen. Ihr werdet ihn im Traum vor Euch sehen. Eine Gestalt in dunkler Kutte mit einer monströsen Henkersaxt in der Hand, auf deren

Griff er sich zu stützen pflegt. Zumindest ist das die häufigste Gestalt, die er verwendet und in der er sich in Eure Träume zu stehlen beginnt. Es wird geschehen, glaubt es mir, Cherenwen. Und dann müsst Ihr stark sein, um nicht zu seinem willfährigen Werkzeug des Bösen zu werden.«

»Sie sind heute hier, damit wir über Sie sprechen, Branagorn – nicht über mich«, stellte Anna klar.

»So darf ich Euren Worten entnehmen, dass es Euch gut geht und Ihr noch nicht vom Traumhenker bedrängt werdet?«

»Wenn Sie so wollen …«

»Das beruhigt mich, werte Cherenwen, auch wenn ich weiß, dass dies nur bedeuten kann, dass die Gefahr Euch noch bevorsteht. Aber ich verspreche Euch, dann zugegen zu sein und Euch im Kampf gegen den Traumhenker zur Seite zu stehen.«

Anna war etwas verunsichert, was weniger an Branagorns Worten als vielmehr an seinem Blick lag. Er sah sie mit einer ganz eigenartigen Intensität an. Dem Wahnsinn nahe, so hätte vielleicht früher ihr Urteil gelautet. Aber inzwischen hatte sie durch Studium und Ausbildung gelernt, sich etwas zurückzuhalten und länger die offene Sicht für das Ungewöhnliche zu bewahren, ohne gleich eine feste Meinung abgeben zu müssen. Zuerst kam das Verstehen, dann erst die Beurteilung. An diese eherne Regel versuchte sie sich nach Möglichkeit zu halten. Mal mit mehr und mal mit weniger Erfolg.

»Fangen wir vielleicht mit Folgendem an: Warum nennen Sie mich andauernd Cherenwen?«

»Habe ich Euch das nicht erklärt?«

»Sie haben mir erklärt, dass Sie mich deshalb so nennen, weil Sie in mir eine verwandte Seele zu erkennen glauben.«

»Nun, das ist die Begründung.«

»Aber das Wort haben Sie mir nicht erklärt. Seine Bedeutung. Sie verwenden es fast wie einen Eigennamen. Davon abgesehen empfinde ich es als etwas eigenartig, dass Sie von mir erwarten, ich solle Sie Branagorn von Elbara nennen, während in Ihrem Pass und in den Unterlagen, die ich über Sie habe, Frank Schmitt steht. Umgekehrt finden Sie aber nichts dabei, mir eigenmächtig gewissermaßen auch einen anderen Namen zu geben, obwohl ich ehrlich gesagt viel lieber mit meinem wirklichen Namen angesprochen werde.«

»Das ist der springende Punkt«, sagte Branagorn. »Cherenwen ist Euer wirklicher Name.«

Anna hatte spätestens jetzt das Gefühl, das dumpfe Gefühl, diese Sitzung könnte ihr völlig aus den Händen gleiten.

Ein Fall von Übertragung, dachte sie. Eindeutig wie im Lehrbuch. Aber das war alles eingebettet in dieses Geflecht aus Wahnvorstellungen und einer Phantasiewelt, in die sich Frank Schmitt vollkommen zurückgezogen zu haben schien. Ist vielleicht der Zeitpunkt gekommen, wo ich ihn einfach mal mit den Fakten konfrontieren sollte – so wie sie in meinen Unterlagen stehen, wie sie dokumentiert sind und wie ich sie inzwischen selbst nachgeforscht habe?

»Ich muss Euch einiges erklären«, sagte Branagorn. »Euren holden Zügen ist die Verwirrung unschwer anzusehen. Und im Übrigen haben wir Elben die Fähigkeit, uns mit verwandten Seelen zu verbinden, sodass wir empfinden können, was sie empfinden, gleichgültig, wie weit man auch voneinander entfernt sein mag. Selbst wenn es der Abgrund zwischen den Welten ist, der einen von dieser Seele trennt.«

»Also ich schlage vor, Sie erklären mir einfach, was Sie erklären möchten. Wir nennen das auch eine freie Assoziation. Auf diese Weise erhalten wir in der Regel Material, mit dem wir arbeiten können.«

»Eine seltsame Zeit, in der man Gedanken, die doch aus dem Element des Geistes und nicht der Materie kommen, als Material bezeichnet … Aber nicht untypisch, auch wenn es mich zugegebenermaßen ein wenig amüsiert.«

»Bleiben wir bei Cherenwen. Erklären Sie mir dieses Wort und was es für Sie bedeutet.«

»Es bedeutet alles für mich. Seht, ich habe Euch gegenüber ja mein Schicksal ausführlich geschildert. Einst lebte ich in einer anderen Welt, wo ich meinem König als Herzog von Elbara diente. Wir Elben sind sehr langlebig – fast unsterblich, gemessen an den Zeitbegriffen des Menschenvolkes. Dieser Umstand brachte es mit sich, dass eine Seuche grassierte, die man den Lebensüberdruss nannte und der auch meine Geliebte erlag. Ihr Name war Cherenwen …«

»Sie nahm sich das Leben?«

»Ja. Und nachdem mein König mich aus seinen Diensten entließ, wollte ich ihrer Seele ins Land der Geister folgen, wo die Eldran existieren – die Seelen der verklärten Toten.«

Ich werde mich auf seine Gedankenwelt einlassen müssen, wenn ich überhaupt etwas erreichen will, ging es Anna durch den Kopf. Bisher war er immer der Frage ausgewichen, weshalb er auf dem Signal-Iduna-Hochhaus gestanden hatte, um sich in die Tiefe zu stürzen. Im Grunde hatte er sich noch immer kaum geöffnet, aber vielleicht war es so, dass er sich der Realität nur in jener Verkleidung stellen konnte, die seiner Phantasiewelt entstammte. Und Anna entschied, dass sie diesen Weg vielleicht einfach fürs Erste akzeptieren musste. Reden wir also in Metaphern aus der Elbenwelt und nähern uns so der Wahrheit, dachte sie. Auch das konnte einen therapeutischen Effekt haben – ähnlich wie Träume, die die Realität ja auch in verfremdeter Form widerspiegelten.

»Interessiert Euch meine Erzählung überhaupt – oder haltet Ihr sie vielmehr für eine Ausgeburt einer im besten Fall ausufernden und im schlimmsten Fall krankhaften Phantasie?«, unterbrach Branagorn den Gedankengang der Psychologin.

»Fahren Sie einfach fort«, forderte Anna ihn auf. »Es interessiert mich sehr, was Sie zu sagen haben. Glauben Sie mir.«

»Wie gesagt, ich folgte nach vielen Zeitaltern meiner geliebten Cherenwen nach Estorien, ins Land der Geister.«

»Ist das so etwas wie ein Totenreich?«

»Nein. Es ist ein Land, in dem die Lebenden den Geistern der Toten begegnen können. Deswegen ritt ich dorthin … Ich hoffte, Cherenwens Seele zu begegnen.«

»Haben Sie Ihre … Cherenwen … gefunden?«

»Ja, das habe ich. Und zuerst war ich glücklich dort. Doch mit der Zeit wurde mir quälend bewusst, dass jene Cherenwen, die mir dort begegnete, nicht mehr als ein Gespenst der Vergangenheit war. Eine geisterhafte Erscheinung, nicht viel realer als ein Trugbild. Ich war ein Lebender und sie eine verklärte Totenseele. Auch wenn ich sie sehen und zu ihr sprechen konnte, blieben wir beide doch letztlich in unterschiedlichen Existenzebenen. Mir wurde klar, dass sich meine Hoffnungen, dieser geliebten Seele nahe zu sein, so nicht erfüllen konnten. Ich weiß, dass es in dieser Welt eigenartig klingen muss, was ich Euch nun erzähle. Und ich weiß auch, dass unter Euresgleichen die Zweifel an der Wirksamkeit der Magie weit verbreitet und das Wissen um sie fast vollständig verschüttet ist.«

»Ich höre Ihnen einfach zu, Branagorn. Und ich verspreche Ihnen, dass ich versuchen werde, Sie zu verstehen, so gut mir das trotz unserer zugegebenermaßen in manchen Punkten etwas unterschiedlichen Sichtweise möglich ist.«

Ein mattes Lächeln glitt über Branagorns Gesicht. Er nickte leicht und strich sich das Haar etwas zurück. Für einen Moment blitzte dabei sein deformiertes Ohr hervor. Er hatte angegeben, ein spitzes Elbenohr sei typisch für sein Volk. Anna nahm eher an, dass es das Ergebnis einer tätlichen Auseinandersetzung war. Vielleicht sogar ein Akt der Selbstverstümmlung. In ihren Unterlagen konnte sie dazu jedoch nichts finden, und es war ihr bisher auch nicht gelungen, in diesem Punkt Klarheit zu erlangen.

»Ich versuchte, mit Hilfe von Magie in die Sphäre der Eldran zu gelangen, sodass ich mit meiner geliebten Cherenwen in ein und derselben Existenzebene hätte sein können«, fuhr Branagorn fort. »Aber dies misslang, und ich geriet stattdessen in eine furchtbare Welt voller Drachen, die ich hernach gesehen nur als eine Hölle betrachten kann. Von dort gelangte ich dann – ebenfalls durch Magie – in diese Welt. Das ist viele Zeitalter her. Ich lebte als Unsterblicher unter den kurzlebigen Bewohnern dieser Erde, trug viele Namen und wurde Zeuge Eurer Geschichte. Als Branagorn von Corvey, auch bekannt als Fra Branaguorno d'Elbara, war ich der Berater von Kaiser Otto III. Und später war ich als Don Branagórn Duque de Elbara y Asturias der Gesandte des Königs von Aragon in Konstantinopel, kurz bevor es an die Türken fiel. Als Branagorn Alvarsson lebte ich eine Weile auf Island. Ich nannte mich auch Branagh Orn, verdingte mich als ein walisischer Bogenschütze unter dem Namen Bran ab-Gorn oder trat unter dem Namen Branagornus als Heiler auf. In letzterer Funktion kann ich durchaus sagen, dass ich es zu einiger Berühmtheit habe bringen können, denn die Heilkunst der Elben ist der Euren hier üblichen noch heute weit überlegen.« Ein Lächeln glitt über sein Gesicht. »Wenn ich zu Euch in dieses Haus komme, muss ich oft daran denken, denn die Straße, an der dieses Gebäude liegt, wird von einer anderen Straße gekreuzt, die sich Herwartstraße nennt und nach einem gewissen Herwarth von Bittenfeld benannt wurde, geboren am 4. September 1794. Ich weiß dieses Datum so genau, weil es bei der Anwendung eines Heilzaubers von immenser Bedeutung war, unter welchen kosmischen Zeichen seine Geburt stattgefunden hatte, und es zunächst Unsicherheiten darüber gab, ob er nun wirklich am 4. September oder vielleicht einen Tag früher geboren worden war. Jedenfalls bat mich Feldmarschall von Bittenfeld im Jahr 1854 darum, angesichts einer sehr ernsten Erkrankung einen elbischen Heilzauber durchzuführen. Um ehrlich zu sein, war das wohl so etwas wie ein verzweifelter Griff nach dem letzten Strohhalm, wenn Ihr versteht, was ich meine. Aber Herwarth von Bittenfeld starb erst 1884 und wurde damit für seine Zeit und die Verhältnisse Eures Volkes sehr alt. Also war ich erfolgreich. Bei den Verhandlungen, die ich seinerzeit zwischen den Wiedertäufern und dem Bischof von Münster zu vermitteln versuchte, als dieser mit seinen Truppen die Stadt belagerte, habe ich allerdings kläglich versagt, wie die Schädelkäfige an der Lambertikirche mir jedes Mal vor Augen führen, wenn ich dort vorbeikomme. Aus diesem Grund meide ich die Gegend auch immer noch.«

Wie traurig musste es um das Selbstwertgefühl eines Menschen bestellt sein, der sich großartige Taten in dieser und in anderen Welten als Elbenkrieger, Heiler, Diplomat und Vertrauter von großen historischen Persönlichkeiten ausdenken musste, um seiner Psyche Stabilität zu geben, ging es Anna durch den Kopf. Nichts anderes als die Kompensation einer zweifellos bedrückenden Realität war das.

»Eigentlich wollten Sie mir von Cherenwen erzählen«, sagte Anna.

»Verzeiht mir, wenn ich abschweife. Aber ich vergesse immer wieder, dass mir ganze Zeitalter zur Verfügung stehen, während meine kurzlebige Umgebung zur Eile verdammt ist. Ja, ich wollte über meine geliebte Cherenwen sprechen. Von dem Augenblick an, da mich meine eigene Magie aus meiner Welt herauskatapultierte, tat ich nichts anderes, als meine Suche nach ihr fortzusetzen. Manchmal geschieht es, dass Seelen, die in einer Welt des Polyversums nichts weiter als ein Gespenst sind, in einer anderen real erscheinen. Die Grenzen zwischen den Welten sind durchlässig, und nicht immer braucht es magische Tore oder großartige Zauberkunst, um den Abgrund zwischen ihnen zu überbrücken. So kommt es vor, dass jemand träumt, er sei in einer anderen Welt, aber in Wahrheit dieser Traum wirklicher ist und größere Auswirkungen auf andere hat als das, was er für das wirkliche Leben hält. Manchmal reicht ein intensiver Gedanke, um von der einen in die andere Welt zu wechseln, und in jedem Augenblick unserer Existenz spalten sich neue Welten und Existenzebenen vom Hauptstrom der Zeit ab und bilden eigene Kosmen. Was ich damit nur sagen will, ist: Auch wenn es Euch unerklärlich erscheint und selbst ich, der ich mich einst in solchen Fragen für bewandert hielt, die Ursachen nicht völlig verstehe, so bin ich doch überzeugt davon, in Euch jene Seele wiedergefunden zu haben, die mir einst durch jene heimtückische Krankheit namens Lebensüberdruss genommen wurde.«

»Branagorn, ich würde sagen ...«

»Ihr seid Cherenwen! Ihr tragt ihre Seele in Euch.«

Anna schluckte. Die Intensität, mit der er gesprochen hatte, berührte sie, erweckte aber auch ein deutliches Unbehagen. War das vielleicht schon zu viel an Übertragung, die er ihr entgegenbrachte? Vielleicht war das der Punkt, an dem man eine weitere Behandlung am besten durch jemanden fortsetzen ließ, dem Frank Schmitt mit mehr Neutralität gegenüberstand. Andererseits ergab sich durch diese besondere Form der Bindung, die er zu empfinden schien, vielleicht auch die Möglichkeit, ihn an jenen Punkt zu führen, an dem er sich der Realität stellen musste. Der Realität eines den Unterlagen zufolge hochbegabten Menschen, der über ein paar sehr seltene und höchst erstaunliche Talente verfügte und doch nicht in der Lage war, sein eigenes Leben wirklich in den Griff zu bekommen.

»Müsste ich mich nicht an das Leben von Cherenwen erinnern, wenn ich wirklich ihre Seele in mir tragen würde?«, fragte Anna.

»Oh, Ihr tragt diese Erinnerungen zweifellos in Euch«, erklärte Branagorn. »Und es wäre nichts Ungewöhnliches, wenn Ihr Euch diesem Wissen verweigern würdet, denn manchmal ist die Wahrheit so beängstigend, dass man sich ihr nicht zu stellen vermag.«

Wie wahr, dachte Anna.

»Ich habe lange gezögert, Euch damit zu konfrontieren, Cherenwen«, fuhr Branagorn fort. »Ich kann fühlen, wie sehr ich Euch ängstige, und ganz gewiss läge mir nichts ferner, als die Verkörperung jener Seele zu ängstigen, die ich so sehr geliebt habe. Aber es hat sich eine neue Situation ergeben. Alles hat sich verändert. Und vor allem ist mir klar geworden, dass ich die Schuld an der Bedrohung trage, die auch Euch gefährlich werden könnte.«

»Es tut mir leid, aber im Moment sprechen Sie in Rätseln, Branagorn.«

Er sah Anna auf eine Weise an, die bei ihr einen eigenartigen Cocktail an Emotionen hervorrief. Da war Verwirrung, die sich mit Empathie für jene tiefe Melancholie verband, die dieser Mann empfinden musste. Aber da war auch noch etwas anderes. Etwas viel Stärkeres. Etwas, was im Untergrund brodelte und noch keineswegs seine volle Macht entfaltet hatte und von dem Anna trotz ihres in seelischen Dingen berufsbedingt recht weit aufgefächerten Vokabulars nicht wirklich wusste, wie sie es bezeichnen sollte. Auf jeden Fall spürte sie bei ihrem Gegenüber eine Art unbedingte Entschlossenheit. Einen Willen, der keinen Widerspruch zu akzeptieren schien und nicht einmal die ihn umgebende Wirklichkeit selbst als Maßstab anerkannte. Ich hoffe nur, dass ich es früh genug erkenne, wenn er Dummheiten begehen will, überlegte sie, und für einen Moment erinnerte sie sich daran, wie man sie gerufen hatte, um einen lebensmüden Mann in der Verkleidung eines Elbenkriegers daran zu hindern, sich vom Dach des Signal-Iduna-Hochhauses zu stürzen. Ich werde ihm nicht ersparen können, dass wir über diesen Punkt noch einmal reden, erkannte sie. Lebensüberdruss … was für ein passendes Wort für das, was man sonst unter so steril klingenden Begriffen wie »klinische Depression« oder »Suizidneigung« zusammenfasste.

Branagorn sprach nicht weiter.

Er saß da und schien ins Nichts zu blicken.

Lichtjahre weit schienen seine Gedanken sich vom Hier und Jetzt entfernt zu haben.

Anna entschied sich dafür, diese Stille einfach eine Weile auszuhalten. Das konnte manchmal sehr wichtig für den Patienten sein. Vielleicht werde ich gerade Zeuge, wie sich die Selbstheilungskräfte einer kranken Seele wieder zu regen beginnen, dachte sie. Es war zumindest zu hoffen.

»Ich will mich der Wahrheit stellen, und darum hat es keinen Sinn, etwas verschweigen zu wollen«, sagte Branagorn schließlich.

Anna war überrascht. Welche Wahrheit meinte Branagorn? Doch nicht etwa die eines vom Amt zugewiesenen Ein-Zimmer-Apartments in Münster-Kinderhaus, in der ein zweiwöchiger Aufenthalt in der geschlossenen Abteilung der Westfälischen Kliniken in Lengerich zu den Highlights des Jahres gehörten, so wie für andere Leute ein Urlaub auf Mallorca?

Als Branagorn dann nach einer quälend langen Pause wieder das Wort ergriff, wurde Anna klar, dass er mit dem Ausdruck »sich der

Wahrheit stellen« offenbar etwas völlig anderes meinte, als sie selbst diesbezüglich im Sinn gehabt hatte.

»In Wahrheit bin ich daran schuld, dass der Traumhenker in diese Welt kam. Dieses Wesen, das die Morde beging. Das ist die Wahrheit, der ich mich stellen muss, Cherenwen.«

»Schuld ist ein interessantes Stichwort«, sagte Anna hölzern und kam sich dabei wie die Parodie ihres Berufsstandes vor, dem zu gerne unterstellt wurde, mit Vorliebe von Schuldgefühlen und Verdrängung und solchen Dingen zu sprechen. »Wieso glauben Sie, dass Sie dafür verantwortlich sind?«

»Weil der Traumhenker aus jener Höllenwelt der Drachen, von der ich Euch soeben berichtete, mit mir in *diese* Welt gewechselt sein muss. Eine andere Erklärung erscheint mir undenkbar. Wenn ich es also auf mich genommen hätte, dort, in jener Drachenhölle zu bleiben, anstatt auf gut Glück und in Wahrheit ohne große Erfolgsaussichten abermals den Abgrund zwischen den Welten zu überspringen, dann wäre der Traumhenker niemals hierhergelangt. Aber seit jener Zeit wandelt er über die Erde und vollbringt sein furchtbares Werk. Er fährt in den einen oder anderen und macht sie zu Werkzeugen des Bösen, weil er sich am Leiden und am Hass erfreut … Und jetzt ist er hier … So nahe wie selten.« Branagorn erhob sich. »Ihr seid in Gefahr, Cherenwen. Achtet auf Eure Träume. Es sind die Träume, durch die er Einfluss auf Eure Gedanken gewinnt. Und auch wenn Ihr mich nicht als den zu erkennen vermögt, der ich in einem anderen Leben und in einer anderen Welt für Euch gewesen bin, so seid Euch gewiss, dass ich versuchen werde, Euch zu schützen.«

»Branagorn, Sie sprachen vor ein paar Minuten davon, dass man sich der Wahrheit stellen müsse und ihr nicht ausweichen dürfe.«

»Ja, da sprecht Ihr wohl, werte Cherenwen.«

»Und die erste Wahrheit, der Sie sich stellen sollten, ist, dass ich nicht Cherenwen bin – sondern Anna van der Pütten, Diplom-Psychologin und Psychotherapeutin.«

»Wie ich schon sagte, es ist …«

»Es mag noch angehen, dass ich Sie Branagorn anstatt Frank Schmitt nenne, aber ich möchte Sie bitten, mich nicht mehr Cherenwen zu nennen – es sei denn, ich erlaube es Ihnen ausdrücklich im Rahmen einer entsprechenden Gesprächsübung, bei der es vielleicht um die Übertragung von Gefühlen geht. Aber normalerweise bin ich für Sie Frau van der Pütten.«

Branagorn nickte. »Ich bin gerne bereit, mich Euren Wünschen zu beugen, werte Frau van der Pütten«, erklärte er dann. »Aber Ihr müsst mir auch etwas versprechen. Lasst es zu, dass ich bei der Entlarvung dieses Mördergeistes helfe.«

»Branagorn, wie stellen Sie sich das vor?«

»Ihr kennt meine Fähigkeiten. Ihr wisst, dass ich ganz nach Art der Elben Dinge zu sehen vermag, die sonst niemand sieht. Meine Sinne sind stärker als die jedes Menschen, und ich kann es kaum ertragen, wenn ich die sogenannten Hüter der Ordnung bei ihrer Arbeit sehe, die sie so langsam und mit so wenig Erkenntnisgewinn verrichten. Das Offensichtliche sehen sie nicht. Sei dies nun das Böse in Gestalt eines Pestarztes oder die Spur einer Hand oder ein Haar. Wurden diese Spuren inzwischen untersucht? Ich wette, diese Narren haben sich kaum darum gekümmert und inzwischen noch nicht einmal herausgefunden, dass die Tote anderthalb Schritt weit über den Boden gezogen wurde, bevor man sie aufsetzte und gegen den Anhänger lehnte …«

Wie kommt er darauf?, fragte sich Anna.

Sie hatte in den Unterlagen, die sie mit Branagorns Einwilligung aus der Landesklinik hatte kommen lassen, von der Diagnose eines Savant-Syndroms gelesen, auch Inselbegabung genannt. Branagorn war offenbar bereits mehrfach psychiatrisch und in jeder anderen Hinsicht untersucht worden – mit zum Teil sehr erstaunlichen Ergebnissen. Aber sie selbst hatte noch keine Gelegenheit dazu gehabt, dies im Einzelnen zu überprüfen. Davon abgesehen hatte es natürlich auch während ihrer Sitzungen immer wieder Momente gegeben, in denen seine außergewöhnlichen Fähigkeiten aufblitzten. Es gab Savants, die Dutzende von Sprachen innerhalb kürzester Zeit erlernten, die in der Lage waren, mit jedem Auge unabhängig eine Buchseite zu erfassen und anschließend jedes Wort zu wiederholen oder virtuos Klavier zu spielen vermochten, ohne jemals Unterricht gehabt zu haben. Niemand kannte die Ursache dafür, aber sehr viele der Betroffenen waren trotz ihrer überragenden Fähigkeiten im täglichen Leben auf Hilfe angewiesen.

In den Unterlagen, die Anna über Frank Schmitt vorliegen hatte, war unter anderem von einer Kopfverletzung die Rede, deren Ursache vermutlich eine Gewalteinwirkung gewesen war und die aus unerfindlichen Gründen unbehandelt geblieben war. Zumindest gab es nirgends einen Beleg für einen Klinikaufenthalt oder dergleichen.

Auch das passte ins Bild, denn manche Forscher brachten das Savant-Syndrom mit Verletzungen bestimmter Hirnregionen in Verbindung.

Letztlich war es nicht auszuschließen, dass Frank Schmitts Behauptung, Branagorn der Elbenkrieger zu sein, nicht nur psychische Ursachen hatte, sondern vielleicht eine organisch basierte Wahnvorstellung war. Diese Möglichkeit durfte man zumindest nicht vorzeitig ausschließen.

Aber ganz gleich, welcher Art der Wahn dieses Mannes auch sein mochte – er hatte offensichtlich häufig recht.

Und das wiederum war auch eine Realität, der man sich stellen musste, wie Anna van der Pütten fand.

»Wie stellen Sie sich das vor, Branagorn?«, fragte Anna. »Die Hüter der Ordnung, wie Sie Kommissar Haller und seine Leute nennen, werden Ihre Hilfe nicht annehmen wollen.«

»Dann überzeugt diese Narren! Ich beschwöre Euch, Cherenwen – Verzeihung: Frau van der Pütten. Die Hüter der Ordnung werden es ohne mich nicht schaffen, den Traumhenker zu finden. Sie brauchen mich.«

»Sollten wir sie nicht einfach ihren Job machen lassen?«, schlug Anna vor.

»Fünf Opfer hat es gegeben. Fünf Opfer in siebeneinhalb Jahren. Und Ihr sprecht davon, dass nichts weiter zu geschehen habe und man den unfähigen Helfern der Gerichtsbarkeit weiter bei ihrem Narrenspiel zusehen soll? Ich kenne den Traumhenker zur Genüge. Ich war ihm im Laufe der Jahrhunderte immer wieder auf den Fersen und verlor wieder seine Spur. Er ist ein Spieler des Bösen, versteht Ihr? Und er wird dieses Spiel so lange fortsetzen, wie man es ihm gestattet!«

Eine dicke Ader an Branagorns Hals pulsierte. Er drehte ruckartig den Kopf und machte ein paar Schritte zum Fenster. Dieser Ausbruch an Emotionen war neu bei ihm. In den bisherigen Sitzungen hatte Anna so etwas nicht bei ihm erlebt. Nicht einmal ansatzweise.

Ganz im Gegenteil. Er hatte immer einen sehr beherrschten Eindruck gemacht. Aber Anna war sich stets sicher gewesen, dass noch etwas anderes, Abgründigeres, in ihm sein musste. Schließlich hatte er auf einem Hochhaus gestanden, um sich in die Tiefe zu stürzen. So etwas geschah nicht aus heiterem Himmel. Da musste sich schon einiges aufgestaut haben.

Branagorn ballte die Hände zu Fäusten. »Diese erbärmlichen Hüter der Ordnung hätten doch nur zu tun brauchen, was ich ihnen sage und den Schwarzen Tod in Gewahrsam nehmen.«

»Sie meinen den Kerl in der Pestarzt-Verkleidung?«, vergewisserte sich Anna.

Eine Antwort darauf blieb Branagorn ihr schuldig. Zu sehr war er offenbar in seinem Ärger gefangen.

»Hören Sie zu, Branagorn, ich kann Sven – also Herrn Haller – unmöglich vorschlagen, dass er Sie in den Fall einbinden soll. Das wird er nicht tun. Und ich werde mich auch nicht dafür einsetzen.«

»Warum nicht?«

»Weil es jeglichen Regeln meines und seines Berufes widersprechen würde.«

»Regeln! Sinnlose Regeln sind das, die nur dem Traumhenker nützen und seine Mörderseele schützen«, ereiferte sich Branagorn.

»Das mögen Sie so sehen. Aber ich habe keine andere Wahl. Und Sie sollten das nicht als einen Angriff meinerseits auf Sie sehen oder als ein Zeichen von Geringschätzung oder Missachtung, sondern ...« Sie machte eine Pause, stockte.

Branagorn drehte sich zu ihr um. Seine Augen hatten sich verengt. Er sah sie mit einem sehr durchdringenden Blick an. In seinen Zügen spiegelte sich eine Qual wider, wie Anna sie selten zuvor je in irgendeinem Gesicht gesehen hatte.

»... ein Zeichen von Narrentum?«, fragte Branagorn kalt. Er murmelte ein paar Worte in einer fremdartigen Sprache. Dr. Arndt Vogels, ein Psychiater, der Frank Schmitt vor wenigen Jahren begutachtet hatte, verzeichnete nicht weniger als dreiundzwanzig Sprachen, die dieser Mann erwiesenermaßen beherrschen sollte. Darunter sehr exotische Idiome wie mittelalterliches Persisch und Althochdeutsch.

»Setzen Sie sich doch wieder, Branagorn«, forderte Anna ihn auf. »Und dann beruhigen Sie sich etwas. Ich kann verstehen, dass Sie durch die Ereignisse auf der Planwiese in Telgte sehr aufgewühlt wurden. Das ging mir genauso.«

»Es hat keinen Sinn, dass wir heute unsere Unterhaltung fortsetzen«, erklärte Branagorn. »Es ist bedauerlich, dass Ihr mir nicht beizustehen gedenkt. Ich hatte sehr gehofft, Ihr würdet die Dringlichkeit unserer Aufgabe erkennen. Aber vielleicht habe ich da zu viel von Euch erwartet. Meine Warnung allerdings, was Eure Träume angeht, erhalte ich aufrecht.«

Wortlos ging er mit ausholenden Schritten zur Tür.

»Warten Sie.«

Er blieb stehen, nachdem er die Tür des Besprechungszimmers halb geöffnet hatte und drehte sich herum. »Ihr habt es Euch doch noch überlegt?«

»Nein, in dem Punkt habe ich keine andere Wahl.«

»Mir ergeht es ähnlich. Ich habe auch keine andere Wahl.«

»Was haben Sie denn jetzt vor?«

»Ich werde tun, was die Hüter der Ordnung nicht zu vollbringen vermögen.«

»Branagorn, mischen Sie sich da nicht ein. Sie handeln sich jede Menge Ärger ein.«

»Mich dünkt, dass ich Ärger nicht zu scheuen brauche. Im Kampf gegen das Böse sollte man nicht angstvoll zurückstehen, werte Cherenwen – und diesmal nenne ich Euch bewusst und gegen Euren erklärten Willen so, auch wenn Ihr dies vordergründig als einen Akt der Unhöflichkeit empfinden mögt. Aber vielleicht erinnert Ihr Euch des geheimen Wissens über Eure wahre Herkunft, das in den Tiefen Eurer Seele verborgen liegt.«

Mit diesen Worten drehte er sich um und ließ sie stehen.

Anna stand ziemlich konsterniert da und war für einige Augenblicke völlig unfähig, auch nur einen einzigen klaren Gedanken zu fassen.

»Was für ein Spinner!«, sagte sie dann laut, so, als müsste sie sich dessen erst dadurch vergewissern.

Aber ihre eigenen Worte hatten für sie in diesem Augenblick einen sehr fremden Klang.

Dafür ging ihr ein einziges Wort einfach nicht aus den Gedanken.

Ein Name.

Ihr Name, wie Branagorn behauptet hatte.

Cherenwen.

Traumhenker und Schwarzer Tod

Nachdem ihr letzter Patient gegangen war, telefonierte Anna van der Pütten noch kurz mit Sven Haller, um sich über den Fortgang der Ermittlungen zu erkundigen. Allerdings gab es derzeit nichts Neues.

»Es wäre schön, wenn du morgen früh hier am Friesenring sein könntest«, meinte Haller.

»Ja, selbstverständlich«, sagte Anna. »Das lässt sich machen.«

»Bis dahin liegt der endgültige Obduktionsbericht vor, und Herr Friedrichs hat außerdem einiges an vergleichendem Datenmaterial über die bisherigen Morde des Barbiers zusammengetragen. Wir werden dann sehen, ob uns das ein Stück weiterbringt. Bis dahin sind auch die Kollegen schon ein Stück weiter mit der Auswertung der zahlreichen Zeugenaussagen von der Planwiese in Telgte.«

»Da habt ihr euch aber eine Menge vorgenommen«, sagte Anna.

»Tja, meine Kollegen und ich stehen auch früh auf«, erklärte Haller. »Das schaffen wir schon.«

»Wollen wir es hoffen«, erwiderte Anna. Branagorns Worte über den Traumhenker klangen ihr noch in den Ohren. Sie versuchte, das auszublenden. Schließlich war es nicht mehr als die neurotische Wahnvorstellung eines Patienten. Ausgeburt der Phantasie und nicht die Wirklichkeit. Dennoch musste sie zugeben, dass dieses Bild eines düsteren Axtschwingers in dunkler Kutte großen Eindruck auf sie hinterlassen hatte.

»Hast du heute noch was vor?«, fragte Haller.

»Was meinst du damit?«

»Essen zum Beispiel.«

»Nein. Ich habe schon gegessen.«

»Schade.«

»Wieso?«

»Ich hätte dich sonst in eine Pommesbude eingeladen, Anna.«

»Na, da bin ich ja dem Krebstod durch angebranntes Fett noch mal knapp entkommen.«

»Bis morgen.«

»Bis morgen, Herr … Sven.«

Dass Anna schon gegessen hatte, war gelogen. Sie wollte einfach nichts mehr essen und schon gar nicht etwas, was so kalorienreich und ungesund war. Anna hatte gerne die Kontrolle, und sie fühlte sich immer dann unwohl, wenn das aus irgendwelchen Gründen nicht möglich war. Also kontrollierte sie auch ihr Gewicht. Und da hatte sie im Moment einfach zwei Kilo zu viel auf den Rippen.

Zu viel war vielleicht, wie sie selbst einräumen musste, nicht ganz der passende Ausdruck, denn ihr Gewicht lag durchaus noch innerhalb der Spanne, die für ihr Alter und ihre Größe angemessen war. Ihr Body-Mass-Index lag bei dreiundzwanzig. Da konnte man nicht wirklich von einem Diätbedarf sprechen. Aber sie wollte die Dinge einfach nicht schleifen lassen.

Das bedeutete, für heute gestattete ihr der selbst erstellte Ernährungsplan nur noch einen Apfel. Mehr nicht.

Während sie den aß, setzte sie sich an ihren Computer, um noch die Abrechnungen für die Krankenkasse und den Landschaftsverband fertig zu machen. Die Bürokratie hatte in ihrem Beruf immer mehr zugenommen. Da waren Psychologen innerhalb jener Branche, die man zusammenfassend als Helfer bezeichnen konnte, keine Ausnahme. Eine Bürokraft, die das für sie erledigte, konnte sie sich nicht leisten. Ihre Praxis ging ganz gut, aber in erster Linie verdiente sie ihr Geld mit Gerichtsgutachten und der Arbeit für Polizei und Justiz. Die zogen sie immer wieder zurate. Forensik war ihr Spezialgebiet. Reguläre Patienten hatte sie nur wenige, und das war auch gut so.

Zwischenzeitlich unterdrückte Anna ein Gähnen. Schließlich sah sie ein, dass sie wohl einfach inzwischen zu müde war, um jetzt noch eine Arbeit zu machen, bei der es auf höchste Sorgfalt ankam. Einer plötzlichen Eingebung folgend, gab sie dann den Namen Timothy Winkelströter ein und suchte nach ihm im Internet.

Der Internetshop, von dem der Grufti aus Kattenvenne gesprochen hatte, war schnell zu finden. Mittelalter-Kleidung wurde dort ebenso angeboten wie Schwerter und Dolche. Branagorn hätte seine Freude an dem Sortiment, dachte Anna. Das Schwergewicht des Angebots lag jedoch auf okkulten Amuletten, die zum Teil auch in Auftragsarbeit erstellt wurden. Zauberrunen nach Wunsch des Kunden, bemalte Glückssteine an allergiefreien Halsketten und außerdem ein großes Sortiment an Ringen mit zum Teil recht martialischen

Motiven. Totenschädel und Geisterfratzen in dunklem Metall oder in Silber dominierten.

Aus irgendeiner instinktiven Regung heraus ging sie im Seitenmenü noch einmal zurück zur Kleidung. In einem der Untermenüs fand sie dann etwas, das sie förmlich erstarren ließ. Schnabelmasken für Pestärzte nebst Zubehör.

Anna wählte Sven Hallers Nummer. Aber der ging nicht an sein Handy, und sie wurde an die Mailbox verwiesen.

»Bitte sprechen Sie nach dem Signal«, säuselte ihr eine Maschinenstimme mit dem Charme eines preiswerten Navigationsgerätes ins Ohr.

»Hallo, Sven. Du solltest dir unbedingt die Homepage von Timothy Winkelströters Online-Shop ansehen. Da gibt es Schnabelmasken, die genauso aussehen wie die, die wir in Jennifer Heinzes Schrank gefunden haben – und wie sie auch der Typ auf dem Mittelalter-Markt trug, mit dem unser Elbenkrieger sich duelliert hat. Ich weiß nicht, ob das irgendeine Bedeutung hat, aber auffällig ist es schon. Ansonsten – bis morgen.«

Es war sehr spät, als Anna endlich ihre Praxis verließ und in ihre Wohnung ein Stockwerk höher ging. Genau genommen schlief sie hier eigentlich nur. Selbst das Frühstück nahm sie schon unten in der Praxis ein. Die Küche, die zur Wohnung gehörte, war so gut wie nie benutzt worden, und sie musste immer darauf achten, dass sich dort keine Staubschicht bildete.

Es war drei Uhr nachts, als Anna van der Pütten die Schuhe und ihre Kleidung sehr sorgfältig in den Kleiderschrank hängte und wenig später völlig erschöpft ins Bett sank. In diesem Zustand sollte es eigentlich keine Träume mehr geben. Man schlief einfach ein, und der Körper nahm sich sein Recht auf Erholung. So stellte sich Anna das vor. Früher hatte sie oft unter Alpträumen zu leiden gehabt. Im Grunde war sie die gesamte Schul- und Ausbildungszeit davon gepeinigt worden und hatte zeitweilig sogar Schlafmittel genommen, um dem ein Ende zu setzen. Es waren Träume gewesen, in denen sie verfolgt und gehetzt wurde oder in denen sie an einem Wettbewerb im Marathonlauf teilnehmen sollte, ihr aber plötzlich die Beine versagten, weil sie von einem zum anderen Moment vollkommen ihrer Kräfte beraubt und wie gelähmt gewesen war.

Das waren die Träume einer sehr ehrgeizigen, perfektionistischen Person, die von massiven Versagensängsten heimgesucht wurde. Es hatte Jahre gedauert, bis sie das verstanden und sich selbst gegenüber etwas großzügiger geworden war. Vielleicht war das sogar die Triebfeder für sie gewesen, Psychologie zu studieren. Das Chaos im Selbst verstehen, das Unbeherrschbare beherrschbar machen und unangenehme Überraschungen dadurch vermeiden, dass man die möglichen oder wahrscheinlichen Verhaltensweisen seines Gegenübers gedanklich vorwegnahm. Antizipation als Selbstschutz. Ordnung im Inneren wie im Äußeren als ein Schutz vor unliebsamen Überraschungen.

Manchmal kam es trotzdem vor, dass sie überrumpelt wurde. Zum Beispiel in dem Augenblick, als Sven Haller ihr das Du angeboten hatte. Sie hatte Ja gesagt und es eigentlich schon im selben Moment bereut. Aber das Problem mit einem Du war, dass es sich nicht zurücknehmen ließ, ohne einen irreparablen Schaden auf der Beziehungsebene zu verursachen. Jetzt würde sie damit leben müssen und sich stets Mühe geben, »Sven« anstatt »Herr Haller« zu sagen, obwohl sie eigentlich nicht fand, dass das dem Stand der Beziehung entsprach.

All diese Gedanken vermischten sich, als Anna sich ins Bett legte. Sie vermischten sich zu einem großen Strudel, der direkt in die Dunkelheit eines traumlosen Schlafs führte.

Schweißgebadet und von einer inneren Unruhe erfüllt, erwachte sie. Kerzengerade saß sie im Bett und sah etwas Dunkles auf der Decke. Sie schrie laut auf, als sie erkannte, was es war.

Mein Haar!

Sie fasste sich an den kahl rasierten Kopf und verstummte dann, als sie die Gestalt in dunkler Kutte vor sich sah – gestützt auf eine monströs große Axt.

Der Traumhenker.

Er sah genauso aus, wie Branagorn ihn ihr beschrieben hatte. Die Axt war eigentlich viel zu schwer, als dass man sich hätte vorstellen können, dass ein gewöhnlicher Mensch sie hätte führen können.

Die Kapuze der Kutte war tief ins Gesicht gezogen, aber eigenartigerweise herrschte darunter keine Dunkelheit. Stattdessen leuchtete es fahl und gespenstisch. Der Kopf hob sich, sodass sie eigentlich einen freien Blick auf das Gesicht hätte haben müssen. Doch dort war kein Gesicht, sondern eine fahle, sandfarben leuchtende Fläche mit zwei dunklen Punkten, einer größer, der andere etwas kleiner, die wie Augen in einem geisterhaften Gesicht wirkten.

Deine Seele gehört mir! Und es gibt nichts, was du dagegen tun kannst, flüsterte eine leise Gedankenstimme. *Du kannst die Bleistifte auf deinem Schreibtisch noch so oft anspitzen und geordnet nebeneinanderlegen, du kannst die Büroklammern täglich durchzählen, um sicherzugehen, dass du nicht plötzlich auch nur eine einzige zu wenig davon hast, du kannst deine Kalorien zählen und dich noch so sehr an die Methodik deiner Therapieschule halten … Das mag den Chaosdämon in dir selbst notdürftig bändigen, aber es wird dich nicht dagegen schützen, dass ich die Herrschaft über deinen Geist erringe.*

Ein dröhnendes Gelächter folgte und ließ Anna van der Pütten ein zweites Mal schweißgebadet emporschnellen.

Sie saß erneut – und diesmal wirklich und nicht nur in ihrer Traumphantasie – aufrecht im Bett und fühlte, wie ihr der Puls bis zum Hals schlug.

Der erste Alptraum seit langer Zeit, dachte sie, während ihr Herz noch immer raste.

***

Es war früher Morgen, als Timothy Winkelströter nach Hause kam. Er stellte den Wagen ab, gähnte und stieg aus. Dann sah er auf die Uhr an seinem Handgelenk. Gerade mal fünf Uhr. Morgendämmerung in Kattenvenne – das hatte doch was. Er sah kurz auf den Rücksitz. Da lagen ein Zierdolch und eine Schnabelmaske, wie sie die Pestärzte des Mittelalters getragen hatten, dazu ein Umhang mit Kapuze. Gehörte beides zum Angebot seines Shops. Man konnte auch noch ein Lederwams, Handschuhe und Stiefel dazubekommen, wenn man wollte. Nur den Karren, auf den die Toten aufgeladen wurden, den hatte Timothy Winkelströter nicht im Angebot. Einen Augenblick überlegte er, ob er die Schnabelmaske nicht mit ins Haus nehmen sollte, entschied sich dann aber dagegen. Nur einen Teil der Ware, die er über das Internet verkaufte, lagerte er in seiner Einliegerwohnung. Und dabei handelte es sich vor allem um die Dinge, die wenig Platz einnahmen. Amulette zum Beispiel. Für den Rest – vor allem für die

Kleidung – hatte Timothy Winkelströter einen Lagerraum angemietet. So viel warf sein Geschäft inzwischen ab.

»Müssen Sie die Türen so schlagen?«, fragte eine schnarrende Frauenstimme, die Timothy herumfahren ließ.

Frau Möller, die hochbetagte Mutter seines Vermieters. Wer sonst? Aus verschiedenen Gründen wäre niemand anderes für eine solche Begegnung im Morgengrauen in Frage gekommen. Sie war eine Frühaufsteherin, und leider hatte mit den Jahren nicht ihr Sehvermögen oder das Gehör, sondern nur ihre Toleranz deutlich nachgelassen.

»Ich hab Ihnen doch schon hundertmal gesagt, dass Sie die Türen nicht schlagen sollen, wenn Sie spät nach Hause kommen. Wegen meinem Friedhelm. Der schläft dann doch.«

Friedhelm Möller, Timothy Winkelströters Vermieter, hatte die Angewohnheit, lange zu schlafen, und seitdem er als Rentner nicht mehr aus dem Haus musste außer zum Schützenfest oder zum Kegeln, machte er von dieser Möglichkeit auch ausgiebig Gebrauch. Seine Mutter hingegen, inzwischen wohl schon um die neunzig, schien so etwas wie Schlaf gar nicht mehr zu kennen. Wenn Timothy spät nach Hause kam, brannte im Zimmer von Margarethe Möller immer noch Licht. Oder sie geisterte in dem ausgedehnten Garten herum, um ihren Anpflanzungen beim Wachsen zuzusehen. Ihr Friedhelm hatte nie geheiratet, was niemanden wundern konnte. »Wozu braucht mein Friedhelm eine Frau? Ich mach ihm doch alles«, hatte Timothy einen markanten Satz der alten Dame noch im Ohr.

Margarethe Möller kam ein paar Schritte auf Timothy zu. Sie hatte ihn von Anfang an mit Misstrauen betrachtet. Das lag wohl vor allem an den zahllosen heidnischen Symbolen, die Timothy zur Schau trug, angefangen von den Totenköpfen und Geisterfratzen an den Metallringen bis zu den undefinierbaren magischen Zeichen auf den Amuletten oder der Tätowierung am Unterarm, die ein Kreuz in Kombination mit einem Stierkopf zeigte. Das Kreuz zu verunstalten und in einen ihrer Meinung nach etwas anrüchigen Zusammenhang zu bringen war vermutlich die schlimmste Sünde. Margarethe Möller war nämlich eifrige Kirchgängerin. Da sie selbst nie das Autofahren gelernt hatte, musste ihr Friedhelm zumindest einmal die Woche früh aus den Federn und seine Mutter zum Gottesdienst bringen. Und sosehr sie den Schlaf ihres »Kleinen«, wie sie ihren Friedhelm gelegentlich nannte, sonst auch schützte – am heiligen Sonntagmorgen war ihr der Schlaf anderer Leute (zum Beispiel hart arbeitender Internethändler wie Timothy Winkelströter) einschließlich der Nachtruhe von ihrem Friedhelm plötzlich nicht mehr so wichtig. Oft genug war Timothy dadurch geweckt worden, dass Margarethe Möller ihren Sohn lautstark zur Eile antrieb.

»Nee, nee, nee, Junge, der Pastor wartet nich auf uns«, pflegte sie dann mit ihrer durchdringenden, schnarrenden Stimme zu sagen, und wenn sie in den Wagen einstieg, fand sie auch nichts dabei, die Tür heftig zu schlagen. Manchmal auch zwei- oder dreimal, denn Margarethe Möller hatte die Angewohnheit, die Wagentür noch einmal zu öffnen, weil sie sich nicht sicher war, ob sie sie auch richtig geschlossen hatte.

Aber dieses Recht galt natürlich nicht für Mieter.

Und warum hätte sie auch mit jemandem gnädig sein sollen, der sich schon durch ein zur Schau gestelltes Heidentum um die Gnade Gottes gebracht hatte?

»Wo waren Sie denn heute die ganze Nacht?«, fragte Margarethe Möller jetzt mit vor der Brust verschränkten Armen und Augen, die so schmal geworden waren, dass man kaum noch das Weiße darin sehen konnte.

»Frau Möller, das spielt doch wohl keine Rolle, oder?«

»Sie wissen ja, dass ich jemanden wie Sie nie hier hätte einziehen lassen …«

»Danke, das war deutlich.«

»Aber ich habe hier ja nichts zu sagen. Und mein Friedhelm meint, dass wir auf Ihre Miete angewiesen wären, deswegen will ich auch gar nichts gesagt haben.«

»Frau Möller, ich will ja nicht unhöflich sein, aber …«

»Aber bis jetzt ist noch nie die Polizei hier gewesen. Das habe ich meinem Friedhelm auch gesagt: Junge, wir hatten nie die Polizei hier. Bis vorgestern! Wir waren gerade von der Kirche zurückgekommen, als sie hier waren … Oben von meinem Zimmer aus konnte ich alles mitbekommen.«

»Frau Möller, Ihr Friedhelm hat mir gestern schon gesagt, dass die Polizei hier war. War's das?«

»Haben Sie sich im Präsidium gemeldet, so, wie die Beamten es wollten?«

»Ja. Zufrieden?«

»Und haben Sie denen auch gesagt, dass Sie die junge Frau kannten, die man in Telgte umgebracht hat?«

»Noch einen schönen Tag, Frau Möller.« Timothy Winkelströter ließ sie einfach stehen. Er hatte nach dem Verhör am Vorabend durch die Polizei keine Lust, sich auch noch von dieser Frau ausfragen zu lassen. In diesem Punkt war ihr Friedhelm wirklich sehr viel angenehmer zu ertragen. Friedhelm Möller redete nämlich nur das Allernötigste, und das auch oft nur in verkürzten Ein- oder Zweiwortsätzen. Effektive Kommunikation anstatt ausuferndem Gelaber voller Fallstricke.

Timothy war nur fünf Schritte gegangen.

Sein Handy klingelte. Timothy sah auf das Display.

»Nadine Schmalsti ruft an« stand da. Eigentlich hätte das Nadine Schmalstieg heißen müssen, aber mehr Buchstaben wurden nicht angezeigt – und nur den Vornamen ins Menü einzugeben wäre angesichts der Häufigkeit von Nadine etwas zu riskant gewesen. Allein privat kannte er schon drei Nadines und eine Kim-Nadine.

Timothy nahm das Gespräch entgegen.

»Ja?«

»Ich muss gleich zum Job. Wollte dir nur sagen, dass du deine Brieftasche hier vergessen hast.«

Timothy griff sich ans Gesäß.

»Scheiße.«

»Macht doch nichts. Komm nachher einfach vorbei. Das wolltest du doch sowieso.«

»Ja, klar«, bestätigte Timothy.

»Und wegen der anderen Sache – vielleicht sollte ich deswegen doch besser zur Polizei gehen.«

»Ich dachte, das hätten wir besprochen, Nadine.«

»Aber …«

»Lass es! Das bringt nichts als Ärger. Hör zu, tu nichts Unüberlegtes. Wenn ich nachher bei dir bin, können wir noch mal darüber sprechen, wenn du willst.«

Ein einziger seufzender Atemzug, dann einen Moment Stille.

»Nadine, bist du noch dran?«

»Bis nachher, Timothy.«

Als das Gespräch beendet war, spürte Timothy Winkelströter förmlich den auf ihn gerichteten Blick von Margarethe Möller.

Mit den Augen eines Elben

Anna van der Pütten fühlte sich wie gerädert, als sie im Polizeipräsidium am Friesenring eintraf. Der Alptraum der vergangenen Nacht ging ihr ebenso wenig aus dem Kopf wie das Gespräch mit Branagorn.

Als sie das Lagezentrum betrat, fielen ihr als Erstes die Stellwände mit den Flipcharts auf. Listen von Namen und Adressen, Fotos von Personen und Tatorten waren dort zu sehen, und Pfeildiagramme verbanden einiges davon zu einer komplizierten Mischung aus Notiz und Grafik.

Kevin Raaben heftete noch ein paar weitere Zettel an.

»Tja, wir haben versucht, den ganzen Fragenkomplex zu dem Fall mal ein bisschen zu systematisieren«, meinte er, als er Anna bemerkte.

»Ich sehe es«, murmelte Anna, die kaum in der Lage war zu verbergen, wie sehr sie das Chaos schockierte.

Haller kam aus dem Nebenraum. Er trug ein anderes Jackett, wirkte ausgeruht und schien guter Laune zu sein. »Schön, dass du da bist, Anna«, sagte er und wandte sich an Raaben. »Sie hat nichts dagegen, wenn du sie duzt, wie wir das alle hier machen. Stimmt doch, oder?«

»Also …«

»Das ist der Kevin. Und schau mal hier, Anna, wir haben alle Fakten zusammengetragen, die bis jetzt in dieser Mordserie eine Rolle gespielt haben und uns relevant erschienen.«

»Und das ist wahrscheinlich einer der Knackpunkte«, sagte Anna.

Haller runzelte die Stirn. »Was?«

»… und uns relevant *erschienen*«, zitierte Anna. Dass der Kriminalhauptkommissar ihr eigenmächtig und selbstherrlich einfach die Duzfreundschaft mit Kevin Raaben aufgezwungen hatte, war von ihr noch gar nicht richtig verdaut worden. Sie fühlte Ärger in sich aufkeimen, aber ihr war auch klar, dass sie wohl fürs Erste keine Gelegenheit bekommen würde, dem Luft zu machen. Schließlich gab es im Moment wirklich Wichtigeres als solche Kleinigkeiten. Was waren schon ihre Empfindlichkeiten gegen die Suche nach einem Mörder? Das lag so sehr auf der Hand, dass selbst ihr kein Argument dagegen einfiel. Nur ihrem Magen. Und der meldete sich auch prompt mit einem drückenden Gefühl des Unwohlseins. Anna fühlte sich wie ein Dampfkessel, in dem der Druck langsam stieg. Vergiss es, dachte sie. Es geht jetzt um die Sache und darum, dass eine böse Seele, wie Branagorn es wohl ausgedrückt hätte, nicht noch mehr Opfer fordert.

»Nicht doof«, lautete Kevin Raabens Kommentar. »Wer sagt uns, dass wir aus der Masse der Fakten wirklich die relevanten herausgesucht haben?«

»Eben«, meinte Anna. »Außerdem sieht das Ganze für mich etwas chaotisch aus. Was sind das zum Beispiel da alles für Namen?«

»Das sind die Bekannten, Telefonkontakte, befragten Zeugen und so weiter«, erklärte Haller. »Hier sind zum Beispiel alle Telefonkontakte, die wir in dem Handy-Menü von Jennifer Heinze gefunden haben. Tja, und es gibt eine Übereinstimmung.«

»Und die wäre?«

»Timothy Winkelströter. Er war mit dem Opfer Nummer eins bekannt – Jana Buddemeier aus Borghorst. Seine Adresse fand sich im Telefonregister des Opfers. Aber er wurde nie vernommen, weil es keinen Zusammenhang mit dem Fall zu geben schien. Opfer Nummer zwei kannte er auch.«

»Gibt es da etwa auch ein Adressverzeichnis?«

»Im Handy der Toten. Er wurde auch damals nicht vernommen, weil er den Aussagen anderer Zeugen zufolge keine Karte mehr für das Schandmaul-Konzert bekommen hatte und man deshalb annahm, dass er nicht am Tatort war.«

»Das entspricht doch genau seiner Aussage, die er uns gegenüber gemacht hat«, meinte Anna.

»Das heißt aber nicht, dass sie stimmen muss«, ergänzte Raaben. »Ich denke, wir sollten ihn wegen der neuen Erkenntnisse noch mal genauer unter die Lupe nehmen. Er könnte sich doch noch eine Karte besorgt haben, oder vielleicht kannte er einen der Türsteher, der ihn so reingelassen hat.

»Was die anderen Opfer angeht, kannte Timothy Winkelströter sie offenbar ebenfalls«, sagte Haller. »Wir haben zwar keine Nachweise von Handykontakten, aber dafür das hier.« Haller deutete auf eines der Fotos. Es war ein Computerausdruck, der die Vergrößerung einer Internetseite zeigte. Zu sehen war eine Gruppe von jungen Leuten, alle in mittelalterlicher bis phantastischer Gewandung. Timothy Winkelströters düstere Phase hatte zu dieser Zeit offenbar noch nicht begonnen, denn anstatt als Finsterling im Ledermantel mit Totenkopfringen stand er als edler Recke da, mit Schwert und Kettenhemd. Das Foto war eindeutig schon ein paar Jahre älter und Timothys Haarpracht damit deutlich kürzer. Lange Pfeile verbanden die Namen und Adressen von Opfern und Zeugen mit den Personen auf dem Bild. »Jana Buddemeier, Franka Schröerlücke, Elvira Mahnecke, Chantal Schmedt zur Heide und Jennifer Heinze – alle fünf Opfer des Barbiers sind auf dem Foto. Dazu Timothy Winkelströter, eine junge Frau, die entweder Sarah oder Melanie heißt, ein junger Mann, der als Vampir herumläuft und den wir bisher nicht identifizieren konnten, zwei weitere Männer, von denen wir nur wissen, dass sie Björni und Olli genannt werden, und diese beiden Gestalten dort, deren Gesichter wohl kaum identifizierbar sein dürften.« Haller deutete auf die finstere Gestalt eines Pestarztes mit Schnabelmaske und einen Ritter mit Eisenharnisch und heruntergelassenem Helm-Visier.

»Woher haben Sie das?«, fragte Anna.

»Von der Facebook-Seite einer gewissen Nadine Schmalstieg.«

»Und die ist da nicht drauf?«

»Sie wird das Foto gemacht haben, wie soll sie dann mit drauf sein? Das Bild muss vor mindestens sieben Jahren aufgenommen worden sein. Es wurde letztes Jahr hochgeladen, und von Björni und Olli wissen wir nur durch die Kommentare, die druntерstehen.«

»Haben Sie schon mit dieser Nadine Schmalstieg Kontakt aufgenommen?«, fragte Anna.

»Ich habe es versucht. Wir haben die Kontaktfunktion auf Facebook genutzt. Eine Adresse oder Telefonnummer steht da natürlich nicht. Aber als Wohnort ist Steinfurt-Borghorst angegeben, und dort gibt es insgesamt drei Nadine Schmalstiegs. Eine konnten wir telefonisch erreichen. Sie gab an, keinen Facebook-Account zu haben. Nummer zwei ist nach Rückfrage beim Einwohnermeldeamt inzwischen unbekannt verzogen – was aber nichts heißen muss, denn schließlich ist das Bild schon vor einiger Zeit hochgeladen worden, und die letzte Aktualisierung im Profil ist fast ein Jahr alt. Und Nummer drei hat keinen Festnetzanschluss. Wir überprüfen derzeit, ob sie mit einer gewissen Naddi in den Telefoneinträgen in Jennifer Heinzes Handymenü identisch ist. Da ist eine Handynummer angegeben, über die wir aber nur auf eine Mailbox geleitet werden.«

»Mindestens sieben Jahre ist diese Aufnahme alt …«, murmelte Anna.

»Ja, schließlich lebt das erste Opfer des Barbiers da ja noch.«

»Dann waren alle, die da zu sehen sind, höchstens Anfang zwanzig – jetzt sind sie Mitte zwanzig bis Anfang dreißig, oder?«

»So ungefähr. Ist schon seltsam, was? Ich meine, wir haben uns doch alle früher mal als Cowboy, Indianer, Ritter oder Superheld verkleidet und in einer Spielwelt gelebt. Aber in meiner Generation war man da vielleicht zehn – und nicht siebenundzwanzig.«

Anna ging auf Hallers Bemerkung nicht weiter ein. Sie atmete tief durch. »Wieder der Schwarze Tod«, sagte sie und deutete auf den Pestarzt. Sie murmelte diese Worte mehr zu sich selbst als zu Haller.

»Ist irgendetwas?«, fragte Haller.

»Nein, nur wenig geschlafen. Apropos Mailbox. Haben Sie meine Nachricht eigentlich bekommen?«

»Welche Nachricht denn?« Haller runzelte die Stirn.

»Na die, die ich Ihnen – also dir – auf die Mailbox gesprochen habe. Gestern habe ich nämlich noch versucht, dich anzurufen, aber da war leider niemand zu erreichen.«

»Dann hatte ich das Handy wohl abgeschaltet«, meinte Haller. »Oder ich war unter der Dusche oder auf dem Klo. Mehr Privatleben habe ich ja nicht, aber das bisschen verteidige ich mit Klauen und Zähnen.« Er grinste, sah aber gleich, dass Anna das nicht so lustig fand. »Tut mir leid, worum ging's denn? Ich höre meine Mailbox normalerweise nie ab. Wenn's wichtig ist, dann meldet derjenige sich noch mal oder schreibt eine SMS.«

»Timothy Winkelströter verkauft diese Schnabelmasken in seinem Shop.« Anna deutete auf den Pestarzt auf dem Bild. »Genau solche. Und der Typ, mit dem …«

»Fang nicht wieder mit diesem Elbenspinner an, der seine Fantasy-Welt mit der Wirklichkeit verwechselt!«

In diesem Augenblick ging die Tür auf, und Branagorn trat ein. Er trug sein Schwert über dem Rücken gegürtet und einen dunklen Umhang über dem Wams. Die Kapuze hatte er tief ins Gesicht gezogen. Am Gürtel hingen verschiedene kleine Taschen und Lederbeutel. Und diesmal zierte ihn ein großes, gusseisernes Amulett in Form einer Elbenrune, das Anna zuvor noch nicht bei ihm gesehen hatte.

Eine Beamtin in Uniform folgte ihm auf dem Fuß. »So geht das nicht!«, rief sie.

»Wie kommt dieser Kerl hier herein?«, ereiferte sich Haller.

»Tut mir leid, der ist so … durchgerutscht …«, stotterte die Beamtin in Ermangelung eines besseren Ausdrucks.

»Was soll das denn heißen? Hier kann doch nicht jeder hereinplatzen, wie er lustig ist!«

So emotional hatte Anna den Kriminalhauptkommissar noch nicht erlebt. Aber dass höhere Säugetiere aller Art – und dazu gehörte letztlich wohl auch der Mensch, auch wenn er das gerne verdrängte – aggressiv reagierten, wenn jemand in ihr Revier eindrang, war eigentlich eine bekannte Tatsache. Und so ähnlich musste man wohl auch Hallers Reaktion verstehen. Ein Irrer drang in die Einsatzzentrale der deduktiven Logik vor und behauptete wahrscheinlich im nächsten Moment auch noch, alles zu wissen, alles zu kennen und am schlimmsten: alles vorhersagen zu können, was sich noch in der Zukunft ereignen würde. Welch gravierendere Gegensätze konnte man sich vorstellen?

»Sorry, ich war aufm Klo«, gab die Beamtin zu.

Branagorn achtete nicht weiter auf sie. Er ging zu den Plakatwänden. Sein Blick wanderte systematisch daran entlang. Er tastet sie ab wie ein Scanner, dachte Anna. Diese Assoziation drängte sich ihr zumindest unwillkürlich auf.

»Dieser Kerl soll hier verschwinden! Er hat hier nichts zu suchen«, rief Haller.

»Lass nur, ich werde mit ihm reden«, schlug Anna vor. Sie wandte sich an die Polizistin in Uniform. »Ich glaube, wir kommen ohne Sie klar.«

»Wirklich?«

»Ja.«

»Dann sollte er vielleicht seine Bewaffnung ablegen«, schlug die Beamtin vor.

»Dafür gibt es keine Rechtsgrundlage«, erklärte Branagorn. »Ein Schwert ist nach den Gesetzen Eurer Welt keine Waffe, und ich bedrohe niemanden.« Er wandte den Kopf und hob seine dürren, feingliedrigen Hände, deren Fingerspitzen er auf die Beamtin richtete. Dann murmelte er einige Worte in einer Sprache, die Anna nicht kannte, die sie aber schon bei Branagorn gehört hatte. Vielleicht waren es auch einfach nur aneinandergereihte Silben ohne jeden Sinn. Sie klangen wie eine magische Formel. Branagorns Stimme hatte jetzt einen sehr dunklen, sonoren Klang.

Die Beamtin sah ihn mit weit aufgerissenen Augen an, und es war schwer zu sagen, was in diesem Moment in ihrem Kopf vor sich ging. Jedenfalls öffnete sie den Mund, so, als wollte sie etwas sagen, und vergaß ihn dann für eine ganze Weile wieder zu schließen. Sie hatte schätzungsweise zehn Dienstjahre hinter sich – aber mit so etwas war sie ganz sicher bisher noch nie konfrontiert worden.

»Euer Geist hat mich verstanden, edle Wächterin, und Ihr könnt getrost Eures Weges gehen, denn an meiner Friedensliebe und Sanftmut werdet Ihr nun nicht mehr zweifeln.«

»Tja, ich weiß nicht …«, murmelte die Beamtin. Sie wandte sich dann an Haller. »Wenn Sie meinen, dass Sie hier alles unter Kontrolle haben.«

Branagorn ballte die Hände zu Fäusten und hielt die Handgelenke dabei dicht aneinander. »An Eurem Gürtel sehe ich Fesseln. So legt mich also in Ketten, wenn es hier jemanden geben sollte, der mich fürchtet. Ich fürchte die Ketten nicht, denn die Kraft meines Geistes ist stärker.«

»Ist schon gut«, knurrte Haller und nickte dabei der Beamtin zu, die daraufhin mit einem ziemlich ratlosen Gesicht den Raum verließ.

»Der Glaube an Magie ist in dieser Welt fast verschwunden – paradoxerweise aber ist die Furcht vor dieser Macht geblieben«, stellte der Elbenkrieger fest. »Das ist eines der eigenartigen Dinge, die ich an dieser Welt bemerke, seit die Maschinen hier die Herrschaft zu erringen begannen. Schon die Grausamkeit, mit der man einst vermeintliche Hexen verfolgte, lässt sich wohl nur angesichts dieser Erkenntnis wirklich verstehen, obgleich ich zugeben muss, dass selbst so kluge Männer wie Leonardo da Vinci oder Martin Luther für meine Gedanken wenig Verständnis hegten, als ich mit diesen großen Geistern darüber sprach.«

»Sie sprechen öfter mit Personen aus der Geschichte?«, fragte Haller und konnte dabei einen gewissen Spott im Tonfall nicht unterdrücken. Er wandte sich an Anna. »Tut mir leid, das war jetzt sicher unsensibel und wenig einfühlsam. Aber ich wäre dir dankbar, wenn du deinem Patienten klarmachen könntest, dass er hier unerwünscht ist.«

Branagorn sah sich auch die restlichen Stellwände kurz an. Dann wandte er sich an Haller. »Die edle Frau van der Pütten hat nichts mit meinem Erscheinen hier in der Festung der Ordnungshüter zu tun«, erklärte er. »Ich bin aus freiem Willen hier und habe nicht viel Zeit.«

»Das trifft sich gut«, erwiderte Haller. »Ich nämlich auch nicht.«

»Ich bin hier, um Euch zwei Anliegen vorzutragen, werter Hüter der Ordnung.«

»Ich schlage vor, wir bringen das hinter uns und Sie verschwinden dann.«

»Was ist mit meinem Schwert Nachtmahrtöter, das mir wider alles Recht genommen und dessen baldige Rückgabe mir in Aussicht gestellt wurde?«, fragte Branagorn.

»Sie geben Ihren Schwertern Namen?«, fragte Haller und wandte sich kurz an Anna. »Das solltest du aber dringend mit ihm aufarbeiten.«

»Keine Sorge«, gab Anna zurück.

»Das wäre ja so, als würde ich meine Dienstpistole in Zukunft Heinz nennen!«

»Seelen sind in allen Dingen – im Guten wie im Schlechten«, erklärte Branagorn. »Den Dingen ihren Namen zu geben heißt, ihr innerstes Wesen zu erkennen und Macht über sie zu gewinnen. Und ich glaube kaum, dass es Euch schlecht anstünde, das Wesen Eurer Waffe zu erkennen und die Macht über sie zu behalten, auf dass Ihr sie nicht leichtfertig einsetzt.«

Haller runzelte die Stirn. »Amen«, sagte er.

»Ihr seid meiner Frage bisher ausgewichen. Wo ist der Nachtmahrtöter? Wie lange gedenkt Ihr, den Nachtmahrtöter noch von mir zu trennen?«

»Bis die Untersuchungen abgeschlossen sind. Und wie ich sehe, sind Sie doch ganz gut mit Ersatz ausgestattet, Herr Branagorn oder meinetwegen auch hochwohlgeborene Durchlaucht.«

»Der Nachtmahrtöter ist unersetzbar und einzigartig – so wie jedes andere Stück Materie im Polyversum.«

»Bitte jetzt nicht dieses Waldorfschulen-Gequatsche«, meinte Haller relativ barsch. »Was war Ihr zweites Anliegen?«

»Ich habe Euch etwas zum Fall mitzuteilen. Mir war es so selbstverständlich, dass ich nicht daran gedacht habe, dass es vielleicht für Euch wichtig sein kann. Zudem ist meine Magie geschwächt, da mir mein gewohntes Schwert Nachtmahrtöter nicht zur Verfügung steht und ich mit einem nicht ganz gleichwertigen Ersatz vorliebnehmen muss. Eigentlich wäre das nicht weiter schlimm, denn die Macht des Geistes ist der Trägheit der Materie immer weit überlegen, sodass ein Artefakt niemals die Entscheidung bringt, sondern immer nur die innere Kraft ...«

»Na, wenn das so ist, verstehe ich Ihre Aufregung nicht.«

»Aber in dieser Welt ist die Magie sehr schwach. Es bedarf des jeweils mächtigsten Artefakts, um den Geist ausreichend zu konzentrieren. Und das wird schon sehr bald nötig sein ...«

»Was reden Sie da eigentlich?«

»... wenn ich dem Traumhenker gegenüberstehe, um mich ihm zu stellen.«

»Hören Sie mal ...«

»Der Traumhenker, der mit mir zusammen aus einer anderen Welt hierhergelangte, ist in jene Mörderseele gefahren, die Ihr sucht, Hüter der Ordnung. Und das, was ich Euch mitzuteilen habe, ist Folgendes: Mir begegnete diese Mörderseele bereits in den Westfälischen Kliniken von Lengerich.«

»Was?« Hallers Kinn fiel herab. Das ging ihm nun wohl endgültig zu weit. Doch noch ehe er etwas sagen konnte, griff Anna ein. Krisenintervention – so hieß dafür wohl der therapeutische Oberbegriff.

»Fahren Sie fort, Branagorn. Sagen Sie mir genau, wo und wann Sie der Mörderseele begegneten.«

Ein Lächeln flog über sein Gesicht. »Ich wusste, Ihr würdet mich verstehen, Cherenwen. Und verzeiht mir, dass ich mich abermals erdreistet habe, Euch so zu nennen, aber die seelische Verwandtschaft zwischen uns könnt auch Ihr in diesem Augenblick wohl kaum leugnen.«

Anna begegnete seinem Blick.

Ein Gedanke kam ihr in den Sinn. Eine Frage. Soll ich mich diesmal auf das Spiel so weit einlassen, dass ich es ihm erlaube, mich Cherenwen zu nennen, oder ist das der Moment, an dem ich die Distanz unter allen Umständen aufrechterhalten muss? Er ist sensibel genug, um genau die Schwachstellen seines Gegenübers zu erfassen, überlegte Anna. Und auch wenn er so tut, als würde er nur in einer Welt der Phantasie leben und das, was man gemeinhin Realität nennt, nur ganz am Rande und in sehr verzerrter Weise zur Kenntnis nehmen, so heißt das nicht, dass er nicht in der Lage wäre, sein Gegenüber zu manipulieren.

Branagorn wäre nicht der erste Patient gewesen, der genau dies versuchte.

Aber hier geht es um mehr, entschied Anna schließlich. Es ging darum, einen Mörder zu fassen, der offenbar einem sehr dunklen Trieb folgte und nicht damit aufhören würde zu töten. Es sei denn, es gelang ihnen, ihn in absehbarer Zeit zu entlarven. Was war dagegen schon das Risiko einer letztlich doch recht harmlosen Grenzüberschreitung im Patient-Therapeuten-Verhältnis? Schließlich hatte sie ja nicht vor, mit Branagorn von Elbara alias Frank Schmitt eine sexuelle Beziehung einzugehen, sondern sie begab sich lediglich mit ihm zusammen auf die Ebene eines Phantasie-Spiels.

Fast so, als würden wir uns online zum World-of-Warcraft-Spielen treffen oder zu einem dieser Mittelalter- und Fantasy-Festivals gehen, auf denen die Kämpfe zwischen Elben und Orks oder historische Schlachten des Mittelalters nachgespielt werden, dachte Anna. Wahlweise natürlich auch solche aus der Römerzeit oder aus den Befreiungskriegen gegen Napoleon. Die Spiellaune der Erwachsenen schien da keine Grenzen zu kennen. In diesem einen Punkt konnte Anna im Übrigen Hallers Verwunderung darüber gut nachvollziehen. Allerdings hatte sie selbst sich auch als Zehnjährige nicht verkleidet, um in eine Spielrolle zu schlüpfen. Nicht einmal als Fünfjährige – und dass über Zwanzigjährige sich damit die Freizeit vertrieben, erschien ihr ohnehin vollkommen absurd. Sie konnte das nur als psychosoziales Phänomen zur Kenntnis nehmen und versuchen, es mit Hilfe einer wissenschaftlichen Methodik zu verstehen. Aber nachempfinden konnte sie das nicht. Sie selbst hatte manchmal das Gefühl, schon kontrolliert, vernünftig und erwachsen auf die Welt gekommen zu sein. Jedenfalls konnte sie sich an nichts anderes erinnern. Und da es schon schwierig genug war, die Ordnung in der realen Welt aufrechtzuerhalten, verspürte sie kein Bedürfnis, diese Ordnung dadurch ins Wanken zu bringen, dass sie in die Gefilde ihrer Phantasie abdriftete. Das Ergebnis mochte dann am Ende ein Wahn sein, wie er Branagorn befallen hatte. Es war nur ein einziger, verhängnisvoller Schritt, und man spielte nicht mehr den Elbenkrieger, sondern man *war* einer. Aber das war etwas, was Anna niemals passieren konnte. Glaubte sie. Hoffte sie. Um eine solche Bedrohung ihres innersten Selbst rechtzeitig erkennen zu können, hatte sie ja eigentlich lange genug studiert, wie sie fand.

»Nennen Sie mich Cherenwen – wenn es tatsächlich so sein sollte, dass Sie Cherenwen leichter das anvertrauen können, was Sie offensichtlich entdeckt haben.«

»Es war ein Blick in die Augen. Kennt Ihr das, werte Cherenwen? In einem einzigen Augenblick – und damit meine ich den figürlichen Sinn dieses Wortes – kann einem alles klar werden.«

»Von welchem Augenblick sprechen Sie?«

»Es war auf der Planwiese in Telgte, als ich der Mörderseele hinter der Schnabelmaske gegenüberstand. Da habe ich sie an ihren Augen erkannt. Denn die waren in den dafür ausgeschnittenen Löchern gut zu sehen. Dieselben Augen sind mir begegnet, als ich vor ein paar Jahren einen längeren Aufenthalt in der Psychiatrie in Lengerich hatte.«

»Sie meinen, Sie können allein anhand der Augen jemanden wiedererkennen?«

»Was ist so ungewöhnlich daran? Kein Auge gleicht dem anderen, und an den Mustern der Iris sehen die Heilkundigen, an welchen Krankheiten jemand leidet …« Branagorn wandte sich an Haller. »Ich kann Euch leider nicht mit einem Namen dienen, Hüter der Ordnung. Und auch zu dem Gesicht kann ich Euch keine nähere Beschreibung geben. Denn das Augenpaar, das mich damals anstarrte, blickte durch das gläserne kleine Fenster einer Tür, die die Eigenschaft hatte, den Klang von Schreien zu dämpfen. Das Gesicht sah ich bis hier.« Er hielt die Hand in die Höhe der Nasenwurzel. »Es kann keine große Person gewesen ein, sonst wäre das Gesicht zur Gänze sichtbar gewesen.«

»Ja, das hilft uns sehr weiter, Herr Branagorn«, sagte Haller.

»Eines solltet Ihr noch wissen: Der Schädel war kahl. Es war kein einziges Haar darauf zu sehen.«

»Wie bei den Opfern«, stellte Anna fest.

»Ich sagte Euch doch: Der Traumhenker ist in diese Mörderseele gefahren und lässt sie an anderen Dinge tun, die ihr vielleicht selbst widerfahren sind. Und nun entschuldigt mich – denn ich bin in Eile, auch wenn dies für einen Unsterblichen wie mich ein eher seltener Zustand ist und ich ansonsten nichts dagegen einzuwenden hätte, die Unterhaltung noch ein halbes Leben lang fortzusetzen.«

Er schaute noch einmal auf die Stellwände, fixierte kurz eine bestimmte Stelle, wandte sich zur Tür und schien von einem plötzlichen Impuls getrieben zu sein. Nicht einmal auf sein Schwert, den Nachtmahrtöter, kam er jetzt noch einmal zurück, obwohl ihm das eben noch so unendlich wichtig gewesen war. Anna spürte, dass sich in Branagorns Psyche irgendetwas verändert hatte. So, als ob ein Schalter umgelegt worden war. Aber ihr fiel kein vernünftiger Grund ein, ihn davon abzuhalten, jetzt das Präsidium zu verlassen.

»Branagorn, warten Sie!«, rief sie.

Er drehte sich um.

»Werte Cherenwen. Gebt auf Euch Acht, denn der Traumhenker kennt keine Gnade.«

In Annas Hirn arbeitete etwas fieberhaft. Dutzende von Gedanken schienen dort gleichzeitig herumzurasen. Sie hasste Chaos. Sie hasste Situationen wie diese, in denen nicht von vornherein feststand, wie sie ausgingen, was bei einer therapeutischen Situation normalerweise immer der Fall war. Da hielten sich die Überraschungen in engen Grenzen. Aber dies war ein Spiel, in dem sie nicht die Regeln bestimmte und das ihr deswegen vielleicht auch so viel Unbehagen bereitete. Sie ging zur Stellwand und deutete auf das Facebook-Gruppenfoto. Auf einem daneben angehefteten Ausdruck waren die Kommentare dazu abgedruckt.

Annas Zeigefinger berührte das Foto genau dort, wo sich der Pestarzt befand. »Ist es dieser hier?«, fragte sie.

»Das weiß ich nicht«, bekannte Branagorn. »Ich habe dieses Bild angesehen, doch die Augen sind nicht gut genug zu erkennen. Aber eins ist gewiss: Wenn ich der Mörderseele gegenüberstehe und ihren Blick erwidere, werde ich ihr wahres Wesen erkennen.«

Mit diesen Worten verließ Branagorn den Raum.

Anna lief ihm nach. Auf dem Flur war er nicht zu sehen. Die Geschwindigkeit, mit der er sich entfernt hatte, überraschte sie. Sie lief mit schnellen Schritten bis zur nächsten Biegung und sah ihn ganz am Ende des Korridors.

»Branagorn!«, rief sie.

Er blieb nicht stehen und drehte sich auch nicht um, obwohl Anna sich eigentlich sicher war, dass er sie bemerkt haben musste.

Erst am Ausgang holte sie ihn endlich ein, stellte sich vor ihn in den Weg. Sie war ziemlich außer Atem.

»Branagorn, was haben Sie denn jetzt vor?«

»Ich habe dem Hüter der Ordnung gesagt, was ich weiß, und mein Schwert Nachtmahrtöter werde ich vermutlich so schnell nicht zurückerhalten, weil es mir offenbar unter fadenscheinigen Vorwänden weiterhin vorenthalten werden soll. So bleibt mir nichts anderes, als mich auf die Kräfte meines Geistes zu verlassen. Nehmt Euren Platz an der Seite der Ordnungshüter ein, werte Cherenwen. Dass mein Platz dort nicht sein kann, wurde mir eindringlich deutlich gemacht.«

»Ich möchte wissen, wo Sie jetzt hingehen?«

»Es besteht kein Anlass, dass Ihr Euch beunruhigt, Cherenwen. Achtet auf den Traumhenker. Das ist alles, was ich Euch raten kann.«

»Versprechen Sie mir, jetzt zurück nach Kinderhaus zu fahren?«

»Wovor fürchtet Ihr Euch?«

»Dass Sie etwas Unbedachtes tun, Branagorn. Und dass Sie sich in die Ermittlungen einmischen.«

»Wie sollte das denn möglich sein?«

»Vertrauen Sie den Hütern der Ordnung, Branagorn!«

»Natürlich. Im Übrigen seid unbesorgt. Mir geht es so gut wie schon seit sehr langer Zeit nicht mehr, und der Gedanke, dem Lebensüberdruss nachzugeben, liegt mir zurzeit ferner denn je. Das liegt auch daran, dass Ihr nun endlich doch erkannt habt, wer Ihr im Innersten Eurer Seele seid, werte Cherenwen. Dass Ihr Euch selbst und damit auch mich in dieser Weise erkannt habt, bedeutet für mich eine Form des Glücks, die zu erleben ich kaum noch zu hoffen gewagt habe. Insofern sind all Eure Sorgen unberechtigt. Auf dem Dach eines Hochhauses werdet Ihr mich so schnell nicht wieder antreffen. Und ansonsten könnt Ihr über das sprechende Artefakt mit mir in Verbindung bleiben, sollte die Kraft Eures Geistes allein dafür nicht ausreichen.«

Anna sah ihn an, und Branagorn erwiderte ihren Blick. Ein stilles Einverständnis herrschte zwischen ihnen, darüber, nicht weiterzusprechen. Ich kann jetzt also meinen Haken bei »keine akute Suizidgefahr« machen, dachte Anna. Es war das sich ewig wiederholende Spiel zwischen Therapeut und Patient. Der Therapeut musste nach Selbstmordabsichten fragen, wenn es irgendwelche, auch nur vage Anhaltspunkte in diese Richtung gab. Tat er es nicht, und der Patient brachte sich später um, musste er sich sonst unangenehme Fragen gefallen lassen und war unter Umständen sogar haftbar. Aber fast alle Patienten wussten genau, was sie zu sagen hatten. Man bestritt am besten selbst den Gedanken an Selbstmord, sonst war der Therapeut nämlich verpflichtet, Maßnahmen zu ergreifen. Eine Unterbringung in einer geschlossenen Einrichtung, Überwachung rund um die Uhr und so weiter. Wer zugab, an Selbstmord zu denken, verlor augenblicklich seine Freiheit. Grund genug gerade für diejenigen, die es wirklich vorhatten, auf jede diesbezügliche Frage mit Nein zu antworten.

So gab es also immer wieder diesen stillen Pakt zwischen Therapeut und Patient. Der Schwur, sich nicht umzubringen gegen die Freiheit. Selbst Kinder und geistig Behinderte durchschauten das schnell.

»Gut«, sagte Anna. »Dieser Punkt wäre also mal wieder geklärt.«

Mit einem Gefühl der Verwirrung kehrte Anna van der Pütten in den Konferenzraum zurück. Haller hatte gerade den Bericht des Gerichtsmediziners bekommen und blätterte darin herum.

»Ich hoffe, wir sehen deinen Patienten so schnell nicht wieder«, meinte Haller.

»Sven, er könnte recht haben«, sagte Anna, und ihre eigene Stimme klang dabei wie die einer Fremden.

»Das meinst du nicht ernst!«

»Wir sollten zumindest die Personen, die wir bisher mit den Opfern in Verbindung bringen konnten, daraufhin überprüfen, ob von denen jemand in Lengerich zu dem Zeitpunkt in der Psychiatrie war, in der auch Branagorn – also Frank Schmitt dort gewesen ist.«

»Du überraschst mich«, stellte Haller fest und schloss den Obduktionsbericht wieder. »Was soll das? Bist du jetzt auch schon geistig in einer anderen Welt, oder muss ich befürchten, dass du in Zukunft als Burgfräulein oder sonst was verkleidet ins Präsidium kommst?«

»Wir haben bisher nicht viel an Anhaltspunkten. Aber einer ist doch, dass alle Opfer offenbar eine Vorliebe für mittelalterliche Verkleidungen hatten. Das Foto beweist es.«

»Die werden sich dabei vermutlich kennengelernt haben«, vermutete Haller.

»Und ein anderer Anhaltspunkt ist diese Pestmaske. Sie ist auf dem Foto, und Branagorn war überzeugt, den Täter auf der Planwiese darunter erkannt zu haben. Timothy Winkelströter vertreibt diese Verkleidungen – der Mann, der als Einziger bisher so etwas wie ein Verdächtiger ist.«

»Was schon reichlich übertrieben ist.«

»Ich bin inzwischen davon überzeugt, dass der Mörder und die Opfer sich kannten – denn die Opfer kannten sich auch untereinander.«

»Und dieser Herzog Schmitt soll ihm in einer Klapsmühle begegnet sein?«

»Ergibt das denn keinen Sinn? Außer dass der Täter dem erweiterten Bekanntenkreis dieser jungen Leute entstammen muss, wäre es nicht überraschend, wenn er zuvor schon mal wegen psychischer Auffälligkeiten in Behandlung war. Branagorn redet dauernd davon, dass dieser Traumhenker mit ihm aus einer anderen Welt in die unsere gekommen ist. Aber mittlerweile glaube ich, dass man diese Aussagen vielleicht nicht als Spinnerei, sondern als eine metaphorische Ausdrucksweise verstehen sollte. Eine andere Welt – das ist vielleicht nur ein anderer Ausdruck für die Psychiatrie in Lengerich. Dort fühlte er sich einerseits wohl, gibt aber andererseits auch an, die Hölle erlebt zu haben, was nicht verwunderlich ist, denn es kommt ja in der Therapie immer wieder zu existenziellen Krisen. Und vielleicht wollte er mit dieser Redeweise einfach nur ausdrücken, dass er davon überzeugt ist, dass der Mörder auch dort war – und jetzt wieder in unser aller Welt herumzieht und tötet.«

»Da gibt es nur ein Problem, Anna.«

»Und das wäre?«

»Ich glaube einfach nicht, dass es möglich ist, jemanden anhand seiner Augen zu identifizieren. Das ist doch an den Haaren herbeigezogen!«

»Du irrst dich Sven. Bei jemandem wie Frank Schmitt ist das durchaus möglich.«

»So?«

»Er hat ein fotografisches Gedächtnis. Das ist nichts Ungewöhnliches für Savants.«

»Savants – die Wissenden. Ein bisschen Französisch habe ich auch gehabt. Ein schönes Wort macht mir das Ganze noch nicht plausibel.«

»Das Savant-Syndrom, das bei Branagorn diagnostiziert wurde, ist auch von der Wissenschaft noch längst nicht völlig verstanden, Sven. Aber mit Frank Schmitt sind eine Reihe eingehender Untersuchungen durchgeführt worden. Die Testergebnisse sind beeindruckend. Weißt du, womit er sich normalerweise die Zeit vertreibt? Er geht in die Uni-Bibliothek Münster und liest systematisch die Bücher. Nein, er liest sie nicht, er prägt sie sich ein. Dazu braucht er sich die entsprechenden Seiten nur einmal angesehen zu haben. Mir erzählt er natürlich, dass sein immenses Wissen daher rührt, dass er schon vor vielen Zeitaltern in unsere Welt gelangte und schon die Bibliotheken von Alexandria, Konstantinopel und Bagdad durchstöbert hätte.«

»Ach, so weit geht dein Glaube dann doch nicht.«

»Das ist kein Glaube, Sven! Sieh bei Gelegenheit mal im Internet nach unter Stephen Wiltshire, genannt die lebende Kamera. Dann werden dir Branagorns Fähigkeiten kaum noch phantastisch vorkommen.« Anna atmete tief durch. Ihr war durchaus klar, auf welch dünnem Eis sie argumentierte. Nicht etwa, weil es an den Savants und ihren Fähigkeiten Zweifel gab oder weil es ihr zweifelhaft erschien, dass Branagorn tatsächlich jemanden allein an den Augen wiederzuerkennen vermochte. Es gab genügend gut dokumentierte Fälle in der Fachliteratur, die noch weit erstaunlichere Fähigkeiten gezeigt hatten. Aber was nützte es, wenn Branagorn tatsächlich bei einer Gegenüberstellung auf jemanden zeigte und behauptete, er sei der Pestarzt von der Planwiese? Damit war noch lange kein Mord bewiesen, geschweige denn ein Zusammenhang zwischen der so identifizierten Person und den Taten des Barbiers hergestellt. Aber vielleicht war es ein Anfang. »Also, wenn du da nichts machen willst, werde ich mich mal in Lengerich melden, um herauszufinden, ob irgendjemand von den Personen, die da inzwischen an den Stellwänden hängen, vielleicht zur passenden Zeit einen Aufenthalt dort hatte. Leichter wäre es natürlich, wenn ihr das machen würdet – von wegen Schweigepflicht und so.«

»Nein, das sollte schon seinen regelgerechten juristischen Gang gehen«, meinte Haller. »Ich kümmere mich darum.«

Anna deutete auf den Obduktionsbericht. »Steht da noch irgendetwas Interessantes drin?«, hakte sie nach.

»Wie man's nimmt.«

»Was soll das heißen?«

»Verschiedene Spuren an der Leiche weisen darauf hin, dass der Täter eher klein gewesen sein könnte. Aber das wussten wir ja eigentlich auch schon vorher. Es ist nur eine Bestätigung.«

»Das passt doch zu Branagorns Aussage.«

»Anna, das war keine Aussage, sondern wirres Zeug!«

In diesem Moment betrat ein übergewichtiger Mann in einem viel zu engen kobaltblauen Anzug den Raum. Der größte Teil des Kopfes war kahl, aber es gab einen Haarkranz in Höhe der Ohren, der aus ungebändigten Locken bestand, was seiner gesamten Erscheinung eine etwas skurrile Note gab. Anna hatte ihn schon des Öfteren bemerkt, wusste aber bisher nur, dass er von den anderen Wolli genannt wurde. Außerdem war er offenbar im Innendienst tätig. Sein Rang, seine genaue Funktion innerhalb des Teams und sein vollständiger Name waren ihr jedoch bisher verborgen geblieben, was für Anna die Schwierigkeit mit sich brachte, dass sie nicht wusste, wie sie ihn ansprechen sollte. Die Zahl ihrer durch die selbstherrliche Anordnung von Sven Haller gestifteten Duzfreundschaften wollte sie keineswegs noch vergrößern.

»Was gibt's, Wolli?«, fragte Haller.

»Du hast doch gesagt, ich solle mal diesen Timothy Winkelströter genauer unter die Lupe nehmen.«

»Und? Ist dabei was herausgekommen?«

»Er scheint eine nicht unwesentliche Rolle in einer sehr dubiosen Sekte zu spielen, die sich die ›Neuen Templer‹ nennt und eine Art Heidentum der Moderne propagiert.«

»Von mir aus soll jeder glauben, an was er will«, erwiderte Haller wenig interessiert. »Hat irgendetwas davon mit unserem Fall zu tun?«

»Schwer zu sagen«, meinte Wolli. »Also erstens ist diese Sekte mehrfach mit dem Gesetz in Konflikt geraten. Es ging dabei zumeist um Verstöße gegen das Arzneimittelgesetz und Anzeigen wegen Betruges und Steuerhinterziehung. Es gab sogar ein Verfahren wegen des Verdachts der Geldwäsche, das aber nicht zu einer Verurteilung geführt hat. Der springende Punkt ist wohl, dass die ›Neuen Templer‹ recht zweifelhafte spirituelle Heilmethoden für alle möglichen Krankheiten und Gebrechen anbieten. Auch Hilfe für psychische Leiden kann man dort bekommen, wenn ich den Internetauftritt richtig verstanden habe. Allerdings werden dafür Summen verlangt, die alle regulären Ärzte und Psychiater vermutlich vor Neid erblassen ließen …« Wolli wandte sich an Anna. »Dieser Timothy Winkelströter ist gewissermaßen ein Kollege von Ihnen. Er gibt Kurse in ›positiver Ich-Findung‹ – was immer das auch sein mag.«

»Ich habe von den Neuen Templern schon mal etwas gehört«, sagte Anna düster.

»Inwiefern?«, fragte Haller.

»Vor etwa anderthalb Jahren hatte ich eine Patientin, die über mehrere Jahre dort Mitglied war und durch okkulte Praktiken einer Art Hirnwäsche unterzogen und zutiefst traumatisiert wurde. Unter anderem wurden mir Rituale geschildert, bei denen Sektenmitgliedern die Haare abgeschnitten wurden. Insbesondere dann, wenn sie sich der Macht Baphomets verschlossen.«

»Auf der Homepage stand aber nur was von Heilsteinen und so«, warf Wolli ein.

»Natürlich«, erwiderte Anna. »Die Neuen Templer betrachten sich ja als Nachfolger der Tempelritter, denen man die Verehrung eines stierköpfigen Dämons namens Baphomet vorwarf, um den Orden auflösen und sein Vermögen konfiszieren zu können. Der Baphomet-Kult gehört darum zum geheimen Teil dieses Glaubens – falls man das so bezeichnen möchte.«

»Und wie würdest du es bezeichnen?«, fragte Haller.

»Psychoterror und Ausbeutung. Letzteres geschieht sowohl psychisch als auch finanziell. Dieses Ritual, von dem ich gerade sprach, ist eine Art negativer Exorzismus. Der Dämon wird nicht ausgetrieben, wie es früher in der katholischen Kirche üblich war, sondern umgekehrt: Die Seele soll für Baphomet geöffnet werden, damit er in sie hineinfahren kann …« Anna stockte bei den letzten Worten.

Sie hatte lange nicht mehr an Linda Meyer-Braksiek gedacht, die seinerzeit bei ihr Hilfe gesucht hatte. Letztlich allerdings erfolglos, denn sie wurde schließlich mit aufgeschnittenen Pulsadern in ihrer Badewanne gefunden. Anna erinnerte sich noch genau an den Moment, als sie davon erfahren hatte. Ein knochentrockener Polizeiobermeister hatte ihr die schlechte Nachricht übermittelt. Auch die sonore, warme Stimme hatte dabei nicht irgendetwas abzumildern vermocht. Anna hatte ernsthaft darüber nachgedacht, den Beruf aufzugeben. Schließlich war sie doch offensichtlich gescheitert. Sie hatte Linda Meyer-Braksiek nicht so weit psychisch stabilisieren können, dass sie die Fähigkeit erlangte, unabhängig von den Neuen Templern ihr Leben zu fristen. Dass die Sekte die junge Frau nach ihrem Weggang mit einer Flut von Klagen überzogen hatte und damit sicherlich auch ihren Beitrag zum völligen seelischen Zusammenbruch geleistet hatte, stand auf einem anderen Blatt. Erst durch eine intensive Supervision durch einen erfahreneren Kollegen gelang es schließlich, Anna davon zu überzeugen, dass dieser Fall für sie kein Grund sein durfte, den Beruf, für den sie doch alles gegeben und alles eingesetzt hatte, aufzugeben. Nicht alles, was man tut, kann gelingen, hielt sich Anna seitdem jeden Tag mindestens einmal vor Augen.

Haller wandte sich unterdessen an Wolli. »Wo hat denn diese Sekte ihr Hauptquartier oder wie immer man das nennen will?«

»Die Zentrale ist in Osnabrück. Dort haben sie auch eine alte Villa angemietet, in der sie ihr Schulungs- und Therapiezentrum eingerichtet haben«, sagte Wolli und ließ suchend den Blick schweifen. »Habt ihr zufälligerweise noch Kaffee, der nicht kalt und auch nicht zu dünn ist?«

Haller ging darauf nicht weiter ein. »Dass die Rituale, die diese sogenannten Neuen Templer praktizieren, was mit kahlen Schädeln zu tun haben, ist schon eine sehr auffällige Parallele zu dem, was dieser irre Mörder macht«, stellte er fest und war dabei sehr nachdenklich geworden. »Vielleicht sollten wir uns doch mal genauer ansehen, was die so treiben.«

»Fragen wir doch einfach Timothy Winkelströter«, schlug Anna vor. »Der muss es doch eigentlich wissen.«

»Wir bestellen ihn zum Gespräch ins Präsidium. Das dürfte nämlich eine längere Unterredung werden«, kündigte Haller an.

Elbenmagie in Borghorst

»Lange ist es her«, murmelte Branagorn, während er mit der Regionalbahn von Münster nach Steinfurt fuhr. Ein älterer Mann in einem Jackett, das dem völlig unmodischen Schnitt nach uralt sein musste, aber offenbar selten getragen und gut gepflegt war, saß ihm gegenüber. Dazu trug er eine Baseballmütze. Schon die ganze Zeit hatte der alte Herr Branagorn misstrauisch gemustert. Ein Elbenkrieger, der auch noch im Sommer einen relativ warmen Umhang trug, unter dem dann auch noch ein Schwertgriff hervorschaute – das war für ihn einfach nicht so richtig einzuordnen.

Noch viel mehr wunderte sich der alte Herr, als sein Gegenüber plötzlich anfing, eigenartige Silben aneinanderzureihen.

Für Branagorn war das eine elbische Stärkungsformel. Denn Stärke, so glaubte der Elbenkrieger, konnte er jetzt dringender als je zuvor gebrauchen, zumal ihm ja auch sein bevorzugtes Schwert Nachtmahrtöter nach wie vor nicht zur Verfügung stand.

Jener Klinge auf seinem Rücken hatte er inzwischen den Namen »Feind des Traumhenkers« gegeben. Einer Klinge einen Namen zu geben verlieh ihr zusätzlich Macht. Dies erst im Hinblick auf eine ganz bestimmte Aufgabe zu tun, in der die Waffe sich zu bewähren hatte, bedeutete erst recht, dass zusätzliche Kräfte wachgerufen wurden. Reserven, von denen der Betreffende vielleicht nicht einmal geahnt hatte, dass es sie überhaupt gab.

»Sagen Sie, Sie sind aber nicht von hier, oder?«, fragte der alte Mann.

Branagorn sah ihn etwas irritiert an. Sollte er diesem Mann erwidern, dass er vor tausend Jahren schon einmal hier gewesen war und für Kaiser Otto III. die Urkunde angefertigt hatte, mit der dieser die Gründung des Stiftes Borghorst bestätigte? Nein, besser nicht, entschied er. Es war nicht immer ratsam, die Wahrheit allzu unverblümt zu sagen. Das hatte er inzwischen gelernt. Man musste es vermeiden, sein Gegenüber vor den Kopf zu stoßen, wobei Branagorn zugeben musste, dass ihm das keineswegs immer gelang. Schließlich wirkten schon seine Kleidung, sein Auftreten und seine Ausdrucksweise auf manche Zeitgenossen wie die pure Provokation.

»Ich war schon einmal in der Gegend, aber es ist lange her«, sagte Branagorn.

»Ich meine ja nur, wenn ich Sie so ansehe.«

»Was meint Ihr damit?«

»Na ja – wir im Münsterland gelten ja als stur und dickfellig – aber dat wir nich mitkriegen täten, dat man im Sommer oder meinetwegen sogar Frühherbst kein Karneval mehr feiert – dat halte ich für'n Gerücht!«

»Mich dünkt, dass ich niemals Karneval gefeiert habe«, erwiderte Branagorn. »Der Auflauf der Massen und ihr schrilles Geschrei sind mir zuwider.«

»Sie reden eigenartig. Kommen Sie aus den neuen Bundesländern? Oder sind Sie ein Türke mit gefärbten Haaren? Heute sieht ja nichts mehr so aus, wie es eigentlich ist.«

»Ihr müsst verzeihen, aber Eure Sprache ändert sich so schnell, dass manchmal nur Augenblicke zu vergehen scheinen, ehe sie sich so gewandelt hat, dass man Gefahr läuft, missverstanden zu werden.«

»Ja, dat ist wohl wahr«, stimmte der Mann zu. »Was die heute so für Ausdrücke benutzen, da kommt unsereins nich mit.«

»Ich nehme an, dass Ihr das Marienhospital in Borghorst kennt – angesichts der deutlichen Zeichen des Alters, die Euer Leib trägt, nehme ich an, dass Ihr es hin und wieder aufsuchen müsst.«

Der alte Herr runzelte die Stirn. »Wie kommen Sie mir denn? Ich bin fit wie ein Turnschuh, auch wenn meine Treter schon etwas abgelaufen sind. Aber für neue Schuhe bin ich zu geizig, die könnte ich ja nicht mehr richtig ablaufen, das sag ich immer, auch wenn meine Frau sagt: ›Schmeiß die alten schief gelaufenen Dinger weg, da fällst du nur mit.‹« Er beugte sich etwas vor. »Wie kommen Sie denn jetzt auf dat Krankenhaus?«

»Ich bin unterwegs dorthin.«

»Wat Ernstes? Na, ich will nich indiskret sein. Ich bin nur ab und zu da, um die Blutwerte überprüfen zu lassen und wegen Rücken. Ich hab nämlich Rücken, aber nix Ernstes. Wie gesagt: Fit wie'n Turnschuh, nur dürfen Sie sich meine Turnschuh nich ansehen, die usseligen Dinger.«

»Wenn Ihr öfter in diesem Hospital weilt, dann kennt Ihr gewiss auch eine Krankenschwester namens Nadine Schmalstieg.«

Eine tiefe Furche erschien nun auf der Stirn des alten Herrn und teilte sie mehr oder minder exakt in zwei gleich große Hälften. »Also, ich bin ja schon froh, wenn ich den Namen vom Arzt behalten kann. Die Schwestern kann ich mir nicht auch noch merken. Das überfordert meine kleinen grauen Zellen. Außerdem: Wenn die sich alle erst vorstellen würden, bevor sie einem Blut abzapfen oder so wat, da bräuchte die Ambulanz ja wohl ein doppelt so großes Wartezimmer.«

»Häufig tragen die mildtätigen Helfer im Hospital Schilder mit ihrem Namen an der Kleidung. Ich könnte mir denken, dass dies hier in Borghorst auch so sein könnte.«

»Ja, schon – aber die soll ich mit meinen Matschaugen erkennen? Ich bin nämlich kurz- und weitsichtig. Und das heißt, wenn ich eine Brille aufsetze, habe ich immer die falsche auf – und von Gleitsicht wird mir schwindelig. Darum setze ich besser gar keine Brille auf, was dazu führt, dass ich nur das richtig lesen kann, was exakt im richtigen Abstand ist. Die Schnörkelbuchstaben auf dem Amulett um Ihren Hals kann ich zum Beispiel klar erkennen. Das heißt Coca-Cola, vermute ich mal. Aber wenn ich mich jetzt etwas zurücklehne oder Sie das tun, dann passt dat schon wieder nich.« Er kratzte sich am Kinn und schüttelte den Kopf. »Also, eine Schwester Nadine Schmalstieg ist mir nicht begegnet. Ich glaube, das hätte ich mir auch gemerkt, denn meine falsche Enkelin heißt auch Nadine. Also – falsch deswegen, weil die eigentlich nur durch die Patchwork-Familie meines Schwiegersohnes gewissermaßen importiert worden ist, aber trotzdem Opa zu mir sagt.«

»Ja, die Zeiten sind verworren und schwierig«, erwiderte Branagorn.

»Aber einen Tipp kann ich Ihnen noch geben, wenn Sie ins Marienhospital kommen.« Der alte Mann beugte sich etwas vor und blinzelte Branagorn verschwörerisch an.

»Jeder Ratschlag ist mir willkommen – und ganz besonders der Eure, edler Herr.«

»Wenn Sie Probleme mit der Verdauung haben – dann gehen Sie nicht zu Dr. Freckenbrede.« Der alte Herr verzog das Gesicht, als gäbe es da unaussprechbare Grausamkeiten, die er auf keinen Fall über die Lippen bringen konnte. Er sagte nur dreimal stoßgebetsartig: »Ne! Ne! Ne!« – jeweils mit einem abgehackten kurzen, aber hell gesprochenen e am Ende des Wortes, das eine gewisse Ähnlichkeit mit dem Hecheln eines Hundes hatte.

Später betrat Branagorn das Marienhospital von Borghorst. Borghorst hatte gegenüber Burgsteinfurt, dem anderen, größeren und wichtigeren Stadtteil von Steinfurt, in nahezu jeder Hinsicht den Kürzeren gezogen. Die Vereinigung der beiden Städte war im Grunde eine Eingemeindung von Borghorst nach Burgsteinfurt gewesen. Burgsteinfurt war auch vorher schon Kreisstadt gewesen, nur dass der Kreis anschließend etwas größer geworden war. Nicht mal die Reformation hatte es bis Borghorst geschafft, denn im Gegensatz zu Burgsteinfurt war Borghorst so etwas wie eine katholische Insel, wo es Prozessionen mit Weihrauch, Karneval und all die anderen Dinge gab, die die reformierten Spaßbremsen, für die das Leben ein Jammertal war, abgeschafft hatten. Aber immerhin gab es in Borghorst das Marienhospital – und das war mit seinen fünfhundert Beschäftigten einer der größten Arbeitgeber der Stadt.

»Kann ich Ihnen helfen?«, fragte die Stimme im Glaskasten an der Pforte des Marienhospitals. Sie gehörte einer beleibten Mittdreißigerin mit gelockten blonden Haaren und freundlichen Augen.

»Ich suche eine Krankenschwester«, sagte Branagorn.

»Nun, davon gibt es bei uns viele. Haben Sie Beschwerden und wollen Sie zur Notaufnahme? Oder sind Sie hier, um jemanden zu besuchen?«

»Ich suche Nadine Schmalstieg. Sie arbeitet hier als Krankenschwester.«

»Also hier arbeiten so viele Menschen, die kenne ich nicht alle persönlich und mit Namen«, sagte die Frau mit den Locken.

»Ich muss Nadine Schmalstieg dringend sprechen und wäre Euch sehr dankbar, wenn Ihr mir in dieser Angelegenheit helfen würdet.«

»Sind Sie ein Verwandter oder ein Freund? Ich meine, Sie kommen hier einfach her …«

»Ich bin ein wohlmeinender Freund, und es geht um Leben und Tod, werte Frau Kemper.« Sie trug ein gut lesbares Namensschild an ihrer Kleidung – Ilona Kemper.

Sie beugte sich vor und musterte Branagorn nun stirnrunzelnd von Kopf bis Fuß und wieder zurück. Von den leicht nach oben gebogenen Spitzen der Wildlederstiefel bis zu dem Schwertgriff, der über seiner rechten Schulter unter dem Umhang hervorragte. Anschließend blieb ihr Blick einige Augenblicke an dem gusseisernen Elbenrunen-Amulett hängen. Nachdem sie es wohl aufgegeben hatte, darin irgendeine für sie unmittelbar erfassbare Bedeutung erkennen zu wollen, lehnte sie sich wieder zurück, sodass sie nun nicht mehr Gefahr lief, mit der Stirn gegen das Glas zu stoßen, das sie beide voneinander trennte.

»Gehören Sie zu der Laienspieltruppe, die die kranken Kinder unterhalten soll? Dafür ist aber jemand anders zuständig als ...«

»Nein, nein, Ihr missversteht mich! Ich bin keineswegs ein Gaukler zur Belustigung der Genesenden.«

Ilona Kemper blätterte in ihren Unterlagen herum und wirkte auf einmal etwas hektisch. »Ach, Entschuldigung. Nicht Laienspieltruppe, sondern Kasperltheater. Ich habe mich wohl vertan. Allerdings frage ich mich, was Ihre Verkleidung dann soll.« Sie zuckte mit den Schultern. »Aber es ist für die Kinder ja vielleicht ganz lustig, wenn die Puppenspieler verkleidet sind. Ich darf Sie dann an meine Kollegin verweisen. Einen Augenblick bitte.«

»Ich darf Euch höflichst mitteilen, dass Ihr mich offenbar vollkommen missverstanden habt«, erklärte Branagorn in einem Tonfall, der an Bestimmtheit nichts zu wünschen übrig ließ. »Bitte sagt mir, wo ich Nadine Schmalstieg finde. Für den Fall, dass Ihr nicht willens oder in der Lage seid, mir in dieser Angelegenheit zu helfen, werde ich mich selbst auf die Suche machen.«

»Hören Sie, Herr ...«

»Anscheinend habe ich mich getäuscht und Eure Kenntnisse und Fähigkeiten überschätzt. Das mögt Ihr mir verzeihen.« Branagorn deutete eine Verbeugung an und ging dann mit weiten Schritten voran. Eine gläserne Schiebetür öffnete sich selbsttätig.

»Warten Sie!«, rief Ilona Kemper. »Sie können da nicht einfach nach ihr suchen. Das geht nicht.«

Aber der Elbenkrieger nahm sie gar nicht weiter zur Kenntnis.

Die Frau mit den gelockten Haaren beeilte sich, aus ihrem Glaskasten herauszukommen. »Vielleicht kann ich Ihnen ja doch helfen«, behauptete sie.

Branagorn blieb stehen. Ilona Kemper holte ihn ächzend ein. Sie musste erst einmal wieder zu Atem kommen und rang nach Luft.

»Sie können hier nicht einfach herumlaufen, wie Sie wollen, Herr …«

»Mein Name ist Branagorn, Herzog von Elbara.«

»Ich meine Ihren echten Namen.«

»Nun, man nennt mich bisweilen auch Schmitt.«

»Gut, Herr Schmitt. Sie haben ein privates Anliegen an Schwester Nadine?«

»So ist es. Ich habe eine sehr persönliche Botschaft zu überbringen.«

»Sind Sie so etwas wie eine Geburtstagsüberraschung oder so? Ich meine, da hört man ja viel von diesen Agenturen, wo man von der Stripperin, die aus der Torte springt, bis zum Nikolaus, der ein Gedicht aufsagt, alles buchen kann, wovon man glaubt, dass jemand Freude daran hat.«

»Die Zeit drängt. Wie kann ich Nadine Schmalstieg finden?«

Ilona Kemper schnippte mit den Fingern. »Ich wette, es waren die Kollegen von der Station. Aber ich finde, das nimmt langsam überhand. Für den alten Chefarzt ist neulich der ganze Kirchenchor gekommen. Fünfzig Personen! Und nur, um ein Ständchen zu bringen. Ich habe das ja nicht zu entscheiden, und wenn so was an der Spitze erlaubt wird, dann nehmen sich das irgendwann alle raus. Während der Arbeitszeit sollte so etwas tabu sein, wenn Sie meine Meinung dazu hören wollen. Aber leider hört ja niemand auf mich.«

»Ich höre durchaus Eure Worte. Aber die Zeit drängt. Ich will nicht ungeduldig erscheinen, doch meine Botschaft ist wirklich von höchster Dringlichkeit.«

Ilona Kemper zwinkerte Branagorn zu und sagte in verschwörerischem Tonfall: »So folgt mir, edler Herr, damit ich Euch Hilfe angedeihen lassen kann.«

»Ich stelle fest, wir sprechen eine Sprache, werte Frau Kemper.«

»Na, wenn Sie jetzt noch anfangen würden, die Laute zu zücken und Minnelieder zu singen, dann könnte Ihrem Charme wahrscheinlich niemand widerstehen.«

Branagorn folgte Ilona Kemper zurück zum Eingang. Sie passierte die Tür zu dem gläsernen Kubus, in dem sich ihr Büro befand, und begann in ein paar Listen nachzusehen, die sie anscheinend griffbereit zur Hand hatte.

»Ah ja. Nadine Schmalstieg arbeitet auf der sechsten. Ich ruf da einfach mal an. Dann sehen wir weiter.«

Sie griff zum Hörer. Branagorn sah ihr ungerührt dabei zu. Sein Blick wirkte abwesend. Er schien in seine eigene Gedankenwelt versunken zu sein.

»Ja, ich verstehe«, sagte Ilona Kemper inzwischen schon zum zweiten Mal mit einer immer deutlicher hervortretenden Falte auf der Stirn. Dann legte sie auf und wandte sich an Branagorn. »Herr Schmitt, Schwester Nadine hat heute etwas früher Schluss gemacht und ein paar Überstunden abgefeiert. Es tut mir leid. Sie ist nicht im Haus.«

»Mich dünkt, dass Ihr dafür nichts könnt, werte Frau Kemper.«

»Tja, ich kann Ihnen leider wohl doch nicht weiterhelfen, werter Herzog von Schmitt oder wie Sie sich nennen.«

»Könnt Ihr mir den Weg zu ihrem Heim beschreiben? Ich kenne nur die Adresse, war aber viele Zeitalter nicht mehr hier in der Stadt.«

»Nein, tut mir leid, dass kann ich nicht«, erklärte Ilona Kemper nun mit einem veränderten Gesichtsausdruck. Sie schien misstrauisch geworden zu sein. »Und um ehrlich zu sein, weiß ich auch nicht so ganz, was ich davon nun halten soll.«

»Falls meine Bitte ungebührlich war, so verzeiht mir und habt Dank für die Hilfe, die Ihr mir trotz alledem habt angedeihen lassen.«

Branagorn verließ mit langen Schritten das Marienhospital.

In unmittelbarer Nachbarschaft befanden sich ein großer Parkplatz und das Café Mauritius. Branagorn blieb einen Moment lang stehen und ließ den Blick schweifen. Sein Handy klingelte. Nein, ich werde dem sprechenden Artefakt jetzt keine Bedeutung zumessen, nahm er sich vor. Er war auf das Höchste konzentriert und konnte jetzt keinerlei Ablenkung gebrauchen. Darüber hinaus gab es nur eine einzige Person, die seine gegenwärtige Handynummer kannte – und das war Anna van der Pütten, die er als Seelenträgerin seiner geliebten Cherenwen zu erkennen glaubte. Nur sie konnte es sein, aber wenn er jetzt mit der Frau sprach, deren Seele ihm schon in einer anderen Welt so sehr verbunden gewesen war, so konnte er gewiss seine Konzentration nicht mehr aufrechterhalten. Zu aufwühlend wäre das gewesen. In diesem Punkt hegte er keinerlei Zweifel. Also ließ er das sprechende Artefakt klingeln, bis es von selbst aufhörte. Der nächste Schritt war, Nadine Schmalstiegs Privatadresse aufzusuchen. Er bemerkte einen großformatigen Stadtplan in einem Schaukasten, ganz in der Nähe des Cafés Mauritius. Das wird mir helfen, dachte Branagorn.

Dann, als er den Blick auch über den Parkplatz schweifen ließ, bemerkte er etwas, was ihn stutzen ließ. Eine Frau und einen Mann. Die Frau wollte offenbar in einen Wagen steigen, denn dessen Tür war offen. Ihr Gesicht konnte Branagorn nicht sehen, sie wandte ihm den Rücken zu. Aber den Mann konnte er dafür umso besser erkennen. Er war nicht viel größer als sie und anhand des Größenverhältnisses zu den Dächern der benachbarten Kleinwagen schätzte er ihn auf ungefähr einen Meter siebzig. Branagorn hatte selbst auf die Entfernung hin nicht den kleinsten Zweifel, dass er niemand anderen als Timothy Winkelströter sah, dessen Gesicht er zuletzt in einer noch sehr viel jugendlicheren Version auf der Stellwand im Polizeipräsidium gesehen hatte.

Timothy Winkelströter hob sehr häufig seine Hände, denn er gestikulierte wild herum. So hoch ausholend, dass oft genug sogar der Arm aus dem Ärmel seines Ledermantels hervorschaute, unter dem er nur ein schwarzes T-Shirt trug, dessen Aufdruck der Tätowierung in allen wesentlichen Details entsprach. Ein Stierkopf auf einem Kreuz. Und dieses Kreuz hatte acht Spitzen wie das Kreuz der Tempelritter. Dieses Detail entging Branagorn natürlich nicht. Manche Zeichen wurden eben immer wieder in wechselnden Zusammenhängen und in verschiedenen Zeitaltern benutzt. Man durfte sich nicht täuschen lassen, wusste Branagorn. Die Bedeutung blieb keineswegs konstant. Sie verkehrte sich manchmal sogar in ihr Gegenteil.

Dann drehte sich die Frau um. Branagorn konnte jetzt mehr sehen, als nur die Rückseite eines kecken Pagenschnitts. Er war sich nun vollkommen sicher, dies war Nadine Schmalstieg – auch wenn sie seit ihrer ersten Begegnung die Haarfarbe geändert hatte. Ihr Haar war nun rotbraun und nicht mehr dunkelbraun.

Nadine stieg in den Wagen. Sie knallte die Tür.

Timothy Winkelströter wischte sich mit der Hand über die Stirn und schüttelte den Kopf. Er zog seinen Ledermantel aus, öffnete ebenfalls die Tür seines Wagens und warf den Mantel auf den Rücksitz. Dann stieg er ein.

Jetzt, dachte Branagorn, werde ich Eile walten lassen müssen.

Nadine Schmalstieg trat mit aller Kraft auf die Bremse. Ihr Wagen rutschte noch einen halben Meter über den Asphalt, und ein quietschender Laut ertönte. Ein Laut, wie Branagorns empfindliche Ohren ihn hassten.

Urplötzlich war der Elbenkrieger in die Ausfahrt des Parkplatzes gelaufen und hatte sich mitten in den Weg gestellt und dabei die Arme ausgebreitet.

Nadine Schmalstieg öffnete die Tür.

»Sagen Sie mal, sind Sie wahnsinnig?«

Branagorn stand da, murmelte eine magische Formel und ließ den Klang seiner Stimme dröhnend anschwellen.

»Mann, ich rede mit Ihnen! Sie sind wohl lebensmüde – oder was?«

Ein zweiter Wagen stoppte. An dessen Steuer saß Timothy Winkelströter. Die Seitenscheibe glitt herab und er streckte den Kopf heraus. »Was ist los?«

»Werte Schwester Nadine. Ich muss mit Euch sprechen«, sagte Branagorn. »Es ist dringend!«

»Was ist das für ein Spinner?«, rief Timothy Winkelströter.

Branagorn ging auf Nadine Schmalstieg zu.

»Lassen Sie mich zufrieden«, sagte sie.

»Erkennt Ihr mich denn nicht? Erinnert Ihr Euch nicht der schönen Tage, da wir durch die Gärten zu Lengerich wandelten?«

Nadine Schmalstiegs Kinn klappte herunter. Ihre Augen wurden groß. Dann musste sie unwillkürlich schlucken und schüttelte fassungslos den Kopf. »Sie sind das, Herr Schmitt?«

»Auch wenn Ihr mich mit einem Namen ansprecht, dessen Klang das Ohr beleidigt, der aber in dieser Welt als gewöhnlich gilt, so sei den vergessenen namenlosen Göttern des Elbenvolkes dafür Dank, dass Ihr mich erkannt habt.«

Nadine kam jetzt etwas näher. »Herr Schmitt, bitte lassen Sie mich jetzt durchfahren. Sie können da nicht einfach stehen bleiben und den Verkehr aufhalten!«

»Kennst du den Spinner etwa, Nadine?«, fragte Timothy Winkelströter.

Nadine drehte sich kurz um, während Timothy jetzt erst den Motor abgestellt hatte und sich bequemte auszusteigen.

»Der ist harmlos, Timmi.«

»Das ist doch ein Irrer!«

»Timmi. Ich kenne den Mann. Als ich Schwesternschülerin in Lengerich war, da war er für 'ne Weile in der Psychiatrie, um wieder besser klarzukommen. Der ist liebenswert und harmlos, wenn auch ein bisschen …«

»Plemplem«, vollendete Timothy ihren Satz. Er stellte sich neben sie. »Also sehen Sie zu, dass Sie Land gewinnen und irgendwo anders Ihre Show abziehen!«

»Soweit ich sehe, sind wir uns von der Gewandung her gar nicht so unähnlich«, erwiderte Branagorn. »Denn auch Ihr bevorzugt doch das Gebaren und die Kleidung einer vergangenen Epoche – wobei ich immerhin sagen kann, dass ich sie erlebt habe und es mir darum schwerfällt, mich innerhalb eines Jahrtausends an so viele modische Änderungen zu gewöhnen. Für Euch hingegen wären die Gewohnheiten Eurer eigenen Zeit vertrauter, und doch zieht Ihr es vor, ein Trinkhorn anstatt eines Glases zu heben. Mich bezeichnet Ihr als verrückt, doch gibt es für mein Verhalten eine logische Erklärung – für Eures doch keine andere als den Spieltrieb oder die Verweigerung gegenüber der Realität.«

»Das müssen Sie gerade sagen!«, giftete Timothy.

»Jennifer Heinze war Euer beider Gefährtin – und der Traumhenker hat sie getötet. Darüber muss ich mit Euch reden. Das ist die Realität, der Ihr Euch stellen müsst. Ihr, holde Schwester Nadine – aber auch Ihr, Herr Timothy.«

»Herr Schmitt, woher wissen Sie das alles?«

»Die Sinne des Elbenvolks verleihen mir manchen Wissensvorsprung«, erwiderte Branagorn. Er wandte sich an Timothy. »Ihr wart doch dort auf dem Markt zu Telgte, als es geschah! Ich habe Euch in der Menge gesehen. Feige verdrückt habt Ihr Euch dann, anstatt Euch den Hütern der Ordnung zu stellen.«

»So, jetzt reicht's, du Spinner!«, sagte Timothy und ging mit geballter Faust auf den regungslos dastehenden Branagorn zu. Es war nicht ganz eindeutig, ob nun der Anblick des unter dem Umhang hervorragenden Schwertgriffes oder aber Nadines beherzter Griff an seine Schulter ihn davon abhielt, noch einen Schritt weiterzugehen und die Auseinandersetzung handfest fortzusetzen.

»Timmi, stimmt das? Du warst mit Jennifer auf dem Mittelalter-Markt in Telgte?«

»Hörst du diesem Typen zu, oder was?«

»Ist es wahr oder nicht?«

»Was spielt das denn für eine Rolle?«

»Mir hast du erzählt, du hättest mit ihr Schluss gemacht – und dann triffst du dich doch mit ihr auf der Planwiese?«

»Du hättest ja mitkommen können.«

»Ich hatte Dienst! Und außerdem wäre ich ja wohl definitiv übrig gewesen, drei sind eine zu viel. Ich hätte nur nicht gedacht, dass ich das bin.«

»Nadine, das ist nicht so, wie du denkst.«

»Doch, das ist genau so, wie ich es befürchtet habe. Schon als wir das erste Mal zusammen waren. Aber jetzt ist Schluss, ich mach das nicht mehr mit!«

»Bist du jetzt eifersüchtig auf eine Tote, oder was?«

»Das ist geschmacklos, Timothy!«, sagte sie – und sprach seinen Namen dabei auf eine Weise aus, dass dessen vollständige und sehr deutliche Nennung wie eine einzige große Anklage klang.

Jemand hupte. Inzwischen stand ein drittes Fahrzeug in der Ausfahrt. Es war ein silbergrauer Mercedes. Zur akustischen Unterstützung des Hupsignals ließ der Fahrer den Motor kurz aufheulen. »Geht's da irgendwann auch noch weiter?«, rief ein Rentner mit hochrotem Kopf. »Ich habe keine Lust, hier elendig lange zu warten!«

Nadine wandte sich an Branagorn. »Herr Schmitt, ich kann mich jetzt nicht um Sie kümmern, aber …«

»Wir müssen miteinander reden, werte Heilschwester. Denn der Traumhenker wird in seiner Raserei nicht nachlassen. Er wird weitertöten, und wer mag schon wissen, in wen er als Nächstes fährt, um ihn zum Werkzeug des Bösen zu machen.«

»Nadine, wach auf, dieser Spinner ist bestimmt der Kerl, der dich dauernd anruft und verfolgt«, meinte Timothy Winkelströter. »Du hast mich doch gefragt, ob es nicht langsam Zeit wäre, die Polizei anzurufen. Vielleicht wäre das der richtige Moment! Dann können die den Kerl mitnehmen und dahin zurückschaffen, wo er hingehört. Zu den Türmchen in Lengerich nämlich, damit man ihn wegsperren und in eine Zwangsjacke einschnüren kann, wie sich das gehört.«

»Wird das endlich was? Sonst hole ich die Polizei!«, rief jetzt der Rentner.

»Halt die Klappe, Alter!«, rief Timothy zurück, woraufhin der

Rentner eine eindeutige Geste mit seiner flachen Handkante an seiner Gurgel entlang machte.

»Ich darf Euch um Mäßigung bitten, werte Herren«, mischte sich Branagorn ein. Er begann, eine Formel vor sich hin zu murmeln. Falls es der Sinn dieser Form von Magie gewesen war, die Situation zu entschärfen und die Beteiligten zu beruhigen, so wurde diese Absicht grundlegend verfehlt.

»Ist ja nicht zu fassen! Auch noch besoffen, der Kerl!«, rief der Rentner. »Lallt vor sich hin und blockiert den Verkehr!«

Nadine wandte sich nun an Branagorn. Sie nahm ihn an den Händen. »Herr Schmitt, ich kann mich jetzt nicht mit Ihnen unterhalten, das sehen Sie doch.«

Branagorn brach seine elbische Beschwörungsformel ab. »Eure Stimme ist klar und fein, aber das Böse lauert in Eurer Nähe. Ihr müsst mit mir sprechen. Über die Maske des Schwarzen Todes, die auch Euer Freund Timothy gesehen haben muss.«

»Nicht jetzt, Herr Schmitt.« Nadine Schmalstieg schob Branagorn ein Stück zur Seite. »Ich muss jetzt dringend nach Hause. Aber eine Frage noch.«

Der Rentner hatte inzwischen sein Handy am Ohr. »Ich ruf jetzt die Polizei an. Das ist Nötigung!«, rief er und fluchte gleich darauf leise vor sich hin, weil er sich mit seinen dicken Fingern wohl mit dem Eintippen der Nummer vertan hatte.

»Fragt mich, was immer Ihr wollt, und ich werde Euch Rede und Antwort stehen – in der Hoffnung, dass auch Ihr mir meine Fragen beantworten werdet, Nadine«, sagte Branagorn.

»Haben Sie mich in letzter Zeit angerufen?«

»Ich hätte niemals über das sprechende Artefakt Kontakt zu Euch gesucht, ohne Euch um Erlaubnis zu fragen, edle Nadine.«

»Das war jemand mit Rufnummernunterdrückung.«

»Sein Zeichen zu verbergen ist ein Akt tiefster Niedertracht. Dass Ihr so etwas von mir erwartet, verletzt mich.«

»Tut mir leid, war nicht so gemeint. Es ist nur so, dass ich in gewisser Weise erleichtert gewesen wäre, wenn Sie ...« Sie sprach nicht weiter. Es war unschwer zu erkennen, dass Furcht in ihr aufstieg. »Sie würden mir nie etwas tun, das weiß ich, Herr Schmitt.«

»Nennt mich bei meinem eigentlichen Namen, werte Heilschwester. Nennt mich Branagorn.«

»Meinetwegen, Branagorn, aber Sie sehen doch, dass ich jetzt keine Zeit für Sie habe. Timmi und ich haben einiges zu klären, und …«

»Sagt mir nicht, dass es Euch nicht interessiert, dass bereits mehrere Frauen, die Euch gute Gefährtinnen gewesen sind und mit Euch die Leidenschaft für alte Gewandungen aus dem Zeitalter des Schwertes und der Magie teilten, von der Mörderseele hinweggerafft wurden, die vom Traumhenker zu einem Werkzeug gemacht worden ist. Ihr ahnt doch längst, dass das Töten weitergehen wird, und ich denke, dass Euch dies mindestens so nahegeht wie mir, der ich mit keinem der Opfer bekannt gewesen bin.«

»Und was, wenn ich fragen darf, haben Sie dann mit der Sache zu tun?«

»Ich kenne den Täter – und ihr kennt Ihn auch! Wir haben die Augen der Mörderseele gesehen. Ihr müsst Euch erinnern, denn ich sah nichts anderes als die Augen, Ihr aber müsstet auch den dazugehörigen Namen kennen.«

»Sie kennen … den Täter?«

»Ihr versteht mich anscheinend nicht.«

»Wundert Sie das? Herr Schmitt, ich meine Branagorn, so geht das nicht.«

»Ihr könnt mir nicht weismachen, dass Ihr an den Hintergründen nicht interessiert seid. Als Heilschwester seid Ihr es doch gewohnt, dem Tod und dem Wahnsinn ins Gesicht zu blicken. Was sollte Euch also schrecken?«

In dem hochroten Gesicht des Rentners zeigte sich jetzt ein triumphierender Gesichtsausdruck. »Polizei kommt!«, rief er, während sich ein weiteres Fahrzeug einreihte, dessen Fahrer sich durch Hupen und Vogelzeigen bemerkbar machte.

Timothy fasste Nadine am Arm. »Los, wir machen jetzt die Bahn hier frei und fahren zu dir nach Hause. Da sprechen wir dann über alles – und dieser Verrückte hier sieht zu, dass er Land gewinnt!«

»Nein«, sagte Nadine Schmalstieg nun mit großer Bestimmtheit und entwand sich Timothys Griff. »Lass mich los!«

»Nadine!«

»Ich will jetzt alles wissen – du hast mich offensichtlich angelogen. Jetzt will ich erst mal hören, was Herr Schmitt mir zu sagen hat.« Nadine wandte sich an Branagorn. »Ich fahre durch die Einfahrt wieder auf den Parkplatz zurück, und dann treffen wir uns hier im Café Mauritius.«

»Das ist mir sehr recht«, nickte Branagorn.

»Ich mach diesen Mist nicht mit!«, schimpfte Timothy.

»Das brauchst du ja auch nicht«, versetzte Nadine spitz.

»Du lässt dich doch jetzt nicht von dem Bekloppten da beeinflussen! Hallo? Das ist ein Patient! Jemand, den du offenbar aus der Klapse kennst, und niemand, auf dessen Rat du hören solltest.«

»Ich weiß schon, was ich tue, Timmi. Aber du anscheinend nicht, denn sonst hättest du dich nicht noch mit Jennifer getroffen.«

»Du bist doch hysterisch!«

»Ja, kann sein. Dann bin ich eben hysterisch und drehe durch. Aber dafür bin ich wenigstens ehrlich.«

»Wie du willst.«

Timothy ging zu seinem Wagen, zeigte dem Rentner einen Stinkefinger, stieg ein und schlug die Tür so heftig zu, dass man befürchten musste, dass sie im nächsten Moment aus ihren Scharnieren fiel.

Branagorn wich zur Seite.

Nadine stieg ebenfalls in ihren Wagen und fuhr los und bog nach rechts ab, sodass sie gleich wieder zurück auf den Parkplatz gelangen konnte. Timothy Winkelströter hingegen brauste mit quietschenden Reifen und aufheulendem Motor nach rechts. Er trat das Gaspedal voll durch. Die ganze Wut, die er in sich hatte, schien er jetzt durch den Auspuff seines Wagens entladen zu wollen.

Branagorn ging indessen zum Café Mauritius, denn er hatte keinerlei Zweifel daran, dass Nadine Schmalstieg wenig später dort eintreffen würde, und war schon wenige Augenblicke später von der Parkplatzausfahrt aus nicht mehr zu sehen.

Der Rentner mit rotem Gesicht setzte seine Fahrt ebenfalls sehr aggressiv fort. Allerdings hatte er nicht die Gnade der Pole-Position, sondern den Fluch des späten Starts, und das bedeutete, dass er beinahe dem anrückenden Dienstfahrzeug der Polizei in die Motorhaube fuhr.

Ein Beamter stieg aus.

Der Rentner ließ die Seitenscheibe herunter, und ein chaotischer Wortschwall sprudelte dann nur so aus ihm heraus. Sein Kopf wurde dabei so dunkelrot, dass man sich Sorgen um die Gesundheit des Mannes machen musste. Aber zur Not war ja eine Klinik in unmittelbarer Nachbarschaft.

»Nun beruhigen Sie sich doch bitte«, sagte der Beamte. »Ich habe nichts verstanden. Sind Sie der Herr, der angerufen hat? Was sagen Sie? Ein Krieger mit einem Schwert? Der hat den Weg versperrt? Ah, ja … Dann fahren Sie doch mal bitte dort auf den Bürgersteig … Haben Sie heute schon was getrunken? Oder nehmen Sie Medikamente?«

Als der Mercedes sich langsam in Bewegung setzte und so auf dem Bürgersteig zu stehen kam, dass das nachfolgende Fahrzeug vorbeikonnte, griff der Polizist zu seinem Funkgerät. »Hallo, Zentrale? Könnt ihr mir mal jemanden vom sozial-psychologischen Dienst schicken?«

Branagorn betrat das Café und setzte sich an einen der Tische. Nadine folgte ihm wenig später und setzte sich zu ihm. Sie bestellte eine Latte macchiato. Branagorn hingegen nahm nur ein Wasser ohne Kohlensäure.

»Es gab Zeiten, da hätte kein Wirt es gewagt, für ein Glas Wasser eine Münze zu verlangen«, meinte der Elbenkrieger. Dann musterte er Nadine eingehend und auf eine Weise, die ihr schon fast unangenehm war. Diesem sehr intensiven und fokussierten Blick schien keine Unreinheit und kein Mitesser zu entgehen. »Es ist schon eine ganze Weile her, dass wir uns zuletzt begegnet sind, werte Heilschwester«, sagte er.

»Ja, das ist vor mindestens sieben Jahren gewesen. Eher acht. Irgendwas dazwischen.«

»Ihr habt mir damals freudestrahlend mitgeteilt, dass Ihr eine Stelle am Marienhospital zu Borghorst bekommen habt, nachdem Eure Ausbildung abgeschlossen und die Prüfung bestanden war.«

»Und daran haben Sie sich erinnert?«

»Ich wäre sonst nicht hier. Nein, das ist nicht ganz richtig. Es gibt noch einen anderen Grund, denn ich sah Euch zuerst auf einer Stellwand wieder, die in einem Gebäude steht, das sich Polizeipräsidium nennt und wo die Hüter der Ordnung ihr Heim haben. Man weiß um Euch. Man kennt Euren Namen, aber es gibt offensichtlich mehrere Personen, die diesen Namen tragen. Ich hingegen wusste sofort, dass Ihr es seid.«

»Sagen Sie mir, was Sie wissen, Branagorn – und was Sie mit der ganzen Sache zu tun haben«, verlangte Nadine.

»Ich – herzlich wenig, wenn Ihr mal von der Tatsache abseht, dass ich Morde verhindern und einem üblen Geist, der unglücklicherweise mich zu seiner Gesellschaft erkor, das Handwerk legen will.«

»Tja, ich weiß ehrlich gesagt nicht so recht, was ich dazu sagen soll …«

»Es gibt ein Bild, dessen Urheber Ihr sein sollt und das im Audienzsaal der Ordnungshüter neben vielen anderen hängt. Es zeigt Eure Freunde in der Gewandung aus der Zeit des Schwertes. Der werte Herr Timothy ist darunter. Aber auch Jennifer Heinze, Chantal Schmedt zur Heide, Elvira Mahneke, Franka Schröerlücke und Jana Buddemeier – all jene Jungfrauen, die in den letzten sieben Jahren der Mordlust des Traumhenkers zum Opfer gefallen sind.«

»Ein Bild?«

»Es stammt aus dem Buch der Gesichter.«

»Buch der Gesichter? Ach, meinen Sie Facebook? Da bin ich schon lange nicht mehr gewesen. Ich hab mein Passwort vergessen, und ehrlich gesagt habe ich mich schon eine ganze Weile nicht mehr um meinen Account gekümmert.«

»Wer ist Sarah?«, fragte Branagorn.

»Wie?«

»Es ist eine unbekannte Frau zu sehen, die vielleicht Sarah heißt. Wie ist ihr zweiter Name, sodass man sie unterscheiden und ihren Wohnort erfahren kann?«

»Ich verstehe nicht, was das mit den Morden zu tun hat?«

»Macht es Euch keine Angst, werte Nadine, dass Menschen, die Euch bekannt sind, der Reihe nach dahingerafft werden, als würde eine Seuche sie zu ihren Opfern machen? Aber es ist ein böser Geist, der dies tut – und keine Gewalt der Natur.«

»Es wäre einfacher, wenn Sie sich normal ausdrücken würden. Tut mir leid, ich will Ihnen nicht zu nahe treten, aber damals in Lengerich war ich besser an dieses Gerede gewöhnt, das …« Sie stockte und entschied sich offenbar dagegen, den Rest des Gedankens laut auszusprechen.

»Der Maßstab dessen, was Wahnsinn ist und was einer besonderen Gabe entspricht, ist der Zeit und der Welt geschuldet, in der man lebt«, sagte Branagorn. »Ihr solltet mich gut genug kennen, um zu wissen, dass ich nur das Beste für Euch will und dass der einzige Beweggrund für mich, mit Euch in Kontakt zu treten, die echte Sorge um Euch ist.«

»Sie sind niemand, vor dem ich Angst hätte«, stimmte Nadine ihm zu. »Davon abgesehen scheinen Sie sich seit damals auch überhaupt nicht verändert zu haben.«

»Das liegt an meiner Natur. Wir Unsterblichen ändern uns nicht, während man Euch die Spuren der letzten Jahre durchaus ansieht.«

Nadine seufzte. »Ich hatte wirklich heute schon genug Stress, da habe ich das gerade nicht gebraucht«, meinte sie. »Offenbar hat auch der Mittelalter-Charme eines Elbenkriegers seine Grenzen …«

»Ist Euch von damals eine Frau bekannt, die Sarah heißt?«, fragte Branagorn nun noch einmal.

Nadine zuckte mit den Schultern. »Das kann nur Sarah Aufderhaar gewesen sein. Eine andere Sarah kenne ich nicht.«

»Was könnt Ihr mir über Sarah Aufderhaar sagen?«

»Sie wohnt hier in Borghorst in der Nordwalder Straße. Hausnummer habe ich vergessen. Ich glaube, sie arbeitet immer noch in der Kreisverwaltung in Burgsteinfurt. Da ist man ja unkündbar, und ich glaube, sie überarbeitet sich da auch nicht gerade. Ehrlich gesagt habe ich sie schon länger nicht gesehen. Meinen Sie, dass der Täter es auch auf sie abgesehen haben könnte?«

»In diesem Punkt versagen meine Elbensinne leider«, erklärte Branagorn.

Nadine lächelte. Zum ersten Mal während ihres Gesprächs lächelte sie. »Wieso? Haben Sie mir damals nicht gesagt, dass ein Elbenkrieger mitunter sogar die Gedanken anderer lesen könnte?«

»Nur die Gedanken von Personen, die einem sehr nahestehen und deren Seelen einem verwandt sind.«

»Dann ist das eigentlich keine echte Magie«, meinte Nadine.

»Doch, es ist Magie!«, widersprach Branagorn. »Was sollte es sonst sein?«

»Also wenn *das* Magie ist, dann kenne ich aber viele Leute mit magischer Begabung. Zum Beispiel diese Sarah …«

»Sie ist eine Zauberin? Ich hätte nicht zu hoffen gewagt, in dieser Welt jemanden zu treffen, auf den sich dieser Begriff mit Fug und Recht anwenden ließe.«

»Nein, nein, sie ist keine Zauberin, sosehr sie sich das vielleicht auch gewünscht hätte. Schließlich haben wir ja alle früher viel an Fantasy- und Mittelalter-Rollenspielen teilgenommen und uns entsprechend verkleidet. Wenn Sie ihr Bild gesehen haben, wissen Sie ja, was ich meine.«

»Worin besteht die Magie dieser Sarah?«

»Sie hat eine Zwillingsschwester. Und manchmal, da hat eine von den beiden einen Satz angefangen, und die andere hat ihn beendet. Verstehen Sie, was ich meine? Es ist ganz normal, sich in die Gedankenwelt eines anderen hineinzuversetzen. Dazu braucht es keine Magie.«

»Das ist ein Paradox in Eurer Welt und speziell in dieser Zeit: Ihr glaubt einerseits an die Wirksamkeit von Magie, leugnet aber gleichzeitig ihre Existenz und versucht, sie durch weniger naheliegende Erklärungsversuche wegzuargumentieren, weil Euch ihre Macht unheimlich ist und Ihr sie einfach nicht als das zu sehen vermögt, was sie eigentlich ist.«

»Und das wäre?«

»Eine natürliche Kraft unter anderen natürlichen Kräften, die man ausnutzen kann wie den Wind zum Segeln oder die Sonne, um sich zu wärmen und Feuer zu entzünden.«

Nadine runzelte die Stirn. »So habe ich ehrlich gesagt noch niemanden darüber reden hören – obwohl, es erinnert mich ein bisschen an das, was Timmi manchmal sagt.«

»Ihr sprecht von Herrn Timothy.«

»Ja, diesem Schuft, auf den ich insgesamt zweimal hereingefallen bin.«

»Was hat dieser Schurke denn mit Magie zu tun? Ich glaube nämlich nicht, dass er über solche Kräfte verfügt, sondern dass es sich bei ihm vermutlich nur um ganz gewöhnliche Überredungskunst handelt.«

Nadine lachte auf. »Sie drehen das immer so, wie es Ihnen passt, oder?«

»Nein. Das ist der Unterschied zwischen wahrer Magie und ihrem Anschein, werte Nadine.«

»Wenn Sie das sagen.«

»Versucht Euch an die Zeit zu erinnern, als im Angesicht der Türme zu Lengerich wir einander kennenlernten …«

»Gerne. War 'ne tolle Zeit – wenn man mal davon absieht, dass ich damals zum ersten Mal mit Timothy zusammen war und er mich zum ersten Mal verarscht hat mit dieser … Elvira. Und dabei hatte ich sogar noch für ihn gelogen.«

»Gelogen?«, fragte Branagorn. »Was offenbart Ihr mir da an Abgründen Eurer Seele?«

Sie beugte sich etwas vor. »Gelogen ist nicht das richtige Wort. Aber auf dem Schandmaul-Konzert im Jovel ist doch Franka Schröerlücke umgekommen. Wurde mit Draht erwürgt, und dann hat der Täter ihr die Haare abgeschnitten. Wir waren alle dort. Unsere ganze Clique. Damals gab es noch nicht so viele LARP-Fans wie heute, und wir hatten uns ja alle über das Rollenspiel und die Mittelalter-Szene kennengelernt.«

»Timothy war auch dort?«, merkte Branagorn auf.

»Oh ja! Eigentlich hatte er ja keine Eintrittskarte, und das haben auch alle bestätigt, die dazu befragt wurden. Allerdings weiß ich genau, dass er doch dort war. Es gab da einen Hintereingang, der normalerweise abgeschlossen war. Aber jemand hat für ihn die Tür aufgelassen.«

»Und wer?«

»Er gehört zu dieser Vereinigung der Neuen Templer, der Timothy anhängt. Ich kenne ihn nicht.«

»Könnt Ihr ihn beschreiben?«

»Bart, lange Haare, aber oben alles kahl. Wie ein Klingone bei ›Star Trek‹, nur ohne Knochenwulst. Der Typ stand später am Eingang und hat mir einen Stempel auf die Hand gegeben. Jedenfalls dachte ich zu dem Zeitpunkt noch, ich wäre mit Timothy zusammen, aber Timothy dachte das offenbar nicht mehr und fuhr ganz dreist zweigleisig.«

Sie atmete tief durch und schien sich jetzt noch ziemlich darüber aufregen zu können.

»Ich glaube nicht, dass Timothys Seele vom Traumhenker erfüllt ist und zu einer Mörderseele wurde«, erklärte Branagorn.

»Glauben Sie, ich wäre mit ihm zusammen, wenn ich das denken würde?«

»Für die Zukunft solltet Ihr Euch nicht zu sicher sein, denn der Traumhenker kann in jeden fahren, der es zulässt, dass dieser böse Geist von ihm Besitz ergreift. Und versucht, Euch zu erinnern! Denn damals in Lengerich sind wir ihm begegnet.«

»Ich weiß nicht, wovon Sie sprechen«, sagte Nadine und machte dabei ein ziemlich ratlos wirkendes Gesicht. »Ich meine, da waren damals einige ziemlich durchgeknallte Typen auf der Station. Also, entschuldigen Sie, ich meine natürlich nicht Sie, und eigentlich wollte ich das so auch gar nicht sagen.«

»Es ist jetzt keine Zeit der Schmeichelei, sondern der mannhaften, ehrlichen Worte«, erkläre Branagorn. »Die Lage ist zu ernst, die Gefahr zu groß.«

»Sie glauben wirklich, dass damals der Mörder, der seine Opfer kahl rasiert, dieser sogenannte Barbier, in Lengerich auf der Station war?«

»Ich sah ein Augenpaar und einen kahl rasierten Schädel – mehr nicht. Der untere Teil des Kopfes war verdeckt. Ich hörte Schreie des Wahnsinns, und mir begegnete dieser Blick, den ich nicht vergessen werde. Der Traumhenker hatte ein Gefäß gefunden, in das er gefahren war und in dem er vermutlich immer noch wütet. Ein Lebewesen, dessen Seele ihm als Wirt diente. Ihr wart doch auf Seiten der Heiler. Und daher hatte ich die Hoffnung, Ihr wüsstet vielleicht, wem diese Augen gehört haben. Ihre Farbe war braun. Aber die Wärme ihrer Färbung stand in einem geradezu grotesken Gegensatz zur eisigen Grausamkeit dieses Blickes. Und der rasierte Schädel – er hatte Wunden. Die Haut war auf eine krankhafte Weise verändert.«

Nadine atmete tief durch. Ihr Blick wirkte nach innen gekehrt, und es schien Branagorn, als würde sie in ihrer Erinnerung nach jenen Bildern suchen, die seine Worte zu beschwören versucht hatten. Sie musste sich doch erinnern! Sie hatte doch dasselbe gesehen wie er, denn sie war bei ihm auf dem Flur gewesen, als hinter jener besonderen Tür der entfesselte Wahnsinn getobt hatte.

»Da waren so viele, Herr Schmitt«, sagte sie. »An Sie habe ich mich erinnert, weil Sie nett waren. Und ich erinnere mich auch an andere, aber …« Sie schüttelte den Kopf. »Das ist lange her, und ich weiß ehrlich gesagt auch nicht, wie Sie darauf kommen, dass die Person, die Ihnen damals offenbar so einen Schrecken eingejagt hat, ein Mörder sein soll.«

»Ich bin der Mörderseele ein zweites Mal begegnet«, eröffnete ihr Branagorn. »Auf der Planwiese in Telgte. Und wieder konnte ich nur die Augen sehen, denn alles andere wurde durch die Maske des

Schwarzen Todes verdeckt. So gut die Sinne von uns Elben auch sein mögen, so vermag ich doch nicht durch Masken zu sehen.«

»Meinen Sie diese Schnabelmasken, wie sie die Pestärzte früher hatten?«

»Gewiss – auch wenn sie nicht in jedem Detail dem historischen Vorbild entsprechen, das ich noch aus eigener Anschauung kenne.«

»Das ist seltsam.«

»Was meint Ihr mit dieser Bemerkung?«

»Ich hatte auch mal so eine Maske. Timmi vertreibt die doch über seinen Shop. Und früher, als ich noch aktiver in der LARP-Szene war, sind wir damit im Partnerlook herumgelaufen. Allerdings habe ich die Maske dann vor Wut zerstört, als Timmi und ich das erste Mal Schluss gemacht haben.«

Branagorn schien ihren Bemerkungen nicht besonders viel Bedeutung beizumessen. Ihm war ein anderer Punkt offenbar sehr viel wichtiger. »Versucht, Euch an das Gesicht von damals zu erinnern! Und vielleicht auch an den Namen. Ihr seid doch auf Seiten der Heiler gewesen.«

»Ich kann Ihnen da nicht helfen«, stellte Nadine jetzt erstmals in aller Eindeutigkeit klar. »Tut mir leid. Weder weiß ich, welchen Patienten von damals Sie meinen, noch hätte ich irgendwelchen Zugang zu den Unterlagen, sodass ich den Namen herausfinden könnte.«

»Das ist bedauerlich.«

»Ja, das mag sein. Aber ich frage mich auch, ob Sie die Ermittlungen nicht der Polizei überlassen sollten. Wieso mischen Sie sich da ein?«

»Das versteht Ihr nicht? Dabei traut Ihr offenbar doch selbst den Hütern der Ordnung nicht, denn andernfalls hättet Ihr Euch doch längst an sie gewandt, und sie wären nicht gezwungen, mühsam die Merkmale Eures Wesens mit denen namensgleicher Frauen abzustimmen.«

Nadine schluckte. Eine sanfte Röte überzog ihr Gesicht. Sie rief die Kellnerin herbei, um zu bezahlen. »Ich lade Sie ein«, sagte sie. »Schließlich weiß ich, dass Sie nicht viel Geld haben. Aber jetzt muss ich gehen. Kommen Sie allein klar, oder soll ich irgendwen verständigen, der Sie betreut?«

»Mich betreut niemand«, erklärte Branagorn. »Ich bin seit sehr langer Zeit auf mich allein gestellt. Also macht Euch um mich keine Sorgen. Um Euch selbst aber solltet Ihr durchaus besorgt sein. Überlegt Euch daher, ob Ihr Euch nicht doch lieber den Hütern der Ordnung anvertrauen wollt.«

»Auf Wiedersehen, Herr Schmitt.«

Nachdem sie bezahlt hatte, ging sie davon.

Branagorn sah ihr nach.

Eine Warnung in Tecklenburg

Sven Haller ließ den Motor seines Volvo aufheulen und überholte dann ungeduldig das landwirtschaftliche Nutzfahrzeug auf der Straße zwischen Lengerich und Tecklenburg. Anna van der Pütten saß auf dem Beifahrersitz und dachte: Nirgendwo scheint der Mensch ursprünglicher mit seinen ureigensten und niedrigsten Instinkten verbunden zu sein als im Straßenverkehr.

Der Anruf von Pamela Strothmann aus Tecklenburg hatte dafür gesorgt, dass sich Haller auf den Weg hierher gemacht hatte. Pamela Strothmann war nämlich einer der Telefonkontakte in Jennifer Heinzes Handy-Menü. Allerdings ein Kontakt, der nur in diesem Handy-Menü vorkam. Sie hatte keinerlei Verbindungen zu den anderen Opfern – zumindest keine, von denen man bisher wusste.

Am Telefon hatte Pamela Strothmann angegeben, einen konkreten Verdacht zu haben, wer Jennifer Heinze auf dem Gewissen hatte. Näheres hatte sie am Telefon nicht sagen wollen, und ins Präsidium nach Münster zu kommen sei für sie auch nicht möglich, da sie arbeiten müsse und außerdem ihr Wagen in der Werkstatt sei.

Pamela Strothmann hatte das Gespräch ziemlich abrupt abgebrochen. So zumindest hatte es Ilse Rakowski berichtet – die Kollegin, die das Gespräch angenommen hatte.

»Ich will ja nichts gegen Frau Rakowski sagen, aber ich glaube, wenn ich eine Zeugin wäre und sie am Telefon hätte, würde ich mich auch erschrecken und auflegen«, meinte Anna van der Pütten.

»Na ja, ich gebe zu, dass Frau Rakowski nicht unbedingt die sensibelste Kollegin ist, die bei uns Dienst tut«, gab Haller zu. »Allerdings wurden wir in der ersten Zeit durch Anrufe geradezu überschwemmt. Da konnten wir nicht nur die netten und freundlichen Kollegen an die Leitungen setzen. Oder gar psychologisch geschultes Personal, so wie Sie.«

»Ganz normale geschäftsmäßige Freundlichkeit wäre doch schon genug«, meinte Anna.

Ilse Rakowski war zwar eine sehr zarte Frau, der selbst die kleinste Uniformgröße noch locker zu sitzen schien. Allerdings hatte sie eine Stimme, die so rau war, dass viele Männerstimmen dagegen mädchenhaft wirkten. Darüber hinaus schien sie vollkommen unfähig zu sein, leise zu sprechen, was sie darauf schob, dass sie zusammen mit fünf lauten Brüdern aufgewachsen war, wo wohl immer der lauteste letztlich recht bekommen hatte. Diese Geschichte fand Anna insofern plausibel, als Ilse Rakowski tatsächlich einem der letzten geburtenstarken Jahrgänge angehörte. Inzwischen hatte Anna lange genug mit der Münsteraner Polizei zu tun, um zu wissen, dass dort über die Herkunft von Ilse Rakowskis Stimme noch ein paar andere Legenden kursierten. Dazu gehörten übermäßiger Konsum harter Alkoholika, eine Schilddrüsenoperation, ihre fanatische Unterstützung der ersten Fußballmannschaft von Preußen Münster durch laute und entsprechend stimmbandfeindliche Anfeuerungsgesänge im Stadion bis hin zum zeitweiligen Anabolika-Missbrauch während ihrer Zeit als deutsche Polizeimeisterin im Kugelstoßen. Ihre Schwierigkeiten als Verantwortliche für die Fahrradausbildung und Verkehrserziehung an den Grundschulen und in Kindergärten, die in zahlreichen Beschwerden durch Eltern völlig verängstigter Kinder gegipfelt und schließlich zu ihrer Abberufung geführt hatten, lagen Annas Einschätzung nach aber weniger an Ilse Rakowskis Stimme als an ihrer rustikalen Wortwahl.

Sie erreichten inzwischen das für die flache Topografie des Münsterlandes recht hoch gelegene Tecklenburg, den ehemaligen Sitz der Grafen von Tecklenburg, die im schmalkaldischen Krieg auf der falschen Seite gestanden und ihre Selbstständigkeit verloren hatten. Dem Kreis Tecklenburg war es nach der Gebietsreform der Siebziger nicht anders ergangen. Man hatte ihn dem Kreis Steinfurt eingegliedert. Sehr selten konnte man noch Aufkleber mit dem Schriftzug »TE muss bleiben« auf den Autos sehen, aber die Zahl aufrechter Tecklenburger Lokalpatrioten musste innerhalb der letzten vier Jahrzehnte inzwischen wohl auf eine Zahl im einstelligen Bereich zusammengeschmolzen sein. Haller hatte noch einen dieser Aufkleber aus seiner eigenen Grundschulzeit in Ladbergen, als sie von Heimatkundelehrern gerne verteilt wurden. Er hatte immer schon mal darüber nachgedacht, ihn aufzukleben, fand aber letztlich, dass er dazu zu schade war. Es handelte sich schließlich um ein quasi historisches Stück, und aufkleben konnte man es nur einmal – vorausgesetzt, der Klebstoff unter der Schutzfolie klebte überhaupt noch nach all diesen Jahren. Es wäre auf einen Versuch angekommen, den Haller aber angesichts des immer schnelleren technischen Verfallsdatums moderner Blechkarossen wohl so schnell nicht wagen würde.

Haller hielt auf einem Parkplatz, von dem aus man eine hervorragende Fernsicht hatte.

»Den Rest müssen wir leider zu Fuß gehen«, meinte er an Anna gerichtet.

»Macht nichts, ein bisschen Bewegung tut gut«, meinte sie. »Und die Luft scheint hier auch recht frisch zu sein.«

»Luftkurort«, sagte Haller. »Bei gutem Wetter kann man fast bis Münster sehen.«

»Und bei nicht so gutem?«

»Bis zu der Staubwolke aus den Schornsteinen des Zementwerks in Lengerich«, meinte Haller. »Na ja, das ist vielleicht etwas übertrieben.«

»Tja ...«

»Woran liegt das, dass du mit meinem Humor nicht klarkommst, Anna?«

»Vielleicht ist es derselbe Grund, aus dem manche Grundschulkinder oder Zeugen sich vor deiner Kollegin Ilse Rakowski fürchten.«

»Wie das?«

»Das Stichwort heißt Unangemessenheit der Äußerung.«

»Aber das ist doch gerade der Witz.«

»Siehst du? Da liegt das Problem.«

»Ich wette, du hattest früher nicht viele Freunde und hast dir überlegt, wieso das bei anderen nicht so ist. Und daraus ist dann dein Interesse für Psychologie erwachsen.«

»Ich glaube, hier liegt ein Rollenirrtum vor«, erklärte Anna ernst, während sie eine Steintreppe mit sehr tiefen Stufen emporstiegen, die zudem ziemlich rutschig waren. Haller trug Turnschuhe zu seiner Jeans und seinem ausgebeulten Jackett, dem man ansah, dass er darin viel gesessen hatte, denn es wies die dafür charakteristischen Falten auf. Anna van der Pütten hingegen trug flache, glatte Schuhe. Schuhe mit Absätzen mochte sie nicht, denn darauf stand man zu unsicher. Sicher auf festem Grund stehen, das war sehr wichtig für sie. Aber ihre Schuhe erlaubten das nur innerhalb geschlossener Räume oder auf ebenen, asphaltierten Flächen, nicht auf einem so rutschigen Pflaster wie jenem, das sie im Moment unter den Füßen hatte.

Haller musste also schon nach kurzer Zeit auf sie warten, nachdem sie ein paarmal fast ausgerutscht wäre, als sie versuchte, sein Tempo mitzuhalten.

»Alles in Ordnung, Anna?«

»Ja«, ächzte sie.

»Und wie war das mit dem Rollenirrtum?«

»Na ja, du solltest nicht versuchen, mich zu analysieren.«

»Aber umgekehrt ist das in Ordnung?«

»Umgekehrt entspräche das unserem unterschiedlichen professionellen Profil.«

»Das heißt also, dass es stimmt.«

»Was?«

»Das, was ich eine Vermutung nennen würde und was jemand wie du dann etwas hochtrabend zu einer Analyse hochstilisiert. Wäre es anders, würdest du nicht so empfindlich reagieren.«

Anna holte ihn ein. »Hauptsache, es macht dich zufrieden, mich jetzt durchschaut zu haben und zu wissen, was mich zum Studium der Psychologie motiviert hat.«

»Ehrlich gesagt wäre es mir lieber, ich würde verstehen, was den sogenannten Barbier zu seinen Handlungen motiviert.«

»Das schaffst du auch noch, Sven. Ganz bestimmt!«

»Diese Art der Ermutigung erinnert mich an die Art und Weise, wie manche Lehrer, die ich erlebt habe, schwache Schüler zu ermutigen versuchten, von denen sie insgeheim schon längst wussten, dass sie es niemals schaffen und mit Sicherheit sitzen bleiben werden.«

»Und weshalb bist du zur Polizei gegangen?«, fragte Anna. »Da du nun den innersten Kern meiner Persönlichkeit durchschaut hast, wäre es doch nur fair, wenn du mir umgekehrt zu diesem Punkt etwas offenbaren würdest.«

»Ja«, sagte Haller. »Das wäre sicherlich fair.«

»Na, und? Worauf wartest du?«

»Ich habe mir noch nicht zu Ende überlegt, ob ich überhaupt fair sein soll.«

»Ach, so einer bist du.«

»Reden wir später darüber. Der Aufstieg ist einfach zu anstrengend, und dann sage ich vielleicht Sachen, die mehr über meinen mangelnden Sauerstoffgehalt im Gehirn als über meinen Charakter sagen.«

Etwas später erreichten sie das Café Rabbel auf dem Marktplatz des mittelalterlich geprägten Tecklenburg. Hier arbeitete Pamela Strothmann. Draußen standen viele Tische und Stühle, an denen sich die Kurgäste bei Kaffee und Kuchen drängten. Anna folgte Haller ins Innere, dessen Einrichtung an ein Wiener Kaffeehaus erinnerte.

Haller zeigte der Frau hinter dem Tresen seinen Ausweis.

»Hallo, Kripo Münster. Wir hätten gerne mit Frau Pamela Strothmann gesprochen.«

»Ah, ja. Pamela hat uns gesagt, dass Sie hier auftauchen würden.«

»Wo können wir sie finden?«

»Einen Moment. Ich sage ihr Bescheid. Es wäre nett, wenn Sie einigermaßen diskret vorgehen würden.«

»Selbstverständlich.«

Die Frau hinter dem Tresen verschwand kurz durch eine Tür. Wenig später trat eine Endzwanzigerin mit brünetter Prinz-Eisenherz-Frisur aus der Tür. Sie hatte ein fein geschnittenes Gesicht und war groß und schlank. Sie überragte Anna um einen ganzen Kopf und war immerhin noch einen halben Kopf größer als Haller, obwohl sie flache Schuhe trug.

»Haben Sie uns angerufen?«, fragte Haller.

»Ja«, nickte sie. »Ich bin Pamela Strothmann. Und ehrlich gesagt bereue ich schon, dass ich es getan habe.«

»Es wird sicher einen guten Grund dafür geben«, war Haller überzeugt.

»Kommen Sie, wir suchen uns einen Tisch, wo wir reden können.«

»In Ordnung.«

»Möchten Sie etwas zu trinken? Kuchen?«

»Das Frühstücksbüfett soll hier besonders gut sein.«

»Wir haben inzwischen Nachmittag.«

»In meinem Beruf verliert man das Gefühl für die richtige Tageszeit schon mal etwas«, verteidigte sich Haller.

Pamela Strothmann führte ihn und Anna zu einem der Tische im hinteren Bereich des Cafés. Haller nahm einen Kaffee, Anna einen grünen Tee.

»Was haben Sie uns zu sagen, Frau Strothmann?«, fragte Haller. »Die Kollegin, die mit Ihnen gesprochen hat …«

»Das war eine Frau? Unmöglich!«

»… erwähnte, dass Sie behaupten, den Täter zu kennen.«

»Na ja, ich habe vielleicht ein bisschen dick aufgetragen.«

»Am besten, Sie sagen uns den Namen und die Adresse, dann können wir die Angelegenheit überprüfen.«

Sie strich sich das Haar zurück. »Der Name lautet Jürgen Tornhöven. Ein Typ mit Bart und langen Haaren, hat aber oberhalb der Ohren alles kahl und dürfte so um die Ende vierzig sein. Man nennt ihn auch den Prior der Neuen Templer, das ist diese Sekte, die er anführt. Im geheimen Kreis lässt er sich angeblich mit Hochmeister Asmodis anreden – aber allein dafür, dass ich Ihnen das verraten habe, könnte mich diese Sekte schon furchtbar bestrafen wollen. Da kennen die nämlich gar nichts.«

»Nun mal der Reihe nach«, verlangte Haller. »Wie kommen Sie darauf, dass dieser Jürgen Tornhöven Jennifer Heinze umgebracht haben könnte?«

»Weil es genau passt.« Pamela Strothmann war ziemlich ungeduldig. Sie wirkte wie jemand, der unter einem außerordentlich hohen Druck stand.

»Gibt es irgendwelche konkreten Anhaltspunkte? Wurde Jennifer von Mitgliedern der Sekte oder diesem Tornhöven etwa konkret bedroht?«

»Ja, das wurde sie.«

»Und Sie selbst haben das mitbekommen, oder hat das nur jemand anderes Ihnen erzählt?«

»Jennifer hat mir das gesagt. Und ich hatte keinen Grund, an ihren Worten zu zweifeln. Am besten erzähle ich Ihnen alles der Reihe nach.«

»Jennifer Heinze und Sie waren Freundinnen«, stellte jetzt Anna fest und mischte sich damit erstmalig in das Gespräch mit Pamela Strothmann ein.

Pamela nickte. »Ja, seit der Schule schon. Wir sind beide hier auf das Graf-Adolf-Gymnasium in Tecklenburg gegangen. Und auch wenn sich unsere Wege später etwas in verschiedene Richtungen entwickelt haben, so haben wir doch nie den Kontakt zueinander verloren.«

»Was meinen Sie genau mit der Entwicklung in verschiedene Richtungen?«, hakte Anna nach.

»Na ja, Jennifer ist nach der Schule zur Bank gegangen, und ich habe in Osnabrück studiert. Philosophie, Kunstgeschichte, Theologie. Ich gebe zu, das war bei mir alles etwas planlos, und deswegen bin ich jetzt fast dreißig und habe auch noch immer keinen Abschluss. Wahrscheinlich wird das auch so schnell nichts werden, denn inzwischen bin ich schwanger und mit meinem Freund zusammengezogen, der gerade in Münster seinen Doktor in Kunstgeschichte macht, und meine Stelle hier im Café ist derzeit die einzige Einnahmequelle, die wir haben. Klingt für Sie vielleicht alles ein bisschen verworren, Frau … irgendwie hatte ich Ihren Namen nicht mitbekommen.«

»Anna van der Pütten. Ich bin Kriminalpsychologin.«

»Ah ja, verstehe.«

Wenn Anna jemandem sagte, dass sie Psychologin war, dann sorgte das zumeist für eine entspannte Gesprächssituation. Vor allem dann, wenn die Lage gerade zu eskalieren drohte und die Beteiligten auf die Polizei nicht gut zu sprechen waren. Psychologen waren eben keine Polizisten, und das allein adelte sie dann anscheinend schon. Mit einem Psychologen konnte man reden, mit einem Polizisten nicht, denn der hielt einem im Zweifelsfall nur irgendeinen Paragrafen mit irgendeiner schwer verständlichen Rechtsnorm entgegen, an die man sich doch bitte schön zu halten habe. Aber bei Pamela Strothmann war das anders. Bei ihr schien die Berufsbezeichnung Psychologe aus irgendeinem Grund Widerstände zu offenbaren. Widerstände, die Anna sehr genau wahrnahm und für die es verschiedene Erklärungen geben konnte. Unter anderem die, dass Pamela Strothmann vielleicht mal in psychologischer oder psychiatrischer Behandlung gewesen war und diese Erfahrung mit unangenehmen Erlebnissen assoziierte.

»Meine Aufgabe ist es, mir ein möglichst klares Bild des Täters zu machen«, erklärte Anna daher.

Pamela Strothmann lächelte schwach. »Dann analysieren Sie also nicht die Zeugen, die befragt werden? Es gibt doch da so eine Fernsehsehserie, wo einer den Menschen anhand kleinster Regungen und Muskelbewegungen im Gesicht ansehen kann, ob sie lügen.«

»Nein. So jemand bin ich nicht«, versicherte Anna. »Was nicht heißt, dass es nicht am besten wäre, wenn das, was Sie uns sagen, absolut der Wahrheit entspricht, Sie nichts hinzufügen und nichts weglassen. Aber ich nehme nicht an, dass Sie das vorhaben, denn dann würden Sie unsere Zeit verschwenden und damit demjenigen helfen, der Ihre Freundin auf dem Gewissen hat.«

»Natürlich«, murmelte Pamela. »Aber eigentlich wollte ich Ihnen ja noch was erzählen …«

»Dann tun Sie das«, forderte Anna sie auf.

Pamela blickte auf einen bestimmten Punkt auf der Tischdecke, die vor ihr lag. So, als wollte sie sich dadurch besser konzentrieren. »Jennifer hat sich seit den letzten Jahren auf der Schule für dieses Mittelalter-Zeug interessiert. Sie ist da durch ihren damaligen Freund hineingeraten – na ja, das hört sich an, als wäre es was Schlimmes. Meiner Ansicht nach ist es einfach nur kindisch. Sie hat mich auch mal zu einem dieser Festivals mitgenommen, aber ehrlich gesagt habe ich weder zu ihren Freunden aus dieser Szene noch der Szene selbst Zugang gefunden. Aber Jennifer ist eine ganze Weile dabeigeblieben. Ich meine, vielleicht ist das auch einfach nur eine Art Ausgleich gewesen. Sie war ja bei der Bank, und da muss man natürlich total konform sein, ein schickes Kostüm tragen, frisiert sein, darf nirgendwo anecken und muss den Kunden irgendwas versprechen, damit sie ihr Geld bei einem anlegen. Vielleicht ist so ein Ausgleich da wichtig, in irgendwelchen Phantasiekostümen herumzulaufen und eine ganz andere Rolle zu spielen – sei es nun als holdes Burgfräulein oder als Schwarzer Tod.«

»Wie kommen Sie auf den Schwarzen Tod?«, hakte Anna nach.

»Na ja, sie hatte ein Kostüm, das hatte irgendwie etwas mit dem Schwarzen Tod zu tun.«

»Sie meinen die Schnabelmaske eines Pestarztes?«

»Ja, genau.«

»Die haben wir unter ihren Sachen gefunden.«

»Sie ist mit ihrem Freund im Partnerlook damit herumgelaufen. Und ich glaube, es hat ihr Freude gemacht, damit andere zu erschrecken, ohne dass man sie erkennen konnte. Eine Spießerin, die im Geheimen ihre andere Seite zeigt, so könnte man es sagen.« Pamela zuckte die Schultern. »Kann man ja niemandem verdenken, oder?«

»Nein, sicher nicht«, sagte Anna. »Der Freund …«

»Timothy Winkelströter. Komischer Typ. Das war übrigens nicht der Freund, der sie in diese Szene hineingebracht hat. Der hieß anders. Aber das ist schon so lange her.«

»Hieß der erste Freund zufällig Olli oder Björni?«, mischte sich Haller ein.

»Sie nannte ihn Björni, das stimmt. Woher wissen Sie das?«

Haller holte einen Ausdruck des Facebook-Fotos hervor und legte ihn vor Pamela Strothmann auf den Tisch. »Ist dieser Björni hier drauf?«

»Ja sicher. Der links. Der gehörte zu dieser Ritter- und Schreckgestalten-Clique, von der auch Jennifer ein Teil war.«

»Den vollständigen Namen wissen Sie nicht zufällig?«

»Björn … Björn irgendwas … Horstkotte glaube ich. Jawohl, Björn Horstkotte, denn Jennifer hat mir mal erzählt, dass ein neuer Lehrer erst geglaubt hätte, er hieße Björn-Horst Kotte anstatt Björn Horstkotte, weswegen ihn dann viele nur noch ›du Horst‹ genannt hätten. Fand ich lustig.« Pamela Strothmanns Blick wechselte von Haller zu Anna und wieder zurück und stellte fest, dass sie offenbar bei keinem der beiden den Humornerv auch nur leicht berührt hatte.

»Wissen Sie zufällig auch, wer Olli ist?«

»Olli?«

»Eine der Personen auf dem Bild soll Olli heißen.«

»Da gab es einen Oliver. Oliver Holthaus. Das ist der Kerl, der neben Björn steht. Aber ich glaube, der ist schon lange nicht mehr in der Gegend. Ich habe gehört, er soll irgendeinen tollen Job in New York oder London haben. Keine Ahnung, hat mich nicht so interessiert.«

»Was ist mit diesem Jürgen Tornhöven? So, wie Sie ihn schildern, passt der doch altersmäßig gar nicht in diese Gruppe hinein.«

»Natürlich nicht! Der Kontakt kam durch Timothy Winkelströter. Der war bei dieser Sekte oder wie immer man das bezeichnen soll. Ich persönlich glaube ja, dass es denen nur ums Geld geht.«

»Wieso?«

»Weil bei denen alles ein Schweinegeld kostet. Die behaupten, dass psychische Probleme, Burn-out, Energielosigkeit und weiß der Geier was noch, darauf basieren, dass man von den falschen Dämonen besessen ist. Also reden die einem ein, man solle sich durch eine Art Exorzismus davon befreien.«

»Hat Jennifer Heinze so etwas auch mitgemacht?«

»Ja, hat sie. Sie hatte Probleme in ihrem Job. Hohe Erwartungen an sich selbst, übertriebener Ehrgeiz ... Das läuft so ähnlich ab wie in diesen Exorzismus-Ritualen, die man aus Horrorfilmen kennt. Soweit ich weiß, gibt es in der katholischen Kirche immer noch Exorzisten, die Teufelsaustreibungen vornehmen. Aber bei diesen sogenannten Neuen Templern ist das nur die erste Stufe.«

»Und was ist die zweite?«

»Eine Art umgekehrter Exorzismus. Nennen Sie es In-Zorzismus, wenn Sie wollen. Man soll den Geist Baphomets in sich aufnehmen. Das ist so ein Stierdämon. Die geweihten Mitglieder der Neuen Templer tragen eine entsprechende Tätowierung am Arm. Daran kann man sie erkennen.«

»Ja, das haben wir schon bei Timothy Winkelströter gesehen«, murmelte Haller.

»Jennifer hat sogar Stufe zwei mitgemacht.«

»Das heißt, sie hat den Geist Baphomets oder wie die das nennen, in sich aufgenommen?«, vergewisserte sich Haller.

»Ja – und dafür noch dreitausend Euro bezahlt.«

»Hat sie sich denn danach wenigstens besser gefühlt?«, fragte nun Anna. »Ich meine, Sie erwähnten doch ihren Ehrgeiz und die Ansprüche an sich selbst, die offenbar in Konflikt mit der Realität geraten waren.«

»Das war doch schon alles nach der Dämonenaustreibung besser geworden. Diese zweite Stufe hat sie, glaube ich, nur wegen ihrem Freund gemacht.«

»Sie sprechen jetzt von Timothy Winkelströter«, stellte Anna fest.

Pamela Strothmann nickte. »Ja – ich kenne den ja nicht so gut, aber nach Jennifers Schilderungen muss das einer sein, der einfach jedem Rock hinterherläuft und zwar eine feste Beziehung in alle Ewigkeit verspricht, aber in Wahrheit kaum eine Woche treu sein kann. Er hat was mit einer Krankenschwester namens Nadine Schmalstieg aus Borghorst angefangen, deswegen hat Jennifer mit ihm Schluss gemacht, konnte sich dann aber doch nicht von ihm trennen, und so ging das eine Weile als On-off-Beziehung weiter.«

»Und was hat Jürgen Tornhöven nun damit zu tun?«, wollte Haller wissen.

»Na, der hat die zweite und ziemlich ekelige Stufe dieses Rituals durchgeführt, die dem Empfang von Baphomet dient. Ich bin überzeugt davon, dass Jennifer das nur deswegen mitgemacht hat, weil sie glaubte, sie könnte Timothy dadurch doch noch an sich binden.«

»Was ist so ekelig daran?«, fragte Anna.

»Nach dem, was Jennifer mir erzählt hat, muss man dabei Tierblut trinken und wird am ganzen Körper damit eingerieben, sodass dann die Schmeißfliegen kommen ... Außerdem wird man mit einem Dolch geritzt – nicht so, dass man stirbt, aber so, dass man es glaubt, weil Baphomet nur in die Seele eindringen kann, wenn man Todesangst spürt. Es ist wirklich total widerlich! Völlig pervers. Sie hat mich noch gefragt, ob sie das mitmachen soll. Ich habe ihr dringend abgeraten! Dieser Timothy war das doch wirklich nicht wert – zumal dem das inzwischen völlig egal war. Schließlich hatte der längst eine andere, und wenn Sie mich fragen, dann ging ihm Jennifer inzwischen auf die Nerven. Zumindest habe ich die Fakten so gedeutet – aber Jennifer war da völlig blind. Sie wollte es einfach nicht wahrhaben.«

»Wann war das genau?«, fragte Haller.

»Das ist sicher schon zwei Monate her. Danach schien es so, als hätten sich dieser Timothy und Jennifer noch mal zusammengerauft. Aber nur bis zur nächsten Krise ... Er hat mit ihr Schluss gemacht. Trotzdem hat er sich breitschlagen lassen, sich mit ihr auf dem Mittelalter-Markt zu treffen.«

»Woher wissen Sie das?«

»Sie hat mir eine SMS geschrieben. Und ich denke, sie war der Meinung, dass nun wieder alles eingerenkt werden könnte. Aber das war meiner Ansicht nach eine Illusion.«

»Haben Sie auf die SMS geantwortet?«

»Nein, ich habe Jennifers Nachricht erst gefunden, als schon in der Zeitung stand, was mit ihr passiert ist. Ich hatte nämlich zwischendurch mein Handy verlegt.«

»Werden einem bei diesem Baphomet-Ritual, von dem Sie sprachen, auch die Haare abrasiert?«, hakte Anna nach. »Hat Jennifer davon irgendwann mal etwas erwähnt?«

»Nein – das gehört zu den Strafen für diejenigen, die sich der Macht Baphomets verschlossen haben, sich innerlich abwenden oder sogar die Geheimnisse aus dem Innenleben dieser Sekte nach außen tragen. Und zu den wichtigsten Geheimnissen gehört der Ablauf der Rituale. Und deswegen glaube ich ja, dass dieser Jürgen Tornhöven Jennifer umgebracht hat. Es war am Mittwoch oder Donnerstag vor dem Markt auf der Planwiese ... Jennifer und ich haben uns abends getroffen und mal wieder über alles Mögliche geredet. Ich habe mit meiner Meinung nicht hinter dem Berg gehalten und ihr klipp und klar gesagt, was ich von diesen Sektenspinnern und diesem ganzen Mist halte.«

»Aber sie hat Ihnen trotzdem in aller Ausführlichkeit davon berichtet – obwohl sie doch Angst haben musste, dass sie dafür bestraft wird, wie Sie gesagt haben«, gab Haller zu bedenken.

»Ja, aber sie musste sich offenbar irgendjemandem anvertrauen. Und ich gebe zu, dass ich auch etwas nachgebohrt habe. Jedenfalls saßen wir bei ihr zu Hause im Wohnzimmer ihrer Eltern. Es war schon ziemlich spät geworden. Da klingelte jemand an der Tür. Jennifers Eltern waren nicht zu Haus, also ging Jennifer hin und schaute durch den Spion. Sie kam schreckensbleich zurück und meinte, es wäre der Prior – Jürgen Tornhöven.«

»Was habe Sie beide getan?«, fragte Haller.

»Nur abgewartet. Wir dachten, wenn keiner aufmacht, wird er irgendwann verschwinden.«

»Und?«

»Stattdessen tauchte er vor dem Wohnzimmerfenster auf. Ich habe ihn gesehen – und er uns auch. Er schrie dann irgendetwas, dass sie eine Abtrünnige sei, und außerdem einige Sachen, die ich nicht verstanden habe. Irgendwas Lateinisches oder so. Ich habe nur Französisch in der Schule gehabt, müssen Sie wissen. Dann ist er abgezogen, und ein paar Tage später war Jennifer tot. Ihr wurde der Kopf rasiert – genau, wie Jennifer es mir beschrieben hatte. Und davon abgesehen hat dieser Tornhöven eine ganz eindeutige Geste hier am Hals gemacht, die man nur als blanke Drohung deuten konnte. Genau das ist dann doch auch mit Jennifer geschehen. Man hat ihr die Kehle durchgeschnitten!«

»Warum haben Sie sich nicht früher bei uns gemeldet?«, fragte Haller und versuchte dabei gar nicht erst zu verbergen, wie ärgerlich er darüber war, diese Hintergründe erst jetzt zu erfahren.

Pamela Strothmann schluckte.

»Ich denke, Sie hatten Angst«, antwortete Anna van der Pütten an ihrer Stelle. »Nicht wahr?«

Sie nickte stumm. Dann öffnete sie halb den Mund, so als wollte sie noch etwas sagen, aber es kam kein einziger Ton über ihre Lippen. Sie starrte wieder vor sich auf das Tischdeckenmuster.

Der Würger von Osnabrück

»Wir hätten besser was bei Rabbel essen sollen«, meinte Anna, als sie die fünf Kilometer zwischen Tecklenburg und Lengerich bereits wieder zurückgelegt hatten und jetzt in einem der zahlreichen Döner-Imbisse in der Innenstadt saßen. Haller aß mit großem Appetit einen Döner Kebab. Anna nahm nichts. Das Essen war ihrer Ansicht nach alles zu kalorienhaltig, und außerdem hatte sie eine tiefe Abneigung gegen Knoblauch. Dessen Genuss erschien ihr unvereinbar mit der Ausübung sozialer Berufe. Haller schien da keinerlei Skrupel zu haben. Er aß einfach, was ihm schmeckte.

»Schon mal davon gehört: Wer Knoblauch zu sich nimmt, ist fit, aber einsam«, konnte sie sich schließlich eine bissige Bemerkung nicht verkneifen.

»Ich habe nichts gegen Fitness und nichts gegen Einsamkeit«, sagte Haller. »Passt also.« Er unterdrückte ein Rülpsen und trank den starken Kaffee aus. »Aber zu was Wichtigerem: Was hältst du von Pamela Strothmann und ihrer Aussage? Du hast auf der Fahrt noch nichts gesagt.«

»Ich denke, sie hat uns die Wahrheit gesagt. Wir wissen jetzt, wer Olli und Björni auf dem Facebook-Foto sind. Das ist ja auch schon mal was. Und ansonsten sind die Parallelen zwischen den Ritualen dieser Neuen Templer und der Art und Weise, wie der Barbier seine Opfer umbringt, schon recht auffällig.«

»Zumindest was den Aspekt der Kopfrasur angeht«, stimmte Haller zu. »Was hältst du davon, wenn wir mal einen kleinen Abstecher nach Osnabrück machen? Sind von hier aus keine zwanzig Kilometer – und da wir schon mal fast dort sind, könnten wir uns diesen Tornhöven und seine Templer doch mal vorknöpfen.«

»Gut.«

Haller nahm seinen Laptop aus seiner Umhängetasche, die er bis dahin gegen ein Stuhlbein gelehnt hatte. Es dauerte nicht lange, und er war online und ließ sich die Webseite der Neuen Templer anzeigen.

»Im Impressum steht ein Verein«, meinte er dann etwas verwundert.

»Wir sind in Deutschland«, sagte Anna. »Auch Exorzisten oder Anti-Exorzisten, Dämonenjünger und Geheimsekten treten als Vereine auf.«

»Immerhin haben die anscheinend Geld genug, eine schöne Stadtvilla in Osnabrück anzumieten«, meinte Haller.

»Vielleicht gehört sie den Neuen Templern sogar«, gab Anna zurück.

Haller blickte auf und hob die Augenbrauen. »Wie kommst du darauf?«

»Spirituelle Erfüllung kombiniert mit Lebenshilfe und Übertragung mentaler Ressourcen durch Teilhabe an einer verschworenen Gemeinschaft, wozu letztlich auch diese Ekelrituale dienen. Das ist eine unschlagbare Kombination – vor allem, wenn man auf den Trichter gekommen ist, dafür ordentlich viel Geld zu verlangen. Was gut ist, sollte schließlich auch teuer sein, und wenn man für etwas viel bezahlt hat, wird man kaum wahrhaben wollen, dass das alles nur fauler Zauber war.«

»Wenn du das alles weißt, weshalb schlägst du dich dann immer noch als Psychologin mit irgendwelchen Krankenkassen oder unserer Zahlungsstelle herum und gründest nicht einfach eine Religion?«

»Ich bin nicht Psychologin geworden, um Menschen zu betrügen. Dann wäre ich vielleicht in die Werbung gegangen und hätte keine Praxis.«

»Ach, nein? Spielt der Aspekt des falschen Trostes denn nicht immer dabei mit?«

»Trost ja, aber kein falscher, Sven.«

»Dann bist du tatsächlich Psychologin, um der Wahrheit auf die Spur zu kommen?«

»Nein, um zu wissen, wie man die Wahrheit ertragen kann.«

»Das klingt ehrlich gesagt deprimierend.«

»Findest du?«

»Allerdings.«

»Hast du denn eine weniger deprimierende Erklärung dafür, weshalb du Polizist geworden bist? Die Aussicht auf eine gute Pension kann es ja wohl nicht gewesen sein, denn dass die den Beamten deines Jahrgangs niemand mehr zahlen wird, weiß doch jeder, der die vier Grundrechenarten beherrscht und die aktuelle Diskussion um Demografie und Alterspyramide verfolgt.«

Haller verzog das Gesicht. »Du kommst – wenn auch auf Umwegen – immer wieder auf denselben Punkt zurück.«

»Ist das tatsächlich so auffällig?«

»Ja. Aber da ich weiß, dass du mich deswegen immer wieder löchern wirst, weil du es anscheinend nicht ertragen kannst, wenn du die Beweggründe der dich umgebenden Personen nicht restlos durchschaust und berechnen kannst, werde ich dir eine Antwort geben.«

»Ich bin gespannt!«

Haller lehnte sich etwas zurück. »Du wirst es vielleicht nicht glauben, weil es so simpel klingt und so genau in deine Analyse-Schemata passt, dass es eigentlich schon wieder nicht wahr sein kann.«

»So ist manchmal das Leben. Und wenn das, was du Schemata nennst, nicht auch ab und zu mal zutreffen würde, dann wären es keine Schemata.«

»Eins zu null.«

»Und?«

Haller beugte sich vor und sprach in gedämpftem Tonfall. »Als ich acht war, dachte mein Vater, es sei eine gute Idee, die klamme Familienkasse aufzufüllen, indem er die Zweigstelle einer Bank überfiel. Das hat unser ganzes Familienleben danach etwas auf den Kopf gestellt, wie man sich vorstellen kann.«

»Und jetzt soll der Kriminalhauptkommissar Haller das irgendwie wieder in Ordnung bringen«, schloss Anna.

»Ja, so könnte man das wohl zusammenfassen.«

Haller griff zu seinem Mobiltelefon und rief im Präsidium an. Er hatte Raaben am Apparat. »Ich möchte alles über die Neuen Templer wissen. Vor allen Dingen, ob es da in der Vergangenheit irgendwelche strafrechtlich relevanten Sachen gab. Wir haben inzwischen erfahren, dass Jennifer Heinze in der Sekte war. Deshalb wüsste ich gerne, ob irgendein anderes unserer Opfer etwas mit denen zu tun hatte. Wenn's geht, flott! Danke.«

»Einen kooperativen Führungsstil nennt man das nicht gerade«, meinte Anna.

»Vollkommen richtig. Davon halte ich auch nicht viel«, sagte Haller. »Und davon abgesehen wird Klarheit häufig mit Autorität verwechselt. Das ist in Wahrheit aber was ganz anderes.«

»Na dann … Es sollte sich noch mal jemand über den Obduktionsbericht hermachen, Sven.«

»Wieso? Wir wissen, woran Jennifer Heinze gestorben ist.«

»Aber es könnte sein, dass die Rituale, von denen Pamela Strothmann gesprochen hat, Spuren hinterlassen haben. Spuren, die vielleicht nicht beachtet wurden, weil niemand sich vorstellen konnte, wonach eigentlich gesucht wird. Wir wüssten dann zumindest, ob Pamela Strothmann nur viel redet, oder ob an ihrer Aussage tatsächlich etwas dran ist.«

»Ich werde einfach direkt in der Gerichtsmedizin anrufen«, kündigte Haller an. »Um in dem Bericht noch mal nachzusehen, bin ich schlicht zu faul.«

»Ich glaube nicht, dass man sich dort darüber freuen wird, dass du die Berichte nur überfliegst.«

Haller klappte seinen Laptop zusammen. »Ich erledige das während der Fahrt«, sagte er.

Wenig später saßen sie wieder im Volvo, und Haller bog an einer Aral-Tankstelle in die Osnabrücker Straße ab, die ihren Namen schließlich in Osnabrücker Landstraße änderte.

»Keine Autobahn?«, fragte Anna.

»Nein. Die Zeitersparnis ist nicht der Rede wert. Und wenn wir direkt in die Stadt fahren, nehme ich lieber die Landstraße.«

Sie hatten den Teutoburger Wald durchquert, der hier nicht mehr als eine kleine Steigung war – was die Anwohner keineswegs davon abhielt von »Berg« zu sprechen. Anna hatte oft genug mitbekommen, wie Pfleger und Ärzte der westfälischen Kliniken darüber sprachen, von denen einige in Osnabrück und Umgebung ihren Wohnsitz hatten. Osnabrück und Niedersachsen lagen »hinter dem Berg«, niemand hätte gesagt: »Ich fahre über den kleinen Hügel.« Alles war eben relativ. Und wenn man als Lastwagenfahrer dumm genug war, bei Schnee und Eis ohne Winterreifen unterwegs zu sein, dann reichte selbst dieser kleine Hügel in Kombination mit der für die hiesigen Verhältnisse typischen Schneetiefe zwischen einem und maximal zwei Zentimetern vollkommen aus, um die Reifen eines Sattelschleppers durchdrehen zu lassen und die Osnabrücker Landstraße an der ersten kleinen Steigung zu blockieren.

Haller telefonierte während der Fahrt mit Dr. Eugen Wittefeld, dem Chef des gerichtsmedizinischen Instituts. Wie üblich benutzte er dabei nicht die Freisprechanlage, und Anna überlegte schon, ob

Haller vielleicht deswegen die Landstraße wählte, weil er dort mit geringerer Wahrscheinlichkeit auf Kollegen traf, die dort Streife fuhren.

Das Gespräch mit Dr. Wittefeld war etwas zäh. Er schien wenig Verständnis dafür zu haben, dass er Haller seinen Bericht erklären musste, an dem es nach Meinung des Gerichtsmediziners offenbar nichts zu erläutern gab. Eine alte Mediziner-Krankheit, dachte Anna.

Aber schließlich konnte Haller in Erfahrung bringen, was ihn interessierte. »Es gibt Spuren von Fesselungen an Hand- und Fußgelenken«, sagte er dann. »Allerdings schienen die bisher nicht im Zusammenhang mit dem Fall zu stehen, und auch Dr. Wittefeld hat sie eindeutig als tat-irrelevante Merkmale definiert.«

»Das übliche Problem also.«

»Wie?«

»Zu frühe Festlegung«, erläuterte Anna. »Der häufigste Ermittlungsfehler. Man schließt bestimmte Beweise von vornherein aus, weil man schon glaubt, zu wissen, was sich ereignet hat. Wenn man erkennt, dass man falschlag, ist es dann häufig schon zu spät.«

»Das habe ich auch in meiner Ausbildung gelernt. Sag bloß, da gibt es sogar eine empirische Untersuchung darüber.«

»Die gibt es bestimmt, auch wenn ich jetzt nicht auswendig die Stelle in der Fachliteratur zitieren könnte.«

Anna nutzte die Fahrt ebenfalls für ein Telefongespräch. Sie rief die Handynummer von Frank Schmitt an. Na, komm schon, melde dich, dachte sie etwas ungeduldig, ehe sie schließlich auf eine Mailbox weitergeleitet wurde. »Branagorn? Ich hoffe, Sie hören sich diese Meldung auch irgendwann einmal an. Ich wollte eigentlich nur wissen, ob es Ihnen gut geht und Sie bis zur nächsten Sitzung mit allem klarkommen …« Anna machte eine Pause. »Denken Sie nicht, dass ich Sie kontrollieren möchte, Branagorn. Ich will Ihnen nur helfen. Und wenn Sie genauer darüber nachdenken, werden Sie zugeben müssen, dass dies der Wahrheit entspricht. Also melden Sie sich ruhig bei mir, falls Sie mir ein Feedback geben wollen. Machen Sie es gut.« Anna beendete das Gespräch.

»Der Spinner scheint den festen therapeutischen Händen entglitten zu sein«, stellte Haller mit deutlich hörbarem Sarkasmus fest.

»Sollte es möglich sein, dass er dich vielleicht einfach nicht mehr braucht?«

Anna seufzte. »Ja, das könnte natürlich sein.«

»Wäre die Loslösung aus dem übermäßig engen Therapeuten-Patienten-Verhältnis nicht eigentlich ein wünschenswerter Zustand?«

»Natürlich«, erwiderte sie. »Aber ich mache mir trotzdem Sorgen um ihn.«

»Vielleicht sollte man sich mehr Sorgen um die Therapeutin machen.«

»Weil ich die Distanz nicht wahre?«

»Zum Beispiel.«

»Entschuldigung, aber das können Sie nicht beurteilen.«

Ein Satz wie ein Fallbeil.

»Sie?«, echote Haller.

»Ich meinte du.«

»Nein, du meinst Sie, denn es ist viel leichter, jemanden mit Sie abzukanzeln als beim Du. Du könntest mich stattdessen auch einfach beschimpfen – denn das ist beim Du leichter.«

Anna seufzte. »Wir sollten uns auf den Mörder konzentrieren, den wir den Barbier nennen.«

»Richtig. Und nicht auf Herrn Schmitt.«

»Herr Schmitt steht ihm aus irgendeinem Grund nahe. Es tut mir leid, aber was er über den Barbier gesagt hat, ist zwar auf den ersten Blick sehr verworren, aber seltsamerweise liegt er doch so nahe an der Wahrheit. Er scheint einfach einen sehr guten Instinkt zu haben.«

»Magie ist ein verbotenes Wort für Leute mit Hochschulstudium. Aber genau das ist doch gemeint.«

»Nein, das ist nicht gemeint«, widersprach Anna. »Für die Fähigkeiten von Frank Schmitt gibt es nachvollziehbare Erklärungen – und wenn er sagt, dass er dem Täter schon mal begegnet ist und ihn an den Augen zu erkennen vermag, dann halte ich das nicht grundsätzlich für ausgeschlossen.«

»Ich möchte nicht sehen, was für Gesichter in der Staatsanwaltschaft gemacht werden, wenn ich mit einem Verdächtigen ankomme, den ich nur deshalb verhaftet habe, weil sich ein offensichtlich psychisch kranker Mensch einbildet, anhand der Augen erkennen zu können, wer der Täter ist.«

»Er ist nicht in dem Sinne krank«, widersprach Anna. »Schon der Begriff Patient ist eigentlich irreführend, denn das setzt eigentlich voraus, dass jemand leidet. Aber Branagorn leidet nicht. Er ist einfach nur anders, und alles, was ihm an Schwierigkeiten widerfährt, hat in erster Linie mit seiner Andersartigkeit zu tun.«

»Nicht eher damit, dass er die Realität nicht zur Kenntnis nehmen kann?«

»Von was für einer Realität sprechen wir? In unserer Welt nehmen wir Dinge wahr und vergessen den größten Teil gleich wieder. Das müssen wir, um das Wesentliche behalten zu können. Und das, was wesentlich ist, kann sehr verschieden sein. Darum gibt es so viele unzuverlässige Zeugenaussagen, bei denen sich Menschen einbilden, einen bestimmten Menschen zu einer bestimmten Zeit an einem bestimmten Ort gesehen zu haben, obwohl das eigentlich gar nicht sein kann – ein Phänomen, das einem Kripo-Beamten doch geläufig sein sollte.«

»Sicher.«

»Aber bei Frank Schmitt und anderen Savants funktionieren diese Filter des Bewusstseins nicht wie bei uns. Sie registrieren unter Umständen jedes Detail und behalten es ewig.«

»Klingt nach einem überlasteten und absturzgefährdeten Hirncomputer.«

»Ja, die Gefahr besteht tatsächlich. Aber man sollte niemals vergessen, dass das, was jemand wie Frank Schmitt registriert hat, immer abrufbar bleibt – und zwar mit einer Präzision, von der unsereins nicht einmal zu träumen wagt.«

»Wenn das ein Versuch gewesen sein sollte, diesen Verrückten wieder in irgendeiner Form in unsere Ermittlungen zu integrieren, dann kann ich nur noch mal mein Veto dagegen wiederholen, Anna. Oder aus welchem Grund kommst du immer wieder auf diesen komischen Krieger zurück?«

»Ich dachte eigentlich, dass das nur eine ungezwungene Plauderei war.«

»Ungezwungene Plauderei«, echote Haller und lachte kurz auf. »Wenn du das sagst, klingt das irgendwie so ähnlich wie Nachrichtensprecher im öffentlich-rechtlichen Fernsehen, die sich gegenseitig duzen, um eine Lockerheit zu demonstrieren, die sie einfach nicht haben.«

»Danke. Du weißt genau, was deine Gesprächspartner nicht hören wollen.«

»Tut mir leid, ist wohl eine Berufskrankheit«, meinte Haller.

Sie hatten inzwischen Osnabrück erreicht, fuhren auf der grünen Welle durch die Stadt, vorbei am gelb gestrichenen Schloss, in dem ein Großteil der Universitätsverwaltung untergebracht war.

Das Parkleitsystem zeigte an, wo wie viele freie Einstellplätze zu finden waren. Anna war nicht oft in Osnabrück, darum kannte sie sich hier nicht sonderlich gut aus und hatte ziemlich bald die Orientierung verloren, nachdem Haller ein paarmal abgebogen war.

Schließlich erreichten sie eine von Bäumen umsäumte Allee, die zu beiden Seiten mit mehr oder minder gut erhaltenen Villen im Jugendstil bebaut war. Umgeben wurden die Grundstücke oft von hohen Mauern, auf die gusseiserne Gitter aufgesetzt waren. Hohe Bäume und Sträucher verdeckten häufig die Sicht.

Haller fand einen Parkplatz am Straßenrand.

»Ein paar Schritte, dann müssten wir dort sein.«

»Schöne Gegend«, meinte Anna.

»Schöne Stadt«, ergänzte Haller. »Aber wohnen möchte ich hier trotzdem nicht.«

»Wieso nicht?«

»Wegen der Fliegerbomben. Immer wieder kommt von dem Zeug noch was ans Tageslicht, und dann werden ganze Straßenzüge evakuiert.« Er schüttelte den Kopf. »Den Stress täte ich mir nicht an.«

Anna stieg aus und streckte sich etwas. Sie führte die Bewegung aber nicht richtig zu Ende, denn irgendwie war es ihr peinlich, sich so hemmungslos zu zeigen. Und im Grunde war es ihr sogar schon peinlich, überhaupt mit dem Ausstrecken der Arme begonnen zu haben.

Haller hingegen schien gar nichts peinlich zu sein. Er pupste einfach. Besser hier als im Auto, schien er zu denken und tat dann so, als hätte es diese fast unabwendbare Folge des Döner-Verzehrs gar nicht gegeben.

Sie gingen ein Stück die Straße entlang. Die meisten Villen schienen gar nicht in Privatbesitz zu sein, und wenn man hier und da mal einen etwas genaueren Blick durch die gusseisernen Gitterstäbe erhaschen konnte, dann war sehr deutlich, dass viele der Grundstücke nicht gut gepflegt waren. Schierer Wildwuchs schien da zu herrschen – oder aber Ebbe in der Kasse derer, die für die Pflege zuständig waren. Das wäre unter anderem die Universität Osnabrück, die einige dieser Häuser angemietet hatte, um Fachbereiche oder Verwaltungsabteilungen auszulagern, zusätzliche Seminarräume zur Verfügung zu haben oder Forschungsinstitute unterbringen zu können. So wirkten einige dieser Anwesen wie ziemlich verwunschene Hexenhäuschen.

Dann fanden sie schließlich an einer Einfahrt ein Schild, an dem »Kirche und Orden der Neuen Templer/Verein für angewandte Spiritualität und Lebenshilfe e.V.« stand.

»Das klingt ja fast so seriös wie ›Institut für sozialhistorische und religionsgeschichtliche Studien des alten Orients‹«, meinte Haller.

»Vielleicht steckt im Kriminalhauptkommissar Sven Haller ja auch ein verkappter Savant mit fotografischem Gedächtnis und dem ein oder anderen zwanghaften Verhaltenszug«, meinte Anna.

»Wie kommst du darauf?«

»Du hast immerhin wortwörtlich behalten, was auf dem Schild drei Häuser hinter uns gestanden hat.«

»Nein, das war nur das trainierte Gedächtnis eines Polizisten. Tut mir leid. Aber falls ich jetzt plötzlich versuchen sollte, diese Eisengittertür mit Magie zu öffnen, dann hätte ich auf jeden Fall eine Entschuldigung für mein Verhalten, von der ich wüsste, dass eine gewisse Diplom-Psychologin namens Anna van der Pütten sie akzeptieren würde.«

»Da sei dir mal nicht zu sicher!«

»Wieso? Genießt für dich nur Frank Schmitt alias Branagorn den ausgedehnten Artenschutz eines Irren?«

»Am Anfang steht immer eine sorgfältige Diagnose. Und die fällt in diesem Fall vollkommen anders aus.«

Am gusseisernen Tor gab es eine Klingel und eine Sprechanlage. Haller betätigte die Klingel. Aber es erfolgte keine Reaktion. Also klingelte er noch einmal und wartete.

Wieder nichts.

»Scheint, als würden auch Freizeit-Templer pünktlich Feierabend machen«, meinte Anna. »Der Gewerkschaftsgedanke scheint sich selbst bei der Mission, die Welt erst von falschen Dämonen zu befreien und sie anschließend mit den richtigen zu infizieren, irgendwie durchgesetzt zu haben.«

Haller versuchte es ein letztes Mal, ohne zu glauben, dass ihnen tatsächlich noch jemand öffnen würde. Eine rechtliche Befugnis, die Tür aufzubrechen oder die Mauer zu überklettern, gab es nicht. Schließlich war keine Gefahr im Verzug, und gegen Jürgen Tornhöven lag abgesehen von den Verdächtigungen durch Pamela Strothmann nichts vor. Und ob die wirklich stichhaltig waren, musste sich erst noch herausstellen.

»Ich glaube, wir sollten bei Tornhövens Privatadresse vorbeischauen«, schlug Anna vor. »Das dürfte deutlich ergiebiger sein, als darauf zu warten, dass sich hier noch irgendetwas tut.«

Haller umfasste einen der gusseisernen Gitterstäbe des Tors und stellte fest, dass es sich öffnen ließ. Es war ganz offensichtlich nicht abgeschlossen. Mühelos bewegte es sich und stand wenig später einen etwa einen Meter breiten Spalt weit offen. »Ich würde sagen, das ist so etwas wie eine Einladung«, fand Haller und machte die ersten Schritte nach vorn.

Die Scharniere des Tors quietschten, als Haller es so weit öffnete, dass er hindurchgehen konnte. Er war schon ein Dutzend Schrittweit auf das zur Villa der Neuen Templer gehörende Grundstück getreten, als er sich umdrehte. Anna stand noch immer am Tor und war ihm bisher nicht gefolgt.

»Was ist los?«

»Ist das denn alles rechtens so?«

»Interessiert es dich nicht, was hier los ist? Komm schon, ich mache nur das, was auch der Postbote tun würde, wenn die Klingel kaputt ist.«

»Die Klingel ist nicht kaputt.«

»Also, ich hatte schon das Gefühl.«

Anna überwand schließlich ihre Bedenken und folgte Haller, der allerdings nicht auf sie wartete. Er ging auf die Haustür zu. Auch dort gab es eine Klingel, die der Kriminalhauptkommissar betätigte. Anna holte ihn ein.

»Hier ist zurzeit niemand«, gab Anna ihrer Überzeugung Ausdruck.

Haller sah auf seine Armbanduhr. »Und ich dachte immer, die Zeit kurz nach Feierabend wäre genau das Richtige für Hobby-Okkultisten und Geheimtreffen von Sektierern, weil dann niemand mehr arbeiten muss. Aber vielleicht brauchen die einfachen Ritualteilnehmer ja sogar einen Zweitjob, um sich den Spaß leisten zu können und haben dann erst gegen Mitternacht Zeit, sich den dämonischen Mächten zu widmen.«

»He, Sie!«, rief eine heisere Stimme, der ein Husten folgte. Raucherhusten, glaubte Anna sofort zu erkennen. Sie hatte ein untrügliches Ohr dafür. Ihr Vater hatte jahrzehntelang geraucht, bis es ihm der Arzt nach dem ersten Herzinfarkt verboten hatte. Anna hatte lange Zeit unter der Vorstellung gelitten, wegen des jahrelangen Passivrauchens irgendwann an Lungenkrebs oder einer Erkrankung des Herz-Kreislauf-Systems sterben zu müssen, und war deswegen auch regelmäßig zum Arzt gegangen. Inzwischen hatte sie diese Checkups auf einmal im Vierteljahr reduziert, was sie allerdings nicht davor bewahrte, von ihren Hausärzten regelmäßig für eine Hypochonderin gehalten zu werden, was dazu führte, dass sie relativ häufig den Arzt wechselte. Aber es war ja ohnehin vernünftig, auch andere Meinungen hinzuzuziehen.

Ein dicker Mann mit hochrotem Kopf und krausem grauem Haar kam hinter der Hausecke hervor und auf die beiden Besucher zu, und der erste Gedanke, der Anna nach der zielsicheren Raucherhusten-Diagnose kam, war der, dass sie illegal hier waren und es jetzt auf jeden Fall Ärger geben würde. Wenn etwas schiefging, dann in der Regel richtig. Aber das sollte Haller ausbaden. Sollte sich der Kripo-Mann doch eine gute Ausrede ausdenken. Eigentlich war das Kopf-in-den-Sand-Stecken beim Auftauchen von Schwierigkeiten etwas, was sie ihren Patienten niemals empfohlen hätte. Irgendwann während des Studiums hatte einer ihrer Professoren sie mit einem zynischen Statement sehr erbost, wonach ein Hinweisschild niemals in die Richtung laufen würde, in die es wies. Warum hätte man also von einem Ratgeber erwarten sollen, dass er unbedingt seine eigenen Ratschläge auch selbst befolgte? In diesem Moment verstand Anna zum ersten Mal die Wahrheit, die darin lag.

Der Mann näherte sich langsam, aber bemüht. Und er rang dabei nach Luft, hustete noch einmal und brauchte erst ein paar Augenblicke, um wieder sprechen zu können. Dass das nur in zweiter Linie an dem zum Asthma ausgewachsenen Raucherhusten und seinem Übergewicht lag, war bereits zu ahnen, denn in seinem Gesicht stand blankes Entsetzen.

Er trug eine braune Cordhose und ein kariertes Hemd, dessen

erste drei Knöpfe offen waren, was ihm offenbar trotzdem nicht genug Luft zum Atmen verschaffte. In der Brusttasche des Hemdes steckte eine Packung Zigaretten. Er ist also einer von den Unverbesserlichen, die von ihren Sargnägeln einfach nicht lassen können, ging es Anna durch den Kopf. Aber die Furcht, die in seinen auffallend unruhigen, flackernden Augen zu sehen war, irritierte sie zunehmend.

Haller nutzte den sprachlosen Moment und hielt dem Raucher seinen Ausweis hin. »Haller, Kripo Münster.«

»Na, Gott sei Dank, Sie sind schon da.«

Auf Hallers Stirn bildete sich eine tiefe Falte. »Schon da?«, echote er.

»Ja, ich hab Sie doch gerufen. Mit dem Handy.«

»Gerufen?«

»Sie müssen sich das ansehen.«

»Was?«

»Na, kommen Sie einfach …«, er atmete noch mal heftig und rasselnd, bevor er dann den Satz zu Ende brachte, obwohl man sowieso wusste, was noch kommen würde, »… mit!«

Haller zuckte mit den Schultern, sah kurz zu Anna hinüber und sagte dann: »Bitte nach Ihnen, Herr …«

»Driemeyer. Ich heiße Driemeyer, und mir gehört das Haus hier.«

Er drehte sich um und ging voran. Haller und Anna folgten ihm.

»Dann haben Sie es an diese sogenannten Neuen Templer vermietet?«

»Genau.« Er ächzte. »Großer Fehler. Aber das weiß man ja nie im Voraus. Andererseits haben die bisher immer ihre Miete gezahlt, was heutzutage auch nicht unbedingt …« Er ächzte wieder und vollendete den Satz dann auch nicht mehr. »In einem anderen Haus, das mir gehört, hatte ich Mietnomaden. Hat mich fast ruiniert.«

Das Gras war knöchelhoch und von zahllosen Blumen und Moos durchsetzt. Mehr eine Wildwiese als ein Rasen. Anna kam sich vor wie ein Storch, weil sie das Gefühl hatte, genau darauf achten zu müssen, wo sie ihren Fuß hinsetzte. Sie wollte schließlich in nichts hineintreten. Was auch immer das sein mochte. Schnecken, Hundekot, Dornengewächse oder einfach nur eine Stelle, an der sich seit dem letzten Regen noch etwas Feuchtigkeit gehalten hatte, sodass ihre Socken nass wurden. Haller trampelte einfach drauflos. Auch als das Gras noch etwas höher wurde und ihm fast bis zum Knie reichte.

»Ja, ist nicht gerade gut gepflegt hier, ich weiß«, sagte Driemeyer.

»Na ja, Sie wollen ja auch nicht am Wettbewerb ›Unser Dorf soll schöner werden‹ teilnehmen, oder?«, meinte Haller wenig sensibel, denn dieser Mann hatte nun wirklich im Moment für flapsige Bemerkungen keinen Sinn. Dass er schwitzte, musste an der Kombination warmes Wetter plus Übergewicht liegen. Aber sein Gesicht war so aschfahl, wie Anna das bisher nur bei Menschen gesehen hatte, denen soeben etwas widerfahren war, was sie zutiefst schockiert hatte.

Sie gelangten schließlich an ein Kellerfenster, das in einen etwa anderthalb Meter tiefen Schacht eingelassen war. Es stand offen. Ein gusseisernes Gitter verhinderte, dass eventuelle Einbrecher sich das hätten zunutze machen können. Und außerdem gab es noch ein Rost, das den Schacht abdeckte, damit niemand hineinfiel.

Ein übler Gestank schlug Anna entgegen.

Sie konnte sich nicht erinnern, jemals einen vergleichbaren Geruch in der Nase gehabt zu haben. Zumindest nicht in gleicher Intensität. Sie hielt unwillkürlich den Atem an. Myriaden von glänzenden Fliegen umschwirrten das Fenster. Sie drangen aus dem Fenster heraus und surrten unruhig durcheinander. Ihre Panzer glänzten im Licht der inzwischen schon tiefer stehenden Sonne.

Haller scheuchte einige von ihnen mit wedelnden Bewegungen davon.

»Da habe ich doch recht, oder?«, meinte Driemeyer. »Da ist doch was nicht in Ordnung.«

»Das sind Totenfliegen«, sagte Haller tonlos.

Martinshörner waren in diesem Moment zu hören. Einsatzwagen der Polizei fuhren offenbar auf das Grundstück, als Anna das Haus bereits wieder umrundet und die Vorderfront erreicht hatte.

Haller und Driemeyer folgten ihr etwas später. Einen Moment länger, und ich hätte mich übergeben müssen, dachte Anna, und auch jetzt hatte das Ringen mit den Reflexen ihres Magen-Darm-Traktes kein Ende. Ihr war ziemlich flau. Der Geruch hatte tatsächlich Ähnlichkeit mit dem, den sie in einer Leichenhalle mal erlebt hatte. Nur dass darin auch eine deutliche Note irgendwelcher Desinfizierungsmittel gewesen war, was die Sache dann doch um einiges erträglicher machte. Sie hörte, wie Haller und Driemeyer sich unterhielten.

»Also das war so: Vom Nachbargrundstück sind Kinder hierhergekommen, um einen Ball wiederzuholen, der hier rübergeflogen ist.«

»Kinder?«, wunderte sich Haller. »Das sah mir nicht so aus wie eine Gegend, in der viele Kinder wohnen.«

»Sie wohnen auch nicht hier. Aber an der Rückfront grenzt dieses Grundstück an eine Ganztagsschule. Ab und zu fliegt da schon mal was rüber, und der Krach ist ja auch nicht ohne. Ein Nachbar hat früher immer vergeblich dagegen geklagt, aber das ist dann wohl im Sande verlaufen. Jedenfalls haben die Kinder ihrem Lehrer Bescheid gesagt und von ganz vielen Fliegen berichtet, die aus einem Fenster kommen und der Lehrer hat es dem Schulleiter gesagt, und der hat mich dann angerufen.«

»Und was ist mit Ihren Mietern?«

»Ja, von denen war ja keiner erreichbar. Ich habe natürlich versucht, von diesem Templer-Verein jemanden an die Leitung zu bekommen, aber es ist niemand drangegangen. Also habe ich mich selbst hierherbemüht, um die Sache mal nachzuprüfen. Ich dachte erst, da spinnt jemand herum.« Driemeyer machte eine kurze Pause, um wieder zu Atem zu kommen, was aber erst mal in einem Hustenanfall endete. »Furchtbarer Geruch«, meinte er. »Ich glaube, den werde ich nie vergessen. Ist ja schlimmer als in einer Kläranlage. Da brauche ich erst mal eine Zigarette.«

»Habe Sie denn einen Schlüssel zum Haus?«

»Ja, habe ich. Aber ich wollte auch nichts verkehrt machen und einfach hineingehen, zumal ich ja auch nicht wusste, was mich da erwartet. Ich meine, man hört doch immer so viel davon, dass man an einem Tatort keine Spuren verwischen soll und so was.«

Driemeyer steckte sich jetzt tatsächlich eine Zigarette in den Mund, suchte dann in den tiefen Taschen seiner für das Wetter viel zu warmen Cordhose nach einem Feuerzeug und fand es schließlich. Dann blieb er stehen und versuchte sich die Zigarette anzuzünden, was schwierig zu sein schien, denn das Feuerzeug schien ziemlich leer gebrannt zu sein. Funken sprühten, aber der Glimmstängel wollte einfach nicht glimmen, was Driemeyer dermaßen aufregte, dass er falsch atmete und einen Hustenanfall bekam – den schlimmsten bisher.

Haller ging unterdessen den uniformierten Beamten entgegen.

»Haller, Kripo Münster.«

»Oelrich, Polizei Osnabrück. Wundert mich, dass Sie aus Münster schneller hier sind als wir.«

»Nein, das ist reiner Zufall.«

»Wir haben hier einen Verdacht auf einen Leichenfund, richtig?«

»Ja.«

»Ist der Hausbesitzer vor Ort?«

»Das Haus wurde von einem Verein gemietet. Aber der Eigentümer ist hier und hat einen Schlüssel.« Haller beschrieb Oelrich kurz die Lage, wie er sie vorgefunden hatte. »Ich würde sagen: Nichts wie rein.«

Wenig später öffnete Driemeyer die Tür. Haller folgte ihm auf dem Fuß, dann Oelrich und zwei seiner Beamten, und ganz zum Schluss erst Anna.

Innen war die Villa nichts Besonderes. Ein hoher Flur, eine uralte Tapete und Lampen, die man schon als Zeugen der Geschichte bezeichnen konnte. Die letzten Renovierungsarbeiten mussten schon sehr lange zurückliegen. Ein schwarzes Brett gab Auskunft über Termine und Veranstaltungen der Neuen Templer.

Driemeyer hatte auch den Schlüssel für den Keller parat.

Haller folgte dem Hausbesitzer eine schmale Treppe hinab, ebenso Oelrich und ein weiterer Beamter. Der Beamte Nummer drei blieb hingegen im Erdgeschoss und sah sich das schwarze Brett an.

»Wer sind'n Sie eigentlich?«, fragte er an Anna gerichtet.

»Anna van der Pütten.«

»Neu in Münster?«

»Nein, weshalb?«

»Weil ich die Kollegen dort ganz gut kenne. Da habe ich nämlich angefangen, aber Sie sind mir nicht aufgefallen.«

»Ich bin Kriminalpsychologin. Wir bearbeiten den Barbier-Fall.«

»Ah, ja. Habe ich von gehört. Und Sie denken, das hier hat damit zu tun?«

»Ich weiß es nicht.«

Anna hatte keine Lust, sich weiter zu unterhalten. Sie folgte den anderen die Treppe hinunter. Im Keller brannten nur einfache Glühbirnen, die wohl zu den letzten ihrer Art gehören mussten, denn inzwischen war diese Form der Beleuchtung ein Opfer der Regulierungswut der Europäischen Union geworden.

Sie gingen einen Flur entlang und traten in einen großen, kahlen Raum, dessen Einrichtung entfernt an das Studio einer Domina erinnerte.

So gab es unter anderem ein Andreaskreuz, das offensichtlich dazu diente, jemanden daran zu fesseln. Die Wände waren mit okkulten Zeichen bemalt, und es gab ein Standbild, das einen Stierkopf zeigte. Dies war offenbar ein Raum, in dem die Neuen Templer ihre Kulthandlungen durchführten.

Ein furchtbarer, fauliger Geruch lag in der Luft, und Myriaden von Fliegen umschwirrten einen Krug. Todesmutig warf Haller einen Blick hinein, wobei er gleichzeitig durch wedelnde Bewegungen versuchte, sich die Fliegen vom Leib zu halten.

»Scheiße, was ist das denn?«

»Sieht aus wie abgeschnittene Ohren«, meinte Oelrich, der mit einer kleinen Taschenlampe hineinleuchtete. »Ist ja echt ekelig!«

»Für mich sieht das aus wie Pilze«, kommentierte Driemeyer. »Stinkmorcheln. Und vor allen Dingen riecht es auch so.«

Oelrich runzelte die Stirn. »Keine Ohren?«

Driemeyer nahm eine Nase voll von dem intensiven Verwesungsgeruch, hustete erbärmlich und schüttelte den Kopf.

»Nee!«, sagte er entschieden. »Stinkmorcheln. Echt. Und die haben auch die ganzen Fliegen angelockt. Aber ’ne Sauerei ist es trotzdem.«

In diesem Moment klingelte Driemeyers Handy. Er ging an den Apparat. »Ja schön, dass Sie jetzt doch noch zurückrufen, Herr Tornhöven. Ich hatte Ihnen ja auch dreimal auf den AB gesprochen«, sagte er und musste dann erst mal husten und spucken, denn anscheinend war ihm eine der glitzernden Fliegen in den Mund geraten. »Sagen Sie mal, was ist das für eine Sauerei hier? Wir dachten schon, Sie haben eine Leiche im Keller! Was? Ja, kommen Sie schnell her. Und zwar sehr schnell!«

Das Gespräch war offenbar beendet, denn Driemeyer steckte sein Handy wieder in die ausgebeulte Hosentasche.

Inzwischen war Anna auf einige Gegenstände aufmerksam geworden, die in einer Glasvitrine zu sehen waren. Ein Sortiment verschiedenster Messer und Dolche war darunter. Die Klingen waren allesamt mit seltsamen, runenartigen Zeichen versehen, die Anna stark an die Accessoires erinnerten, die Branagorn benutzte.

Und dann waren da auch Drahtschlingen, gute zwanzig Zentimeter lang, an deren Enden sich Holzgriffe für die Hände befanden.

»Sven, ich glaube, du solltest dir dies hier mal ansehen«, sagte Anna tonlos. »Ist das nicht genau die Art von Tatwaffen, die wir suchen?«

Haller trat neben sie. Er nickte leicht.

»Wenn jetzt noch irgendwo ein Jagdgewehr auftaucht, dann bin ich vollkommen zufrieden«, sagte er. »Auf jeden Fall wird uns dieser Obertempler einiges zu erklären haben, wenn er hier auftaucht.«

Haller nahm sein Handy ans Ohr und telefonierte mit Kevin Raaben, wie Anna aus dem Verlauf des Gesprächs schloss. Unter anderem forderte er ein Team der Spurensicherung und Verstärkung an.

»Nichts anfassen«, warnte er Driemeyer und Oelrich. »Ich will, dass hier alles auf den Kopf gestellt wird. Den Durchsuchungsbeschluss wird mein Kollege dabeihaben, sobald er hier ist.«

Um ein Haar in Borghorst

Branagorn ging die Straße entlang. Er hatte noch eine ganze Weile nach seinem Gespräch mit Nadine Schmalstieg im Café Mauritius vor seinem Glas Mineralwasser gesessen und nachgedacht. Eigenartigerweise hatten solche Phasen etwas längerer innerer Versenkung immer die Folge, dass irgendjemand fragte, ob denn alles in Ordnung sei oder man noch etwas wünschte.

Branagorn hatte sich danach verabschiedet und war durch die Straßen gegangen. Sich den Stadtplan noch einmal anzusehen war nicht nötig. Ein Blick reichte völlig aus, um alles Notwendige zu erfassen.

So war er schließlich in die Nordwalder Straße gelangt. Hier suchte er nun systematisch nach der Adresse von Sarah Aufderhaar. Aufderhaar war kein besonders seltener Name im Münsterland, und auch Sarah hatte nicht gerade Seltenheitswert, aber Branagorn hoffte, dass diese Kombination nicht ausgerechnet in dieser Straße mehrfach auftrat.

Branagorn ging in jede Einfahrt, in jede Hausnische und sah sich jedes Namensschild an, denn leider hatte sich Nadine Schmalstieg ja nicht an die Hausnummer erinnert, wo Sarah Aufderhaar wohnte.

Als der Elbenkrieger gerade von einer der Haustüren zurück zur Straße kam, wartete dort der Postbote in seiner gelb-blauen Kombination – ein Mann in den Fünfzigern, breit, mit rundem Gesicht und grauem, kurz geschnittenem Haarkranz und dunklem Knebelbart sowie sehr kräftigen Augenbrauen, die in der Mitte zusammenwuchsen und eine geschlängelte Linie bildeten, sobald sich die Stirn in Falten zog.

»Sagen Sie mal, was machen Sie da eigentlich?«, fragte der Mann, während er sich auf sein vollgepacktes Dienstfahrrad stützte. »Ich beobachte Sie nämlich schon eine ganze Weile.«

»Ich bin auf der Suche, werter Herold in Gelb und Blau«, sagte Branagorn und verneigte sich höflich.

»Tja, sind wir das nicht alle in gewisser Weise? Fragt sich immer nur, wonach.«

»Ihr sprecht weise Worte«, erwiderte Branagorn.

»Aber ein Sternsinger sind Sie nicht zufällig, oder? Dafür wären Sie nämlich ein bisschen zu spät …« Der Postbote grinste, wurde dann aber sofort wieder ernst. »Sie kennen sich hier nicht aus?«

»Die Veränderung ist allgegenwärtig. Es ist schon sehr lange her, dass ich diese Lande zuletzt besucht habe.«

Der Postbote seufzte. »Ja, da sagen Sie was Wahres«, gestand er zu. »Gerade diese Straße hat sich stark verändert. Da vorne, über die Straße, da war zum Beispiel früher eine Volksschule, da war ich Schüler. Ist alles abgerissen. Und hier war ein Geschäft. ›Terres‹ hieß das.«

»Ihr scheint Euch gut auszukennen. Bei mir ist es schon länger her, dass ich hier war. Damals war hier nichts außer einem Feldweg, auf dem ein Fuhrwerk stecken blieb, wenn es geregnet hatte.«

Der Blick des Postboten wurde jetzt sehr skeptisch. »Das muss aber wirklich schon sehr lange her sein. Was weiß ich! Kaiser Wilhelm oder so was.«

»Kaiser Otto«, korrigierte Branagorn. »Aber Ihr habt recht – was bedeuten schon tausend Jahre im Angesicht der Ewigkeit?«

»So, so«, murmelte der Postbote. »Muss ich mir irgendwie Sorgen um Sie machen?«

»Nein, gewiss nicht.«

»Ist schon eigenartig.«

»Was?«

»Na, Sie haben gesagt, Sie würden eine Adresse suchen.«

»Das trifft zu, werter Herold.«

»Aber Sie stehen hier vor einem Postboten und kommen nicht auf die Idee, ihn danach zu fragen.«

»Warum sollte ich Euch fragen?«, gab Branagorn zurück und sein sonst sehr gleichmütig wirkendes Gesicht drückte jetzt deutlich seine Verwunderung aus.

»Weil es Stunden dauern könnte, bis Sie den richtigen Namen an einer Tür entdeckt haben – vorausgesetzt, er steht überhaupt dort.«

»Ich habe Zeit genug«, sagte Branagorn.

»Wie schön für Sie«, gab der Postbote dünnlippig zurück. »Aber falls Sie nur von Tür zu Tür gehen sollten, um herauszufinden, wer vielleicht im Moment gerade im Urlaub ist und wo sich ein Einbruch lohnen könnte, dann sollten Sie wissen …«

»Ich versichere Euch, dass dies mitnichten meine Absicht ist«, unterbrach Branagorn seinen Gesprächspartner. »Andererseits ist mir natürlich durchaus bewusst, dass man in dieser Welt durch abweichendes Verhalten sich dem Verdacht aussetzt, eine böse Absicht zu verfolgen.«

»Sie haben eine etwas eigenartige Weise, das auszudrücken, aber Sie bringen es auf den Punkt, Herr …«

»Herzog Branagorn von Elbara werde ich genannt.«

»Herr Herzog, soll ich vielleicht irgendwen für Sie anrufen, der sich um Sie kümmert?«

»Nein, habt Dank für Euer Angebot, aber ein sprechendes Artefakt besitze ich selbst.«

»Ich meine ja nur …«

»Lebt wohl, werter Herold.«

Branagorn zog weiter seines Weges. Der Postbote war auf der Nordwalder Straße in entgegengesetzter Richtung unterwegs, sah aber dem Elbenkrieger noch eine Weile nach. Als Branagorn zwei weitere Häuser vergeblich nach einem Schild mit dem Namen Aufderhaar abgesucht hatte, bemerkte er aus den Augenwinkeln heraus, dass der Postbote zu seinem Handy gegriffen hatte. Vielleicht, so dachte Branagorn, ist es gar nicht schlecht, wenn der Herold nun die Hüter der Ordnung herbeiruft, auf dass sie im Kampf gegen den Traumhenker zu Hilfe eilen mögen.

Zwei Eingänge weiter wurde er fündig.

Es war ein zweistöckiges Haus. Im Erdgeschoss wohnte ein gewisser oder eine gewisse A. Gross, während an der zur oberen Wohnung gehörenden Klingel Aufderhaar stand.

Kein Vorname, kein akademischer Grad oder irgendein weiterer Zusatz – einfach nur Aufderhaar.

Branagorn klingelte.

»Ja, bitte?«, meldete sich eine Frauenstimme.

»Spreche ich mit Sarah Aufderhaar?«, vergewisserte sich Branagorn.

Eine Pause entstand. »Wer sind Sie denn, und was ist Ihr Anliegen?«

»Es geht um Eure toten Freunde und um die Gefahr, dass Ihr selbst das Opfer einer Mörderseele werdet«, sagte Branagorn. »Mein Name ist Branagorn von Elbara, und ich bin ein Bekannter der ehrenwerten Nadine Schmalstieg, mit der ich über die schrecklichen

Morde im Kreis Eurer Gefährten gesprochen habe. Jennifer Heinze war das letzte Opfer und ich möchte die Mörderseele entlarven, bevor sie noch mehr Unheil anrichtet ...«

»Einen Moment«, kam es durch die Sprechanlage.

Ein Surren ertönte. Die Tür ließ sich jetzt öffnen.

Branagorn trat ein. Offenbar habe ich die richtige Form der Ansprache gefunden, dachte er, während er in den Flur trat.

Dieser Flur führte geradewegs zum Hinteraufgang und war ziemlich breit. Rechts war die Wohnungstür von A. Gross. Ein altes Damenrad stand gegen die Wand gelehnt. Wozu der Raum gegenüber diente, vermochte Branagorn nicht zu erraten. Auf jeden Fall gab es dort weder ein Schild noch eine Klingel oder irgendein anderes Zeichen, das einen Hinweis darauf hätte geben können.

»Hallo?«, fragte eine Stimme von oben. Gleichzeitig öffnete sich die Tür von A. Gross ein Stück. Aber nur einen Spalt, der kaum breiter war als ein Daumen. Jemand beobachtete Branagorn von dort aus. »Hallo?«, ertönte nun noch einmal die Stimme von oben. Es war zweifellos jene Stimme, mit der Branagorn sich über die Sprechanlage unterhalten hatte.

»Ja, ich bin hier«, sagte Branagorn laut.

Sein Blick wurde von etwas gefangen genommen, das er am Boden entdeckt hatte. Es handelte sich um ein Haar. Auf dem glatten, hellen Boden war es gut erkennbar, denn es hob sich dunkel dagegen ab. Zumindest hatte Branagorn diesen Eindruck.

Zwei Schritte war es von ihm entfernt. Er trat hinzu, bückte sich und hob es auf. Dann hielt er es ins Licht.

Anschließend steckte er es in einen Beutel, den er an seinem Gürtel trug, und ging die Treppe hoch. Eine Frau von Ende zwanzig kam ihm entgegen. »Aufderhaar«, sagte sie. Es klang knapp und streng. Ihre dunklen Augen musterten Branagorn aufmerksam.

»Wenn Euch mein Aufzug wundert, so möchte ich dem entgegenhalten, dass auch Ihr bisweilen in Gewandung aufgetreten seid und dies unter Euresgleichen doch eigentlich nichts Ungewöhnliches ist.«

»Ja, das ist schon richtig«, sagte sie. »Oder besser: Das war mal richtig.«

»Wenn Ihr mir diese Bemerkung bitte erläutern würdet, werte Frau Aufderhaar?«

»Irgendwann wird jeder mal erwachsen.« Nach einem weiteren, abschätzigen Blick fügte sie dann noch hinzu: »Na ja – fast jeder.«

»Nun, wie dem auch sei – eine Bemerkung möge mir gestattet sein. Euch steht die Gewandung einer Maid ganz gewiss außerordentlich gut, um nicht zu sagen: besser als die phantasielose Kleidung dieses Zeitalters, die reinem Zweckdenken verpflichtet ist, weil die Schneider es verlernt haben, ihr Handwerk so auszuüben, wie man es früher von ihnen gewohnt war. Aber vielleicht fehlt ihnen ja auch nur die Magie ...«

»Sie sind ein seltsamer Kerl, und mir ist ehrlich gesagt noch nicht so ganz klar, was Sie eigentlich von mir wollen«, stellte sie betont kühl fest.

»Doch, das ist Euch durchaus klar, denn nur aus diesem Grund habt Ihr mir überhaupt geöffnet. Allerdings weiß ich nicht, ob es wirklich ratsam ist, wenn wir uns hier im Treppenhaus unterhalten. Mich dünkt, dass die aufmerksamen Ohren von Spionen allgegenwärtig sind.«

Ein flüchtiges Lächeln huschte über ihr Gesicht, bevor ihr Mund wieder zu einer geraden Linie wurde und sie so beherrscht und kühl wie zuvor wirkte. »Herr Gross ...«, murmelte sie. Sie blickte kurz über das Treppengeländer in die Tiefe. Für ein paar Augenblicke herrschte Stille. Dann waren unten Schritte zu hören. »Kommen Sie herein, Herr ... Herzog oder wie immer Sie auch in Wirklichkeit heißen mögen.«

Branagorn folgte ihr in die Wohnung. Die Räume waren sehr hoch. Die meisten Wände waren mit Bücherregalen voll gestellt. Bei den Büchern schien es keinen thematischen Schwerpunkt zu geben. Branagorn sah Romane neben Bänden, die sich mit mittelalterlichem Leben und Gepflogenheiten beschäftigten, und Kochbüchern. Dazwischen waren immer wieder Porzellanpuppen zu sehen. Manche trugen bunte Gauklerkostüme, andere kunstvoll gefertigte Kleider, die Branagorn ebenso wie die Frisuren an die Mode der Renaissance erinnerten.

»So, jetzt sagen Sie mir bitte, was Sie wollen.«

»Jennifer Heinze, Jana Buddemeier, Franka Schröerlücke, Elvira Mahnecke und Chantal Schmedt zur Heide – das sind die bisherigen Opfer, die das Wirken des Traumhenkers gekostet hat. Aber es wird dabei nicht bleiben. Die Mörderseele, in die er hineingefahren ist, wird mit dem Töten fortfahren. Aber ich habe mich entschlossen, den Kampf aufzunehmen.«

»Das ist ja schön für Sie, und ich war selbst lange Jahre begeisterte LARP-Spielerin, aber jetzt und hier hätte ich mich gerne vernünftig mit Ihnen unterhalten. Also lassen Sie dieses Fantasy-Gequatsche weg und führen Sie kein Mysterienspiel auf! Es geht um eine ernste Sache!«

»Oh, dem will ich nicht widersprechen«, erwiderte Branagorn. »Und ich verstehe durchaus Eure Gereiztheit. Der Atem des Todes sitzt Euch im Nacken, das spüre ich deutlich. Ihr seid dem Traumhenker vielleicht näher, als Euch lieb ist, und es ist nur allzu leicht nachvollziehbar, dass Euch dies sehr belastet. Denn auch Euch ist zweifellos bewusst, dass es keine Möglichkeit gibt, sich vor den Mächten der Finsternis, von denen ich künde, zu verbergen. Selbst die Mittel der Magie versagen da zumeist, wie ich leider eingestehen muss.«

»Wissen Sie was? Ich habe keine Ahnung, was für ein Spinner Sie sind, aber ich glaube nicht, dass Sie sich ernsthaft mit diesem Fall beschäftigen, geschweige denn, dass Sie etwas wissen.«

»Oh, da irrt Ihr gewaltig, werte Frau Aufderhaar.«

»Am besten Sie gehen jetzt wieder. Was immer Sie da für ein Spiel abziehen, ich gehe Ihnen nicht auf den Leim – nur weil Sie ein paar Namen aus dem Hut zaubern, die Sie wahrscheinlich aus der Presse haben.«

»Ihr irrt.«

»Guten Tag, Herr Herzog von irgendwas.«

»Ich habe ein Haar im Flur gefunden – und es ähnelt sehr stark jenem Haar, das ich auf der Planwiese in Telgte fand. Ein Haar, das wohl Jennifer Heinze zuzuordnen ist, auch wenn die Untersuchung der Ordnungshüter und ihrer Alchemisten in diesem Punkt noch nicht abgeschlossen ist.«

»Raus!«

»Beantwortet mir erst eine Frage. Wie kann es sein, dass dieses Haar in Eurem Flur zu finden war?«

»Ich habe keine Ahnung von irgendeinem Haar.«

»Haar, das der Toten abgeschnitten wurde, so wie jene Mörderseele, die von den Hütern der Ordnung als Barbier bezeichnet wird, es bei all ihren Opfern vollzogen hat. Tut nicht, als wüsstet Ihr das nicht – denn die Opfer waren Euch gut bekannt: Mit einigen von ihnen sah ich Euch auf einem Bild im Buch der Gesichter …«

»Sie reden anscheinend nur wirres Zeug. Ich hatte angenommen, dass Sie vielleicht einem der Opfer nahestehen würden oder tatsächlich irgendetwas wüssten. Aber das scheint nicht der Fall zu sein. Gehen Sie jetzt – sonst muss ich die Polizei rufen.«

»Ich habe nichts dagegen, wenn Ihr die Hüter der Ordnung ruft. Auch wenn wir die eine oder andere Meinungsverschiedenheit haben, so kann ich doch sagen, dass ich ein gutes Verhältnis zu ihnen pflege.«

»Was Sie nicht sagen …«

»Gegenüber der Wohnung des Aufmerksamen …«

»Herr Gross?«

»… gibt es noch eine andere Tür, die aber kein Schild trägt. Was ist dahinter zu finden?«

»Das ist eine Abstellkammer.«

»Das Haar, das ich gefunden habe, hat jemand verloren, der entweder zu Herrn Gross wollte oder in diese unbekannte Kammer.«

»Herr Gross wohnt hier schon genauso lange wie wir, und Sie können mir glauben, ich kenne ihn sehr gut. Er mag etwas eigenartig sein, und es kann manchmal auch etwas nerven, dass er versucht, alles mitzubekommen, was im Haus vor sich geht, aber er ist ganz sicher kein Mörder. Mal davon abgesehen ist es wirklich ziemlich absurd, von einem einzigen Haar solche Rückschlüsse zu ziehen.«

»Ihr sagtet gerade wir«, stellte Branagorn fest.

»Wie bitte?«

»Ihr sagtet wir – nicht ich. Diese andere Person, mit der Ihr diese Wohnung teilt, ist Eure Zwillingsschwester, nicht wahr?«

Ihr Gesicht veränderte sich und wurde starr. »Was wissen Sie über Melanie?«

»Nur dass Ihr in magischer Weise mit ihr verbunden seid. So schilderte es mir die werte Heilschwester Nadine, und ich habe nicht den geringsten Grund, an ihren Worten zu zweifeln.«

»Magie?« Sie verschränkte ihre Arme vor der Brust. »Ich habe fast den Eindruck, Sie glauben den Schwachsinn wirklich, den Sie da erzählen. Ich meine, es gibt in der Rollenspieler-Szene schon eine ganze Menge durchgeknallte Typen, aber ich muss sagen, Sie sind wirklich irre! Denn im Gegensatz zu ihnen spielen Sie das nicht, sondern Sie glauben tatsächlich daran.« Sie schien ziemlich fassungslos zu sein.

Branagorns Blick blieb an einer der Puppen hängen.

»Wer von Euch widmet sich denn diesem Kunsthandwerk?«, fragte er. »Seid Ihr das – oder Eure geschätzte Schwester, mit der Ihr durch die Magie des Gedankenaustausches verbunden seid, wie mir berichtet wurde.«

»Ich habe keine Ahnung, was man Ihnen für einen Unsinn berichtet hat«, murmelte Branagorns Gesprächspartnerin, wobei sich ihr Mund kaum bewegte und auch nur so weit seine Form veränderte, wie es unbedingt notwendig war, um die Worte verständlich aussprechen zu können.

Branagorn entging die plötzliche Feindseligkeit, die ihm nun entgegenschlug, nicht. Gleichwohl wusste er sie nicht zu deuten, und schon gar nicht hätte er ihre Ursachen benennen können. Er war vielmehr sehr verwirrt und fragte sich, inwieweit es wohl sinnvoll sein würde, dieses Gefühl der Verwirrung zu offenbaren.

Aber es wurde schnell klar, dass er dazu ohnehin nicht mehr genügend Zeit haben würde, geschweige denn, dass er noch daran denken durfte, kurzfristig zu einer einigermaßen schlüssigen Hypothese zu kommen, was wohl so plötzlich mit ihr los sein mochte.

»Entschuldigt, wenn ich Euch Fragen gestellt habe, die zu intim gewesen sind und deren Beantwortung Euch vielleicht peinlich gewesen sein mag.«

»Gehen Sie jetzt«, wurde Branagorn nun schon zum wiederholten Mal aufgefordert.

Er passierte die Wohnungstür und ging hinaus ins Treppenhaus, blieb dann aber auf dem Absatz stehen.

Er drehte sich noch einmal um. »Ich spüre, dass Ihr in unmittelbarem Angesicht der Gefahr lebt, werte Frau Aufderhaar. Nehmt dies nicht auf die leichte Schulter. Andere haben es womöglich schon vor Euch getan und sind heute nicht mehr unter den Lebenden.«

»Die einzige Gefahr steckt in Ihrem Kopf. Und den sollten Sie bei Gelegenheit vielleicht einmal untersuchen lassen.«

»Ihr verkennt die Wahrheit.«

»Leben Sie wohl, Herzog irgendwer oder wie immer Sie auch in Wirklichkeit heißen mögen.«

Die Tür fiel ins Schloss.

Branagorn stand einen Augenblick lang vollkommen still da. Er atmete nicht einmal. Stattdessen nahm er angestrengt auch die noch so feinsten Geräusche in sich auf und ordnete sie einzelnen Vorgängen zu. Da waren die Motorengeräusche von Fahrzeugen, die von der Straße her zu hören waren, die Klingel eines Radfahrers, der aber nicht der Postbote sein konnte, denn an dessen Fahrrad hatte Branagorn keine Klingel bemerkt und außerdem …

Schritte.

Füße, die versuchten, geräuschlos durch den Flur zu schleichen.

Branagorn blickte in die Tiefe.

Unten sah ihm das Gesicht eines hageren Mannes entgegen. Er war hohlwangig und schätzungsweise fünfzig Jahre alt. Sein Haar war voll, aber grau durchwirkt. Es war sehr dicht und drahtig und bildete aufgrund seiner Ausbildung von Naturlocken eine nestartige Frisur, die sein sehr langes, schmales Gesicht mit dem v-förmigen Kinn und der schlanken, leicht nach oben gerichteten Nase noch länger und schlanker erscheinen ließ, als es ohnehin schon war.

Er trug einen Oberlippenbart, der an den Seiten schwarz und in der Mitte grauweiß war. Filzpantoffeln, die durch eine etwas zu lange Hose mit Aufschlag fast verdeckt wurden, und ein kariertes Hemd, das bis zum obersten Knopf geschlossen war, komplettierten das Bild.

Die Kombination von Gürtel und Hosenträger wäre von jemandem wie Cherenwen in ihrer Erscheinung als Anna van der Pütten bestimmt als ein Zeichen für erhöhtes Sicherheitsbedürfnis interpretiert worden, ging es Branagorn durch den Kopf. Er selbst hatte zwar im Verlauf unterschiedlichster Therapien und Behandlungen einiges an beliebten psychologischen und psychiatrischen Deutungsmustern kennengelernt, hielt sich selbst aber lieber an das, wovon er glaubte, dass seine Elbensinne es ihm zeigten.

Zwei wässrig-blaue Augen starrten Branagorn an. Sie schienen schreckgeweitet zu sein – entsetzt darüber, dass ihr neugieriger Blick genau in dem Moment in die Höhe starrte, als Branagorn in die Tiefe sah.

»Seid gegrüßt, ehrenwerter Herr …«, sagte Branagorn.

Der Mann mit Gürtel und Hosenträger zog sich nun blitzartig zurück. Das Schlurfen seiner Filzpantoffeln auf dem glatten Boden war für Branagorn unüberhörbar.

Der Elbenkrieger lief die Treppe hinunter. Seine Füße bewegten sich sehr schnell, und so erreichte er den Flur, noch ehe der Lauscher in seiner Wohnung verschwinden konnte.

»Ist Euer Name A. Gross?«, fragte Branagorn.

Der Mann hatte einen Schlüsselbund aus seiner Hosentasche herausgezogen. Dieser hing an einer langen, fast fingerdicken Kette, die wiederum am Gürtel festgemacht war. Er stocherte mit einem der Schlüssel etwas nervös im Schloss seiner Wohnungstür herum und machte dabei offenbar irgendetwas verkehrt. Jedenfalls öffnete sich die Tür erst nach ein paar Versuchen.

Nun drehte er sich um und blickte Branagorn an.

»Wollen Sie etwas von mir?«

»Mein Name ist Branagorn, Herzog von Elbara, und ich bin auf der Jagd nach der Mörderseele, von der der Totenhenker Besitz ergriff ...«

»Ah ja, vollkommen klar. Ich kaufe aber nichts.«

»Ich bin auch keineswegs ein Krämer, der Euch irgendetwas aufzuschwatzen versucht.«

»Dann würde ich sagen, sehen Sie zu, dass Sie hier rauskommen, ehe ich die Polizei rufen muss.«

»Die Hüter der Ordnung sind auf meiner Seite, denn wir verfolgen dasselbe Ziel – auch wenn ich den Fähigkeiten meiner Kampfgefährten nicht besonders viel zutraue, wie ich leider gestehen muss.«

»Hören Sie ...«

»Der Tatsache zufolge, dass Ihr diese Wohnung mit einem Schlüssel betretet, entnehme ich, dass Ihr A. Gross seid.«

»Der bin ich. Und ehrlich gesagt können Sie sich Ihr Karnevalstheater sparen. Ich habe keinen Sinn für solche Späße – und das gilt umso mehr, als Sie bewaffnet hier auftauchen.«

»Ich habe ein Haar im Flur gefunden, das vielleicht von einer toten Frau stammt. Ist das nicht Grund genug, weitere Nachforschungen anzustellen? Wollt Ihr mir da wirklich widersprechen?«

»Ein Haar?« Das Gesicht von A. Gross veränderte sich und verzog sich zu einer genervten Grimasse.

Branagorn deutete auf die Tür auf der gegenüberliegenden Flurseite, neben der das alte Damenfahrrad stand.

»Was ist in diesem Raum?«

»Wüsste nicht, was Sie das angeht.«

In diesem Moment klingelte es an der Tür. A. Gross machte einen Schritt in seine Wohnung und betätigte dort den Knopf, der es erlaubte, die Haustür von außen zu öffnen.

Zwei Polizeibeamten kamen herein, dahinter der Postbote, mit dem Branagorn sich unterhalten hatte. »Das ist der Mann«, sagte er und zeigte auf den Elbenkrieger.

»Ja, nehmen Sie ihn fest«, stimmte A. Gross mit ein. »Bestimmt ein Irrer. Der ist doch aus irgendeiner Anstalt ausgebrochen! Man ist ja heute nicht mal mehr in seinem eigenen Hausflur sicher.«

Zwei Verhöre und der Traumhenker

»Ich war das nicht«, sagte Jürgen Tornhöven. »Das kann ich jetzt noch hundertmal wiederholen, aber es ist die Wahrheit, auch wenn Sie das nicht hören wollen.«

Tornhöven saß in einem der Verhörräume im Polizeipräsidium Münster. Haller hatte ihn vorläufig festgenommen, und auch wenn er seine Unschuld beteuerte, würde daraus wohl ein etwas längerfristiger Aufenthalt in Gewahrsam werden.

Haller saß ihm gegenüber, während Anna van der Pütten das Gespräch durch eine Spiegelwand verfolgte und ihr Augenmerk dabei auf den Verdächtigen richtete.

»Das ist mal wieder typisch«, sagte Tornhöven. »So sieht es eben mit der Religionsfreiheit in Deutschland aus. Die gilt nur, wenn man einer der Mehrheitskonfessionen angehört, aber sobald man etwas Abweichendes für wahr hält, geht es einem wie einst den Wiedertäufern hier in Münster. Da hat sich nichts geändert.«

»Nun übertreiben Sie mal nicht«, sagte Haller etwas ärgerlich. »Erstens hat hier niemand vor, Ihren blutigen Kopf in einen Käfig zu stecken und auszustellen, und zweitens hat es auch überhaupt nichts mit Glaubensfreiheit zu tun, wenn man bei Ihnen Drahtschlingen findet, an denen offenbar Reste von Blut kleben.«

»Sie wollen mir jetzt wirklich um jeden Preis was anhängen, was? Da gibt es eine Erklärung für! Ihnen muss ja die Religion, die wir Neuen Templer praktizieren, nicht unbedingt gefallen, aber es ist nun mal so, dass nichts davon gegen die Gesetze verstößt.«

Jürgen Tornhöven hatte sich standhaft geweigert, irgendwelche genauen Auskünfte über den Ablauf der Rituale zu geben. Offenbar war seine Furcht davor, die Geheimnisse seiner Sekte zu verraten, größer als die vor einer Inhaftierung. Allerdings hatten die Durchsuchungen in der Osnabrücker Villa, die der Sekte als Hauptquartier diente, inzwischen schon ein immer klarer und unappetitlicher werdendes Bild ergeben.

»Wo steht bitte schön geschrieben, dass es verboten sein soll, Fliegen mit Hilfe von Stinkmorcheln anzulocken?«, ereiferte sich Tornhöven.

»Es ist auf jeden Fall eine Sauerei«, meinte Haller.

»Ja, es tut mir ja auch leid, dass offenbar jemand von uns das Fenster aufgelassen hat. Das vermeiden wir normalerweise natürlich, weil niemand von uns an Ärger mit den Nachbarn interessiert ist.«

»Herr Tornhöven, den Gestank werfen wir Ihnen nicht vor. Und die Fliegen auch nicht. Aber Sie haben laut der Aussage einer Zeugin eine gewisse Jennifer Heinze zu Hause aufgesucht und bedroht …«

»Das ist nicht wahr.«

»… und ein paar Tage später war sie tot, und zwar auf eine Weise, die ziemliche Ähnlichkeit mit den Ritualen hat, die Sie in Ihrem Kreis durchführen. Außerdem gibt es diverse Messer, die mit Blut in Berührung gekommen sind. Mit Hilfe von Luminol ist das nachgewiesen.«

»Ja, Blut! Aber wessen Blut! Wessen, bitte schön?«

»Ich dachte eigentlich, dass Sie uns da weiterhelfen könnten. Aber bis jetzt habe ich da nichts von Ihnen gehört. Glücklicherweise gibt es ja Labore mit fleißigen Mitarbeitern – und die werden dafür sorgen, dass jedes dieser Messer und die Spuren daran genauestens unter die Lupe und was die moderne Kriminaltechnik noch so zu bieten hat genommen werden. Dasselbe gilt für diese Drahtschlingen, die nun wirklich ziemlich ungewöhnlich sind. Auch daran klebt Blut, und wir können einen Zusammenhang zu den anderen Taten des Barbiers nicht ausschließen. Und was Ihre Alibis angeht, so sieht das auch sehr dürftig aus. …«

Tornhöven lehnte sich zurück. »Erstens liegen die Morde dieses Barbiers, die Sie mir unterschieben wollen, doch zum Teil schon recht lange zurück.«

»Und Sie denken, dass man dann keine DNA-Tests und andere Nachweise mehr durchführen kann? Seien Sie sich da mal nicht zu sicher.«

»Also, ein Messer oder eine Drahtschlinge nach einem Ritual, das damit durchgeführt wurde, nicht zu reinigen, mag auf so einen Kleingeist wie Sie ja vielleicht unhygienisch wirken …«

»Ja, dieser Gedanke kam mir durchaus, wie ich zugeben muss, aber nachdem ich den Stinkmorchelduft in der Nase hatte, war ich so abgehärtet, dass ich das schon fast wieder normal finde …«, unterbrach ihn Haller ironisch.

»… aber Spuren an einer Mordwaffe zu lassen wäre doch dumm!«, vollendete Tornhöven seinen Satz.

»Richtig. Vorausgesetzt, man glaubt nicht daran, dass Blut eine besondere magische Kraft hat. Unsere Leute haben in Ihrem Sektenhauptquartier herumgestöbert. Da waren überall Schriften, in denen so ein Unsinn behauptet wird. Und dann macht es sehr wohl Sinn, solche Spuren nicht abzuwischen.«

»Ach, und Sie überfliegen okkulte Schriften mal eben so und haben gleich auch deren Inhalt verstanden? Bravo! Solche Idioten wie unsere Mitglieder haben natürlich bedeutend länger gebraucht, ehe sie das geschafft hatten.«

In diesem Augenblick ging die Tür des Verhörraums auf. Ein Mann in dunklem Dreiteiler trat ein. Sein Scheitel war so gerade gezogen wie die Bügelfalte an seinen Hosen, und in den blitzblank geputzten Schuhen hätte man sich spiegeln können.

»Bültemann, von der Kanzlei Bültemann und Jannings in Osnabrück, ich bin der Anwalt von Herrn Tornhöven. Leider konnte ich nicht früher hier sein, weil ich im Verkehr stecken geblieben bin. Sie werden die Verhältnisse in Münster ja kennen«, wandte er sich an Haller und reichte ihm die Hand, während er gleichzeitig schon sein Diplomatenköfferchen auf dem Tisch platzierte. Haller blickte zur Tür. Da stand Kevin Raaben und zuckte nur mit den Schultern.

»Haller«, stellte sich Haller vor.

»Ja, ich habe schon gehört, dass Sie die Sache übernommen haben. Unter uns gesagt, Ihnen eilt ja ein gewisser Ruf voraus, wie man weiß.«

»Ach, ja?«

»Erfolglos und ungesetzlich. Auf diese knappe Formel kann man Ihr bisheriges Wirken reduzieren. Ich habe das nur aus der Ferne verfolgt, aber so etwas spricht sich herum, und Sie scheinen ja genau in dieser Richtung auch unbedingt weitermachen zu wollen. Gut, dies scheint man offensichtlich innerhalb der hiesigen Polizei nicht als Karrierehindernis anzusehen, aber der gute Ruf der Münsteraner Polizei und Justiz muss ja nicht unbedingt meine Sorge sein. Herr Haller, ich hoffe auf gute Zusammenarbeit und darauf, dass sich alle Fragen zu Ihrer und unserer Zufriedenheit klären lassen.«

»Na, man hat ja nicht so oft konstruktive Gesprächspartner«, erwiderte Haller. »Was soll also schon schiefgehen?«

Doch, dachte Anna, während sie dem Gespräch weiter durch die Spiegelscheibe folgte. Das wird unter Garantie schiefgehen. Rechtlich und psychologisch und auch in sonst jeder nur erdenklichen Hinsicht!

Annas Handy klingelte. Sie hatte vergessen, es auf stumm zu schalten, was sie normalerweise immer tat, wenn sie konzentriert einem Gespräch folgte. Auf dem Display sah sie, dass es Branagorn war, der sie zu erreichen versuchte.

Einen Moment lang zögerte sie, aber dann nahm sie das Gespräch doch entgegen.

»Branagorn?«

»Ich bin froh, Eure angenehme Stimme zu hören und entnehme dem, dass Ihr unversehrt und wohlauf seid.«

»Ja, warum sollte mir denn auch irgendetwas zustoßen?«

»Die Mächte des Bösen lauern überall. Das wisst Ihr besser als die meisten anderen, Cherenwen. Denn Ihr schaut doch dem Übel ins Auge und versucht, die Macht des Traumhenkers mit dem Zauber sanfter Worte zu beschwichtigen.«

»Wo sind Sie jetzt, Branagorn?«

»In Steinfurt-Borghorst vor einer Polizeidienststelle in der Emsdettener Straße.«

»Was machen Sie da?« Die schlimmsten Befürchtungen stiegen augenblicklich in Anna auf. Nicht auszudenken, welchen Unsinn der Elbenkrieger wieder verzapft haben könnte. Manche Leute hatten wirklich ein außerordentliches Talent, sich selbst in Schwierigkeiten zu bringen. Und Branagorn alias Frank Schmitt schien in dieser Hinsicht auf besondere Weise gesegnet zu sein.

»Nun, es gab da ein paar Missverständnisse, weil ein Postbote wähnte, ich wäre jemand, der versuchen würde, in Wohnungen einzubrechen, und ein Zeitgenosse von empfindlichem Gemüt in mir eine Gefahr zu erblicken glaubte. Es hat eine Weile gedauert, bis ich den Polizisten erklären konnte, dass ich nichts Übles im Sinn habe und auch in letzter Zeit keineswegs den berauschenden Getränken zusprach, deren Wirkung so verhängnisvoll sein kann …«

»Man hat Sie also wieder auf freien Fuß gesetzt?«, vergewisserte sich Anna.

»Man hat mich lediglich befragt und überprüft – und nachdem ich vorgab, Frank Schmitt zu sein, und ihnen die Dokumente zeigte, die dies bestätigten, konnte ich sie über meine wahre Natur hinwegtäuschen.«

»Sie Glücklicher«, murmelte Anna und atmete innerlich auf. Sie hatte schon befürchtet, sich jetzt auch noch um Branagorn kümmern zu müssen und sich vielleicht endlos mit irgendwelchen Polizisten oder dem sozialpsychologischen Dienst herumschlagen zu müssen. Komplizierte Probleme hatte sie zur Genüge am Hals, da konnte sie auf so etwas gut und gerne verzichten.

Trotzdem – die Tatsache, dass Branagorn sie anrief, und vor allem, dass er sie aus Borghorst anrief, beunruhigte sie. Er hatte ihr zweifellos noch nicht alles gesagt.

»Ist inzwischen das Haar untersucht worden, das ich auf der Planwiese in Telgte gefunden habe?«, fragte Branagorn.

»Dazu kann ich Ihnen nichts weiter sagen«, erwiderte Anna.

»Eigentlich müssten die Alchemisten im Dienst der Hüter der Ordnung doch längst ihre Arbeit beendet haben – oder verlange ich zu viel von ihnen?«

»Es sind so viele Spuren zu bearbeiten, Branagorn.«

»Da seht Ihr, wie der Traumhenker auch mich beeinflusst und seine üble Magie selbst aus der Distanz dazu führt, dass ich mich einer ganz und gar unelbischen Hast hingebe.«

Für einige Augenblicke war von Branagorns Seite der Verbindung her nichts zu hören, und Anna befürchtete schon, dass der Kontakt vielleicht unterbrochen war oder ihr Patient aufgelegt hatte. Sie glaubte dann, seinen ruhigen Atem über das Telefon wahrnehmen zu können. Aber das war vielleicht auch nur eine Täuschung.

»Warum rufen Sie an?«

»Ich sprach mit der Heilschwester Nadine Schmalstieg und war dem Traumhenker auf der Spur – sowohl in meiner Erinnerung als auch jetzt und hier.«

»Branagorn, Sie sind doch nicht etwa dabei, auf eigene Faust Ermittlungen anzustellen?«

»Lässt es Euch gut schlafen, dass die Mörderseele noch umgeht und tötet, werte Cherenwen? Nein, das kann ich mir nicht vorstellen. Dazu kennen sich unsere Seelen schon zu lange.«

»Sie bringen sich noch in Teufels Küche!«

»Ist das wirklich Eure tiefste Sorge? Das kann ich nicht glauben, denn Ihr werdet doch auch nicht davon lassen, die Wahrheit zu suchen. So begab ich mich in ein Haus, in dem ich ein Haar fand, das dem ähnelt, welches ich in Telgte vom Boden hob. Auch dieses Haar muss unbedingt untersucht werden. Ich hatte das Empfinden, dem Traumhenker so nahe wie selten zuvor zu sein.«

»Branagorn, fahren Sie nach Hause! Sind Sie mit dem Zug nach Borghorst gefahren?«

»Ihr habt es erraten, werte Cherenwen.«

»Dann nehmen Sie den nächsten Zug zurück nach Münster.«

»Das ist nicht möglich. Dass der nächste Zug erst im Morgengrauen fährt, wäre dabei nicht das größte Hindernis, schließlich haben Elben ja Zeit genug, um eine solche Strecke auch zu Fuß hinter sich zu bringen, und wenn die Umstände anders wären, würde es mir nichts ausmachen, für diese Reise ein oder zwei Tage einzuplanen … Aber der wahre Grund, weshalb mir das nicht möglich ist, besteht darin, dass ich hier noch eine Aufgabe zu erfüllen habe.«

»Branagorn!«

»Lebt wohl und seid in Gedanken bei mir, sodass wir uns wiedersehen. Ich werde Euch berichten, was sich ereignet hat.«

»Brana…«

Die Verbindung war unterbrochen.

Inzwischen war Haller aus dem Besprechungszimmer gekommen. Er hatte einen hochroten Kopf.

»Na großartig, diese Unterstützung hatte ich mir von der Psychologin immer erhofft«, meinte er. »Da drinnen geht's um die Wurst, und unsere Psychologin hat nichts Besseres zu tun, als sich mit dem Lieblingsirren der Saison zu unterhalten, anstatt vielleicht mal das Augenmerk auf die Reaktionen unseres Verdächtigen zu richten.«

Anna schluckte. »Tut mir leid … Sven.« Das klang steif und unbeholfen. Anna wusste selbst, was für einen katastrophalen Eindruck sie im Moment gerade hinterlassen hatte. Und die betonte Nennung des Vornamens wirkte eher wie ein Zeichen dafür, wie tief die Distanz zwischen ihnen in Wahrheit war, als dass es so etwas wie persönliche Nähe unterstrichen hätte.

Einen Moment lang überlegte Anna, ob sie Haller davon berichten sollte, dass Branagorn eigene Ermittlungen in Borghorst anstellte. Aber um das zu erwähnen, blieb Anna dann gar keine Gelegenheit.

Kevin Raaben kam auf den Kriminalhauptkommissar zu.

»Sven, hast du einen Moment Zeit?«

»Kommt drauf an. Wir sind gleich beim Staatsanwalt, und wenn wir Glück haben, wird heute noch ein Haftrichter dafür sorgen, dass Jürgen Tornhöven erst mal in der Zelle bleibt.«

»Deswegen sollst du dir das hier ansehen, Sven«, hakte Raaben ein. Er hatte ein paar Vergrößerungen von Fotos in der Hand. Anna war neugierig und warf ebenfalls einen Blick auf die Bilder.

»Das ist ein Bild vom Mittelalter-Markt«, stellte sie fest.

Raaben bestätigte dies. »Exakt. Und in der Vergrößerung erkennt man unter all den Gaffern einen ziemlich neugierigen Kerl, auch wenn er die Lederkappe mit der Fasanenfeder weit ins Gesicht gezogen hat.«

»Hat entfernte Ähnlichkeit mit Kevin Costner als Robin Hood, würde ich sagen«, meinte Haller. »Obwohl ich persönlich Errol Flynn in dieser Rolle immer viel besser fand.«

»Tornhöven!«, entfuhr es Anna.

»Trotzdem, wenn wir nicht mehr finden, werden wir Tornhöven morgen freilassen müssen«, sagte Raaben.

Anna musste ihm insgeheim recht geben. Schließlich arbeitete sie inzwischen lange genug mit der Polizei zusammen, um mit den Prozeduren vertraut zu sein. Und zurzeit war Jürgen Tornhöven rein rechtlich gesehen aufgrund der Verdachtsmomente, die sich in der Villa und durch die Befragung von Pamela Strothmann in Tecklenburg ergeben hatten, nur vorläufig festgenommen. Und wenn sich dieser Verdacht nicht zu einem sogenannten dringenden Tatverdacht erhärten ließ, dann war Tornhöven im Verlauf des folgenden Tages freizulassen. Die berühmten vierundzwanzig Stunden, die in Fernsehkrimis oft fälschlicherweise genannt wurden, spielten dabei keine Rolle. Die Deadline endete am folgenden Tag um vierundzwanzig Uhr. Aber vielleicht konnten bis dahin weitere Hinweise gesammelt werden. Insbesondere war mit ersten Ergebnissen an den sichergestellten Dolchen und Würgeschlingen zu rechnen, und davon abgesehen war eine Reihe von Beamten sowohl in Osnabrück als auch in Münster dazu abgestellt worden, andere Mitglieder der Neuen Templer zu befragen. Außerdem war ein Computer sichergestellt worden und man würde den Zahlungsverkehr auf den Konten der Sekte dahingehend überprüfen, ob vielleicht andere Opfer des Barbiers für die Durchführung von Ritualen bezahlt hatten oder in irgendeiner anderen näheren Verbindung zu dieser Vereinigung standen.

»Kann ich das Bild mal aus der Nähe sehen?«, fragte Anna.

»Ja, bitte«, sagte Raaben und reichte es ihr. »Es handelt sich um einen Ausschnitt aus einem Videoschwenk, und es war gar nicht so leicht, den Kerl in der Menge zu finden.«

»Einen Moment«, sagte Anna, als Raaben schon wieder verschwinden und ihr das Bild wieder abnehmen wollte.

In der Zwischenzeit war Haller von einem anderen Beamten angesprochen worden, den Anna nicht namentlich kannte. Haller sagte ziemlich genervt: »Ich brauche jetzt erst mal einen Kaffee …«, und ging dann hinaus. Der Beamte, ein blasser Mann in kariertem Hemd und – trotz der warmen Witterung – mit Strickjacke, folgte ihm.

Anna wartete, bis die beiden den Raum verlassen hatten. Dann wandte sie sich wieder an Kevin Raaben. »Können Sie mir eine Kopie des Videodrehs vom Tatort geben?«

»Was wollen Sie denn damit?«

»Mir ansehen.«

»Ja, aber …«

»Vielleicht erkenne ich Leute, die sich irgendwie verdächtig verhalten oder so. Unter psychologischen Gesichtspunkten, wenn Sie verstehen, was ich meine. Irgendetwas, was auffällig ist. Denn zu den wenigen Dingen, die wir mit Sicherheit sagen können, gehört das Faktum, dass der Täter auf der Planwiese gewesen ist.« Anna zuckte mit den Schultern. »Vermutlich beobachtet er die Folgen seiner Tat.«

»Sie sagen das so, als würden Sie gar nicht in Betracht ziehen, dass Tornhöven unser Mann sein könnte.«

»Das weiß ich nicht«, gestand Anna. »Vielleicht ergeben sich ja durch Sichtung des Originalmaterials durchaus auch noch weitere Hinweise, die auf Tornhöven deuten. Da bin ich völlig unvoreingenommen.«

Raaben musterte sie. Anna bemerkte erst jetzt die Aufschrift seines T-Shirts. »Ich bin ein Killerspiel-Spieler« war da in so bluttriefenden Lettern zu lesen, dass man sie kaum erkennen konnte. Als er sich kurz umdrehte, las sie auf der Rückseite des T-Shirts die Fortsetzung: »Nein, ich plane keinen Amoklauf!«

Manche müssen wohl um jeden Preis cool sein, ging es Anna durch den Kopf. Nur ja locker wirken und nicht so, wie nun mal der Großteil derjenigen war, die das Polizeipräsidium als ihren Arbeitsplatz bezeichneten. Dann war Anna doch die offensiv demonstrierte Form der Spießigkeit lieber als diejenige, die sich hinter einer Maske aus Lockerheit, Coolness und exakt geplanter Spontaneität tarnte.

Schluss jetzt mit der Daueranalysiererei, dachte sie dann. Warum Kevin Raaben ein dämliches T-Shirt trug, anstatt ein Hemd, an dessen zu knapper Passform man erkennen konnte, dass es vielleicht zehn Jahre alt war und seinem Träger damals wohl auch gepasst hatte, konnte ihr schließlich gleichgültig sein. Auch wenn Beamte mit solchen knappen Hemden eigentlich immer einen Vertrauensvorschuss verdient hatten, wie Anna fand, denn sie demonstrierten ja schon im persönlichen Bereich Sparsamkeit und Effektivität.

Der Grund dafür, dass es Anna im Moment doch ziemlich schwerfiel, sich keine Gedanken mehr darüber zu machen, was die konstituierenden Bestandteile von Kevin Raabens Charakter waren, lag vielleicht daran, dass sie den Eindruck hatte, dass er im Moment versuchte, *ihr* Verhalten zu analysieren.

Und das war etwas, was sie immer höchst irritierend fand.

Es verunsicherte sie in ihrer Therapeutenrolle und ihrer professionellen Identität, die sie sich mit so viel Mühe und Akribie aufgebaut hatte. Dabei spielte es auch überhaupt keine Rolle, wer diese Rollenumkehrung versuchte.

Dann erschien etwas in Kevin Raabens Gesicht, was man für ein flüchtiges Lächeln halten konnte.

Ein sogenannter Recognition-Reflex.

Er deutete mit dem Zeigefinger auf sie, was im Moment für Anna nicht bedrohlicher hätte wirken können, als wenn es sich um den Lauf einer Pistole gehandelt hätte. »Das Video-Zeug soll dieser Elbenspinner sehen, habe ich recht?«

Es war eine rhetorische Frage.

Anna stotterte irgendetwas herum, was sich nicht einmal ansatzweise nach einer professionellen Stellungnahme anhörte. Nicht einmal nach einem ganzen Satz, wenn man es genau nahm. Es war einfach nur unsinniges Gestammel, das schließlich verstummte.

Kevin Raaben zwinkerte ihr zu. »Macht nichts. Ich weiß von nichts. Und Sven ja auch nicht.«

»Ja, also …«

»Wenn Sie einen Stick dahaben, ziehe ich es Ihnen drauf. Für einen E-Mail-Anhang ist die Datei etwas zu voluminös.«

»Danke«, sagte Anna und gab ihm ihren Schlüsselbund. »Wenn man auf die Metallfläche des Anhängers drückt, kommt der USB-Anschluss hervor.«

»Ein Scherzartikel, was?«

»Ein Werbegeschenk meiner Autowerkstatt. Wenn Sie mir die Datei gleich kopieren, wäre das sehr freundlich.«

»Kein Problem – aber ich dachte eigentlich, wir sagen du – *Anna.*«

***

Dunkelheit senkte sich über Borghorst. Branagorn war schon seit geraumer Zeit unterwegs. Nachdem ihn die Polizei als offensichtlich harmlos entlassen hatte, ging er die Straßen entlang, den Blick dabei die meiste Zeit auf den Boden gerichtet und tief in Gedanken versunken. Er war höchst konzentriert und überlegte, was zu tun sei. Auf dem Weg zurück in die Nordwalder Straße war Branagorn entschlossen gewesen, seine Nachforschungen unbeirrt fortzusetzen – und zwar am besten dort, wo er damit aufgehört hatte. Genau so hatte er sich auch in dem kurzen Gespräch geäußert, das er mit Hilfe des sprechenden Artefakts mit seiner geliebten Cherenwen geführt hatte, die allerdings in dieser Welt darauf bestand, dass ihr wahres Ich Anna van der Pütten war. Und vielleicht, so überlegte Branagorn nicht zum ersten Mal, war es sogar besser, dies zunächst ungeachtet der wahren Tatsachen zu akzeptieren. Man musste Anna Zeit geben. Zeit, um zu erkennen, wer sie wirklich im Innersten ihrer Seele war. Die geradezu unelbische Hast, mit der Branagorn in dieser Hinsicht bisher offenbar vorgegangen war, beschämte ihn nun manchmal, und er fragte sich, wie er sich dazu nur hatte hinreißen lassen können. Umso höher war es dieser Frau anzurechnen, dass sie ihn zuletzt nicht mehr brüsk zurückgewiesen hatte, wenn er sich doch erdreistete, sie bei ihrem Seelennamen zu nennen, den sie in einer anderen, durch die Abgründe von Raum und Zeit getrennten Welt bekommen hatte, die für die Menschen dieser Zeit und gedanklichen Haltung jenseits aller Vorstellungskraft war.

Immerhin erfüllte Branagorn nach diesem Gespräch ein Gefühl innerer Verbundenheit. Die gedankliche Nähe, die in Annas Worten seinem Gefühl nach zum Ausdruck gekommen war, erfüllte ihn mit Zuversicht. Er glaubte jetzt nicht nur, dass er in der Lage sein würde, in ihr das wahre Ich ihrer Seele zu erwecken, sondern hatte auch neue Hoffnung gefasst, dass sich Cherenwens Seele ihm wieder ganz zuwenden würde. So, wie es schon einmal gewesen ist, dachte er.

Bevor er sich diesen eher ihn persönlich betreffenden Problemen widmen konnte, musste jedoch auf jeden Fall der Traumhenker unschädlich gemacht werden. Für Branagorn war dies von allerhöchster Dringlichkeit. Es durfte einfach nicht geschehen, dass dieser finstere Gegner sich erneut erdreistete, den Herrn über Leben und Tod zu geben.

Aber genau darin schien diese Wesenheit sich zu gefallen.

Er genoss es, seine Macht aus dem Verborgenen heraus zu entfalten – vielleicht auch deshalb, weil er sehr genau spürte, dass dadurch die Furcht und der Schrecken, die er verbreitete, viel wirkungsvoller wurden. Branagorn war entschlossen, dieser Macht die Stirn zu bieten.

Während er die Nordwalder Straße entlangging, entschied er, dass es keine gute Idee wäre, jetzt noch einmal das Haus zu besuchen, in dem Sarah Aufderhaar mit ihrer Schwester und der eigenartige A. Gross wohnten.

Und davon abgesehen war es vielleicht wirklich zu früh, nur einer einzigen Spur zu folgen. Einer Spur, die aus einem Haar bestand, das jenem auf der Planwiese in Telgte zwar sehr ähnlich in Farbe und Beschaffenheit war, aber von dem selbst Branagorns überaus scharfe Augen nicht mit Sicherheit zu sagen vermochten, ob es auch von derselben Person stammte. Das konnten allein die Alchemisten in den Laboratorien, die von den Hütern der Ordnung unterhalten wurden, mit letzter Sicherheit sagen. Davon abgesehen mochte es ja auch sein, dass Jennifer Heinze dieses Haar bei anderer Gelegenheit in jenem Haus verloren hatte – was Branagorn zu der Frage führte, was sie dort wohl gesucht haben mochte, und ob ihr Besuch dann nicht doch mit ihrem Tod in irgendeinem Zusammenhang stand. Schließlich konnte man davon ausgehen, dass der Hausflur regelmäßig gereinigt wurde. Ging man davon aus, dass diese Reinigung wöchentlich erfolgte, hatte man einen zeitlichen Rahmen.

Nein, ich muss zuerst mehr erfahren, wurde es Branagorn klar. Wenn er jetzt das Haus in der Nordwalder Straße erneut aufsuchte, hatte er nur mit hysterischen Reaktionen und einer Verhaftung durch die Hüter der Ordnung zu rechnen. Vielleicht auch mit einer zwangsweisen Untersuchung und Einweisung in ein Hospital für Seelenleiden. Nicht dass Branagorn im Prinzip etwas gegen einen Aufenthalt dort gehabt hätte, denn bei den Türmen in Lengerich hatte er sich ja stets sehr wohlgefühlt. Aber im Moment wäre das seinem Ziel, den Traumhenker zu stellen, sicherlich nicht dienlich gewesen.

Er konnte schließlich froh sein, den hiesigen Hütern der Ordnung entronnen zu sein, ohne dass man ihn seines Schwertes unter fadenscheinigen Begründungen enteignet hatte, so wie es in Telgte geschehen war. Denn dem Bösen ganz ohne magisches Artefakt entgegenzutreten, das wollte Branagorn dann besser doch nicht wagen. Zumindest nicht, wenn es sich irgendwie vermeiden ließ. Und in diesem Punkt waren die Gesetze glücklicherweise auf seiner Seite.

Ich muss mich noch einmal mit Nadine Schmalstieg unterhalten, entschied Branagorn.

Bis zu ihrer Adresse war es nicht weit. Branagorn bog in eine Straße namens Haselstiege und kam an einem Friedhof vorbei. Schließlich erreichte er die Adresse der Heilschwester. Der Zahn der Zeit hatte unverkennbar an dem Haus genagt, und es fehlte offenbar an den nötigen Mitteln, um es richtig instand zu halten. Ob nun magische Mittel oder finanzielle angewendet wurden, war nach Branagorns Auffassung zweitrangig, auch seiner Ansicht nach war es einfach eine Tatsache, dass Gebäude, zu deren Erhalt keine Anstrengungen unternommen wurden, langsam, aber sicher verfielen. Die Fassade war grau und unansehnlich. Gewiss war der letzte Anstrich zwanzig oder dreißig Jahre her. Die Wände waren von wildem Wein überwuchert. Das Haus lag im Schein einer Straßenlaterne, deren Helligkeit die Zeichen des Verfalls selbst zu dieser späten Stunde in aller Deutlichkeit offenbarte. Hier und da waren schwarze Linien zu sehen. Branagorn war sicher, dass es sich um mäandernde Risse im Mauerwerk handelte.

Auch der Vorgarten wirkte vernachlässigt und konnte mit den gepflegten Anlagen der Nachbargrundstücke in keiner Weise mithalten. Sträucher wucherten empor, und so manch einer der Bäume, die auf dem Grundstück standen, war morsch und wäre durch keinen wohlmeinenden Zauber mehr zu retten gewesen. Zumindest war das Branagorns Ansicht, der sah, wie sich die Kronen schattenhaft im Wind bewegten. Er lauschte dem Knarren der Äste und war überzeugt davon, den mangelhaften Zustand der Bäume schon daran zweifelsfrei erkennen zu können. Irgendeinem der kommenden Herbststürme würden sie zweifellos nachgeben und brechen, wenn nicht in diesem, dann im Jahr darauf.

Branagorn blieb abrupt stehen.

Zwei Fahrzeuge standen in der Einfahrt des Hauses. An der Haustür befand sich eine weitere Laterne, die auch jetzt noch schonungslos offenbarte, wie die Fugen zwischen den Steinplatten in der Einfahrt und auf dem schmalen Weg zur Haustür von Moos überwuchert waren. Bei dem einen Fahrzeug handelte es sich um Nadine Schmalstiegs Wagen. Zumindest ging Branagorn davon aus, auch wenn er das Nummernschild nicht sehen konnte, dessen Kombination aus Zahlen und Buchstaben er sich selbstverständlich schon auf dem Parkplatz am Marienhospital gemerkt hatte. Das zweite Fahrzeug war der Geländewagen von Timothy Winkelströter. Dessen Nummernschild war klar und deutlich im Licht der Straßenlaterne zu erkennen, und so konnte es keine Zweifel daran geben.

Offenbar hatte Timothy Winkelströter die Heilschwester also besucht und war jetzt auch noch im Haus. Kein günstiger Moment für eine Unterredung, überlegte Branagorn. Schließlich war das letzte Zusammentreffen mit Timothy nicht ganz konfliktfrei verlaufen, und es war wohl nicht ratsam, die offenbar recht stark ausgeprägten Ressentiments, die dieser Mann Branagorn gegenüber zu haben schien, noch anzuheizen.

Branagorn griff zu seinem Handy, das er stets nur sein sprechendes Artefakt nannte, und wählte die Nummer, die er auf einer Stellwandnotiz im Polizeipräsidium gesehen und sich gemerkt hatte.

Nadine nahm ab.

»Ja, wer ist da?«, fragte sie.

»Ich muss mit Euch reden, werte Heilschwester«, erklärte Branagorn. »Und zwar über die Frau aus dem Geschlecht der Aufderhaar, von der Ihr mir berichtet habt …«

»Herr Schmitt, das geht jetzt nicht. Wirklich nicht.«

»Ist das wieder dieser Spinner?«, hörte Branagorn im Hintergrund Timothys Stimme fragen. »Den sollte man einsperren!«

»Ihr seid in Schwierigkeiten?«

»Nicht in solchen, die ich nicht selber lösen könnte«, gab sie zur Antwort.

»Ich hatte schon befürchtet, dass es zurzeit ein unpassender Moment für eine Unterredung ist. So gehabt Euch wohl und ruht gut, sofern Euch dies das Schicksal gestattet.«

»Auf Wiederhören, Herr Schmitt.«

»… und falls Ihr Hilfe benötigt, so zögert nicht, auf dem sprechenden Artefakt die Zeichen erscheinen zu lassen, die mich rufen.«

Die Verbindung war unterbrochen.

Branagorn fühlte sich nicht wohl bei dem Gedanken, die Heilschwester ihrem Schicksal überlassen zu müssen. Ein nicht näher zu begründendes Unbehagen machte ihm zu schaffen, das sich in einem drückenden Gefühl in der Magengegend äußerte. Eine dunkle Vorahnung kommenden Unheils? Eine Warnung der empfindlichen Elbensinne, für die es unter den Menschen zum Teil nicht einmal eine annähernde Entsprechung gab? Oder war das alles, zusammen mit den eigenartigen Geräuschen in seinem Bauch letztlich doch nur der Tatsache geschuldet, dass er schon länger nichts mehr gegessen hatte?

In diesem Moment verlosch das Licht der Straßenlaternen.

Eine kommunale Sparmaßnahme, die das angeblich so finstere Mittelalter noch nicht kannte, dachte Branagorn.

Die Nacht der Toten

Branagorn ging zurück zum Friedhof. Dort, so nahm er sich vor, wollte er die Stunden bis zum Morgengrauen verbringen. Er musste damit rechnen, dass Timothy unter Umständen die ganze Nacht bei Nadine blieb und sich dementsprechend auch in der Frühe nicht die Möglichkeit eines Gesprächs ergab. Aber selbst wenn das der Fall war, konnte er ja abwarten, bis Timothy davongefahren war.

Branagorn betrat den Friedhof und suchte nach einer Bank. Auf vielen Friedhöfen standen Parkbänke, und es gab keinen Grund, weshalb das in diesem Fall nicht so sein sollte. Der Mond stand inzwischen hoch am Himmel. Es waren kaum Wolken zu sehen, und so schimmerten die Grabsteine im fahlen Mondlicht. Branagorn mochte die Atmosphäre von Friedhöfen und hielt sich gerne dort auf, wenn er Ruhe und innere Einkehr suchte. Das eine oder andere Mal hatte ihm das schon Ärger eingetragen, denn aufgrund seiner ungewöhnlichen Gewandung vermutete man schnell, dass er vielleicht zu denen gehörte, die diese Stätten dazu missbrauchten, irgendwelche okkulten Rituale abzuhalten, oder einfach nur durch das Umstürzen von Grabsteinen auf sich aufmerksam machen wollten.

Interessiert las er den einen oder anderen Spruch, der in die Grabsteine als letztes geistliches Geleit graviert worden war. Anhand der Namen und der angegebenen Geburts- und Sterbedaten versuchte Branagorn sich dann so genau wie möglich vorzustellen, wer dort wohl zu Grabe getragen worden war. Seine Vorstellungskraft war dabei so groß, dass er die Toten dann regelrecht vor sich zu sehen glaubte. Wie Geister, die für eine kurze Frist aus dem Jenseits zurückgekehrt waren.

Manchmal unterhielt er sich dann mit den Geistern der Toten. Sie waren verständnisvolle, vorurteilsfreie Zuhörer, die ihn nicht unterbrachen, sich nicht über seine Ausdrucksweise wunderten und ihn besser zu verstehen schienen als alle lebenden Wesen dieser Welt. Vielleicht war es der Abstand zur Welt der Lebenden, der den Toten diesen klaren, toleranten Blick verlieh – so hatte Branagorn oft überlegt. Und vielleicht verstanden sie auch seine Fremdheit in dieser Welt besser als jeder andere, denn schließlich waren die Toten doch auch Fremde im Jenseits und hatten sich an die dortigen Gegebenheiten zu gewöhnen.

Branagorn erinnerte sich, einmal gegenüber einem der Therapeuten in Lengerich seine Angewohnheit, auf Friedhöfen mit den Toten zu sprechen, erwähnt zu haben, woraufhin ihn dann der Therapeut auf frühkindliche Verlustängste angesprochen hatte. Aber davon hatte Branagorn nichts hören wollen. Genau genommen hatte davon nicht einmal der Teil von ihm, der sich vielleicht doch ein bisschen durch den Namen Frank Schmitt angesprochen fühlte, etwas hören wollen.

Während ihm all das durch den Kopf ging, ließ sich Branagorn auf einer Bank nieder, nachdem er genauestens überprüft hatte, dass sie nicht durch Vogelkot oder irgendetwas anderes verunreinigt war.

Er sah für einen Moment ein Augenpaar vor sich. Augen, die von einem mörderischen Wahn gezeichnet waren. Augen, die Fenster zu einer Seele waren, von der der Traumhenker Besitz ergriffen hatte …

Nein!, dachte er. Jetzt nicht … nicht diese Gedanken … nicht in diesem Augenblick … Branagorn spürte, wie ihm der Schweiß ausbrach.

Er murmelte eine Folge von Silben. Eine Formel, die ihm half, sich zu konzentrieren und die Macht des Traumhenkers abzuwehren.

Du bist ihm begegnet, und er wird auf ewig in deinen Gedanken sein, rief Branagorn sich ins Gedächtnis. Und der Kampf gegen ihn wird nie vorbei sein … Er wird in deinem Inneren ewig weitertoben, selbst wenn es dir gelingen sollte, die Mörderseele zu stellen.

Die Erkenntnis war deprimierend.

Schlurfende Schritte rissen Branagorn aus seinen Gedanken. Eine abgerissene Gestalt trat in den Schein des fahlen Mondlichts. Ein Mann mit wilden Haaren schob einen Einkaufswagen vor sich her, in dem er offenbar seinen gesamten Besitz verstaut hatte.

Der Bärtige trug eine fleckige Baseballmütze, und der dünne Regenmantel reichte fast bis zu den Knöcheln. Aus der Seitentasche ragte der Hals einer Bierflasche.

»He, was machst du denn hier?«, empörte sich der Mann. »Was hast du hier zu suchen, verflucht noch mal?«

»Ich ruhe aus«, erklärte Branagorn. »Und mich dünkt, dass Ihr eine ähnliche Absicht hegt.«

»Du laberst ziemlich geschwollen«, meinte der Bärtige, »aber im Prinzip hast du recht.«

»Soweit ich gesehen habe, gibt es auf diesem Friedhof noch ein paar andere Bänke, die Euch zur freien Verfügung stehen, werter Herr.«

»*Werter Herr* – wir wollen mal nicht übertreiben. Ich bin der Klaus.«

»Mein Name ist Branagorn.«

»Das ist aber ein seltsamer Name. Aber nicht so schlimm wie Justin-Jason oder Cheyenne. Ich sag immer, manche Eltern wissen gar nicht, was sie ihren Kindern antun, wenn sie ihnen einen eigenartigen Namen geben. Oder bist du Ausländer? Woher kommst du?«

»Von weit her.«

»Was? Osteuropa? Ich hatte eher an Skandinavien gedacht – wegen der hellen Haare. Oder sind die nur gefärbt? Na ja, ist auch egal. Jedenfalls war das immer meine Bank, und ich wäre dir sehr dankbar, wenn du dich verziehen würdest. Ich bin nämlich ziemlich müde.«

»Ich habe gegen Eure Anwesenheit nichts einzuwenden, werde mich aber nicht dazu bereit erklären, diesen gastlichen Ort zu verlassen, nur weil Ihr meine Gesellschaft nicht zu ertragen bereit seid.«

Klaus atmete tief durch. »Meine Güte, hast du mal auf dem Amt gearbeitet, oder wo hast du gelernt, so zu quatschen? Du hörst dich ja an wie so ein Sachbearbeiter, der einem erklärt, wieso man all die Dinge, auf die man ein Anrecht hat, doch nicht bekommt, und einem dann das Wort im Mund umdreht.« Klaus setzte sich nun zu Branagorn auf die Bank. »Kommst du jetzt öfter her?«

»Nein, ich hoffe nicht, dass das nötig sein wird«, erwiderte Branagorn.

»Sag mal, ist das ein Schwert, was du da auf dem Rücken trägst?«

»Ein Schwert, das als Artefakt der Magie dient. Ihr habt es erkannt.«

»Magie?« Klaus runzelte die Stirn. »Ein bisschen durchgeknallt bist du aber schon, was? Hast du mal Drogen genommen oder so was?«

»Ich bevorzuge die Klarheit der Gedanken und des Bewusstseins – ungetrübt durch berauschende Essenzen aller Art«, erklärte Branagorn.

»Ich muss schon sagen, aus dir werde ich nicht schlau. Aber vielleicht ist es ja gar nicht so schlecht, wenn du in der Nähe bist. An jemanden, der ein Schwert trägt, traut sich so schnell niemand heran. Und leider sind Leute wie wir ja nicht bei allen besonders beliebt. Oder freut sich immer jeder, wenn du irgendwo auftauchst, um dein Lager aufzuschlagen?«

»Nein, Ihr sprecht ein wahres Wort«, nickte Branagorn und war überrascht, wie sehr ihn dieser wildfremde Vagabund zu verstehen schien. »Gerade heute habe ich erst feststellen müssen, wie schnell man einer üblen Absicht bezichtigt wird, obwohl man nichts dergleichen im Sinn hat.«

»Du sagst es«, stieß Klaus hervor. »So geht es mir auch jedes Mal, wenn ich am Bahnhof herumhänge und dann die Bullen kommen, um mich zu vertreiben.«

»Ihr sprecht sehr abfällig von den Hütern der Ordnung. Aber ich gestehe, dass ihr Verstand tatsächlich manchmal nicht größer als der von Rindviechern ist«, stimmte Branagorn seinem Gesprächspartner zu und war erstaunt darüber, wie ähnlich doch auch in diesem Punkt ihrer beider Einschätzung war.

Klaus schlug Branagorn kräftig auf die Schulter, was dieser überhaupt nicht mochte. Aber Branagorn reagierte trotzdem gleichbleibend freundlich. Schließlich schien Klaus der Herrscher dieses verwunschenen Ortes zu sein, und es war gewiss klüger, ihn nicht zu verärgern.

»Ich bin müde«, sagte Branagorn. »Ihr seid es gewiss auch. Und da Ihr anscheinend die älteren Rechte an dieser Bank habt, so werde ich mir eine andere suchen.«

Branagorn wollte gerade aufstehen, als er Klaus' Hand auf seiner Schulter fühlte. Es war eine große, kräftige Pranke.

»Bleib doch noch«, sagte Klaus.

»Gerade wolltet Ihr mich von der Bank vertreiben – und jetzt, da ich freiwillig gehe, versucht Ihr mich zum Gegenteil zu überreden.«

»Ist vielleicht ganz lustig, wenn du noch etwas hierbleibst. Du scheinst mir in Ordnung zu sein. Willst du ein Bier?«

»Ich lehne den Genuss berauschender Getränke ab.«

»Bier ist einfach nur ein Nahrungsmittel, würde ich sagen. Aber ich habe auch einen Schokoriegel mit abgelaufenem Haltbarkeitsdatum – aber noch gut.« Er holte ihn aus der Gesäßtasche seiner Hose. Der Schokoriegel war etwas platter als die Produzenten ihn mal designt hatten. »Ist sogar wieder hart geworden, obwohl es heute ziemlich warm war.«

»Ich danke Euch sehr für Eure Gastfreundschaft.«

»Heißt das nun, dass du ihn haben willst?«

»Nein.«

»Gut, dann werde ich ihn mir genehmigen.«

»Ihr erinnert mich an einen Trork.«

»Trork? Was ist das denn?«

»Ein Mischwesen aus Troll und Ork. Ich kann nicht unbedingt sagen, dass ich die Gesellschaft von Trorks sehr schätze – andererseits habe ich keinen Grund anzunehmen, dass Ihr mir feindlich gesonnen seid.«

»Du redest eigenartiges Zeug«, meinte Klaus. »Aber eigenartig und doof ist was anderes als eigenartig und interessant.«

»Anscheinend seid Ihr von recht vorurteilsfreiem Charakter.«

Klaus musterte Branagorn. »Ich habe eine Menge durchgemacht. Weißt du, früher war ich mal Ingenieur und hatte Familie, ein Haus und einen Mercedes in der Garage. Das ist alles nach und nach den Bach runtergegangen. Aber wenn ich mir dich so ansehe, dann denke ich: Um so durchgeknallt zu sein wie du, muss man noch viel Schlimmeres erlebt haben.«

»Welchen Sinn hat es, sich bei den höheren Mächten zu beklagen?«, sagte Branagorn.

»Das sage ich mir auch immer, wenn ich im Amt eine Nummer gezogen habe und darauf warte, dass ich endlich dran bin«, meinte Klaus. »Erzähl mal was über dich. Woher kommst du und was hast du erlebt?«

»Das ist eine sehr lange und verworrene Geschichte«, erwiderte Branagorn. Doch dann begann er doch zu erzählen. Von den anderen Welten, in denen er gewesen war, von der Drachenhölle, die er durchlitten und vor allem von Cherenwen, die er zuerst verloren und in dieser Welt vielleicht wiedergefunden hatte. Klaus kaute dabei auf seinem platt gesessenen Schokoriegel herum, aber diese Kaubewegungen wurden immer langsamer, je länger er zuhörte. Er vergaß sogar, mit einem Schluck aus der geöffneten Bierflasche in seiner Manteltasche etwas nachzuspülen.

»Auf jeden Fall ist deine Erzählung besser als das Gequatsche der Heilsarmee oder der Sozialarbeiter«, meinte Klaus schließlich, als Branagorn lange nach Mitternacht geendet hatte. »Eins sag ich mal an deine Adresse: Manche Medikamente sind aber auch nicht harmlos!«

»Wie oft seid Ihr eigentlich hier, an diesem Ort der inneren Einkehr?«, fragte Branagorn.

»Aufm Friedhof? Fast jeden Tag«, erwiderte Klaus, der etwas irritiert über den für ihn plötzlichen Themenwechsel war.

»Dann beobachtet Ihr gewiss auch, welche Menschen und Fahrzeuge man in dieser Gegend findet und wie ihre Gewohnheiten beschaffen sind?«

»Man könnte sagen, ich bin ein Teil der Nachbarschaft. Allerdings ein nicht ganz so gern gesehener Teil, wie ich leider zugeben muss.«

»Ja, ich glaube, ich verstehe, was Ihr meint, werter Herr Klaus.«

»Tja, wir verstehen uns.«

»So seid auch Ihr offenbar ein Ausgestoßener und Vagabund zwischen den Welten.«

»Eine so schöne Umschreibung für das gute alte und vor allem auch sehr gebräuchliche deutsche Wort Penner habe ich ehrlich gesagt noch nie gehört«, gestand Klaus ein. »Klingt auf jeden Fall sehr viel freundlicher.«

»Im richtigen Wort steckt Magie, guter Freund. In der Formel schlummert die Kraft des Verborgenen, die imstande ist, die Realität zu verändern.«

»Wenn du damit sagen willst, dass man sich eine Menge einreden kann, stimme ich dir voll und ganz zu.« Klaus zuckte mit den Schultern, nahm einen Schluck Bier und sah dann auf die Flasche. »Es gibt natürlich auch die Möglichkeit, sich das Leben schön zu saufen. Aber ich glaube, dein Weg ist auf jeden Fall nicht so schädlich für die Leber, Branadings!«

Der ehrenwerte Klaus legte sich schließlich auf die Bank und schnarchte. In Branagorns Anwesenheit schien er sich sicher zu fühlen, auch wenn er, kurz bevor er einschlief, noch scherzhaft bemerkte: »Aber schlag mir nicht im Schlaf die Rübe mit deinem langen Messer ab! So besoffen, dass ich das nicht merken würde, bin ich nämlich auch wieder nicht.«

Für Branagorn blieb nur ein kleiner Teil der Bank übrig, und so schlief er im Sitzen, was ihm jedoch nicht sonderlich viel ausmachte. Schließlich schafften es doch auch die großen Meister des Zen oder die tibetischen Lamas, in allen möglichen, auch scheinbar unbequemen Körperhaltungen, vollkommene Ruhe und Erholung zu finden. Alles eine Frage der geistigen Disziplin, dachte Branagorn und murmelte vor dem Einschlafen eine magische Formel, die den ehrenwerten Klaus um ein Haar wieder aufgeweckt hätte.

Trotz all seiner inneren Versenkung und seiner überdurchschnittlichen Konzentrationsfähigkeit blieb Branagorns Schlaf in dieser Nacht nur sehr leicht. Das Geräusch eines aufbrausenden Motors weckte ihn. Er konnte nicht sehen, was für ein Wagen das war, aber er war sich ziemlich sicher, dass er von Nadine Schmalstiegs Adresse aus zurück in die Stadt fuhr.

Der aufbrausende Herr Timothy, ging es Branagorn durch den Kopf. Wer anderes als Timothy Winkelströter kam dafür in Frage? Offenbar hatte er Nadine jetzt verlassen.

Es war noch völlig dunkel. Nicht einmal ein erster zaghafter Sonnenstrahl kroch im Osten über den Horizont. Ein früher Zeitpunkt, um eine Geliebte zu verlassen, überlegte Branagorn. Selbst für die ob ihrer Kurzlebigkeit so eiligen Menschen …

Hatte es vielleicht Streit zwischen Timothy und Nadine gegeben? Selbst ohne die Anwendung irgendeiner Form von Magie lag dieser Schluss ziemlich nahe, wie Branagorn fand.

Aber die Tatsache, dass Timothy Winkelströter vermutlich das Haus von Nadine Schmalstieg verlassen hatte, bot Branagorn endlich die Gelegenheit, sich noch einmal ungestört mit ihr zu unterhalten und ihr die Fragen zu stellen, die ihm auf der Seele lagen.

Auch wenn es jetzt noch sehr früh für einen Besuch war, so dachte Branagorn, dass er sich doch zumindest schon mal auf den Weg zum Haus machen und dann vielleicht den Rest der Nacht vor ihrer Haustür verbringen konnte, sodass er dann auch auf keinen Fall den Moment verpasste, wenn sie morgens zur Klinik fuhr, um dort ihren Dienst anzutreten.

Branagorn drehte sich noch einmal nach Klaus um, der noch immer arglos vor sich hin schnarchte.

Eine gute Seele muss das sein, wenn er so tief in den Schlaf zu sinken vermag, dass ihn selbst das Geräusch eines so aggressiv aufheulenden Fahrzeugs nicht wecken kann. Der Schlaf des Gerechten eben, dachte Branagorn. Und zumindest darum beneidete er diesen Mann, denn ihm selbst war es schon lange nicht mehr möglich, diese besonders tiefe Form der Ruhe zu finden. Nicht, seit er zum ersten Mal die Anwesenheit des Traumhenkers in den Augen eines anderen Menschen gesehen hatte …

Für den Bruchteil eines Moments drohte eine Erinnerung in ihm aufzusteigen. Eine Erinnerung, die sich um ein Augenpaar und einen kahl geschorenen Kopf drehte. Ein flüchtiger Schatten einer Vergangenheit, die noch viel weiter zurücklag als jene Begegnung in der Lengericher Klinik, von der er seiner geliebten Cherenwen in Gestalt von Anna van der Pütten schon berichtet hatte.

Doch diese anderen Augen, von demselben Wahnsinn gezeichnet, hatte er nie erwähnt, und er war sich eigentlich auch sicher, dass er das niemals tun würde. Um keinen Preis. Es war schon schlimm genug, von dem Erlebnis in Lengerich zu erzählen. Und auch das hätte Branagorn nicht getan, wenn er eine Chance gesehen hätte, der Spur des Traumhenkers auf andere Weise zu folgen. Doch ihm war gedämmert, dass er es allein nicht schaffen würde. Er war auf die Hilfe der Hüter der Ordnung angewiesen, sosehr ihm dieser Umstand auch missfallen mochte, denn er hatte von deren Fähigkeiten keine allzu hohe Meinung. Und außerdem war er auf Cherenwen angewiesen. Nur sie schien ihn zumindest einigermaßen zu verstehen. Davon abgesehen hatte sie aber auch die Gabe, mit den Hütern der Ordnung auf eine Weise zu sprechen, dass sie sich der Wahrheit dieser grausamen Täuschungsmagie stellten, die Branagorn entlarvt zu haben glaubte.

Ich hoffe nur, dass es noch nicht zu spät ist, dachte er. Die Unruhe, die nun schon seit Langem seine nahezu ständige Begleiterin war, trug ebenfalls dazu bei, diesen Zustand andauernder Angespanntheit aufrechtzuerhalten.

Branagorn rückte sich sein Schwert auf dem Rücken zurecht und warf den Umhang zurück.

Dann setzte er mit weiten Schritten seinen Weg fort.

An einem der Grabsteine blieb er stehen. Das fahle Mondlicht schien genau auf die Beschriftung, und das war wohl auch der Grund, weshalb gerade dieser Stein seine Aufmerksamkeit erregt hatte.

Dort stand:

Wilhelmine Auguste Schmalstieg
2.8.1919 – 1.2.2008

ICH BIN DIE AUFERSTEHUNG UND DAS LEBEN.
WER AN MICH GLAUBT, WIRD LEBEN,
WENN ER AUCH STÜRBE.

Branagorn verharrte einige Augenblicke vor dem Grab, dann nickte er leicht, so, als wäre ihm gerade eben etwas klar geworden.

Mit eiligeren Schritten als zuvor ging er weiter.

Wenig später erreichte er die Straße. Fast nirgendwo brannte jetzt Licht. Viele Hauseingänge waren nun Orte vollkommener Finsternis, und der Mond stand zu tief, um die Straße wirklich beleuchten zu können.

Branagorn ging auf das Haus von Nadine Schmalstieg am Ende der Straße zu. Es wirkte wie ein besonders dunkler Klecks schwarzer Farbe auf einem ohnehin schon sehr düsteren Gemälde.

Ein Wagen wurde gestartet. Das Motorengeräusch unterschied sich deutlich von jenem Fahrzeug, das Branagorn zuerst gehört hatte.

In der Einfahrt leuchteten Scheinwerfer grell auf und blendeten Branagorn.

Das Gaspedal wurde im Leerlauf durchgetreten. Der Motor heulte auf.

Das geht nicht mit rechten Dingen zu, durchfuhr es Branagorn. Schweiß perlte ihm über die Stirn, und die Erkenntnis traf ihn wie ein Schlag.

Das musste er sein! Der Traumhenker!

Für einen Moment stand Branagorn wie erstarrt da und schien unfähig zu sein, sich auch nur einen Zentimeter zu bewegen. Ihm war auf einmal eisig kalt, und eine Schwäche fuhr ihm in Arme und Beine, wie er sie lange nicht gekannt hatte.

Seit jenem besonderen Augenblick, den er aus seiner Erinnerung verbannt hatte.

Die Zeit schien ihm jetzt auf eigenartige Weise gedehnt zu werden, so, als würde sie nur im Schneckentempo voranschreiten.

Der Wagen fuhr los.

Nein, ich darf ihn nicht entkommen lassen! Diesmal nicht, ging es Branagorn durch den Kopf. Er murmelte eine Formel, die ihm helfen sollte, die innere Erstarrung zu überwinden, die ihn so plötzlich befallen hatte. Die letzten magischen Worte dieser Formel gipfelten in einem lauten, durchdringenden Kampfschrei. Er riss das Schwert heraus, fasste den Griff mit beiden Händen und sprang mit ein paar schnellen Sätzen auf die Straße.

Genau in der Mitte der Fahrbahn stellte sich Branagorn aufrecht und breitbeinig auf. Die Schwertspitze zeigte in Richtung des nur schattenhaft erkennbaren Fahrzeugs.

»Stell dich, Traumhenker!«, rief Branagorn.

Der Wagen beschleunigte. Der Fahrer trat das Gaspedal voll durch. Der Motor brüllte auf, und Branagorn stand im gleißend hellen Lichtkegel der Scheinwerfer.

Branagorn sprang, bevor der Wagen ihm die Beine wegreißen konnte. Mit der Schulter rollte er über die Motorhaube. Und für den Bruchteil eines Augenblicks sah er ein Paar weit aufgerissener Augen. Augen voller Hass, aus denen der unzähmbare Drang zu töten sprach. Branagorn riss das Schwert herum, wollte damit die Scheibe zerschlagen, aber die Fliehkräfte rissen ihn fort. Er wurde von der Motorhaube heruntergeschleudert und kam hart auf dem Boden auf, während der Wagen erst bremste und dann wieder beschleunigte. Die durchdrehenden, über den Asphalt quietschenden Räder rollten über sein Schwert, das ihm dadurch aus der Hand gerissen wurde.

Der Wagen raste davon, bremste an der nächsten Abzweigung und bog dann ein. Danach war nichts mehr von ihm zu sehen.

Branagorn griff nach dem Schwert und stand auf. Als er die Waffe hob, sah er im Mondlicht, dass die Klinge dort verbogen war, wo das Fahrzeug sie überfahren hatte.

»Verflucht seist du, Traumhenker!«, rief er. »Auch wenn du mir heute entkommen konntest – eines Tages wirst du meine Klinge und die Macht meiner Magie zu spüren bekommen. Und wenn es noch eine Ewigkeit dauern sollte und ich dich bis in die letzte und einsamste Welt des Polyversums verfolgen müsste!«

Sein Ruf verklang, und Branagorn selbst fand, dass sich der Klang seiner Stimme entsetzlich schwach anhörte.

Die Verfolgung aufzunehmen hatte wohl keinen Sinn. Sein Feind war ihm an Schnelligkeit einfach überlegen. Also drehte er sich um und wandte sich dem Haus von Nadine Schmalstieg zu. Eine furchtbare Ahnung beschlich ihn.

Er ging zur Tür und fand sie einen Spalt offen.

Mit dem Schwert sorgte er dafür, dass sie sich zur Gänze öffnete. Anschließend trat er in einen dunklen Flur. Namenlose Schatten waberten dort. Er lauschte. Kein Geräusch war zu hören.

»Werte Heilschwester! Nadine! Seid Ihr dort irgendwo? Branagorn von Elbara spricht hier – und er ist gekommen, um Euch seinen Schutz zu gewähren ... Ich hoffe nur, dass ich nicht zu spät eingetroffen bin.«

Branagorn fand schließlich einen Lichtschalter. Im Flur wurde es hell.

Blut war auf dem Boden zu sehen. Kleine Tropfen nur, aber für Branagorn waren sie sehr deutlich erkennbar.

Und Haare.

Nicht nur ein einzelnes, sondern ein Büschel, so dick wie Branagorns schlanker Zeigefinger. Auch dieses Haarbüschel war blutverschmiert. Branagorn murmelte eine weitere Formel vor sich hin, dann stieß er mit dem Schwert die halb offen stehende Tür zum Wohnzimmer auf. Auch dort waren um den Griff herum blutige Spuren zu sehen.

Branagorn trat in das Halbdunkel des Wohnzimmers. Eine Stehlampe verbreitete gelbliches Licht und schien auf Nadine Schmalstiegs starres, totes Gesicht.

Sie saß mit durchschnittener Kehle in einem klobigen Ledersessel. Ihr Kopf war vollkommen kahl. Beim Rasieren waren ihr allerdings einige Schnitte zugefügt worden, die zu stark blutenden Wunden geführt hatten. Aus manchen dieser Schnitte sickerte es noch immer heraus.

»Bei den vergessenen namenlosen Göttern des elbischen Lichtvolkes«, murmelte er. »Was hast du nur getan, Traumhenker? Was hast du nur getan!«

Tränen des Zorns standen ihm in den Augen.

Ich hätte es wissen müssen, dachte Branagorn. Ich hätte früher hier sein müssen, um es zu verhindern! Was ist los? Hat die lähmende Magie deines Feindes schon so viel Macht über dich, dass du nicht nur wie erstarrt dastehst und ganz unelbisch anfängst zu schwitzen, als wärst du ein Mensch?

Branagorn glaubte für einen Moment, den Boden unter den Füßen zu verlieren. Er trat auf die Leiche von Nadine Schmalstieg zu. Jede Heilmagie, um ihr Leben doch noch zu retten, kam zu spät.

Branagorn beugte sich etwas vor und schloss der Toten die Augen.

Morgengrauen

In dieser Nacht plagte Anna van der Pütten erneut ein Alptraum. Aber irgendwie schien es sich um einen Traum von wohl ausgewogenem Grauen zu handeln, das keineswegs ausreichte, um sie zu wecken.

Wach wurde sie dann durch das schrille Geräusch ihres Handys, das gleichzeitig schnarrte und vibrierte. Dabei bewegte es sich langsam über den Nachttisch und hatte die Kante schon fast erreicht, als Anna zum ersten Mal die Augen öffnete – oder besser gesagt nur das linke Auge, denn das rechte war noch zu verklebt. Solange sie sich erinnern konnte, litt sie unter entzündeten und verklebten Augen, wenn sie erwachte, und daran hatten auch all die verschiedenen Augentropfen nichts zu ändern vermocht, die sie im Laufe der Zeit ausprobiert hatte.

Gerade als Anna zugreifen wollte, fiel das Handy auf den Boden und schnarrte dort unverdrossen weiter.

Sie erhob sich. An ihren Alptraum hatte sie diesmal nur noch sehr verschwommene, vage Erinnerungen. Aber das war vielleicht auch besser so. Sie setzte sich auf, langte dabei nach dem Handy. So ist das eben, dachte sie. Das reale Grauen verdrängt das Grauen aus dem Traumreich. Vielleicht wäre das ja auch mal ein ganz neuer Therapieansatz …

Sie hatte im nächsten Moment das Handy am Ohr.

»Ja!«, ächzte sie. »Van der … Pütten.« Vor dem »Pütten« musste sie aus irgendeinem unerfindlichen Grund erst mal Luft holen. Vielleicht war auch einfach noch nicht genug Blut in den entscheidenden Regionen des Gehirns, um sich schnell genug an die dritte und längste Komponente ihres Nachnamens erinnern zu können. Es fühlte sich an, als hätte der Rechner in ihrem Oberstübchen einen Hänger und wäre bis an die Grenzen seiner Leistungsfähigkeit damit beschäftigt, den Arbeitsspeicher so zu erweitern, dass sie ihren gegenwärtigen Status tatsächlich und guten Gewissens mit dem Wort »wach« bezeichnen konnte.

»Anna?«, fragte eine Stimme am anderen Ende der Verbindung.

»Ja, habe ich doch gesagt«, murmelte Anna etwas unwirsch. Und die Sekunden, in denen sie das sagte, brauchte sie auch, um zu erfassen, dass es Sven Haller war, mit dem sie sprach.

»Anna, es hat einen weiteren Mord des Barbiers gegeben.«

»Was?«

»Ist irgendetwas mit der Verbindung, oder warum verstehst du mich so schlecht?«

»Ich war wohl gerade in der Tiefschlafphase oder so.«

»Ich bin schon unterwegs. Du musst deinen eigenen Wagen nehmen.«

»Heißt das …«

»Es wäre schön, wenn du auch dort sein könntest, um dir den Tatort anzusehen.«

»Wo ist der denn?«

»In Borghorst. Adresse gebe ich dir durch. Ach ja, vielleicht macht es dich etwas wacher, wenn ich dir sage, dass am Tatort ein gewisser Frank Schmitt aufgegriffen wurde.«

»Was?«

»Der Mord geschah im letzten Haus einer Straße, die Haselstiege heißt. Nummer habe ich hier gerade nicht. Aber du findest das schon. Das letzte Stück wirst du sowieso zu Fuß gehen müssen, weil vermutlich schon ein halbes Dutzend Einsatzfahrzeuge alles vollgestellt hat.«

»Gut.«

»Bis nachher.«

Das Gespräch war unterbrochen.

So, dachte Anna, beginnt kein guter Morgen.

Als Anna ihren Renault in der Nähe eines Friedhofs parkte, war bereits die Sonne als blutroter Ballon aufgegangen. Eine Schlange von Fahrzeugen stand vor dem Grundstück am Ende der Straße. Polizeifahrzeuge waren ebenso darunter wie das Fahrzeug der Gerichtsmedizin. Sven Hallers Volvo war auch darunter. Uniformierte Kollegen standen vor dem Haus. Andere gingen bei den Nachbarn von Tür zu Tür. Die meisten Anwohner waren noch nicht zur Arbeit gegangen, sodass man sie befragen konnte. Vielleicht hatte ja jemand eine Beobachtung gemacht oder konnte einen sachdienlichen Hinweis geben.

»Sie können hier nicht weiter«, sagte ein Polizist, den Anna nicht kannte.

»Mein Name ist Anna van der Pütten, Kriminalpsychologin. Kriminalhauptkommissar Haller wartet auf mich – und ich weiß, dass er bereits hier sein muss. Sein Wagen steht nämlich da vorne.«

»Tja, ich weiß nicht. Ich kenne Sie ja schließlich nicht. Haben Sie irgendwie einen Dienstausweis oder irgendetwas anderes, womit Sie …«

»Ist schon in Ordnung, die gehört dazu«, hörte Anna eine wohlbekannte Stimme sagen.

Kevin Raaben war hinter ihr aufgetaucht.

»In Ordnung«, sagte der Uniformierte.

»Los jetzt«, forderte Raaben Anna auf und führte sie ein paar Schritte weiter auf die Haustür zu. Anna bemerkte, wie ein Kollege der Spurensicherung sich gerade den in der Einfahrt stehenden Wagen vornahm. Das Areal davor war mit Flatterband zum Teil abgesperrt. Offenbar wurde auch dort nach Spuren gesucht.

Ein Kollege, den Anna schon des Öfteren in Münster auf dem Präsidium am Friesenring gesehen hatte, von dem sie aber nicht den Namen kannte, war gerade damit beschäftigt, Fotos von den Reifenspuren zu machen, die selbst für einen Laien zu erkennen waren.

»Ja, da hat jemand so was wie einen Kavaliersstart hingelegt«, meinte Raaben, der Annas Gedanken zu erraten schien. »Und wir wissen von einer Nachbarin, dass es wohl ein Geländewagen gewesen ist. Die Dame ist zwar schon alt, hat aber gut funktionierende Augen und sitzt oft bis spät in den frühen Morgen vor dem Fernseher, weil sie nicht schlafen kann.«

»Was ist hier genau passiert?«, fragte Anna. »Und wo ist Branagorn, also ich meine …«

»Herr Schmitt.«

»Genau.«

Raaben kratzte sich am Hinterkopf. »Tja, der Sven hat am Telefon noch nicht darüber gesprochen?«

»Nein, das hat *der Sven* nicht gemacht. Und jetzt bitte Klartext! Was ist mit Herrn Schmitt?«

»Alle Achtung! Eine Psychologin, die sich mehr für ihren Patienten interessiert als für den Mord. Ich hoffe, wenn man mich mal bei einer schrecklich zugerichteten Leiche mit einem verbogenen Schwert in der Hand findet, dann setzt sich auch jemand für mich ein.«

»Wo ist er?«

»Er sitzt in der Küche und blickt etwas stumpfsinnig vor sich hin.«

»Und wo ist Sven?«

Raaben zuckte mit den Schultern. »Keine Ahnung. Muss hier irgendwo herumlaufen. Vielleicht ist er im Garten – kann aber auch sein, dass er sich mit einem der Nachbarn darüber unterhält, ob er nicht doch etwas gesehen oder gehört hat.«

»Ich kann mir nicht vorstellen, dass Herr Schmitt diese Nadine Schmalstieg umgebracht hat«, gab Anna ihrer Überzeugung Ausdruck.

Kevin Raaben sah sie etwas erstaunt an. »Davon habe ich auch nie etwas gesagt. Herr Schmitt hat den Mord gemeldet und wahrscheinlich auch das eine oder andere angefasst, was unseren Kollegen von der Spurensicherung den Job sicherlich nicht gerade erleichtern wird.«

Anna atmete innerlich auf. »Es hieß, man habe ihn am Tatort aufgegriffen …«

»Ja, der örtliche Beamte, der zuerst an den Tatort gelangte, schien die Sache wohl etwas anders einzuschätzen. Und davon abgesehen wissen wir natürlich nicht, was sich noch herausstellen wird. Also, aus dem Schneider ist Herr Schmitt noch nicht hundertprozentig.«

Wenig später gelangte Anna in die Küche, wo Branagorn am Tisch saß. Er blickte starr vor sich und schien sie zunächst gar nicht zu bemerken.

Den eigentlichen Tatort konnte Anna im Moment sowieso nicht betreten, da er noch nicht »abgespurt« war, wie Markus Friedrichs und dessen Kollegen von der Spurensicherung das nannten. Selbst der Gerichtsmediziner Dr. Wittefeld musste zunächst warten. Er ging ungeduldig im Flur auf und ab, der von Markus Friedrichs und seinen Spusi-Kollegen als Erstes abgespurt worden war, denn zu einem späteren Zeitpunkt wäre dort wohl kaum noch etwas Brauchbares zu finden gewesen.

Anna setzte sich Branagorn gegenüber.

»Wie geht es Ihnen?«, fragte sie.

»Nicht gut«, sagte Branagorn. »Man hat mir zum zweiten Mal ein Schwert entwendet, um es einer Untersuchung zuzuführen. Aber alles, was daran zu finden ist, kann ein jeder mit seinen bloßen Augen erkennen. Ein Wagen ist mir über das Schwert gefahren. In ihm saß die Mörderseele, die vom Traumhenker besessen ist. Ich stellte mich ihr entgegen, aber anscheinend waren meine Kräfte nicht stark genug. Wenn ich das andere Schwert als Artefakt hätte verwenden können …« Branagorn zuckte mit den Schultern. »Wer weiß, vielleicht hätte ich das Übel stellen und bannen können. Aber so war es mir einfach nicht möglich.« Er sah auf, und Anna erkannte sofort die schier grenzenlose Traurigkeit in den Augen ihres Patienten. »Ich habe den Tod der Heilschwester nicht verhindern können.«

»Warum nennen Sie Nadine Schmalstieg eine Heilschwester?«

»Weil das ihre Profession ist. Sie arbeitet am Marienhospital. Ich lernte sie kennen, als sie noch eine Schülerin war und ich für eine gewisse Zeit bei den Türmen zu Lengerich weilte … Zur selben Zeit begegnete ich in Lengerich auch dem Traumhenker, wie ich Euch schon einmal berichtet habe.«

»Ja, das habe ich nicht vergessen.«

»Ich habe Nadine Schmalstieg darüber befragt, denn sie hatte ja schließlich damals Dienst und hätte dieser Mörderseele ebenfalls begegnen müssen. Da bin ich mir ganz sicher.«

»Sie haben mit ihr noch gesprochen?«, wunderte sich Anna.

»Ja, am Tag zuvor an einem Ort, der sich Café Mauritius nennt. Ich erwähnte das kurz während unseres Gesprächs über das sprechende Artefakt. Aber ich sehe schon, dass ich Euch alles von Anfang an und im richtigen Zusammenhang berichten muss, sonst werdet Ihr es nicht verstehen …«

»Das fürchte ich auch«, nickte Anna.

Branagorn griff an seinen Gürtel und löste einen Beutel, in den er das Haar aus dem Flur des Hauses in der Nordwalder Straße getan hatte. Mit dem Daumen und Zeigefinger seiner rechten Hand griff er dabei mit einer Sicherheit zu, die wohl für ein gut ausgebildetes, scharfes Auge sprach, ein Elbenauge eben, wie Branagorn immer wieder betonte. Er hielt Anna das Haar hin. »Ich hoffe, Ihr habt dafür Verwendung in den Laboratorien Eurer Alchemisten.«

»Sicher. Nur habe ich im Moment nichts, worin ich es aufbewahren könnte.«

»Ich hole ein Tütchen«, sagte der Beamte, der bis dahin mit im Raum gesessen hatte. »Einen Moment.«

»Vielen Dank«, sagte Anna.

»Das ist übrigens der werte Ralf Meyer zu Gentrup, der unter den Hütern der Ordnung den Rang eines Polizeikommissars bekleidet, wenn ich mich recht erinnere. Er war der Erste von ihnen, der hier eintraf, nachdem ich mit dem sprechenden Artefakt Hilfe gerufen hatte.« Branagorn schüttelte verzweifelt den Kopf. »Ich konnte den Traumhenker nicht aufhalten, obwohl es mir nicht an Mut mangelte … Das wird sich in Zukunft als schwere Bürde für mich erweisen.«

»Es gibt Ihnen niemand die Schuld am Tod von Nadine Schmalstieg.«

»Sagt das nicht, meine werte Ratgeberin und Gefährtin«, widersprach Branagorn. »Wenn sich im Wohnzimmer nicht ein blutiger Fußabdruck gefunden hätte, der weder vom unglückseligen Opfer dieser Gewalttat noch von mir stammen kann, dann wäre der nette Herr Meyer zu Gentrup sehr schnell zu meinem eindringlichsten Ankläger geworden – ganz zu schweigen von jenem Hüter der Ordnung, der den Namen Haller trägt und mit dem Ihr in besonders enger Weise zusammenzuarbeiten scheint. Es war so schrecklich, in der Gewissheit das Haus zu betreten, einem furchtbaren Bild des Grauens zu begegnen. Wie sie dasaß, die Kehle geöffnet und das Haar auf eine so grobe Weise entfernt, dass dies nur einem unendlich großen Hass entsprungen sein kann. Einem Hass, wie er in dieser furchtbaren Intensität für mich nicht nachvollziehbar ist. Doch das liegt vielleicht an der Natur des Elbenvolkes …«

»Jeder Mensch ist unter den geeigneten Umständen dazu fähig, die schlimmsten Instinkte in ihm an die Oberfläche kommen zu lassen«, erwiderte Anna. »Niemand von uns weiß, wo bei ihm persönlich die Grenze liegt, an der die dünne Tünche der Zivilisation und der Kultur von ihm abfallen und etwas zum Vorschein kommt, was dann für gewisse Zeit jegliche Kontrolle außer Kraft setzt.«

»Euer Lehrmeister Freud nimmt doch ohnehin an, dass das Unbewusste die meisten Entscheidungen trifft und dabei viel weniger von den ordnenden Instanzen des Ich und des Über-Ich beeinflusst wird, als die meisten Menschen glauben oder – wie in Eurem Fall – hoffen.«

»Sie kennen Freud?«, wunderte sich Anna, fand es dann aber im nächsten Moment gar nicht mehr verwunderlich. »Na ja, Sie lesen ja viel …«

»Ich muss gestehen, dass ich nie etwas von ihm gelesen habe. Aber irgendwann in den 1890er Jahren hatte ich die Gelegenheit, in Wien persönlich einem Streitgespräch zwischen Freud und dem Okkultisten Hermann von Schlichten über die Macht des Unbewussten zu folgen. Für mich war das sehr aufschlussreich, wie ich gestehen muss.«

»Ah ja«, murmelte Anna.

Branagorn nahm mit der Rechten Annas Hand, während Daumen und Zeigefinger der Linken nach wie vor das Haar festhielten. Ihr erster Impuls war, sie ihm zu entziehen, doch dann überwog ihre Neugier. Sie hatte das Gefühl, dass Branagorn auf diese Weise eine besondere Verbindung zu ihr herzustellen versuchte und etwas sagen wollte. Etwas, was auch für sie von großer Bedeutung sein mochte. Undeutlich stiegen die Erinnerungen an ihren ersten Alptraum vom Traumhenker wieder in ihr auf, aber dann schalt sie sich eine Närrin. Müdigkeit und persönliche Verstrickung in einen Fall, das war wirklich keine gute Kombination, dachte sie. Es wurde in ihrem Fall höchste Zeit für die Supervision durch einen unbeteiligten Kollegen. Im Moment allerdings ging es erst einmal darum, einem Mörder auf die Spur zu kommen. Na ja, dachte sie, irgendeine Ausrede hat jeder.

»Wir müssen noch einmal zu diesem Haus in der Nordwalder Straße, in dem Sarah Aufderhaar lebt. Dort kommt dieses Haar her. Ich hoffe, dass die Alchemisten bereits jenes untersucht haben, das ich in Telgte fand.«

»Nun …«

Sollte sie ihm die Wahrheit sagen? Wenn Haller das Haar von der Planwiese vielleicht auch nicht einfach in den Müll geworfen hatte, so war auf der anderen Seite auch nicht anzunehmen, dass sich wirklich jemand dieses Beweisstücks annahm. Und was dieses Haar anging, sah Anna kaum bessere Chancen.

»Ich weiß, dass mich niemand ernst nimmt, und ich weiß auch, dass die Gefahr, die den nächsten Opfern droht, die Hüter der Ordnung aus irgendeinem mir nicht nachvollziehbaren Grund trotzdem nicht dazu veranlasst, mir zu glauben, obwohl ich sicher bin, der Mörderseele näher auf der Spur zu sein als jeder andere.«

»Branagorn, ich weiß nicht, ob Sie wirklich …«

»Nein, hört mir zu, Cherenwen, hört mir zu und erfüllt mir diese eine Bitte, um die ich niemals bei Euch anfragen würde, wenn es nicht wirklich dringlich wäre. Fahrt mit mir zu diesem Haus, wenn Ihr hier abkömmlich seid! Ich habe Euch ja meinen Ärger, der mir dort widerfuhr, über das sprechende Artefakt kurz geschildert. Wenn ich dort ein zweites Mal auftauchte, müsste ich erneut damit rechnen, unlauterer Absicht verdächtigt zu werden. Aber Ihr könntet Euch dort umsehen und mir Eure Augen und Euren Mund leihen, Cherenwen … Würdet Ihr das tun?«

»Ich weiß nicht …«

»Bitte! Wenn Ihr es nicht meinetwegen zu tun bereit seid, dann zumindest um der zukünftigen Opfer willen!«

Anna seufzte. Dieser Patient drohte ihr noch den letzten Nerv zu rauben. Andererseits beunruhigte sie die Tatsache, dass dieser unbekannte Mörder noch weiter sein grausiges Spiel fortsetzen könnte, ebenfalls immer mehr. Seit er sogar Stoff ihrer Alpträume geworden war, hatte dieser Aspekt noch einmal eine neue Qualität bekommen. Die Jagd nach dem Barbier war für Anna inzwischen zu einer sehr persönlichen Angelegenheit geworden. Und auch wenn sie sich hundertmal sagte, dass das eigentlich niemals hätte passieren dürfen, so war es inzwischen nun einmal eine Tatsache, die sie nicht mehr leugnen konnte.

»Also gut« versicherte sie. »Ich fahre mit Ihnen dorthin. Das verspreche ich Ihnen.«

»Danke. Und falls die Hüter der Ordnung doch noch einen Grund finden, mich festzuhalten, so …«

»… werde ich dieses Haus allein aufsuchen.«

In diesem Moment kehrte Polizeikommissar Meyer zu Gentrup zurück. Er hatte eine kleine, transparente Plastiktüte in der Hand, wie sie verwendet wurde, um Spuren zu sichern. »Hat einen Moment gedauert, aber die Kollegen sind sehr im Stress«, sagte er.

»Das macht nichts«, antwortete Anna.

Meyer zu Gentrup ließ Branagorn das Haar in das geöffnete Plastiktütchen tun. Es war dem Elbenkrieger anzusehen, wie ungern er diesen Beweis abgab. Fast so, als würde es sich um eines seiner magischen Artefakte handeln, überlegte Anna. Aber vielleicht misstraute er auch einfach nur der Polizei und glaubte nicht, dass dieses Haar jemals einem Labor zugeführt werden würde.

»Es gibt übrigens noch einen wichtigen Zeugen, der vielleicht

Beobachtungen gemacht hat, die helfen könnten, den Fall aufzuklären«, ergänzte Branagorn.

»Was ist das für ein Zeuge?«, fragte Meyer zu Gentrup.

»Es ist der werte Klaus. Ich habe mit ihm zusammen auf dem Friedhof genächtigt. Er pflegt mit einem Handwagen durch die Lande zu ziehen, der offenbar seinen gesamten Besitz trägt, und war früher ein Maschinenmagier.«

»Wie bitte?«

»Ich glaube, irgendwann in den letzten zweihundert Jahren hat man angefangen, so etwas einen Ingenieur zu nennen.«

Meyer zu Gentrup grinste breit und schob sich seine dicke und ziemlich schwere Brille zurück zur Nasenwurzel. Irgendwie schien seine Brille nicht für seine relativ schmale und in einem steilen Winkel abfallende Nase geschaffen zu sein, sodass Meyer zu Gentrup ungefähr alle paar Minuten damit beschäftigt war, die Brille wieder in die Position zu bringen, die für einen klaren Durchblick passend war.

»Einen Nachnamen wissen Sie nicht zufällig?«, fragte Anna.

»Nein«, gestand Branagorn. »Aber möglicherweise weilt er sogar noch auf dem nahen Friedhof, und wenn nicht, so ist damit zu rechnen, dass er bald wieder auftaucht, denn er scheint die Gesellschaft der Totengeister regelmäßig in Anspruch zu nehmen, da er sich in ihrer Gegenwart sehr wohlfühlt.«

»Wir können ja nachher mal sehen, ob der Kerl dort irgendwo ist«, sagte Meyer zu Gentrup.

»Schildern Sie mir jetzt bitte alles von Anfang an, Branagorn.«

»Wie Ihr wollt, werte Cherenwen.«

***

Sven Haller war zur selben Zeit gerade damit beschäftigt, einen Mann mit langen und leicht gewellten Haaren zu befragen. Haller tippte auf einen pensionierten Akademiker. Wahrscheinlich Studienrat, zu mehr fehlte diesem Typ einfach wohl der Ehrgeiz. Wer sich schon nicht entscheiden konnte, ob er ein richtiger Hippie oder doch nur ein verbeamteter Schmalspur-Linker werden sollte, der war sicherlich auch nicht das Risiko eingegangen, sich bis in die vierziger mit Assistentenstellen über Wasser zu halten, bis dann die Habilitationsschrift in irgendeinem obskuren gesellschaftswissenschaftlichen Seitenzweig tatsächlich fertig wurde und der betreuende Professor bis dahin noch nicht verstorben war.

Der Mann hieß Jobst Fleischer, betonte aber, er sei von Beruf niemals Fleischer gewesen, sondern eigentlich sogar eher Vegetarier, da er sich zu neunzig Prozent von dem ernähren würde, was er eigenhändig in seinem Garten anbaute.

»Ich sag immer: Selbstgezogen schmeckt besser, und wenn man sich eigenhändig vergiftet, ist das auch in der eigenen Verantwortung.«

»Tja, so habe ich das noch nie gesehen«, sagte Haller.

Jobst Fleischer war ein hagerer Mann mit grauen Haaren und einer Strickjacke, die aussah, als wäre bei ihrer Herstellung jeder nur erdenkliche Wollrest eingestrickt worden. Eine Patchwork-Jacke, bei der weder auf farbliche Zusammenstellung noch auf so etwas wie Passform irgendeine Rücksicht genommen worden war. Vermutlich war die Jacke ein Geschenk, dachte Haller. Ein Geschenk, von dem Jobst Fleischer aus irgendeinem Grund dachte, dass er es nicht ablehnen konnte, es auch zu benutzen. So etwas kannte eigentlich jeder. Der kratzende Pullover von der Oma, den man dann zu ihrem Besuch tragen musste, egal, ob die meteorologischen Gegebenheiten das auch in angemessener Weise rechtfertigten. Aber Haller fand, dass man mit Ende sechzig – auf dieses Alter schätzte der Kriminalhauptkommissar den Mann – aus dieser Phase eigentlich raus sein sollte. Doch vielleicht war das etwas anderes, wenn man mit der rücksichtslosen Schenkerin eine Beziehung hatte, in der man unangenehmen und langwierigen Diskussionen im Interesse des Friedens eher aus dem Weg ging.

Fleischer wohnte drei Häuser weiter – bezogen auf die Adresse von Nadine Schmalstieg. Der Vorgarten unterschied sich kaum von denen anderer Häuser in der Gegend. Der Rasen war kurz geschnitten, und es gab ein paar widerstandsfähige Zierpflanzen, die nicht viel Pflege verlangten. Die Anbaugebiete von Fleischers Nutzgarten mussten sich auf der Rückseite des rot verklinkerten Reiheneckhauses befinden.

Haller und Fleischer standen vor dem Haus. Fleischer stützte sich auf eine Hacke. Was er damit auf dieser Seite des Hauses eigentlich wollte, war Haller schleierhaft. Wahrscheinlich diente dieses Werkzeug einfach nur dazu, ihm ein Alibi zu verschaffen, das es ihm gestattete, im Vorgarten zu stehen und ungeniert zu gaffen.

»Wollen Sie hereinkommen?«, fragte eine Frau, die wie ein weiblicher Zwilling ihres Mannes aussah. Sie hatte die gleiche hagere Figur, die gleichen gewellten grauen Haare und fleckigen Jeans, deren Schnitt noch den Schick der frühen Achtziger erkennen ließ und die bewiesen, wie nachhaltig man mit einem Stück gewebter Baumwolle doch umgehen konnte und was Nachhaltigkeit wirklich bedeutete. Die Strickjacke, die sie trug, passte in ihrer Machart zu der ihres Mannes. Haller fühlte sich jetzt bestätigt. Die Offensiv-Strickerin, deren Werke den schmalen Grad zwischen Relativität und Chaos auszuloten versuchten, war zweifellos entlarvt. Mit der Entlarvung des Barbiers würde es so leicht nicht vorangehen, befürchtete der Kripo-Mann aus Münster.

»Ja, in Ordnung, gehen wir rein«, sagte Haller. Im Moment waren die Spusi-Leute am Tatort, da störte er ohnehin nur. Und wenn diese Leute hier den ganzen Tag nicht viel mehr zu tun hatten, als ihr Gemüse zu beobachten, dann wussten sie ja vielleicht auch ganz gut über die Verhältnisse in der Nachbarschaft Bescheid und konnten womöglich wertvolle Hinweise geben.

»Sie können grünen Tee haben«, sagte die Frau.

»Danke.«

»Danke ja oder nein?«

»Danke ja.«

Was soll's, dachte Haller. Schließlich war grüner Tee ja dafür bekannt, dass er magenfreundlich sein sollte, auch wenn er schmeckte wie gekochtes Gras und sein Geruch Haller immer an eine Scheune voller Heu nach einem Sommerregen erinnerte, wobei die Scheune allerdings kein Dach hatte und auf diese Weise alles nass geworden war.

Haller folgte den beiden.

Jobst Fleischer stellte seine Hacke neben der Tür ab. Es gab keine Klingel, nur ein Namensschild. Jobst Fleischer und Ruth Störicke-Fleischer.

Jobst Fleischer führte ihn zu einem rustikalen Tisch in der Mitte des Eingangsraumes. Dort bekam er wenig später den versprochenen grünen Tee in einer Tasse beziehungsweise ihrem selbst getöpferten Äquivalent.

»Ja, das ist wirklich tragisch, was mit Nadine passiert ist«, sagte Ruth Störicke-Fleischer nach einem Schluck von ihrem Tee und einem tiefen Seufzer.

»Sie kannten die Tote gut?«, fragte Haller.

»Wie man es nimmt. Sie ist vor einigen Jahren hierhergezogen. Das Haus gehörte ihrer Großtante Wilhelmine. Die hatte selbst keine Kinder oder noch andere Angehörige. Und Nadine hat das Haus mit der Auflage gekriegt, die alte Dame zu pflegen. Sie liegt inzwischen auf dem Friedhof, an dem Sie sicher auch vorbeigekommen sind.«

»Nadine ist – war – ja Krankenschwester«, ergänzte Jobst. »Ich glaube, früher hat sie in Lengerich in der Psychiatrie gearbeitet, aber das war ihr wohl auf die Dauer einfach seelisch zu belastend.«

Letzteres konnte Jobst Fleischer offenbar gut verstehen, denn in den nächsten Sätzen erfuhr Haller dann in Kurzform die Lebensgeschichte der beiden. Beide Lehrer, beide schließlich aus dem Dienst gegangen, weil sie sich diesem Stress und dem andauernden Druck nicht mehr aussetzen wollten und ein Leben ohne Zwänge zu führen versuchten. Jobst sprach, und seine klaren, vieles zusammenfassenden Sätze verrieten dabei den ehemaligen Lehrer, der es wohl gar nicht so schlecht verstanden haben musste, komplizierte Dinge auf eine Weise zusammenzufassen, dass auch begriffsstutzige Pennäler und Polizisten sie schnell zu verstehen vermochten.

»Mich interessieren eigentlich mehr die Beobachtungen, die Sie gestern Abend und heute früh gemacht haben.«

»Es ist immer noch früh am Morgen«, erinnerte Jobst den Kommissar, der daraufhin ein Gähnen unterdrücken musste. Dieser Drang schien psychosomatischer Natur zu sein. Wenn ihn jemand daran erinnerte, dass er normalerweise vielleicht gerade mit dem Zähneputzen begonnen hätte, dann wünschte er sich einfach noch mal zurück ins Bett. Zumal die Wendung, die der Fall des Barbiers genommen hatte, alle bisherigen Ermittlungsergebnisse wieder massiv in Frage stellte. Wenn es sich bei dem Mörder von Nadine Schmalstieg tatsächlich um denselben Täter handelte, der auch Jennifer Heinze getötet hatte, dann konnte das unmöglich der inhaftierte Jürgen Tornhöven sein.

Andererseits waren die Spuren in Richtung der sogenannten Neuen Templer so eindeutig, dass man sie nicht ignorieren konnte.

»Nadine hatte gestern einen ziemlich heftigen Streit mit ihrem Freund«, sagte jetzt Ruth Störicke-Fleischer. »Timothy heißt er. Nadine hat mir mal von ihm erzählt.«

»Du hast sie ausgefragt«, korrigierte Jobst.

»Ja, wenn so ein seltsamer Typ mit langem Ledermantel hier herumläuft, der aussieht, als käme er irgendwie aus einem schlechten Film, dann wird man ja wohl mal fragen dürfen. Außerdem hatte er seinen Wagen so geparkt, dass man kaum raussetzen konnte. Also zumindest ich nicht.«

»Heißt dieser Timothy zufällig Winkelströter?«, fragte Haller.

»Ja, jetzt, wo Sie es sagen, fällt es mir wieder ein«, bestätigte Ruth. »Und er fährt einen dicken Geländewagen.«

»Die Nummer habe ich mir übrigens aufgeschrieben, weil er ja unsere Ausfahrt zugeparkt hatte«, sagte Jobst. »Ich meine, zu dem Zeitpunkt war da zwar gerade eine Baustelle vor Nadines Haus, sodass er dort nicht parken konnte, aber das heißt ja nicht, dass man einfach überall seinen Protzwagen abstellen kann.«

»Ja, ja«, sagte Haller.

»Ich meine, Sie als Polizist sehen das doch wohl genauso.«

»Sicher.«

Insgeheim konnte sich Haller nur darüber wundern, wie spießig diese Exhippies – ungeachtet ihres unkonventionellen Auftretens – offenbar inzwischen geworden waren.

»Aber vielleicht kommen wir noch mal zurück zu diesem Streit«, meinte Haller schließlich und versuchte den Faden seiner Ermittlungen wieder aufzunehmen. »Wo hat Herr Winkelströter gestern geparkt? Wieder vor Ihrem Haus?«

»Nein, nein, die Baustelle ist schon in der vergangenen Woche fertig geworden. Gestern hat er in der Einfahrt zu Nadines Haus geparkt. Es war nämlich so, er kam zuerst, und Nadine war erst später dort.«

»Er hat auf sie gewartet?«, hakte Haller nach.

»Richtig. Und zwar ziemlich lange. Nadine kam vom Dienst und konnte natürlich den Wagen nicht in die Einfahrt fahren. Das war sicher schon mal der erste Konfliktpunkt. Dann haben die beiden sich ganz fürchterlich angeschrien.«

»Konnten Sie mitbekommen, worum es ging?«

Ruth mischte sich jetzt ein. »Es fiel mehrfach ein Name. Jennifer. Aber mehr konnten wir hier auch nicht verstehen. Ich wollte schon hingehen.«

»So?«

»Ja, nicht aus Neugier, sondern um zu vermitteln. Aber dann ist dieser Timothy in den Wagen gestiegen und weggefahren. Er war ziemlich geladen, würde ich sagen.«

»Später kam er noch mal zurück, da wurde es schon dunkel«, ergänzte Jobst. »Was dann geschah, wissen wir nicht. Nadine hat ihn offenbar ins Haus gelassen.«

»Tja, und ganz in der Früh, also das war noch mitten in der Nacht, da sind wir beide durch Motorengeräusche wach geworden«, fügte Ruth hinzu.

»Wissen Sie, wir haben keine Uhren im Haus. Diesem Diktat der Zeitmessung wollen wir uns nicht unterwerfen. Das Empfinden der Zeit wird durch die Natur bestimmt. Durch den Wechsel von Licht und Dunkelheit oder den Schlag des Herzens – aber nicht durch etwas Mechanisches, das alle Menschen gleichschaltet. Man sollte auf die innere Uhr hören und nicht auf dieses aufgezwungene Zeit-Diktat.«

»Na ja, solange man sich nicht verabreden will, ist dagegen ja auch nichts zu sagen«, meinte Haller etwas befremdet. »Genaue Zeitangaben kann ich also von Ihnen nicht erwarten«, stellte er dann noch fest, und dabei war seine Enttäuschung kaum zu überhören.

»Jedenfalls fuhr der Wagen so schnell davon, wie wenn jemand flüchten will«, erläuterte Jobst. »So wie in diesen amerikanischen Serien, wobei ich gestehen muss, dass wir da wohl nicht mehr so ganz auf dem Laufenden sind.«

»Einen Fernseher besitzen wir nämlich schon lange nicht mehr«, sagte Ruth. »Diesem Konsum- und Werbeterror wollten wir uns nicht länger aussetzen. Trotzdem kommen diese Prüfer der Gebühreneinzugszentrale immer wieder vorbei und wollen uns einfach nicht glauben, dass wir darauf verzichten. Radio haben wir nämlich auch nicht.«

Jobst nickte, und die tief empfundene Zustimmung zu den Worten seiner Frau hatte ihre Entsprechung in der Tiefe der jeweiligen Nickbewegungen, die immer raumgreifender wurden. »Ich weiß nicht, ob Sie es schon wissen. Aber demnächst wollen die in Berlin ja so eine pauschale Medienabgabe pro Haushalt einführen – egal, ob man überhaupt ein Radio oder einen Fernseher besitzt.«

»Oder nur einen Computer«, ergänzte Ruth.

»Jedenfalls ist das im Gespräch«, fügte Jobst hinzu.

»Und mein Mann bereitet schon mal eine Verfassungsklage vor, falls es tatsächlich dazu kommt, dass man diese Abgabe bei uns erheben will.«

»Da stecken doch nur die Konzerne hinter, Ruth. Die Konzerne und ihre Lobby.«

»Ich habe zum Schluss noch eine letzte Frage«, sagte Haller nun. Er holte einen Abzug des Facebook-Fotos heraus, das Nadine Schmalstieg ins Internet gestellt hatte und auf dem einige ihrer Freunde und Bekannten in mehr oder minder ausgeprägter mittelalterlicher Gewandung zu sehen waren. Dass die Ermordete die Nadine Schmalstieg war, die diesen Facebook-Account gehabt hatte, war inzwischen Stand der Ermittlungen. Allein schon die Verbindung zu Timothy Winkelströter ließ daran keine Zweifel. Ihren Computer würden die Kollegen natürlich auch überprüfen. »Wenn Sie sich das bitte mal ansehen würden«, sagte Haller. »Erkennen Sie irgendwen wieder?«

»Ja, natürlich. Das da! Das ist der Timothy«, stellte Ruth fest. »Ich glaube, da hat sie sich den Falschen gegriffen. Ganz ehrlich, ich verstehe bis heute nicht, was sie an dem gefunden hat. Schon allein die Kleidung wirkt doch so ungeheuer …«, sie suchte nach dem richtigen Wort und fand es schließlich auch, »… aggressiv!« Die Art und Weise, wie sie das aussprach, drückte aus, dass sie in dieser Eigenschaft so etwas wie eine Todsünde sah. Insbesondere die Schlusssilbe zog Ruth Störicke-Fleischer so in die Länge, dass dabei ein Zischlaut entstand, den Haller seinerseits wiederum als sehr aggressiv empfand.

»Darf ich mal näher sehen?«, fragte Jobst und nahm dabei das Foto an sich. Er kniff die Augen zusammen, und Haller fragte sich, ob technische Sehhilfen wie zum Beispiel eine Lesebrille wohl von den Fleischers ebenfalls abgelehnt wurden – als Machenschaften der Optikerketten zum Beispiel.

»Die da war auch schon mal hier«, sagte er und deutete auf eine Frau mit dunklen Haaren. »Aber das Bild ist schon älter, oder?«

»Mindestens sieben Jahre alt«, bestätigte Haller.

»Ich wollte nämlich gerade sagen. Dieser Timothy sieht da ja noch richtig nett aus …« Dann tippte er mit dem Finger auf die junge Frau, die er zu erkennen glaubte. »Ich bin mir sicher, die da war schon hier.«

Jobst meinte die Frau, die entweder Sarah oder Melanie hieß, erkannte Haller gleich.

»Wo ist das aufgenommen worden? Auf einem Maskenball?«, fragte Ruth. »Sieht ja aus wie venezianischer Karneval oder so was Ähnliches. Ich meine, wegen der Pestmaske.«

Haller überlegte kurz. War diese Sarah oder Melanie noch wichtig? Erst hatte alles auf Tornhöven gedeutet, jetzt auf Winkelströter … Wer konnte schon vorhersagen, welche Wendung dieser Fall noch nehmen würde? Haller folgte seinem Instinkt, und der ließ ihn manchmal Dinge tun, die nicht bis ins Letzte logisch erklärbar waren. Alles nachhaken, alles wissen, ein breites Feld bei den Ermittlungen abdecken und sich nicht zu früh festlegen – damit hatte er gute Erfahrungen gemacht.

»Was war mit dieser Dunkelhaarigen?«, fragte Haller also.

»Die saß in einem Wagen«, sagte Jobst Fleischer. »Ich kenne mich mit Fahrzeugen nicht so aus, aber ich denke, es war ein Audi, viertürig, silbergrau.«

Ruth sah ihren Mann mit einem Blick an, als ob sie sich darüber wunderte, wie sehr dieser wohl doch klammheimlich ein Opfer des Konsumterrors geworden war. Allerdings enthielt sie sich eines Kommentars dazu. Sie sagte nur: »Also, ich habe die Frau nicht gesehen.«

»Der Wagen stand stundenlang da. Und zwar nicht nur einmal«, berichtete Jobst. »Es wirkte so, als würde die Frau jemanden beobachten oder auf jemanden warten.«

»Und wen? Ich meine, was vermuten Sie?«, hakte Haller nach.

»Keine Ahnung. Ich habe sie dann allerdings mal angesprochen.«

»Davon hast du mir ja noch gar nichts erzählt«, stellte Ruth erstaunt fest.

»Ich habe es nicht für so wichtig gehalten.«

»Und – wie hat sie reagiert?«

»Sie hat das Seitenfenster heruntergelassen, nachdem ich dagegengeklopft hatte. Dann habe ich sie gefragt, ob sie jemanden sucht oder ob ich ihr irgendwie weiterhelfen könne. Wissen Sie, wir hatten hier in der Gegend eine Serie von Einbrüchen. Das ist jedes Mal in der Sommerzeit dasselbe. Viele Leute sind weggefahren, und dann denken Einbrecher, sie hätten leichtes Spiel.«

So besitzfixiert?, dachte Haller spöttisch. Das muss wohl der Konsumterror mit ihm gemacht haben. Gut, dass er da frühzeitig ausgestiegen ist.

»Ja und? Was hat sie gesagt?«, fragte Haller.

»Nichts. Sie wirkte allerdings sehr erschrocken. Also, ob mein Erscheinen das ausgelöst hat, weiß ich natürlich nicht.«

»Wo stand der Wagen genau?«

»Kommen Sie.« Jobst Fleischer stand auf und führte Haller zu einem Fenster, von dem aus man einen hervorragenden Blick auf die Straße hatte. »Sehen Sie den Van dort?«

»Ja, das sind die Kollegen vom Erkennungsdienst.«

»Genau dort stand der Wagen. Ach ja, und eins war im Nachhinein sehr merkwürdig.«

»Was?«

»Auf dem Beifahrersitz lag ein Fernglas. Also, wie soll ich mich da jetzt ausdrücken? Nicht so ein gewöhnliches Fernglas, wie man das vielleicht in der Oper benutzt, aber das wäre dann ja auch ein Opernglas ...«

»Sondern?«

»Also, genau genommen sah es aus wie ein Zielfernrohr für ein Gewehr. Mein Schwiegervater ist Jäger, daher kenne ich die. Ja, Ruths Vater pflegt ganz anders mit der Natur umzugehen als ...«

»Sind Sie sich sicher?«, hakte Haller nach.

»Ja, aber das wird ja wohl nichts zu bedeuten haben. Soweit ich weiß, ist Nadine Schmalstieg doch die Kehle durchgeschnitten worden.«

»Wo haben Sie das denn gehört?«

Er zuckte die Schultern. »Nachbarschaft ...«

»Verstehe. Wie auch immer, ich danke Ihnen für Ihre Auskünfte. Falls Ihnen noch irgendetwas einfallen sollte, melden Sie sich doch bitte hier ...« Haller gab ihm eine Visitenkarte.

»An sich stehen wir der Polizei ja sehr kritisch gegenüber«, sagte Ruth. »Aber Mord geht ja irgendwie zu weit.«

»Ganz meine Meinung«, meinte Haller. »Ach, die Nummer dieses silbergrauen Fahrzeugs haben Sie sich nicht zufällig notiert?«

Jobst Fleischer schüttelte den Kopf. »Leider nicht. Ich meine, wir sind ja jetzt auch keine spießbürgerlichen Denunzianten, die jeden Falschparker anzeigen oder so. Da gibt es ja genug von. Die Frau hat zurückgesetzt, ist rückwärts in die nächste Einfahrt gefahren und dann auf und davon Richtung Stadt. Aber es war auf jeden Fall ein hiesiges Kennzeichen, also ST, wenn Sie verstehen was ich meine.«

Haller verstand durchaus.

ST – die Buchstabenkombination des Riesenkreises Steinfurt. Das war wirklich ein Schritt weiter.

Wenig später war Haller wieder im Freien. Er ging zu dem Van des Gerichtsmediziners – jener Stelle, an der angeblich der silbergraue Audi gestanden hatte.

Man hatte eine ausgezeichnete Sicht auf die Vorderfront und die Einfahrt von Nadine Schmalstiegs Haus.

Haller blieb einige Augenblicke dort stehen und dachte nach. Wieso saß die dunkelhaarige Frau vom Facebook-Foto stundenlang vor Nadine Schmalstiegs Haus, anstatt einfach zu klingeln? Die beiden waren schließlich miteinander bekannt.

Ob das irgendeine Bedeutung für den Fall hatte, da mochte sich Haller nicht festlegen. Aber immerhin ließ es ihn stutzen. Vielleicht brauchen wir diese Frau noch als Zeugin, dachte er.

Sein Handy klingelte.

Es war Raaben.

»Die Psychologin ist hier«, sagte er.

»Hat sie schon mit diesem durchgeknallten Elbenkrieger gesprochen?«

»Sie ist dabei. Und Markus hat mir gerade gesagt, du kannst dich jetzt am Tatort umsehen. Bevor die Leiche weggeschafft wird.«

»In Ordnung. Ich bin gleich da.«

»Guten Morgen«, sagte Haller, als er die Küche in Nadine Schmalstiegs Haus betrat und dort auf Anna van der Pütten und Branagorn stieß.

»Vergesst nichts von dem, was ich Euch gesagt habe, Cherenwen. Alles davon kann wichtig sein. Ich war der Mörderseele so nahe wie niemand zuvor, und ich bin vielleicht der Einzige, der sie zu erkennen vermag …«, wandte sich Branagorn unterdessen eindringlich an die Psychologin.

»Ich würde sagen, Sie überlassen die Polizeiarbeit uns und versuchen, sich da nicht einzumischen«, sagte Haller an den Elbenkrieger gerichtet.

»Ich kannte das Opfer«, sagte Branagorn. »Und wir sind beide der Mörderseele begegnet, damals in Lengerich. Glaubt Ihr wirklich, dass das alles ein Zufall ist? Ihr seht das Offensichtliche nicht, und vermutlich hättet Ihr in der Zwischenzeit nicht einmal herausgefunden, wer von den verschiedenen Trägerinnen des Namens Nadine Schmalstieg jene ist, die das Bild in das Buch der Gesichter gestellt hat, so wie ich auch nicht annehme, dass Ihr wisst, wer diese Sarah ist oder wer sich hinter der Maske des Schwarzen Todes verbirgt …«

»Sarah?«, vergewisserte sich Haller.

»Sie heißt Sarah Aufderhaar und wohnt in der Nordwalder Straße. In ihrem Flur fand ich ein Haar, das jenem von Jennifer Heinze ähnelt und das Eure Alchemisten dringend untersuchen sollten, obgleich ich die Befürchtung habe, dass Ihr es einfach nur in den Papierkorb wandern lasst und meinen Hinweisen keinen Glauben schenkt. Und dabei kann ich noch von Glück sagen, dass Ihr zurzeit mit dem aufgebrachten Herrn Timothy noch einen anderen Verdächtigen habt, ansonsten wäre ich wohl Gefahr gelaufen, mich ebenfalls in dem verworrenen Netz Eurer Ermittlungen zu verfangen.«

Haller runzelte die Stirn. Anstatt Branagorn zu antworten, wandte er sich an Anna. »Hör mal, der Sinn deiner Gesprächsführung sollte es sein, Informationen zu erhalten, und nicht, einen Zeugen oder Verdächtigen oder wen auch immer über unseren Ermittlungsstand zu informieren!« Der Ärger, den er empfand, war ihm mehr als deutlich anzumerken.

»Sven, Ehrenwort, ich habe nichts dergleichen getan.«

»Und woher …?« Haller atmete tief durch. »Darüber sprechen wir nachher noch.«

»Branagorn – Herr Schmitt – hat ein fotografisches Gedächtnis, Sven. Ich gehe davon aus, dass er sich alles merken konnte, was auf der Stellwand im Polizeipräsidium zu sehen war. Und dass er Nadine Schmalstieg aus einem Aufenthalt in der Lengericher Psychiatrie kannte, wird sich ja wohl überprüfen lassen.«

Haller nahm ein Blatt aus seiner Jacketttasche. Es war der Ausdruck des Facebook-Fotos. Er faltete es auseinander und legte es vor Branagorn auf den Tisch.

Branagorn warf einen Blick darauf und tippte dann auf jene junge Frau, die auch schon von Jobst Fleischer als Beobachterin im silbergrauen Audi identifiziert worden war.

»Das ist Sarah Aufderhaar aus der Nordwalder Straße«, erklärte Branagorn. »Nadine Schmalstieg hat mir während unserer äußerst angenehmen Unterhaltung im Café Mauritius erzählt, dass Sarah bei der Kreisverwaltung in Burgsteinfurt arbeitet. Durch sie habe ich zumindest die Straße erfahren, auch wenn sie mir die Nummer nicht sagen konnte.«

»Wie kommst du jetzt auf diese Frau?«, fragte Anna an Haller gerichtet.

»Ein Nachbar hat bemerkt, dass sie offenbar des Öfteren hier in der Straße in ihrem Audi gesessen hat, so, als würde sie jemanden beobachten – was natürlich schon etwas seltsam ist, wenn sie Nadine tatsächlich gekannt hat.«

»Mich dünkt, dass der Kontakt zwischen den beiden Damen über die Jahre nicht allzu eng war«, erklärte Branagorn. »Lasst die Alchemisten das Haar untersuchen! Davon hängt alles Weitere ab.«

»Das ist in der Tüte«, versicherte Anna und reichte Haller das Beweisstück. Haller nahm es widerwillig entgegen.

»Wie auch immer. Es wäre jetzt nett, wenn du mit ins Wohnzimmer kommen würdest, Anna.«

»Natürlich.«

»Es ist nicht nötig, dass ich Euch begleite Cherenwen, denn ich habe bereits alles gesehen und erinnere mich an jede Einzelheit«, erklärte Branagorn an Anna gerichtet.

»Nur zur Information, Herr Schmitt: Sie sind auch gar nicht darum gebeten worden«, stellte Haller klar.

»Das ist mir bewusst«, gab Branagorn vorsichtig zurück. »Dennoch sei mir ein Hinweis gestattet …«

Haller runzelte die Stirn. »Was für ein Hinweis?«

»Seht Euch den Fleck am Kinn der Toten an und vergleicht ihn mit dem, was Euch von Jennifer Heinze in Erinnerung geblieben sein mag. Aber da Ihr ja alles auf Bilder gebannt habt, wird Euch auch Euer schlechtes Gedächtnis nicht daran hindern, die richtigen Schlüsse zu ziehen.«

Haller runzelte die Stirn und sah Anna an. »Sicher, dass er nichts Stärkeres als eventuell eine Tasse Kaffee bekommen hat?«

Als Anna zusammen mit Haller das Wohnzimmer betrat, waren dort auch der Gerichtsmediziner Dr. Wittefeld und Markus Friedrichs von der Spurensicherung. Alle, die das Wohnzimmer betraten, trugen Überzieher aus Plastik an den Füßen, um nach Möglichkeit auszuschließen, dass zusätzliche Spuren an den Tatort getragen wurden.

»Ursprünglich waren die Augen der Toten offen – Herr Schmitt hat angegeben, sie geschlossen zu haben«, sagte Friedrichs.

»Ja, und wer weiß, wo er noch überall seine Spuren hinterlassen hat«, gab Haller verärgert zurück.

»Jedenfalls können die blutigen Fußabdrücke definitiv nicht von ihm gekommen sein«, erklärte Friedrichs an Haller gewandt. »Frank Schmitt trägt lange, schmale Wildlederstiefel, deren Sohle vollkommen glatt ist – Größe vierundvierzig. Die Abdrücke hier sind höchstens Größe zweiundvierzig, und es handelt sich um Profilsohlen. Vermutlich Turnschuhe.«

»Na, das nenn ich doch mal eine Spur«, meinte Haller. »Ein Meter siebzig und Schuhgröße zweiundvierzig – das ist so ziemlich Mister Jedermann.«

»Man kann noch nicht mal sagen, ob es ein Mann oder eine Frau war«, stimmte Friedrichs zu. »Tut mir leid, mir wären extremere Werte auch lieber. Schuhgröße siebenundvierzig, Sonderanfertigung oder etwas in die Richtung. Dann hätten wir es etwas leichter.«

»Haben Sie sonst noch etwas feststellen können?«, fragte Haller.

»Auf eine Sache hat mich Dr. Wittefeld gebracht.«

Haller wandte sich an Wittefeld. »Worum geht es?«

Dr. Wittefeld machte einen Schritt nach vorn, nachdem er seine Arzttasche abgestellt hatte, um besser balancieren zu können. Nur mit der Linken – denn da trug er noch einen Latex-Handschuh, bog er das Kinn der Toten etwas zur Seite.

Anna sah eine dunkle Stelle.

»Blauer Fleck«, murmelte sie.

»Wir nennen das ein Hämatom«, sagte Dr. Wittefeld.

»Kommt das durch einen Kampf?«, fragte Haller. »Vielleicht ein Faustschlag oder etwas in der Art.«

»Ein ähnliches Hämatom hat es auch bei Jennifer Heinze gegeben, wenn auch nicht ganz so stark ausgeprägt«, berichtete Dr. Wittefeld. »Ich habe dem zuerst nicht so eine große Bedeutung zugemessen, zumal ein Kampf mit Fäusten in der Situation überhaupt keinen Sinn macht.«

Haller nickte. »Stimmt. Wenn ich jemandem erst mal einen Kinnhaken versetze, habe ich das Opfer auf Distanz, und wie soll ich ihm dann noch die Kehle durchschneiden?«

»Zumal Nadine Schmalstieg sicherlich versucht hätte, zur Terrassentür oder in den Nachbarraum zu flüchten«, warf Anna ein. »Der Mörder war eine vertraute Person und hat ganz plötzlich sein Messer oder was immer das gewesen sein mag gezogen und blitzschnell angegriffen.«

Markus Friedrichs wandte sich Anna zu und nickte. »Genau in diese Richtung gingen auch die Überlegungen, die Dr. Wittefeld und ich angestellt haben«, stimmte der Erkennungsdienstler zu. »Sie scheinen sich die Situation gut vorstellen zu können.«

»Man tut, was man kann«, murmelte sie und wandte sich an Haller. »Das ist es wohl, was Branagorn mit seiner Bemerkung gemeint hat.«

»Tja ...« Hallers Kinn fiel herab, und er vergaß für ein paar Augenblicke, seinen Mund wieder zu schließen.

Dafür ergriff Markus Friedrichs das Wort. »Ich habe mir zusammen mit Dr. Wittefeld eingehend Gedanken darüber gemacht, wie es zu diesem Hämatom gekommen sein könnte. Und inzwischen denke ich, dass das Hämatom bei dem Angriff entstanden ist – und zwar mit einem Messer beziehungsweise Dolch, der ungefähr so aussieht … Roswitha? Bringst du den Dolch mal rüber?«

»Einen Moment«, rief eine weibliche Stimme aus dem Nachbarraum.

»Aber heute noch, wenn ich bitten darf!«

»Mit einem netten Kollegen macht die Arbeit doch gleich doppelt Spaß«, kam es zurück.

Im nächsten Moment trat eine zierliche Frau mit dunklen gelockten Haaren aus dem Nachbarraum. Sie trug einen dünnen weißen Schutzoverall, der ihr allerdings viel zu groß war, sodass sie ihn in der Körpermitte durch einen Gürtel erheblich raffen musste. In der Hand hielt sie einen Dolch, der in Plastikfolie eingepackt war.

»Sie meinen den hier, oder?«

»Genau.«

Friedrichs nahm ihr den Dolch aus der Hand. »Ich bin bei meiner Arbeit wie selbstverständlich von den üblichen Messern und Dolchen ausgegangen, die heutzutage so in Gebrauch sind. Egal ob Springmesser, Küchenmesser oder Kampfmesser von Elitesoldaten und was es sonst noch so alles gibt: Keines davon hat das hier.« Er tippte mit dem Finger auf die Parierstange. »So was hatten nur mittelalterliche Waffen oder solche, die entsprechend nachgemacht sind. Ich nehme an, dass man sie als Zweitwaffe im Schwertkampf benutzte und die Parierstange die Funktion hatte, die Hand zu schützen …«

»Woher haben Sie diesen Dolch?«, wollte Haller wissen.

»Der Reihe nach, Sven. Jetzt geht es erst mal um das Hämatom.«

Haller konnte es nicht leiden, wenn er belehrt wurde. So viel hatte Anna schon von seinem Charakter mitbekommen. Und vielleicht war das sogar der tiefere Grund dafür, dass Haller mit Branagorn auf Kriegsfuß stand, denn der war ja nun wirklich so etwas wie eine gesammelte Bibliothek auf Abruf.

Friedrichs nahm den Dolch, beugte sich zu der Toten herab, führte andeutungsweise mit der rechten Hand einen Schnitt von links nach rechts und hielt in der Bewegung inne, bevor das Ende der Parierstange das Kinn traf. »So könnte es gewesen sein. Daher der Bluterguss. Ich nehme außerdem an, dass der Täter Rechtshänder war …«

»Wie leider die meisten Leute«, maulte Haller.

»Man müsste das noch mal genau mit einem Dummie rekonstruieren, aber ich denke, die Parierstange hätte weniger gegen das Kinn gedrückt, wenn der Schnitt mit der Linken ausgeführt worden wäre. Davon abgesehen passt es auch nicht zum Schnitt.«

»Und jetzt zum Messer. Woher stammt es?«, wollte Haller nun wissen.

»Hat Kollegin Roswitha gefunden. Und zwar im Schlafzimmer in einem Schuhkarton, der mit Geschenkpapier beklebt war. Dazu ein paar nette Zeilen zum Geburtstag von einem gewissen …«

»… Timothy«, schloss Haller.

»Er hat Nadine diesen Dolch offenbar geschenkt.«

»Sind Spuren dran?«, wollte Anna wissen.

»Ja, einige Fingerabdrücke. Ich vermute mal, dass die von diesem Timothy Winkelströter und der Toten stammen. Das ist aber nicht verwunderlich, denn schließlich fand ja die Übergabe wohl bei einem gemütlichen Anlass statt, und dabei wurde der Dolch natürlich auch angefasst. Aber die Tatwaffe kann es nicht sein. Es gibt keine Blutspuren. Und wenn die Waffe abgewischt worden wäre, dann wären ja auch die Fingerabdrücke nicht mehr drauf.«

»Ja, klingt logisch«, knurrte Haller.

»Wir haben eine Reihe ähnlicher Waffen bei diesen Neuen Templern in Osnabrück sichergestellt«, fuhr Friedrichs fort. »Und dreimal dürfen Sie raten, wer so was in seinem Internetshop anbietet.«

»Timothy Winkelströter«, stieß Haller hervor.

»Dieses Modell und ein paar verwandte«, ergänzte Friedrichs. »Das hatte ich gestern Abend noch recherchiert, als ich zusammen mit Kollegin Roswitha die Dolche und die Drahtschlingen sortiert habe, die wir aus Osnabrück mitgenommen hatten.« Er unterdrückte ein Gähnen. »War ziemlich spät, aber es konnte ja auch keiner ahnen, dass wir gleich am nächsten Morgen schon zu einer so unchristlichen Zeit aus dem Bett geworfen werden.«

»Zeig das alles mal Branagorn«, meinte Anna. »Wer weiß, ob ihm vielleicht nicht noch irgendetwas auffällt, was wir alle übersehen haben.«

»Das ist jetzt nicht dein Ernst!«, gab Haller zurück, aber Anna registrierte durchaus, dass das Maß seiner üblichen Empörung bei so einem Vorschlag offenbar bereits sehr zurückgedimmt worden war.

»Doch, das ist mein Ernst.«

»Ja, warum soll der Kerl nicht mal einen Blick darauf werfen?«, meinte auch Friedrichs. »Der Täter ist er auf keinen Fall, das steht außer Frage. Aber ein sehr guter Zeuge. Übrigens habe ich mir das verbeulte Schwert angesehen.«

»Und?«, fragte Haller – sichtlich pikiert darüber, dass der Erkennungsdienstler in der Angelegenheit mit Branagorn offenbar Annas Partei ergriffen hatte.

»Seine Angaben sind sehr plausibel. Erstens gibt es einen Abdruck, der vermutlich von einem Reifen stammt. Das Fahrzeug, dem er sich entgegengestellt hat, ist also tatsächlich über das Schwert gefahren. Und zweitens gibt es an der Klinge etwas, was vielleicht Lackabrieb sein könnte.«

»Dieser Spinner hat sich also wirklich vor das Auto des flüchtenden Mörders gestellt und versucht, ihn mit seinem Schwert aufzuhalten«, meinte Haller.

»In anderen Fällen hat man so etwas auch schon mal Zivilcourage genannt«, meinte Anna.

Haller verzog das Gesicht. »Immer auf der Seite des Patienten, nicht wahr?«

»Ja, ist doch so!«

»Also Genaues kann ich natürlich erst sagen, wenn die Klinge im Labor untersucht worden ist. Allerdings – wenn wir den passenden Wagen dazu finden würden, wäre das natürlich nicht schlecht. Dieser Kampf mit dem Blechtitan oder wie immer man das auch bezeichnen mag, muss auf jeden Fall Spuren hinterlassen haben. Das steht außer Frage.«

»Dann sehen wir uns doch einfach mal an, in welchem Zustand der Geländewagen von Timothy Winkelströter ist«, schlug Haller vor.

Er war schon auf dem Weg hinaus.

Anna wandte sich hingegen an Friedrichs. »Den Dolch!«, verlangte sie.

»Wie gesagt, ich habe nichts dagegen, dass dieser Elbenkrieger sich hier umsieht.«

»Das braucht er nicht«, erwiderte Anna.

»Wie?«

»Er hat es doch bereits. Wenn er sich etwas einmal angesehen hat, dann braucht er keinen zweiten Blick, so wie unsereins. Er hat alles gesehen und kennt jedes Detail. Übrigens ist ihm auch das Hämatom aufgefallen.«

»Respekt!«

»Aber den Dolch, den hat er noch nicht gesehen. Schließlich war der bisher ja in dem Schuhkarton im Schlafzimmer.«

Friedrichs gab Anna den Dolch. »Viel Glück.«

Im Flur traf Anna noch einmal auf Haller. Der telefonierte gerade und sagte zweimal kurz und knapp: »Jawohl.«

Mit einem Zeichen bedeutete er Anna, noch nicht zu Branagorn zu gehen, der geduldig in der Küche wartete. Offenbar wollte Haller ihr noch irgendetwas mitteilen.

Nach mehreren ungeduldigen »Hms«, die man auch mit »Etwas schneller und kurzgefasster, bitte, ich bin in Eile!« hätte übersetzen können, folgte schließlich ein »Sehr interessant, Wolli. Aber die Einzelheiten will ich gar nicht wissen. Nein, ich fahre jetzt mit Raaben nach Kattenvenne und nehme Timothy Winkelströter fest. Alles andere werden wir dann klären können.«

Haller beendete das Gespräch und steckte das Handy ein.

»Kommst du endlich?«, rief Kevin Raaben von der Tür aus. Er kaute auf einem Kaugummi herum. Man musste kein Experte für Körpersprache und Mimik sein, um zu erkennen, dass Haller das nicht leiden konnte.

»Sofort«, knurrte er den Kollegen an, und Anna hatte in diesem Moment aus irgendeinem Grund die Assoziation eines kläffenden Terriers.

Haller wandte sich Anna zu. »Du hast ja mitgehört.«

»Ja.«

»Kevin und ich kümmern uns jetzt um Winkelströter, und ich bin mal gespannt, wie viele Dellen sein Wagen hat.«

»Vielleicht willst du noch warten, bis Branagorn sich den Dolch angesehen hat.«

»Keine Zeit. Es gibt noch eine interessante Neuigkeit. Gerade hat Wolli aus dem Innendienst angerufen. Wusstest du, dass Timothy Winkelströter mal Jäger war?«

»Nein.« Woher auch?, dachte Anna etwas ärgerlich. Habe ich vielleicht einen Polizeiapparat hinter mir, der mir zuarbeitet?

»Vor sieben Jahren, als das erste Opfer des Barbiers umgebracht wurde, war er es jedenfalls noch. Dann wurde er aus dem Jagdverein ausgeschlossen und musste auch seine Waffen abgeben.

Anna nickte leicht. Jana Buddemeier, Opfer Nummer eins in der inzwischen schon recht ansehnlichen Liste, die der Barbier auf seinem Kerbholz hatte, war mit einer Jagdwaffe ermordet worden. »Das würde zumindest erklären, weshalb der Täter danach die Waffe gewechselt hat«, stimmte Anna zu.

»Du kümmerst dich um Frank Schmitt, und mach ihm bitte auch klar, dass er sein Schwert fürs Erste nicht zurückbekommt.« Haller zuckte die Achseln. »Ist sowieso verbogen. Die magische Kraft dürfte doch damit auch flöten gegangen sein, meinst du nicht?«

»Er wird das nicht lustig finden.«

»Ja – das zweite Schwert innerhalb kurzer Zeit – das muss schlimm sein.«

Anna ging zu Branagorn in die Küche.

»Der Hüter der Ordnung irrt sich«, sagte Branagorn. »Der werte Herr Timothy mag manchmal über ein unangenehmes Temperament verfügen – aber ist in diesem Fall unschuldig.«

»Wie können Sie sich da so sicher sein?«

»Weil …«

»Sie konnten den Autotyp nicht nennen, und Sie haben auch nicht erkennen können, wer im Inneren saß! Sie haben gerade das Gespräch auf dem Flur mitgehört?«

»Ich konnte nicht umhin. Wir Elben haben sehr empfindliche Sinne, wie ich Euch ja schon mal erklärte. Das gilt insbesondere für Augen und Ohren.«

»Dann werden Sie ja mitbekommen haben, dass erhebliche Indizien gegen Herrn Winkelströter vorliegen.«

»Er ist aber schon vorher davongefahren.«

»Aber das haben Sie nicht gesehen.«

»Ich habe es gehört!«, beharrte Branagorn. »Ich kenne mich mit den Fabrikaten nicht aus. Das Automobil ist nach meinen Zeitbegriffen erst vor einer Zeitspanne erfunden worden, die einem Wimpernschlag der Geschichte gleichkommt. Und die Fabrikate haben einander so schnell abgelöst, dass es mir unmöglich ist, da mitzukommen. Im Übrigen fehlt mir auch ehrlich gesagt das Interesse daran, mich mit dieser unästhetischen Erfindung näher zu beschäftigen, die so vollkommen bar jeder Magie ist …« Branagorn lehnte sich etwas zurück, und sein Blick schien ins Nichts gerichtet zu sein. Er wirkte wie jemand, dessen Gedanken in diesem Moment sehr weit zurück in die Vergangenheit gewandert waren. Anna hatte das oft bei betagten Patienten gesehen, die mehr in der Vergangenheit als in der Gegenwart lebten. Aber Frank Schmitt war nicht betagt.

Ein flüchtiges Lächeln flog über Branagorns Lippen. »Dasselbe in Grün …«, murmelte er.

»Wie bitte?«

»Ach. Für Euch bedeutet es nichts.«

»Ich bin Ihre Therapeutin. Alles, was für Sie bedeutsam ist, bedeutet auch für mich etwas.«

»In den zwanziger Jahren hat Opel ein Automobil gebaut, das in fast jedem Detail der Konkurrenz von Citroën glich. Nur nicht in der Farbe, denn der Opel war grün. Das einzige Auto mit grüner Karosserie damals. Darum haben die Leute ›dasselbe in Grün‹ dazu gesagt, und der Ausdruck hat sich bis heute gehalten. Es gab übrigens auch einen lang andauernden Rechtsstreit wegen Patentverletzung, aber Opel hat sich schließlich vor den deutschen Gerichten durchgesetzt – und das Argument dabei war, dass sich das Modell ja schließlich durch die Farbe unterscheiden würde.«

»Eine hübsche Geschichte.«

»Die Wahrheit, werte Cherenwen. Sprecht mal mit Automobilisten aus dieser Zeit, obwohl … Ach, so kurzlebig, wie die Menschen nun mal sind, werdet Ihr wohl kaum noch jemanden finden, der damals schon alt genug war, ein Automobil zu fahren. Obwohl … mit etwas Glück?«

»Johannes Heesters konnte sich daran vielleicht noch erinnern, aber sonst wohl niemand.«

»Wo ist Eure Seele zu dieser Zeit gewesen, Cherenwen? Schon auf dieser Welt? Vielleicht in einem anderen Körper?«

»Ich denke, wir kümmern uns erst einmal um das hier«, unterband Anna fürs Erste jede weitergehende esoterische Spekulation und legte den Dolch vor Branagorn auf den Tisch.

Branagorns Augen wurden groß. Ein Ruck ging durch seinen Körper, und er wich instinktiv einige Zentimeter zurück – beinahe so, als ob von diesem Gegenstand eine dunkle magische Kraft ausging, die ihn zurückschrecken ließ.

»Woher habt Ihr dieses Artefakt?«, stieß er hervor. Dann stand er auf und wich zwei Schritte zurück. Er murmelte eine Formel vor sich hin, streckte die langfingrigen Hände aus und richtete dabei seine Fingerspitzen auf den Dolch.

»Branagorn!«, versuchte Anna, sich Gehör zu verschaffen.

Meyer zu Gentrup kam durch die Küchentür.

»Alles unter Kontrolle, Frau …« Weiter kam er nicht, denn er starrte nur den Elbenkrieger an, der mit seinem magischen Ritual fortfuhr.

Branagorn stieß einen Schrei aus, der dafür sorgte, dass sich noch ein weiterer Beamter durch die Küchentür zu drängen versuchte.

»Ist alles in Ordnung mit Ihnen, Herr Schmitt?«, fragte Meyer zu Gentrup.

Branagorn gab keine Antwort. Er senkte jetzt die Arme und atmete tief durch. »Es besteht kein Grund zur Beunruhigung mehr«, erklärte er. »Die üblen Kräfte sind gebannt, die womöglich die Aura dieser Waffe vergiftet haben.«

Meyer zu Gentrup wandte sich mit einem nach wie vor ziemlich besorgten Gesichtsausdruck an Anna. »Und Sie sind sich sicher, dass Sie die Lage hier wirklich unter Kontrolle haben?«

»Vollkommen, Sie lassen uns jetzt am besten allein.«

»Wie Sie meinen. Aber wenn Sie Hilfe brauchen …«

»Danke, ich komme klar.«

Meyer zu Gentrup tauschte einen sehr skeptischen Blick mit seinem Kollegen, aber schließlich verließen doch beide die Küche und ließen Anna mit ihrem Patienten allein.

»Erklären Sie mir, weshalb Sie so reagiert haben, Branagorn?«

»Ich habe diese Waffe schon einmal gesehen – nein, diese Waffe nicht, sondern eine Waffe, die genauso aussah.«

»Und bei welcher Gelegenheit?«

»Erinnern Sie sich an den Pestarzt auf dem Mittelalter-Markt in Telgte?«

»Den werde ich wohl bis an mein Lebensende nicht vergessen, Branagorn.«

»Der Dolch war unter der Kleidung verborgen. Aber für einen kurzen Moment war er sichtbar, als der Stoff des Mantels zur Seite glitt.«

»Sind Sie sich vollkommen sicher?«

»Vollkommen.«

»Warum haben Sie bisher nichts davon gesagt, Branagorn?«

»Weil mich niemand gefragt hat. Und davon abgesehen erschien es bisher wohl auch niemandem als ein wesentliches Faktum, wenn mir diese Bemerkung erlaubt sei.«

»Das stimmt natürlich«, gab Anna zu.

»Darf ich nun erfahren, wem diese Klinge gehört, die Ihr mir vorgelegt habt, werte Cherenwen?«

»Sie war im Besitz von Nadine Schmalstieg. Ein Geburtstagsgeschenk, das Timothy Winkelströter ihr gemacht hat. Er vertreibt diese Dolche über seinen Internetshop.«

»Und so verleitet dies die Hüter der Ordnung ein weiteres Mal, einer falschen Spur zu folgen«, lautete Branagorns Kommentar dazu. »Das ist bedauerlich, denn es wäre zweifellos besser, wenn jetzt alle Kräfte gegen das Böse vereint wären. Doch das bleibt wohl nach all den Jahrtausenden ein vergeblicher Wunsch.«

»Sie verlangen immer von anderen, dass sie Ihre Erkenntnisse und Sichtweisen in ihre Betrachtungen mit einbeziehen sollen«, stellte Anna nach einer kurzen Pause fest.

Branagorn blickte ruckartig auf, musterte sie kurz und legte dann die Stirn in Falten. »Ist das etwa zu viel verlangt, werte Cherenwen? Ich will mich Eurer Sicht der Dinge nicht verschließen. Schließlich scheint es tatsächlich so zu sein, dass Eure Seele diese Welt vor noch nicht so langer Zeit erreichte, wie es bei mir der Fall ist. Und das bedeutet, dass Ihr die Verhältnisse hier vielleicht mit einem größeren Maß an Unabhängigkeit zu beurteilen vermögt, als mir das möglich ist, der ich im Verlauf der Jahrtausende einfach schon zu müde geworden bin, immer wieder Zeuge derselben Grausamkeiten zu werden. Und abgesehen davon müsst Ihr Ewigkeiten in den Sphären der Eldran zugebracht haben.«

»Ich werde Sie jetzt nicht fragen, was das sein soll, Branagorn. Dazu haben wir nämlich keine Zeit.«

»Ihr erinnert Euch wirklich nicht an Euer Dasein als Eldran? So nennen wir die verklärten Totengeister der Elben.«

»Was halten Sie davon, wenn wir jetzt einfach mal bei dieser Sarah Aufderhaar vorbeifahren?«, glaubte Anna dann genau den richtigen Hebel gefunden zu haben, um ihn auf ein anderes, weniger esoterisches Gesprächsterrain zu locken.

»Wie Ihr wünscht, Cherenwen. Ich kann Euch nur mein tiefstes Bedauern darüber ausdrücken, dass offenbar weder die Erinnerung an Euer früheres Leben als Elbin noch an Eure Zeit als Eldran im Reich der Geister inzwischen zurückgekehrt ist. Aber ich möchte Euch dazu ermutigen, in aller Geduld darauf zu warten. Denn Eure Erlebnisse aus dieser Zeit sind zweifellos so stark gewesen, dass es nicht vorstellbar erscheint, dass Eure Seele nicht wenigstens Spuren davon bewahrt hätte. Glaubt mir! Was Ihr einst gewesen seid, werdet Ihr wieder sein.«

Anna seufzte. »Kommen Sie«, forderte sie ihn auf.

Anna führte Branagorn zu ihrem Wagen. »Steigen Sie ruhig ein«, ermutigte sie ihn, als sie merkte, dass er aus irgendeinem Grund zögerte, die Tür zu öffnen, nachdem sie mit Hilfe ihres Schlüssels die Zentralverriegelung gelöst hatte.

»Ich frage mich, ob wir in diesen Kampf wirklich ohne ein magisches Artefakt gehen sollen.«

»Wir kämpfen nicht, Branagorn. Wir ermitteln allenfalls – und selbst das tun wir im Grunde nicht. Eigentlich suchen wir nur ein paar Anhaltspunkte – und ich tue Ihnen einen Gefallen.« Anna schaute in Branagorns Richtung über das Autodach.

Branagorn schien ihr gar nicht zuzuhören. Nicht zuletzt deshalb ließ Anna ihren Wortschwall auch schließlich versiegen. Wenn die eigenen Worte das Gegenüber gar nicht mehr erreichten, war es besser zu schweigen – wenngleich Anna nur zu gut aus eigener leidvoller Erfahrung wusste, dass gerade Angehörige sozialer und sogenannter helfender Berufe diese Maxime meistens überhaupt nicht beherzigten.

Für sie selbst traf das im Übrigen ebenfalls zu, wie ihr sehr bewusst war.

»Ich nehme an, es besteht im Moment keine Möglichkeit, mein Schwert zurückzuerhalten«, sagte Branagorn.

»Sie vermuten richtig.«

»Und den Dolch, den Ihr mir vorhin gezeigt habt? Könnten wir nicht wenigstens ihn mitnehmen?«

»Nein, das ist auch unmöglich. Und das wissen Sie auch genau. Branagorn, steigen Sie jetzt endlich ein. Ihre geistige Kraft ist groß genug, um ohne ein Artefakt Magie auszustrahlen.«

Branagorns Gesicht hellte sich auf. »Ihr scheint mich inzwischen tiefer zu verstehen, als ich es je zu hoffen wagte. Und Eure Erinnerungen an Cherenwen scheinen zurückzukehren. Erinnerungen, die Euch bestätigen werden, dass Magie keineswegs der Einbildung kranker Geister entspringt, sondern selbst in dieser nüchternen Welt eine Realität ist.«

»Einsteigen«, beharrte Anna, und der barsche Tonfall, in dem sie dieses eine Wort jetzt ausgesprochen hatte, erstaunte sie selbst am meisten.

Aber Branagorn gehorchte, öffnete augenblicklich die Tür und setzte sich auf den Beifahrersitz des Renault.

Anna setzte sich ans Steuer.

»Es ist nicht weit von hier«, versprach Branagorn.

Wenig später parkte Anna ihren Wagen vor dem Haus, in dem Sarah Aufderhaar wohnte.

»Sie hat noch eine Zwillingsschwester namens Melanie«, erklärte Branagorn. »Vielleicht erkundigt Ihr Euch auch nach ihr, wenn es Euch gelingen sollte, mit Sarah zu sprechen.«

»Das werde ich gerne tun.«

»Und möglicherweise erlaubt es Euch Euer angeborenes diplomatisches Geschick auch, A. Gross zu befragen. Er bewohnt die untere Wohnung. Fragt ihn, was hinter der Tür zu finden ist, die seiner Wohnungstür gegenüberliegt! Es ist unmöglich, dass er davon nichts weiß.«

»Warten Sie einfach hier im Wagen, Branagorn. Auch wenn es Ihnen schwerfällt: Bleiben Sie hier und rühren Sie sich nicht von der Stelle! Sonst gibt es nur wieder irgendwelchen Ärger.«

Branagorn nickte leicht. »Ihr habt zweifellos recht, werte Cherenwen, und so werde ich mich nach Euren Worten richten, auch wenn mir das sehr schwerfällt.«

Anna atmete tief durch, als müsste sie für die Aufgabe, die ihr bevorstand, erst einmal genügend Sauerstoff in sich hineinsaugen. Sie hatte ein sehr mulmiges Gefühl, wenn sie daran dachte. Die Grenzen dessen, was eigentlich die Aufgabe von Psychologen und Therapeuten war, hatte sie längst und in jeder nur denkbaren Hinsicht überschritten. Sowohl was ihre Funktion als Beraterin der Polizei anging, als auch im Hinblick auf ihr therapeutisches Verhältnis zu einem Patienten namens Frank Schmitt.

Aber Anna fand, dass es trotzdem richtig war. Schließlich ging es darum, einen Serienmörder zu stellen. Und das rechtfertigte in ihren Augen einen Verstoß gegen die Regeln. Zumindest versuchte Anna sich das immer wieder einzureden. So richtig überzeugt war sie davon nicht. Sie gab sich einen Ruck und stieg aus.

Dann ging sie bis zur Haustür und betätigte die Klingel.

An der Sprechanlage meldete sich jemand.

Eine Frau.

»Was wollen Sie?«

»Ich möchte mit Sarah Aufderhaar sprechen«, erklärte Anna und benutzte dabei den neutralsten, sachlichsten Tonfall, den sie mit Hilfe ihrer Stimmbänder zu erzeugen vermochte.

»Wer sind Sie denn?«

»Mein Name ist Anna van der Pütten, Diplom-Psychologin. Und ich komme in einer sehr persönlichen Angelegenheit, die ich schlecht hier am Sprechgerät mit Ihnen bereden kann. Deswegen wäre es nett, wenn Sie mir die Tür aufmachen würden.«

»Es tut mir leid, aber mir ist zurzeit nicht gut. Und deswegen ...«

»Einen Moment!«, fiel Anna der Sprecherin ins Wort, aber es war bereits zu spät. Ein Knacken in der Leitung war noch zu hören, dann war die Verbindung unterbrochen. So schnell gedachte Anna nicht aufzugeben. Sie klingelte noch einmal, doch diesmal gab es keine Reaktion aus der Aufderhaar-Wohnung.

Anna blickte die Fassade empor und entdeckte einen Spiegel an einem der Fenster im Obergeschoss. Es schien sich um einen ganz gewöhnlichen Außenspiegel eines Autos zu handeln, der einfach an einer Fensterbank festgemacht und so ausgerichtet worden war, dass man aus dem oberen Stockwerk in die Haustürnische sehen konnte. Ein einfaches und sehr zuverlässiges System, musste Anna zugeben.

Sie beobachtet mich also, ging es Anna durch den Kopf. Vermutlich saß Sarah Aufderhaar – oder ihre Zwillingsschwester – jetzt am Fenster und sah auf sie herab.

Anna klingelte noch einmal. Wieder keine Reaktion.

Dann folgte Anna einem spontanen Gedanken, etwas, was sie normalerweise tunlichst vermied. Aber offenbar war ihre Neugier, was die Hintergründe dieses Falles anging, einfach inzwischen stärker geworden als ihr Hang zur Vorsicht und zu wohl abgewogenen, bestens vorbereiteten Handlungen. Jedenfalls stellte sie selbst überrascht fest, dass ihr Zeigefinger die Klingel von A. Gross bereits gedrückt hatte, noch ehe sie das Für und Wider wirklich bis ins Letzte abgewogen hatte.

Zunächst gab es auch hier keine Reaktion.

Anna blickte noch einmal auf und glaubte, in dem Spiegel irgendeine Bewegung zu sehen. Vielleicht war es nur eine Reflexion des Sonnenlichts oder der Schatten eines Vogels. Aber es konnte genauso gut sein, dass eine Beobachterin im zweiten Stock diese Veränderung ausgelöst hatte. Also doch, dachte sie.

Eigentlich hatte sie den Wagen so geparkt, dass man aus den Fenstern des Obergeschosses nicht sehen konnte, wer auf dem Beifahrersitz saß. Aber eine Garantie dafür, dass Sarah Aufderhaar Branagorn nicht doch gesehen hatte und nun einfach weder mit ihm noch mit seiner Stellvertreterin zusammentreffen wollte, gab es nicht.

Anna versuchte es ein letztes Mal, und diesmal drückte sie beide Klingeln. Sie fühlte sich an die Zeit erinnert, als sie noch keine zehn gewesen war und zusammen mit Freunden von Haus zu Haus gezogen war, um die Bewohner hervorzuklingeln und dann rechtzeitig zu verschwinden, ehe jemand kam. Pingelmännchen hatten sie das genannt. Anna hatte ein einziges Mal mitgemacht und dann noch wochenlang ein schlechtes Gewissen deswegen gehabt.

Das surrende Geräusch, das im nächsten Moment von der Tür ausging, überraschte sie. Über die Sprechanlage hatte sich niemand gemeldet, stattdessen war einfach die Tür geöffnet worden. Anna drückte dagegen und trat in den Flur.

Ihr Blick glitt zunächst die Treppe hinauf, aber dann kam ihr im Erdgeschoss ein Mann im karierten Hemd entgegen.

»Guten Tag, wer sind Sie?«, fragte er und klemmte dabei seine Daumen hinter die Hosenträger, die er zusätzlich zu seinem Gürtel trug.

»Mein Name ist Anna van der Pütten, ich bin Kriminalpsychologin.«

»Wie bitte? Polizei?«

Anna überlegte einen Moment und entschied sich dann, ihrem Gegenüber einfach nicht zu widersprechen. Eine richtige Lüge war das schließlich nicht, und es bestand ja die begründete Hoffnung, dass ihr Schweigen in diesem entscheidenden Punkt die Kommunikation erheblich erleichtern würde. Juristisch sah das natürlich weniger gut aus, aber Anna sagte sich, dass sie darauf im Moment keine Rücksicht nehmen konnte. Wenn sie sich später wegen dieses Gesprächs verantworten musste, dann konnte sie immer noch behaupten, dass es sich schlicht und ergreifend um ein Missverständnis handelte. Jeder benutzte eben sein Gegenüber als Projektionsfläche für die eigenen Wünsche oder Befürchtungen. Und wenn dieser Mann in ihr eine Polizistin sah, obwohl sie sich doch eindeutig als etwas ganz anderes vorgestellt hatte, so konnte sie nichts dafür. Zumindest versuchte sie, sich das einzureden.

»Sie sind Herr Gross, nehme ich an«, stellte Anna fest, und der Mann nickte heftig.

»Ja, Arnold Gross. Was wollen Sie denn von mir?«

»Wie gesagt, ich arbeite für die Kriminalpolizei. Haben Sie von dem Barbier gehört? Dem Mörder, der seinen Opfern die Haare abschneidet, nachdem er sie umgebracht hat.«

»Für eine Zeitung bin ich zu geizig, das sage ich ganz ehrlich«, sagte Arnold Gross. »Was da drinsteht, sind meistens ja auch die reinsten Räuberpistolen. Oder die Politik! Da werden wir doch auch von vorne bis hinten verarscht. Aber ich höre Radio, und da haben sie ja auch immer mal wieder was darüber gebracht. Wenn Sie mich fragen, dann kann man heute nicht mehr unbehelligt über die Straße gehen, ohne dass man befürchten muss, dass man Opfer eines Gewaltverbrechens wird. Zum Beispiel diese U-Bahn-Schläger ...«

Von Höcksken auf Stöcksken, dachte Anna etwas genervt. Die Art und Weise, wie A. Gross die verschiedensten Themen in ein und demselben Atemzug miteinander vermengte und mit kühnen Ketten wild wuchernder Assoziationen einfach miteinander verband, wirkte wie eine verbale Demonstration dieser in weiten Teilen des Münsterlands bekannten Redensart.

»Also, um ehrlich zu sein, wollte ich Sie eigentlich etwas zu Frau Aufderhaar von oben fragen.«

»Kommt drauf an, welche der beiden Frauen Aufderhaar Sie meinen. Auseinanderhalten kann ich die beiden nämlich eigentlich nur an ihrer unterschiedlich stark ausgeprägten Unfreundlichkeit. Die eine ist sehr unfreundlich und ihre Zwillingsschwester äußerst unfreundlich, wenn ich das mal so charakterisieren soll ... Aber irgendwie kann ich das auch verstehen. Schließlich ...«

Von oben war ein Knarren zu hören, so, als würde jemand auf dem Treppenabsatz stehen und das Gewicht seines Körpers leicht von einem Bein auf das andere verlagern. Eine Fliege, die bisher in aller Ruhe auf dem Handlauf der Treppe ausgeharrt hatte, stob durch ein leichtes Zittern davon. So, als hätte sich dort jemand aufgestützt, ging es Anna van der Pütten durch den Kopf.

»Hallo – ist da wer?«, fragte sie.

»Ach, hier knarrt und knarzt es wie in einem Geisterhaus«, meinte Arnold Gross. »Wollen Sie einen Moment hereinkommen?«

Anna war angesichts dieser aggressiven Gastfreundlichkeit etwas überrascht. Offenbar hat dieser Mann ansonsten wenig Gelegenheit, jemandem die Ohren voll zu quatschen, dachte sie. Aber in diesem Fall war es vielleicht legitim, das auszunutzen.

»Gerne«, sagte sie.

»Trinken Sie Kaffee?«

»Nein, danke.«

»Ich auch nicht. Nur Tee. Aber ich hätte Kaffee für Sie gemacht, wenn Sie gewollt hätten.«

Anna folgte A. Gross in dessen Wohnung. Schon auf den ersten Blick in den Flur war für Anna erkennbar, dass sie es mit einem sogenannten Messie zu tun hatte. Die Wohnung war vollkommen vermüllt. Der Flur war eigentlich sehr breit, aber es blieb nur ein schmaler Pfad in der Mitte, durch den man hindurchgehen konnte. Rechts und links waren die Wände mit übereinandergestapelten Kartons vollgestellt. Arnold Gross räumte eine Stehleiter noch schnell zur Seite, mit der er wohl üblicherweise die oberen Etagen dieser äußerst gewagten Karton-Bauwerke erreichte. Aus den Grifflöchern einiger dieser Pappkartons ragten Papierrollen und Blumenstäbe heraus. Zumindest glaubte Anna, dass es sich darum handelte.

Ein penetranter Geruch hing in der Luft.

Anna atmete sehr vorsichtig ein, um die Dosis an Gift- und Fäulnisstoffen, die sie dabei womöglich in sich aufnahm, nicht unnötig zu vergrößern. Aber es roch keineswegs nach Fäulnis oder verdorbenen Lebensmitteln, wie Anna eigentlich erwartet hatte, sondern nach etwas anderem.

Sie blieb stehen und war schließlich doch dazu gezwungen, einen etwas tieferen Atemzug direkt durch die Nase zu nehmen, um diese Duftnote olfaktorisch näher bestimmen zu können.

Leim, glaubte sie zu erkennen. Leim oder Tapetenkleister.

Für Branagorn mit seinen extrem empfindlichen Sinnen wäre es sicherlich eine Kleinigkeit, an der Duftnuance noch die genaue Beschaffenheit zu erkennen, dachte sie ironisch. Aber sie war nun einmal weder eine Elbin noch eine Savant, und ganz gleich, welche Ursache Branagorns gesteigerte Sinneswahrnehmung auch immer haben mochte, so stand doch außer Frage, dass er jedem anderen Menschen, den Anna kannte, darin überlegen war.

Allerdings hätte er vermutlich Schwierigkeiten gehabt, seine Sinneseindrücke hinterher so in Worte zu fassen, dass ein normaler Mensch das auch verstehen kann, ging es Anna durch den Kopf. Aber eigentlich war das nicht weiter verwunderlich. Schließlich war Branagorn auf seine Weise und mit seinen speziellen Fähigkeiten einzigartig. Die Anzahl der weltweit bekannten Savants bewegte sich im zweistelligen Bereich, und jeder von denen unterschied sich doch so sehr von den anderen, dass sie in der Regel noch nicht einmal erwarten konnten, unter ihresgleichen mehr Verständnis zu finden. Mehr Verständnis oder einfach nur eine etwas leichtere Kommunikation.

»Ja, ich weiß, es sieht hier vorübergehend ein bisschen wild aus«, sagte Arnold Gross.

Nein, das sieht nicht vorübergehend so aus, sondern schon seit schätzungsweise einem oder anderthalb Jahrzehnten, dachte Anna, behielt ihren Kommentar aber tunlichst für sich. Schließlich war sie ja nicht hier, um etwa zu beurteilen, ob dieser Mann noch fähig war, für sich selbst zu sorgen, oder ob man ihm von Amts wegen irgendwelche Hilfen aufzwingen musste. In seinem eigenen Interesse natürlich.

Arnold Gross führte Anna in einen Raum, der vielleicht vor grauer Vorzeit mal ein Wohnzimmer gewesen war, auch wenn man das jetzt kaum noch erkennen konnte: Überall standen Kisten und Plastikbeutel. Und auf dem Tisch waren mehrere halbfertige Modellsegelschiffe zu sehen, außerdem standen zwei fertige Modelle in offenen Pappkartons. Offenbar mussten sie trocknen, jedenfalls rochen sie stark nach irgendeinem Lack, ein Geruch, der allerdings noch durch den Geruch von Klebstoff überlagert wurde.

Arnold Gross räumte eine der Kisten von einem Sessel herunter. »Bitte nehmen Sie Platz«, sagte er.

Unter der Kiste lagen allerdings ein paar Pinsel. Anna hob sie auf und gab sie Gross. »Bitte. Da würde ich mich ungern draufsetzen.«

»Echthaarpinsel. Die mache ich selber, denn das, was man kaufen kann, taugt nichts. Zumindest nicht für meine Zwecke, wo es darum geht, Lacke und Klebstoffe möglichst gleichmäßig zu verteilen. Und ich will ja bei meinen Modellen nicht beim Lackieren die Hälfte der Details wieder zerstören, wenn Sie verstehen, was ich meine.«

»Natürlich.« Anna setzte sich. Es kostete sie etwas Überwindung, denn wirklich sauber war es hier nicht. Auf dem Handlauf des Sessels hatte sich etwas Staub angesammelt. Sie setzte sich einfach deshalb, weil alles andere wie ein Affront gewirkt hätte. »Sie betreiben ja ein ziemlich intensives Hobby, Herr Gross.«

»Ja, seit meine Frau tot ist, vertreibe ich mir damit die Zeit.«

»Dass es dabei auf die Haare der Pinsel so sehr ankommt, habe ich gar nicht gewusst. Woher bekommen Sie denn die Haare?«

Gross blickte auf und stutzte. Dann schien er zu begreifen.

»Von einem Kaninchenzüchter.« Er grinste. »Also ich rasiere dafür niemandem den Schädel, obwohl man Menschenhaar auch kaufen kann. Das wird in der Perückenherstellung zum Beispiel verwendet. Aber Sie hatten ein paar Fragen an mich.«

»Ja, ich weiß nicht, ob Sie schon gehört haben, dass dieser Barbier wieder zugeschlagen hat. Hier in Borghorst, nur ein paar Straßen weiter, ist eine Frau umgebracht worden.«

»Das ist ja furchtbar. Und Sie glauben, dass die Aufderhaar-Frauen von oben etwas damit zu tun haben?«

»Nein, eigentlich nicht. Aber sie könnten wichtige Zeuginnen sein. Auf jeden Fall kannte eine von ihnen das Opfer. Das steht fest. Und wir ermitteln jetzt einfach im Opferumfeld.«

»Wie heißt denn das Opfer? Vielleicht kenne ich es ja auch.«

»Nadine Schmalstieg.«

Gross kniff die Augen etwas zusammen. »Sagt mir jetzt nichts, der Name.«

»Was können Sie mir denn über die Aufderhaar-Frauen sagen? Es sind ja wohl Zwillinge. Und als Sie erwähnten, wie unfreundlich die sind, meinten Sie, dass man das auch irgendwie verstehen könne.«

»Ja, die beiden haben es ja auch nicht einfach, wenn Sie verstehen, was ich meine.«

»Nein, tut mir leid, das verstehe ich nicht.«

»Soll ich Ihnen einen Tee eingießen?«

»Nein, danke.«

»Aber Sie gestatten, dass ich mir eine Tasse genehmige.«

»Natürlich.«

Er ging davon und verschwand in einem weiteren Raum, der an das ehemalige Wohnzimmer angrenzte. Anna hörte ihn herumhantieren und Geschirr klappern. Anschließend war auch zu hören, wie er einen Wasserhahn aufdrehte. Offenbar musste er sich erst eine Tasse suchen und abwaschen, bevor er sich Tee eingießen konnte. Anna überlegte schon, ihm zu folgen, um ihn besser verstehen zu können, denn er redete die ganze Zeit unablässig weiter. Doch dann kehrte er schneller zurück, als sie erwartet hatte, und sie war froh sitzen geblieben zu sein. Das, was in dieser Wohnung mal eine Küche gewesen war, musste sie nicht auch noch unbedingt mit eigenen Augen sehen. Die gute Stube, in der sie ihren Sitzplatz bekommen hatte, reichte vollkommen aus.

»Wissen Sie, mit Melanie Aufderhaar habe ich mich früher recht gut verstanden. Sie hat sich häufiger mal Ratschläge geholt.«

»Ratschläge?«

»Ja, handwerklicher Art. Welche Klebstoffe sich gut verarbeiten lassen und welche Farben man nehmen sollte, wenn man bei der Verarbeitung nicht andauernd tränende Augen und einen kratzenden Hals haben will oder eine Gasmaske braucht.«

»Sagen Sie bloß, Melanie Aufderhaar fertigt auch Modellsegelschiffe an!«

Gross schüttelte den Kopf. »Dieser Gedanke wäre nun wirklich abwegig«, meinte er und setzte sich nun ebenfalls, wobei er mit seiner bis zum Rand gefüllten Teetasse plemperte.

Der Tee selbst war so hell und durchsichtig, dass man ihn eher als leicht getöntes Wasser bezeichnen konnte.

»Melanie hat ein anderes Hobby. Sie fertigt Puppen an, mit Porzellangesichtern. Das wäre mir zu empfindlich. Die fallen hin und gehen kaputt, wenn man sie nur streng ansieht! Aber ich muss aus rein handwerklicher Sicht sagen, dass sie ziemlich talentiert ist. Kennen Sie das Krippenmuseum in Telgte?«

»Ja, davon habe ich gehört. Aber ehrlich gesagt war ich noch nie dort.«

»Dort werden Weihnachtskrippen aller Art ausgestellt. Und Melanie Aufderhaar hatte dort auch mal eine Krippe eingereicht, die sogar irgendeinen Künstler-Preis gewonnen hat. Fragen Sie mich nicht mehr, welchen. Aber es stand groß in der Zeitung.«

»Ich dachte, die lesen Sie nicht.«

»Das ist schon ein paar Jahre her. Da habe ich mir noch diesen überflüssigen Luxus geleistet«, parierte Arnold Gross Annas Frage. »Tja, in den letzten Jahren ist es immer weniger dazu gekommen, dass sie mal bei mir reingeschaut hat, um sich irgendeinen Leim auszuleihen.«

»Was macht Melanie eigentlich beruflich?«, fragte Anna. »Ihre Schwester ist ja wohl bei der Kreisverwaltung in Burgsteinfurt.«

»Ich glaube nicht, dass Melanie berufstätig ist. Ihre Schwester Sarah versorgt sie.«

»Etwas ungewöhnlich, finden Sie nicht? Auch wenn Zwillinge ja eine besonders starke Bindung zueinander haben, wie man allgemein sagt.«

»Ja, und die ist in diesem Fall wohl besonders stark«, glaubte Gross.

»Wieso?«

»Ich lebe ja schon länger in dieser Straße. Die beiden Aufderhaar-Schwestern zogen erst später ins Haus, als das Ehepaar Grömpinger, das oben lange gelebt hat, gemeinsam ins Altenheim umgezogen ist. Aber ich kenne die Zwillinge schon seit ihrer Jugendzeit. Die wohnten nämlich in einem Haus ein Stück die Straße lang. Das ist vor fünfzehn Jahren abgebrannt. Beide Eltern sind dabei umgekommen und außerdem noch ein jüngerer Bruder. Und Melanie hatte wirklich großes Glück, da herauszukommen.«

»Sarah nicht?«

»Sie war nicht zu Hause. Klassenfahrt mit der Schule oder so etwas. Die beiden sind zwar Zwillinge, aber Melanie hatte immer mehr Schwierigkeiten beim Lernen und musste mal ein Schuljahr wiederholen. Deswegen waren sie auch in verschiedenen Klassen.«

»Sie erzählen das, als hätten Sie die Familie wirklich gut gekannt.«

»Der Vater war bei mir in der Firma. Also damals, als ich noch nicht in Rente war. Wir haben beide als Großhandelskaufleute in einer Spedition unseren Job gehabt, allerdings war ich schon fast draußen, als der Harald – so hieß der Vater der Zwillinge – da anfing. Wir sind auch öfter mal zusammen zur Jagd gegangen, aber dann machte mein Knie nicht mehr mit, und ich habe das drangegeben.« Gross nahm einen Schluck von seinem dünnen Tee. Seinem Gesicht war anzusehen, wie sehr ihn die Erinnerung wohl noch immer verstörte, wenn er darüber sprach. »Ich habe das damals mit angesehen. Die Feuerwehr kam, der brennende Dachstuhl stürzte ein … Mein Gott, da war wirklich nichts mehr zu machen, und ehrlich gesagt hat wohl zuerst nicht einmal mehr die Feuerwehr daran geglaubt, dass da überhaupt noch etwas zu retten war.«

»Wo sind die Zwillinge dann aufgewachsen?«

»Bei ihrer Tante. Wohnt auch nur ein paar Straßen weiter.«

»Wie heißt diese Tante?«

»Die haben immer Tante Helga zu ihr gesagt. Ich glaube Helga Plüher, es war nämlich eine Schwester der Mutter. Die hatte es auch nicht leicht …«

»Was fahren die beiden denn für Autos?«, fragte Anna.

Gross wirkte etwas überrascht. »Einen Audi. Mit dem fährt Sarah zu ihrer Arbeit in Burgsteinfurt. Der öffentliche Nahverkehr ist ja auch nicht mehr das, was er mal war. Ich sag immer, als älterer Mensch muss man froh sein, in dem Teil der Stadt zu leben, in dem sich das Krankenhaus befindet. Darum sind die Borghorster gegenüber den Burgsteinfurtern auch auf jeden Fall im Vorteil. Gerade wenn man in meinem Alter ist. Und auch als meine Frau krank wurde, war es sehr gut, dass wir die Klinik hier gleich um die Ecke haben, denn ich habe zwar noch ein Auto und würde auch den Führerschein niemals abgeben, aber …« Er machte eine Bewegung mit der Hand, die wohl unterstreichen sollte, dass er sich am Steuer nicht mehr wirklich sicher fühlte. »Ich will ja noch eine Weile leben, sag ich mir immer. Und der Tod im Straßenverkehr ist ja nun auch nicht unbedingt das, was man sich so für sein Ende vorstellt. Besser Herzsekundentod – abends ins Bett, Augen zu und nicht mehr aufwachen. Das ist das Beste.«

»Herr Gross …«

»Ja, entschuldigen Sie, ich quatsche Ihnen die Ohren voll. Wir hätten Kinder haben sollen, dann müssten die mir jetzt zuhören und nicht irgendwelche Leute … Oder eine Psychologin, die dafür bezahlt wird.«

»Was ist hinter der Tür gegenüber?«

»Gegenüber? Da wohnen, warten Sie mal …«

»Nein, gegenüber Ihrer Wohnungstür, auf der anderen Seite des Flures.«

»Ach so.«

»Wer wohnt da?«

»Das ist ein Abstellraum. Gehört den Aufderhaar-Schwestern. Das meiste ist vermutlich Gerümpel.«

»Tja, dann danke ich Ihnen sehr für Ihre Auskünfte.«

»Sie wollen schon gehen?«

»Ja, ich muss. Leider.«

»Wirklich schade. Von mir aus hätten wir uns gerne noch länger unterhalten können. Wenn Sie noch mal irgendwelche Fragen haben, dann wenden Sie sich gerne vertrauensvoll an mich.«

»Oder Sie sich an mich«, gab Anna zurück und reichte Gross eine ihrer Visitenkarten.

»Ist gar kein Zeichen von der Polizei drauf«, stellte Gross etwas irritiert fest.

»Soll nicht so einschüchtern«, begründete Anna dies.

»Ach so, das verstehe ich natürlich. Obwohl, wenn da wie bei Ihnen steht Diplom-Psychologin, das kann aber auch ganz schön einschüchternd sein, finden Sie nicht? Na ja, ich ruf Sie an, wenn mir noch was einfällt. Darauf können Sie sich verlassen.«

Das befürchte ich, ging es Anna durch den Kopf.

Sie gingen zur Tür, und Anna war froh, im Hausflur wieder einigermaßen frei atmen zu können, ohne unter dem Einfluss von Klebstoff zu stehen.

Gross stand noch einen Augenblick an der Tür, ehe es ihm dann doch peinlich war und er sie schloss.

Als Anna die Treppe erreichte, hörte sie erneut ein Knarren und blieb wie angewurzelt stehen.

»Frau Aufderhaar?«, fragte sie. Da beide Schwestern diesen Namen trugen, musste sich die Gestalt, die da oben angestrengt lauschte, auf jeden Fall angesprochen fühlen. »Frau Aufderhaar? Ich würde gerne mit Ihnen sprechen. Wir sind vorhin an der Sprechanlage irgendwie unterbrochen worden.«

Anna ging jetzt schnellen Schrittes die Treppe hinauf. Immer zwei Stufen nahm sie auf einmal. Normalerweise tat sie das nie. So raumgreifende Schritte sahen schon nicht besonders fein aus, wenn Männer sich so bewegten.

Aber in diesem Fall entschied sich Anna, zuerst zu handeln und erst dann darüber nachzudenken, dass sie besser gezaudert hätte. Das Unerwartete tun – wie eine Motte, die sich ganz plötzlich einfach fallen ließ, damit sie nicht vom Sonar der Fledermaus erfasst und gefressen wurde. Ein Beispiel, das ihr Biologielehrer mal gebracht hatte, vor vielen Jahren. Aber Anna war es aus irgendeinem Grund im Gedächtnis geblieben. Chaotisches, spontanes Handeln, das dennoch einem Plan folgte und vor allem auch zum Ziel führte. Ihr war das immer wie ein Realität gewordener Widersinn vorgekommen. Vermutlich hatte sie dieses Beispiel auch aus diesem Grund in ihren Gedanken immer wieder aufs Neue beschäftigt. Und nun, in diesem besonderen Moment, war sie selbst die Motte, die etwas Unerwartetes tat und damit die ganze Situation veränderte.

Innerhalb weniger Augenblicke hatte sie den Absatz erreicht.

Die Frau, die dort im Schatten gestanden hatte, war gerade drei Stufen weit nach oben gelangt. Sie stützte sich dabei auf den Handlauf. Irgendetwas stimmte mit ihrem Bein nicht.

»Frau Aufderhaar?«

»Was wollen Sie von mir?«

»Sie kennen Frau Nadine Schmalstieg?«

»Lassen Sie mich einfach in Ruhe.«

»Das kann ich nicht. Eine Frau ist ermordet worden, und es gab in den letzten Jahren eine ganze Reihe von ähnlichen Verbrechen. Nadine Schmalstieg hat ein Foto auf Facebook hochgeladen, etwa siebeneinhalb Jahre alt. Da sind Sie auch drauf. Die meisten der Abgebildeten tragen irgendwelche Mittelalter-Kostüme. Mittelalter-Markt in Telgte, sagt Ihnen das was?«

Die Frau schluckte.

»Nadine und ich, das ist lange her. Wir hatten in letzter Zeit keinen Kontakt mehr.«

»Und warum standen Sie dann mit Ihrem Audi in ihrer Straße und haben sie beobachtet?«

»Wie bitte?«

»Sie sind gesehen und beschrieben worden.«

»Und wohl auch verwechselt«, stellte die dunkelhaarige Frau fest. Ihr Haarschnitt war sehr gleichmäßig. Der Pony bildete eine gerade Linie. Anna konnte nicht umhin, das zu bemerken. Und es gefiel ihr. Es war ein Zeichen der Ordnung. Es war gar nicht so einfach, sich so zu frisieren, dass nicht andauernd irgendwelche Haare aus der ihnen zugedachten Position ausbrachen. Gerade wenn man dünnes Haar hatte, so wie sie selbst. Aber ihr Gegenüber hatte dieses Problem nicht. Dickes Haar ordnete sich quasi von selbst, ja, es war von einer gewissen Stärke an sogar schier unmöglich, ihm irgendwie eine andere Ordnung aufzwingen zu wollen als die, zu der es von Natur aus tendierte.

Aber irgendetwas stimmte da nicht. Anna konnte es nicht in Worte fassen. Sie hatte das Gefühl, dass ihr Unterbewusstsein etwas wahrnahm, was dann in den höheren Schichten ihrer Persönlichkeit und ihrer Wahrnehmung nicht mehr ankam. In diesem Moment beneidete sie jemanden wie Branagorn. Für einen Savant gab es diese Filter nicht. Meistens war das ein Nachteil. Aber längst nicht immer.

»Verwechselt?«, fragte Anna.

»Ich bin Melanie Aufderhaar. Meine Schwester Sarah fährt einen Audi – ich nicht.«

»Dann sollte ich mich vielleicht mit Ihrer Schwester unterhalten.«

»Die ist zur Arbeit.«

»Vielleicht geben Sie ihr dies«, sagte Anna und reichte Melanie Aufderhaar eine Visitenkarte.

Melanie Aufderhaar warf einen Blick auf die Karte. Sie hielt sie dabei etwas hoch, sodass sie von einem Lichtstrahl erfasst wurde, der durch ein kleines Fenster auf dem nächsten Absatz ins Treppenhaus drang. »Sind Sie von der Polizei oder einfach nur eine Psychologin?«, fragte Melanie.

»Ich bin eine Kriminalpsychologin und berate die Polizei bei ihren Ermittlungen.«

»Und stellen auch selber welche an? Das ist aber seltsam. Soweit ich weiß, entspricht das keineswegs der normalen Vorgehensweise.«

»Frau Aufderhaar, ich mache mir große Sorgen. Nadine Schmalstieg hat ein Foto auf Facebook veröffentlicht …«

»Wie Sie schon mal erwähnten, wenn ich Sie daran erinnern darf.«

»… und die meisten Frauen auf dem Bild sind tot. Das sollte Ihnen und Ihrer Schwester zu denken geben.«

»Ich habe jetzt keine Lust, mit Ihnen zu sprechen.«

»Sagt Ihnen der Name Timothy Winkelströter etwas?«

Sie schluckte. Kein Zweifel. Dieser Name sagte ihr etwas.

»Auf Wiedersehen, Frau …«, sie blickte auf die Karte, »… van der Pütten.«

Dann ging sie die Treppe hinauf zu ihrer Wohnung. Anna fiel auf, dass sie dabei den Handlauf nicht losließ. Oben angekommen, drehte sie sich noch einmal kurz um und verschwand dann in ihrer Wohnung. Schwer fiel die Tür ins Schloss, und es war deutlich zu hören, wie Melanie Aufderhaar den Schlüssel demonstrativ herumdrehte.

Branagorn saß mit geschlossenen Augen auf dem Beifahrersitz des Renault, als Anna van der Pütten dorthin zurückkehrte. Sie setzte sich hinter das Steuer.

Branagorn reagierte nicht. Er schien in eine Art Meditation versunken zu sein und sich in einen tranceartigen Zustand versetzt zu haben. Vielleicht war er aber einfach nur eingeschlafen.

»Sind Sie vielleicht gewillt, in diese, einzig wirkliche Welt zurückzukehren, ehrenwerter Elbenkrieger?«, fragte Anna.

Branagorn öffnete die Augen.

»Ihr macht Euch über mich lustig und verstoßt damit gegen die Ehre Eures Standes – denn soweit ich weiß, ist es den Seelenheilern verboten, eine zynische Haltung gegen die ihnen anvertrauten Leidenden anzunehmen. Allerdings muss ich gestehen, dass Ihr nicht die Erste seid, die gegen dieses Gebot verstößt, ohne dass es geahndet würde.«

»Tut mir leid, es war nicht böse gemeint, Branagorn.«

»Dennoch offenbarte Eure Bemerkung, wie wenig von Cherenwens Seele doch bisher in Euch wach geworden ist.«

»Vielleicht liegt Ihre Enttäuschung auch einfach nur daran, dass Sie in mir nur das sehen wollen, was Ihnen gefällt und Ihrem offenbar tief eingebrannten Bild dieser mysteriösen Cherenwen entspricht.«

Genau an diesem Punkt wird er das Thema wechseln, glaubte Anna. Sie sollte recht behalten.

»Hattet Ihr mit Euren Befragungen Erfolg?«, fragte er.

»Ich weiß es nicht. Es war in mancher Hinsicht … verwirrend.«

»So berichtet mir jede Einzelheit, Cherenwen. Und danach sollten wir zurück zu dem Haus von Nadine Schmalstieg fahren.«

»Ich glaube, da würden wir im Moment nur stören, Branagorn.«

»Wir müssen mit Klaus sprechen. Er ist vielleicht noch auf dem Friedhof.«

»Es wird jemand von den Polizisten mit ihm sprechen, da bin ich mir ganz sicher, Branagorn.«

»So, wie Ihr Euch auch sicher seid, dass irgendwann die Haare, die ich fand, das Laboratorium eines Alchemisten erreichen werden?«, gab Branagorn sehr skeptisch zurück.

Anna ging auf diesen Punkt nicht weiter ein. Es war genau der Punkt, an dem nun sie das Thema wechselte und von ihren Gesprächen mit Arnold Gross und Melanie Aufderhaar zu berichten begann.

Branagorn hörte die meiste Zeit über wort- und fast teilnahmslos zu. Anna startete unterdessen den Wagen und fuhr los. Als sie ihren Bericht beendet hatte, schwieg Branagorn zunächst weiter.

Dann begannen die Detailfragen. Anna stellte fest, dass er jede ihrer Antworten wortgetreu in Erinnerung hatte. Und überall, wo eine Angabe nicht vollkommen präzise war, hakte er unerbittlich nach. So intensiv, dass Anna manchmal einfach nur entnervt aufstöhnen konnte.

»Sie treiben mich noch zum Wahnsinn, Branagorn«, meinte sie.

»Seid Ihr der Meinung, dass meine Fragen nicht von Bedeutung sind?«

»Das habe ich damit nicht sagen wollen.«

»Es mag sein, dass ich in mancher Hinsicht etwas zu sehr an den Details hänge. Aber ich glaube, dass gerade die Kleinigkeiten in diesem Fall von besonderem Gewicht sind.«

»Mag sein. Aber bedauerlicherweise war nur ich es, die mit Herrn Gross und Frau Aufderhaar gesprochen hat. Und meine Wahrnehmung ist unvollkommen und lückenhaft. Ich verfüge nicht einmal ansatzweise über ein fotografisches Gedächtnis, und daher sollten Sie nichts von dem, was ich sage, auf die Goldwaage legen.«

Branagorn dachte einen Augenblick lang nach. Dann meinte er: »Ich danke für die Ehrlichkeit, mit der Ihr mir begegnet. Ihr habt ein Geständnis von geradezu bestürzender Offenheit abgelegt, und ich frage mich langsam, wie es unter Euresgleichen überhaupt möglich ist, eine Aussage als verlässlich zu bezeichnen, wo doch ganz offenbar ist, dass sie dies nicht sein kann. Nicht in dieser Welt zumindest, da die meisten ihrer Bewohner kaum jemals in die Lage kommen, die volle Wahrheit zu sehen.«

»Sie haben gut reden, Branagorn.«

»Ihr habt von dem Wagen gesprochen, den Sarah Aufderhaar benutzt hat.«

»Richtig.«

»Aber was ist mit dem Wagen von Melanie? Es waren mehrere Garagen vorhanden, die zu diesem Wohnkomplex gehören.«

»Es tut mir leid, aber danach habe ich nicht gefragt.«

»Drei Stellplätze habe ich gesehen – das bedeutet einer für jeden Bewohner dieses Hauses.«

»Branagorn, ich weiß nicht, ob das jetzt wirklich wesentlich ist. Und abgesehen davon können wir auch nicht einfach alle Garagen dort untersuchen. Ohne dass es einen konkreten Hinweis gibt …«

»Das Haar im Flur …«

»Das Haar ist noch nicht untersucht, und ich fürchte, das wird auch nie geschehen.«

Einige Augenblicke herrschte Schweigen. Ein Moment eigentlich unbeabsichtigter Wahrhaftigkeit, dachte Anna. Sie hatte nicht vorgehabt, Branagorn zu sagen, dass niemand im Ernst davon ausging, dass das Haar auf dem Flur irgendetwas mit dem Fall zu tun haben könnte.

Branagorn starrte aus dem Seitenfenster. Das Motorengeräusch des Renault erschien Anna in diesem Moment ungewöhnlich laut zu sein. Wie die anschwellende, dramatische Ereignisse vorwegnehmende Musik in einem Spielfilm.

»Man hält mich für verrückt«, sagte Branagorn. Es war keine Frage, sondern eine Feststellung. »Es ist bedauerlich, dass niemand meine Warnungen zur Kenntnis nimmt und das ernst nimmt, was ich sage – nur, weil ich es vielleicht nicht immer ganz schaffe, mit den Feinheiten des Umgangs und der Ausdrucksweise Schritt zu halten, die in der einen oder anderen Welt üblich sind. In dieser Welt hat die Zeit anscheinend einen viel stärkeren Einfluss. Alles vermehrt sich in so rasender Geschwindigkeit, dass man kaum mitkommt. Kennt Ihr den Sachsenhof in Greven?«

»Nein, ehrlich gesagt nicht.«

»Man hat dort Gebäude aus der Sachsenzeit ausgegraben und rekonstruiert. Nicht ganz so, wie die Originale gewesen sind, als ich durch diese Lande als Branagorn von Corvey im Auftrage verschiedener Herrscher streifte. Aber bisweilen suche ich solche Orte auf, weil sie wie ein Stück gefrorener Zeit wirken, wo zumindest die groben Umrisse an den früheren Zustand erinnern. Manche Kirchen gehören dazu, wie St. Martinus – ebenfalls in Greven –, wohin ich einst ein Evangeliar aus Corvey brachte. Aber selbst dieser Name hat heute keine Strahlkraft mehr! Viele glauben, Corvey wäre eine englische Stadt, dabei ist diese Abtei bei Höxter hier in Westfalen mal das geistige Zentrum des Reiches gewesen …«

»Seien Sie nicht deprimiert, Branagorn.«

»Habe ich keinen Anlass dazu?«

»Nein.«

»Selbst Ihr nehmt meine Mahnungen nicht ernst, werte Cherenwen, denn wie könnt Ihr sonst unvollkommen und nachlässig in Eurer Befragung der Bewohner des Hauses in der Nordwalder Straße sein?«

»Ich bin unvollkommen, Branagorn. Wie wir alle.«

Ein Satz, den Anna nicht gerne über die Lippen brachte und der sich fremd anfühlte. Nichtsdestotrotz traf er zu, auch wenn sie selbst sich gerne mit einem größeren Grad an Perfektion gesehen hätte. Aber das waren ihre ganz persönlichen Lebenslügen, und vielleicht tat sie besser daran, diese so weit wie irgend möglich auszublenden, wenn sie mit Branagorn sprach.

»Ich halte Sie nicht für verrückt«, sagte Anna schließlich in die Stille hinein. »Sie haben besondere Talente und Eigenschaften, die Sie von den meisten anderen unterscheiden. Dadurch entstehen immer wieder Probleme. Darüber hinaus haben Sie zweifellos nicht nur besondere Talente, sondern auch besondere Schwierigkeiten, wobei das eine aus dem anderen zum Teil resultieren dürfte.«

»Ich werfe Euch nicht vor, dass Ihr nicht vollkommen seid, Cherenwen, denn auf Eure Weise seid Ihr das für mich schon in jener anderen Welt gewesen, in der sich unsere Seelen zum ersten Mal begegnet sind. Aber ich werfe Euch vor, dass Ihr Euch mutwillig in Gefahr begebt.«

»Wieso das?«

»Ihr versteht noch nicht einmal, worauf ich hinauswill.«

»Erklären Sie es mir.«

»Ihr habt eher beiläufig davon berichtet, wie Ihr Eure Visitenkarten im Haus an der Nordwalder Straße verteilt habt.«

»Ja, und?«

»Ich glaube, das war ein Fehler.«

»Wieso?«

»Weil man das Böse nur dann anlocken sollte, wenn man auch bereit ist, sich ihm zu stellen, werte Cherenwen. Und das seid Ihr nicht.«

Anna schwieg. Das Gespräch schien ihr nicht sehr ergiebig zu sein, und abgesehen davon hatte sie auch etwas dagegen, dass es darin mehr und mehr um ihre eigene Person zu gehen schien. Die Rollen sollten klar verteilt bleiben, dachte sie. Ich Therapeut – er Patient. Aber das sagte sie Branagorn aus irgendeinem Grund nicht. Nicht in dieser Klarheit zumindest.

»Soll ich Sie direkt nach Kinderhaus bringen, Branagorn?«

Zugriff in Kattenvenne

»Es macht vermutlich wenig Sinn, Tornhöven noch länger festzuhalten«, meinte Raaben, der auf dem Beifahrersitz des Volvo saß. Sie hatten Kattenvenne fast erreicht. Sven Haller war gefahren wie der Teufel, während Raaben per Handy Verstärkung angefordert hatte – weniger weil man damit rechnete, dass Timothy Winkelströter großartigen Widerstand leisten würde, als vielmehr deshalb, weil man Unterstützung bei der Durchsuchung seiner Wohnung und vielleicht auch des Lagers brauchte, wo er die Waren seines Internetshops lagerte.

»Abwarten«, meinte Haller. »›Im Verlauf des nächsten Tages‹ ist noch nicht vorbei, würde ich sagen.«

»Aber du kennst den Staatsanwalt, der wird das nicht mitmachen.«

»Wir haben bis dahin ja vielleicht auch einen anderen Verdächtigen, auf den noch sehr viel mehr Indizien hindeuten.«

»Schon mal darüber nachgedacht, dass diese Taten vielleicht irgendeine Art Mutprobe oder ein Einführungsritual innerhalb dieser Sekte sein könnte, um in der internen Hierarchie eine Stufe höher zu steigen?«

»Sicher. Ich persönlich glaube ja auch, dass ein Verein, der Fliegen mit Stinkmorcheln anlockt und mit so einem Zeug die Teilnehmer für irgendwelche absolut unappetitlichen magischen Rituale einreibt, damit die Fliegen sie umschwirren, als wären es Leichen, zu allem fähig ist. Aber …«

»Aber?«

»Kevin, das ist alles reine Spekulation. Halten wir uns einfach an die Fakten, und die werden wir gleich in Augenschein nehmen, indem wir uns die Motorhaube von Timothy Winkelströters Wagen ansehen.«

Sie erreichten das Haus, in dessen Obergeschoss Winkelströter sich eingemietet hatte.

Sein Wagen stand vor dem Haus – und sein Vermieter Herr Möller ganz in der Nähe.

»Na, da haben wir doch schon mal das Wichtigste beieinander«, meinte Haller und stellte den Motor ab.

»Wollen wir nicht auf die anderen warten?«

»Nein.«

Haller überprüfte den Sitz von Waffe und Handschellen. Es klapperte. Alles dabei. Gut so.

Sie stiegen aus.

Herr Möller sah ihnen stirnrunzelnd entgegen. Eine ältere Frau stand – mit einem grün geblümten Hauskleid außerordentlich gut getarnt – in einem der Beete, die sie angelegt hatte, und da ein paar Sträucher etwas die Sicht behinderten, war sie zunächst für Haller gar nicht zu sehen gewesen. Aber für den Kriminalhauptkommissar stand es außer Frage, dass sie ziemlich schnell merken würde, dass etwas im Gange war, das man besser mitbekommen sollte.

»Issoben«, sagte Herr Möller in der ihm eigenen Sprechweise.

»Hinführen!«, äffte Haller seine Einwort-Sprechweise nach.

»Hä?«

»Jetzt!«

»Echt?«

»Echt!«

»Washattergemacht?«

»Das können Sie demnächst in der Zeitung nachlesen.«

Raaben hatte unterdessen einen Blick auf die Motorhaube des Geländewagens geworfen. Der Kuhfänger hatte einige Kratzer, und auch auf der Haube waren ein paar Striemen zu sehen.

»Tja, ob das nun von einem Schwert kommt oder davon, wenn man hängenden Ästen zu nahe kommt, weiß ich natürlich nicht.«

»Da sollten wir mal ganz unseren Laborratten vertrauen«, meinte Haller, der bereits Möller zum Eingang folgte.

Die alte Frau war aus ihrer Anpflanzung hervorgetaucht und rief: »Was ist denn passiert?«

Aber im Moment war niemand gewillt, ihr eine Antwort zu geben.

Herr Möller führte Haller und Raaben ins Haus.

»Treppehoch«, sagte er.

»Danke«, sagte Haller.

»Nichtschießen. Nixdreckigmachen.«

»Wir geben uns Mühe«, versicherte Raaben.

Die beiden Kripo-Beamten gingen die Treppe hinauf und kamen wenig später an Timothy Winkelströters Wohnungstür.

Haller klopfte.

»Herr Winkelströter? Machen Sie bitte auf. Hier ist die Kriminalpolizei.«

Keine Antwort. Aber hinter der Tür waren jetzt Geräusche zu hören. Schritte. Etwas fiel zu Boden. Dann ein Laut, der wie ein unterdrückter Fluch klang.

»Herr Winkelströter, bitte machen Sie die Tür auf. Wir wissen, dass Sie da sind. Zwingen Sie uns nicht, die Tür aufzubrechen!«

Ein Schuss ertönte. Faustgroß war das Loch, das im nächsten Moment in der Tür klaffte. Die Kugel ging genau zwischen den Köpfen von Haller und Raaben hindurch und schlug hinter ihnen in die Wand ein.

Haller und Raaben griffen nach ihren Dienstwaffen und gingen in Deckung. Sie pressten sich links und rechts der Tür gegen die Wand.

»Herr Winkelströter, lassen Sie den Unfug!«, rief Haller. »Das bringt doch alles nichts!«

Das Wort »nichts« ging bereits im nächsten Schuss unter, der etwas tiefer durch die Holztür krachte.

»Istdawaskaputt?«, rief Möller von unten.

»Jetzt reicht's, Herr Winkelströter!«, rief Haller. Er schnellte vor, öffnete mit einem wuchtigen Tritt die Tür und sah sich mit der Dienstpistole in der Hand Timothy Winkelströter gegenüber. Der stand mit weit aufgerissenen Augen da. Man brauchte kein Drogenexperte zu sein, um zu sehen, dass er irgendetwas genommen haben musste. Seine Pupillen waren so sehr geweitet, dass die Iris kaum noch zu sehen war.

Er hielt ein Jagdgewehr in den Händen.

»Runter damit!«, rief Haller.

Timothy war für einen Augenblick etwas unschlüssig. Was immer ihm im Moment auch die Sinne vernebeln mochte, es schien nicht gerade seine Entscheidungsfreude zu befördern.

Zwei schnelle Schritte, und Haller war bei ihm. Er bog den Gewehrlauf zur Seite.

»Ich habe nichts gemacht!«, rief Timothy Winkelströter.

»Klar doch«, meinte Haller und entwand ihm das Gewehr. Raaben legte Timothy Handschellen an, was er teilnahmslos über sich ergehen ließ.

»Herr Winkelströter, falls Sie mich verstehen: Sie sind wegen des Verdachts des Mordes an Nadine Schmalstieg vorläufig festgenommen«, sagte Raaben. »Falls Sie einen Anwalt benachrichtigen wollen …«

»Nadine?«, echote er. Seine Stirn umwölkte sich. Das Gesicht verzog sich zu einer Grimasse und die Augen schienen beinahe aus ihren Höhlen herauszutreten. Er war offensichtlich nicht ganz beieinander.

Raaben wollte mit seinen Belehrungen fortfahren, aber Haller schüttelte den Kopf.

»Hat keinen Zweck«, meinte er. »Erst nach einer vorläufigen Entgiftung, so, wie ich das sehe.«

Ein intensiver Geruch hing in der Luft. Aber Haller konnte nicht sagen, was es war.

»Vor siebeneinhalb Jahren wurde Jana Buddemeier das erste Opfer des Barbiers«, sagte Haller. »Erschossen mit einem Jagdgewehr – Herr Winkelströter, falls Sie das mitbekommen sollten und noch nicht völlig in irgendwelchen anderen Sphären schweben: Wir werden innerhalb relativ kurzer Zeit wissen, ob Sie das gewesen sind …«

***

Anna brachte Branagorn doch nicht nach Kinderhaus. Stattdessen machte sie ihm einen anderen Vorschlag. Sie fuhren zu ihrer Praxis, um sich die Polizei-Videos anzusehen, die auf dem Mittelalter-Markt in Telgte gemacht worden waren.

»Man hat mir das Material auf meinen Stick geladen«, sagte Anna und deutete auf den Datenstick, der an ihrem Schlüsselbund hing, aber aussah wie ein gewöhnlicher Schlüsselanhänger. »Gut, dass ich den gestern dabeihatte, sonst würde ich die Daten erst heute oder morgen bekommen«, meinte sie.

Sie stiegen aus dem Wagen, nachdem Anna in der Achtermannstraße geparkt hatte. Anna brachte Branagorn allerdings nicht zu ihrer Praxis, sondern zu ihrer Wohnung einen Stock höher.

»Ihr zeigt mir Eure Privatgemächer?«, fragte Branagorn sichtlich überrascht.

»Ich habe dort eine Kinoleinwand. Da können wir die Aufnahme in der entsprechenden Vergrößerung ansehen und all die Kleinigkeiten, auf die Sie so gerne achten, sind dann viel besser zu sehen.«

»Das ist gut«, nickte Branagorn.

»Wollen Sie etwas trinken?«

»Nein, danke.«

»Nicht einmal Wasser?«

»Ich brauche im Moment nichts.«

Anna führte den Elbenkrieger in ihren privaten Mini-Kinosaal. Dort konnte sie von den emotional anstrengenden Erlebnissen ausspannen, die ihr Beruf nun einmal mit sich brachte. Die Videodaten auf dem Stick überspielte sie auf die Festplatte, auf der sich auch ihre gesammelten Filme befanden.

Branagorn setzte sich in einen sehr bequemen Ledersessel und wartete ab.

»Einen Augenblick noch«, sagte Anna dann, nahm ihr Handy und ging hinaus in den Flur. Zwei oder drei kurze Gespräche führte sie. »Ich musste noch ein paar Termine absagen«, erklärte sie, als sie zurückkehrte.

»Ihr weist Hilfesuchende ab?«

»Die Verfolgung des Barbiers hat im Moment Vorrang, finde ich.«

»Ja, gewiss, das verstehe ich.«

»So, und jetzt haben wir unseren Kinoabend, wenn man das denn so nennen will. Na ja, vielleicht ist das auch geschmacklos. Sie haben jedenfalls alle Zeit, die Sie brauchen. Sehen Sie sich das Material immer wieder an, wenn es sein muss. Sie können die Aufnahme stoppen, einzelne Bilder heranzoomen – was Sie wollen.«

»Ich mache mir Sorgen um Euch, Cherenwen.«

»Um mich?«

»Ihr wart unvorsichtig.«

»Branagorn, ich kann sehr gut auf mich selbst aufpassen.«

»Sagt mir, habt Ihr schon vom Traumhenker geträumt? Ist er bereits in Eure nächtliche Sphäre des Schlafes eingedrungen? Erzählt mir von Eurem Traum!«

Anna sah ihn verwundert an. Wie kann er von meinen Alpträumen wissen?, fragte sie sich. Oder hat er das nur geraten? Sieht er mir an, wie sehr mich dieser Fall mitnimmt, und habe nur ich umgekehrt einfach seine Sensibilität stark unterschätzt?

Branagorn wartete die Antwort gar nicht erst ab.

Sie schien für ihn bereits festzustehen.

»Es ist also wahr«, meinte er.

In Annas Ohren klang das wie ein Todesurteil. Ein Schauder erfasste sie, ohne dass sie dafür wirklich einen auch nur halbwegs nachvollziehbaren Grund hätte nennen können. Doch dann hatte sie sich wieder gefasst

»Ich schlage vor, Sie konzentrieren sich jetzt erst mal auf *das hier*«, meinte sie und betätigte die Fernbedienung.

Branagorn saß mit starrem Blick und praktisch regungslos da, während die Videoaufzeichnung vom Tatort auf der Planwiese lief.

»Halt!«, forderte er plötzlich.

»Sie haben etwas entdeckt?«

Branagorn stand auf und deutete auf einen bestimmten Bereich des Standbildes. Für Anna war da kaum etwas erkennbar, außer den Köpfen zahlloser Schaulustiger.

»Ich werde es vergrößern«, kündigte sie an.

Sie ging an den Computer, der an ihre Kino-Anlage angeschlossen war. Wenig später stand eine Vergrößerung des Bildausschnitts zur Verfügung.

Nun glaubte auch Anna zu erkennen, um was es sich handelte.

»Das ist die Frau, mit der ich gesprochen habe. Melanie Aufderhaar«, war sie überzeugt.

»Nein«, widersprach Branagorn. »Das ist nicht Melanie Aufderhaar – sondern Sarah.«

»Woher wollen Sie das wissen?«

»Es ist die Frau, die auf dem Foto war, das im Buch der Gesichter stand«, erklärte Branagorn. »Und genau mit jener Frau habe ich gestern gesprochen, als ich das Haus aufsuchte. Es gibt Linien im Gesicht, an denen ich das erkennen kann. Und an den Haaren …«

»Mit den Haaren von Melanie Aufderhaar war irgendetwas seltsam.«

»So?«

»Keine Ahnung, wie ich es Ihnen beschreiben soll, aber ich habe im ersten Moment gedacht, es wäre eine Perücke. War nur so ein

Gefühl. Außerdem hatte Melanie irgendetwas am Bein, was sie beim Gehen behinderte. Sie stützte sich dauernd auf den Handlauf.«

»Dies ist Sarah Aufderhaar«, beharrte Branagorn. »Auch wenn ich Melanie bisher nicht begegnet bin, weiß ich doch, *wem* ich begegnet bin. Da gibt es keine Zweifel.«

»Nun, ich verstehe jedenfalls nicht, weshalb Melanie sich mir gegenüber so eigenartig verhalten hat. Und da ist noch etwas. Ich habe sie auf das Facebook-Foto angesprochen, und sie schien sich überhaupt nicht zu wundern.«

»Natürlich nicht«, sagte Branagorn.

»Was?«

»Sie ist doch auch auf dem Bild. Auch wenn ihr Gesicht nicht zu sehen ist.«

»Und wo ist sie?«

»Es gibt noch einen Ritter und einen Pestarzt. Beide Gesichter sind nicht zu sehen. Geht man von der Körpergröße aus, dann kommt nur die Maske des Schwarzen Todes in Frage, und nicht der Ritter mit seinem geschlossenen Helm-Visier.«

Anna schluckte und nickte leicht. Er hat recht, ging es ihr durch den Kopf. Auf dem Facebook-Foto war gar nicht, wie sie zunächst angenommen hatten, ein Mädchen namens Sarah oder Melanie abgebildet, sondern sowohl Melanie als auch Sarah – nur waren diejenigen, die die Kommentare zu dem Bild abgegeben hatten, sich wohl nicht sicher gewesen, ob die Frau mit dem offen sichtbaren Gesicht nun Melanie oder Sarah war. Schließlich sahen eineiige Zwillinge sich in der Regel zum Verwechseln ähnlich.

»Ihr könnt die Bilder sich wieder bewegen lassen«, sagte Branagorn. »Wer weiß, vielleicht entdecke ich noch irgendein anderes Detail, das von Interesse ist.«

»Haben Sie etwas Bestimmtes im Sinn?«, fragte Anna.

»Ein Augenpaar. Ein Augenpaar, das mir in Lengerich begegnete. Ich habe Euch davon berichtet.«

»Ich habe übrigens Kontakt mit jemandem in Lengerich aufgenommen«, sagte Anna. »Einem Arzt, den ich gut kenne und der an die Patientendaten herankommt, sodass man herausfinden könnte, wer damals mit Ihnen zusammen dort war.«

Branagorn wandte den Kopf und sah Anna erstaunt an. »Das habt Ihr für mich getan?«, stieß er hervor, und Anna stoppte sogleich den

Fortgang der Aufzeichnung, denn schließlich wollte sie, dass Branagorn sich die ganze Sequenz ansah.

»Ich habe das nicht Ihretwegen getan, sondern weil ich mir vorstellen könnte, dass Sie vielleicht tatsächlich etwas gesehen haben, was für die Lösung dieses Falles bedeutsam sein kann.«

Branagorn sprach mit belegter Stimme. Er schien innerlich tief berührt zu sein. »Ich weiß, wie groß Eure Scheu davor ist, Regeln zu verletzen. Ihr fürchtet dann den unweigerlichen Einbruch des Chaos – und ich kann Euch diese Furcht noch nicht einmal guten Gewissens nehmen. Denn tatsächlich ist es so, dass die Missachtung von Regeln die Urquelle des Chaos ist. Für Eure Profession der Seelenkunde gilt das genauso wie für die Magie ... Und doch habt Ihr Euch überwunden und seid über diesen breiten Schatten gesprungen. Ihr habt meine Hochachtung. Das beeindruckt mich sehr, werte Cherenwen.«

»Hören Sie auf, mich zu analysieren.«

»Das tue ich nicht.«

»Das tun Sie sehr wohl. Und Sie machen das noch nicht einmal schlecht.«

»Ich gebe lediglich meiner tief empfundenen Bewunderung und Hochachtung für Eure innere Größe Ausdruck, Cherenwen.«

»Wollen wir jetzt fortfahren?«

Branagorn nickte. »Ja, gerne.«

Die Aufzeichnung lief weiter. Branagorn sah mit angestrengter Miene auf die Leinwand und fragte plötzlich: »Wann wird Euer befreundeter Heiler aus Lengerich Euch Bescheid geben?«

»Vielleicht heute noch. Wer weiß.«

»Welcher von den Heilern, die dort zurzeit ihres Amtes walten, ist es?«

»Es ist besser, wenn Sie das nicht wissen, Branagorn.«

»Ja, vielleicht habt Ihr recht ...«

Ein paar Augenblicke vergingen, und die Polizeikamera schwenkte ganz nach rechts und dann wieder zurück. »Halt!«, sagte Branagorn. »Ein Stück zurück! Zeigt mir den Moment, bevor zurückgeschwenkt wird, teure Cherenwen.«

»Ich versuche es hinzubekommen«, gab Anna zurück.

Wenige Augenblicke später hatte Branagorn gefunden, was er suchte. Es war ein Bildausschnitt, der nur für einen winzigen Moment zu sehen war. Branagorn deutete auf einen bestimmten Punkt mitten in der Menschenmenge. »Dies vergrößern«, forderte er.

Für Anna war dort zunächst nicht mehr als ein undeutlicher Schatten zu sehen. Erst in der Vergrößerung erkannte sie, worum es Branagorn eigentlich ging. Eine maskierte Gestalt war – halb verdeckt durch die breiten Schultern eines als Mönch verkleideten Mannes – zu sehen. »Der Schwarze Tod«, murmelte sie.

Die Maske war deutlich zu erkennen, allerdings war von dem langen Schnabel an der Vorderseite nichts zu sehen, da er nahezu vollkommen verdeckt wurde. Aber dennoch erkannte auch Anna, dass es sich um die Maske eines Pestarztes handelte. Anna glaubte zu erkennen, dass es sich um eine jener Masken handelte, die Timothy Winkelströter in seinem Internetshop vertrieb.

»Da ist irgendetwas am Auge«, stellte Branagorn fest.

»Ich kann das Bild noch etwas vergrößern, aber ich glaube jetzt sind schon die einzelnen Pixel zu sehen.«

»Versucht es trotzdem, teure Cherenwen.«

»Ganz wie Sie wollen.«

Nachdem Anna den Ausschnitt noch etwas weiter herangezoomt hatte, erkannten sie beide, was es war. Anna runzelte die Stirn.

»Mich dünkt, die Apparatur, die da ans Auge gehalten wird, dient der Fernsicht und wird Zielfernrohr genannt«, stellte Branagorn fest. »Oder sollte ich mich da irren, Cherenwen?«

»Nein«, murmelte Anna tonlos. »Sie irren sich keineswegs. Das sieht so aus, als würde der Pestarzt die Szenerie durch ein Zielfernrohr beobachten. Das ist wirklich … eigenartig.«

»Sie«, stellte Branagorn klar.

»Was?«

»Es ist eine Pest*ärztin*, wie wir jetzt wissen«, erklärte er. »Genau, wie es wohl auch auf dem Bild im Buch der Gesichter der Fall zu sein scheint.«

In diesem Moment klingelte Annas Handy.

»Wir haben Timothy Winkelströter festgenommen, Anna. Ein Jagdgewehr wurde sichergestellt, das jetzt einer ballistischen Laboruntersuchung zugeführt wurde. In seiner Wohnung und in seinem Mittelalter-Warenlager haben wir auch mehrere Dolche und Drahtschlingen gefunden, die als Tatwaffen für die Morde in Frage kommen. Wir gehen inzwischen davon aus, dass wir ihm auf jeden Fall den Mord an Nadine Schmalstieg auch nachweisen können werden.«

Der Kriminalhauptkommissar machte einen geradezu euphorischen Eindruck.

»Das freut mich sehr«, sagte Anna.

»Es wäre schön, wenn du nachher im Präsidium sein könntest.«

»Gerne.«

»Der Fall steht unmittelbar vor seiner Lösung. Und du solltest unbedingt dabei sein, wenn der Sack zugemacht wird.«

»Danke«, murmelte Anna.

»Bis nachher.«

»Bis nachher.«

Gefährten

»Melanie?«

Sarah Aufderhaar stand in der Wohnzimmertür, während ihre Schwester in einem der Sessel Platz genommen hatte. Auf ihrem Schoß saß eine der Porzellanpuppen, die sie gefertigt hatte. Mit einem Kamm strich sie durch das Haar der Puppe. Dickes Haar, das schwer zu verarbeiten gewesen war und auch schwer in einer Frisur zu bändigen war.

»Melanie?«, fragte Sarah noch einmal, aber ihre Schwester wirkte vollkommen gedankenverloren und entrückt, während sie fortfuhr, den Kamm durch das Puppenhaar gleiten zu lassen.

Sarah trat an den niedrigen Wohnzimmertisch heran und legte etwas darauf.

Es war ein Zielfernrohr.

»Du hast dir vor Kurzem meinen Wagen geliehen, als deiner in der Werkstatt war. Und das hier war im Handschuhfach. Wir müssen darüber reden, Melanie.«

Melanie schwieg. Das konnte sie besonders gut. Hartnäckig schweigen und leiden. So sehr, dass es jedem anderen in ihrer Umgebung auch schlecht ging. Diesmal nicht, dachte Sarah. Diesmal lasse ich dir das nicht durchgehen. Es geht einfach nicht mehr.

»Melanie, ich will jetzt die Wahrheit wissen.«

Ein Ruck ging durch ihren Körper. Sie sah ihre Schwester an. »Wahrheit?«, echote sie, fast so, als hätte sie nur dieses eine Wort von dem verstanden, was Sarah gesagt hatte. »Welche Wahrheit, Sarah? Meine? Oder deine? Oder die Wahrheit, an die Menschen wie Timothy Winkelströter glauben, wenn sie aus irgendwelchen Fliegenpilzen die Drogen des Mittelalters nachzukochen versuchen?« Ein eigenartiges, freudloses Lächeln spielte um ihre Lippen. Sie sah auf ihre Puppe. »Meinst du die Wahrheit, die in diesen Haaren steckt?« In ihren Augen blitzte es.

Sie stand auf. Dabei musste sie sich mit einer Hand aufstützen. Sie ging zu der Schrankwand, kniete nieder und setzte die Puppe an den Platz, den Melanie für sie auserkoren hatte. Alles musste seine Ordnung haben. Dann stand sie auf und stützte sich dabei auf. Aufstehen und Treppensteigen war etwas schwierig, bei allem anderen sah man ihr nichts an – weder von den Bewegungsabläufen her, noch was die Schnelligkeit betraf.

»Melanie …«

»Oder meinst du *diese* Wahrheit?« Mit diesen Worten nahm sie ihre Perücke vom Kopf, die dem Naturhaar ihrer Schwester so exakt wie nur irgend möglich nachgearbeitet worden war. »Es gibt so viele Wahrheiten, Sarah. Für welche soll ich mich entscheiden?«

***

Anna brachte Branagorn nach Kinderhaus, bevor sie schließlich zum Polizeipräsidium am Friesenring fuhr. Von der Achtermannstraße aus lag das nun wirklich nicht gerade auf der Strecke, und Branagorn wollte zunächst auch lieber mit dem Bus fahren, aber schließlich ließ er sich doch darauf ein, diesen besonderen und gewiss einmaligen Service seiner Therapeutin anzunehmen.

Der Grund dafür war vermutlich derselbe, aus dem Anna ihm die Fahrt überhaupt angeboten hatte: Sie wollten beide die Zeit nutzen, um ihre Unterhaltung fortzusetzen. Anna hatte das Gefühl, den Kopf etwas freier bekommen zu müssen. Die Erkenntnisse, die sich durch die Ansicht des Polizeivideos ergeben hatten, waren verwirrend.

»Glauben Sie, dass Melanie Aufderhaar hinter der Maske des Schwarzen Todes steckte, die Sie auf dem Video entdeckt haben?«, fragte Anna.

»Ich bin mir sicher.«

»Ist es dieselbe Gestalt, mit der Sie gekämpft haben?«

»Auf dem Bild konnte ich die Augen nicht sehen. Wenn das möglich wäre, würde ich die Mörderseele erkennen, in die der Traumhenker gefahren ist, werte Cherenwen. Ganz bestimmt!«

»Ich werde vermutlich Gelegenheit haben, gleich mit Timothy Winkelströter zu sprechen, und …«

»Er ist unschuldig«, beharrte Branagorn auf seiner Meinung. »Sagt den Hütern der Ordnung, dass sie die Haare den Alchemisten übergeben sollen, wenn sie die Wahrheit erfahren wollen, denn nur so wird sie auf eine Weise an den Tag kommen, dass die unvollkommene Gerichtsbarkeit dieser Welt sie akzeptieren kann.«

»Ich tue mein Bestes, Branagorn.«

»Das weiß ich, Cherenwen«, gab Branagorn nun in einem deutlich versöhnlicheren Tonfall zurück. »Nur in einem Punkt gebt Ihr mir Anlass zur Kritik.«

»Und der wäre?«

»Ihr achtet zu wenig auf Euch, denn ich glaube, dass Ihr in Gefahr seid. Wenn Ihr wollt, werde ich Euch begleiten und bewachen, wohin Ihr auch geht.«

»Nein, das halte ich für keine gute Idee, Branagorn.«

»Warum nicht? Obwohl mir bereits zwei Schwerter genommen wurden, bin ich nicht ohne Magie. Und davon abgesehen habe ich noch weitere Artefakte in meinen Gemächern, auch wenn sie weitaus weniger mächtig sind als diejenigen, die man mir nahm.«

»Nein. Vielen Dank, Branagorn. Das wird nicht nötig sein.«

»Täuscht Euch da nicht«, widersprach Branagorn. »Täuscht Euch da bloß nicht!«

»Haller bekommt zu viel, wenn ich Sie wieder im Präsidium anschleppe. Es ist schon hart an der Grenze, dass wir uns zusammen bei mir das Videomaterial angesehen haben.«

Branagorn atmete tief durch. Anna hielt ihren Wagen an. Sie hatten den Wohnblock erreicht, in dem Branagorn alias Frank Schmitt zu Hause war, wenn das der richtige Begriff dafür war. Vielleicht passt das Wort »hausen« besser als »zu Hause sein«, dachte Anna. Eine trostlose Umgebung war es, in der dieser eigentlich hochbegabte Mann leben musste. Eine Umgebung, deren graue Realität in einem so unfassbar krassen Gegensatz zu den farbigen Schilderungen von anderen Welten und phantastischer, allgewaltiger Magie stand, die Branagorn zu erzählen wusste.

»Wir sehen uns beim nächsten Termin«, sagte Anna.

»Bleiben wir über das sprechende Artefakt in Kontakt?«

»Wann immer Sie wollen oder ich Ihren Rat brauche, Branagorn.« Anna lächelte unwillkürlich.

»Was amüsiert Euch, werte Cherenwen?«

»Dass ich das wirklich gesagt habe.«

»Dass Ihr meinen Rat braucht?«

»Ja.«

»Das ist nichts weiter als die verspätete Anerkenntnis der Realität. Ihr brauchtet meinen Rat schon in jener anderen Welt, in der wir uns zuerst begegneten. Leider habt Ihr ihn damals nicht angenommen und dem Lebensüberdruss nachgegeben.«

»Das ist jetzt aber eine Projektion, Branagorn. Schließlich haben Sie versucht, sich umzubringen – nicht ich.«

Doch darauf ging Branagorn nicht ein. Stattdessen sagte er mit sehr großem Ernst: »Diesmal solltet Ihr auf meinen Rat hören, teure Cherenwen. Ich bitte Euch!«

Branagorn sah Anna noch einen Moment nach, als sie davonfuhr. Dann ging er ins Haus. Zunächst suchte er seine Wohnung auf und nahm sich eines der Schwerter, die er noch besaß. Es passte nicht richtig in die Lederscheide und ragte etwas zu weit heraus. Außerdem war die Klinge leicht angerostet. Er hatte diese Waffe mal auf einem Flohmarkt erworben, wo sie als Teil eines Kaminbestecks angeboten worden war. Branagorn erinnerte sich noch lebhaft an das ellenlange Verkaufsgespräch, in dem es im Wesentlichen darum gegangen war, dass Branagorn nicht das gesamte Kaminbesteck hatte kaufen wollen, während der Händler zunächst unter keinen Umständen bereit gewesen war, die Teile einzeln abzugeben. Schließlich hatte er es aber doch getan. Vielleicht, weil er zu der Erkenntnis gelangt war, dass er das gesamte Besteck wohl ohnehin nicht mehr loswerden würde oder einfach deshalb, weil Branagorn ihm auf so anhaltend penetrante Weise auf die Nerven ging, dass er sich irgendwie von dieser Folter befreien musste.

Branagorn hingegen war der festen Überzeugung, dass eine magische Formel zur Beeinflussung des Willens hier ihre Wirkung getan hatte. Eine Formel, die nur auf die schwachen Seelen von Sterblichen wirkte und die darüber hinaus in dieser Welt auch aus irgendeinem Grund nicht sonderlich zuverlässig war.

Dann begab sich Branagorn zu einer Wohnung, die sich ein Stockwerk tiefer befand. Ein Namensschild gab es nicht. Nur noch ein Abdruck und die Dübellöcher zeigten an, wo es mal angebracht gewesen war.

Branagorn klingelte. Er murmelte etwas vor sich hin. Diese Formel soll Tür und Seele öffnen, dachte er.

Die Tür öffnete sich, und zwei große dunkle Augen sahen ihn erstaunt an.

»Werter Taliban, ich brauche einen tapferen Kampfgefährten gegen die Macht des Bösen«, verkündete Branagorn. »Einen, dem es nicht an Mut mangelt und der über das nötige Wissen verfügt.«

Taliban war so perplex, dass er sich sogar die tief sitzenden Baggy Pants ein Stück hochzog, was bei ihm schon als versehentlicher Stilbruch anzusehen war.

»Ey, wer hat dich abgezogen? Wen soll ich kloppen?«

»Auch wenn wir uns schon auf verschiedenen Seiten der Schlacht begegneten, weiß ich darum umso mehr, dass Ihr ein Mann von Ehre und Mut seid – also genau der, den ich brauche.«

»Ey, Mut hab ich!«, sagte Taliban. »Komm rein. Aber lässt du Schwert stecken!«

»Gewiss.«

»Sonst Kumpel nervös. Ich nicht – aber Kumpel.«

»Eurem Anliegen soll Rechnung getragen werden, so wie ich hoffe, dass mein Anliegen bei Euch Gehör findet.«

»Hör alles, ich schwör!«

»Darf ich eintreten?«

»Hier, kommst du rein.«

Branagorn folgte Taliban ins Wohnzimmer. Auf einem niedrigen Tisch war eine Schale mit Chips zu sehen. Außerdem ein paar Game Controller.

Einige von Talibans Freunden drängten sich auf dem Sofa und den Sesseln.

»Er ist cool, ich schwör!«, sagte Taliban, noch ehe jemand eine Bemerkung machen konnte. »Hat Problem, ich helfe.«

Branagorn deutete auf einen von mehreren Rechnern und Laptops, die sich sowohl auf als auch unter einem Küchentisch befanden. Einige der Geräte waren unverkabelt, andere jedoch sogar eingeschaltet.

»Ich brauche dieses Artefakt, um das Böse zu bekämpfen«, sagte Branagorn.

»Ey, willst du zocken?«, fragte Taliban. »Sach doch gleich! Ich dachte Welt retten, und jetzt nur daddeln.«

»Ihr irrt, werter Taliban. Es geht darum, eine Mörderseele zu fassen und eine Seelenverwandte vor dem Unheil zu bewahren.«

»Verwandte? Meinst du Ehre von Schwester?«

»Schwester der Seele«, sagte Branagorn.

»Ehre von Schwester ist heilig.«

»Ich brauche die Maschine des Suchens – und Ihr wisst zweifellos damit umzugehen.«

»Ach, Google!«, meinte Taliban.

»Gibt auch I'm Halal«, mischte sich einer seiner Freunde ein. »Ist auch Suchmaschine – aber nur islamisch und alles halal.«

»Nein«, widersprach Taliban. »I'm Halal ist schon wieder abgeschaltet.«

»Wieso das?«

»Stand nicht so viel drin. Kein Sex und keine Schlampen. Darum hat keiner geklickt.«

»Ach so.«

Taliban wandte sich an Branagorn. »Ich helfe«, erklärte er.

Wenig später erschienen Seiten auf dem Bildschirm von einem der Rechner, die Branagorn in einem scheinbar rasenden Tempo überflog. Taliban schaute dabei nur kopfschüttelnd zu und half Branagorn ab und zu, wenn es technische Probleme gab.

»Ich bin nur an die Maschinen des Rechnens gewöhnt, die es in der Universitätsbibliothek gibt«, erklärte Branagorn. »Wie kommt man auf diese Seite dort?«

»Zeitungsarchiv? Lass mal gucken!« Taliban tippte ein wenig auf der Tastatur rum. »Ist gebührenpflichtig – aber gibt Weg«, versprach Taliban. »Wie bei Kopierschutz, ich schwör. Ist alles für Arsch.«

Branagorn sog die Informationen nur so in sich auf. Ein Hausbrand in Borghorst, ein Mädchen, das überlebt hatte und durch zahlreiche Hauttransplantationen an Kopf und Bein gerettet worden war. Dreizehn Jahre war Melanie Aufderhaar damals gewesen. Branagorn fand ein aktuelles Bild auf einer Seite, die sich mit der Herstellung und dem Verkauf von Porzellanpuppen beschäftigte. Ein ausführlicher Zeitungsartikel stellte sie anlässlich eines Preises vor, den ihre Puppenkrippe durch das Bistum erhalten hatte. Äußerlich war ihr nichts mehr anzusehen, und sie sah ihrer Schwester Sarah, der Branagorn ja begegnet war, zum Verwechseln ähnlich. Zumindest für den oberflächlichen Blick der Sterblichen, dachte Branagorn. Denn sosehr sie ihre Perücke auch der ihrer Schwester angeglichen haben mochte, einen wesentlichen Unterschied zwischen den beiden gab es.

Die Augen.

»Nichts als die Wahrheit, die reine Wahrheit!«

»Anna, das ist nicht dein Ernst«, polterte Haller. »Du ermittelst auf eigene Faust. Und dann auch noch mit diesem Branadingsbums Schmitt im Schlepptau?« Haller wischte sich über das Gesicht.

Sie saßen in seinem Büro. Haller hatte, schon kurz nachdem Anna van der Pütten ihren Bericht begonnen hatte, die Tür geschlossen. Es musste nun wirklich nicht jeder mitbekommen, was da geschehen war. Anna hatte ihm ausführlich von dem Besuch in dem Haus an der Nordwalder Straße erzählt und ihm auch davon berichtet, dass sie sich gemeinsam mit Branagorn das Videomaterial vom Tatort angesehen und analysiert hatte.

»Warum vergleicht man nicht einfach das Haar, das Branagorn am Tatort gefunden hat, mit dem, das er in der Nordwalder Straße aufgehoben hat?«, fragte Anna.

»Ja, warum vergleichen wir nicht irgendeinen Halm Unkraut an der Mauer des Polizeipräsidiums mit irgendeinem anderen Halm Unkraut bei deiner Praxis in den Bürgersteigfugen an der Achtermannstraße?«, fauchte Haller zurück. »Das ergibt etwa genauso viel Sinn!«

»Ich weiß nicht, was ich von alledem halten soll. Aber du selbst hast mir von dem Zielfernrohr erzählt, das auf dem Beifahrersitz eines Fahrzeugs lag. Du weißt doch, das Fahrzeug, in dem die Frau saß, die Nadine Schmalstieg beobachtet hat. Und jetzt sehen wir jemanden mit einem Zielfernrohr, der die Szene auf der Planwiese beobachtet und sich wahrscheinlich daran ergötzt, wie sich alle um die Leiche kümmern und ihnen dabei ein Schauder über den Rücken läuft!«

»Nennt man so etwas nicht eine tendenziöse Perzeption?«, fragte Haller. »Wir haben Timothy Winkelströter verhaftet. Er besitzt ein Jagdgewehr und diverse Hieb- und Würgewaffen, die als Tatwerkzeuge für die Morde des Barbiers in Frage kommen. Jetzt überprüfen wir seine Alibis zu den Zeitpunkten aller Morde, die in diese Liste gehören. Auf seinem Wagen sind Kratzspuren, und unser Labor wird sicher nachweisen, dass dafür Branagorns Schwert verantwortlich ist. Insofern hat dieser Spinner tatsächlich zur Lösung des Falles beigetragen.«

»Was ist mit Tornhöven?«

»Ist schon wieder auf freiem Fuß.«

»Sven …«

»Nein, jetzt rede ich! Was du getan hast, überschreitet bei Weitem deine Kompetenzen. Du sollst uns psychologisch beraten und bei Befragungen helfen. Du sollst uns dabei assistieren, die Aussagen, die wir gewonnen haben, und die Täterpersönlichkeit einzuschätzen, stattdessen belästigst du irgendwelche Leute, die vermutlich mit dem Fall gar nichts zu tun haben!«

»Die Aufderhaar-Schwestern haben etwas damit zu tun. Melanie Aufderhaar ist auf dem Facebook-Bild zu sehen – unter der Schnabelmaske!«

»Wer sagt das? Branagorn?«

»Das vermuten doch sogar die Kommentatoren auf der Seite. Die konnten nur Sarah und Melanie nicht unterscheiden – aber Branagorn sieht so etwas mit einem Blick.«

»Jetzt will ich dir mal was über deinen Branagorn sagen, auf dessen Urteils- und Sehvermögen du ja so sehr viel setzt«, erklärte Haller. »Ich habe Wolli darum gebeten, er soll mal nachsehen, ob er da irgendetwas finden kann.«

»Und?«

»Er hat was gefunden. Eigentlich wollte ich es dir erst nachher zeigen.« Haller zog eine Schublade auf, nahm einen Schnellhefter hervor und legte ihn vor Anna auf den Tisch. »Alles Computerausdrucke und Kopien. Du wirst erstaunt sein.«

Anna nahm den Schnellhefter und blätterte darin.

Sie bemerkte ihr eigenes Zögern dabei. Fürchtete sie insgeheim vielleicht die Wahrheit? War sie dem Charme seiner Geschichten und phantastischen Welterklärungen schon so sehr erlegen, dass sie selbst vielleicht auch allzu gern wenigstens den Teil davon glauben wollte, für den es immerhin eine nachvollziehbare und in ihrem Fall auch immer eine naturwissenschaftlich nachvollziehbare Erklärung gab?

»Ich will es mal so zusammenfassen, Anna: Es gab da eine junge drogensüchtige Mutter, die sich in ihrem Rausch die Haare abgeschnitten hat. Eigentlich wollte diese junge Mutter auf eigene Faust einen kalten Entzug machen, aber sie wurde schwach und hat stattdessen ihren Mann mit einem Küchenmesser erstochen, weil der ihr das Geld für den nächsten Schuss nicht geben wollte. Und der kleine Sohn dieser jungen Mutter – Frank Schmitt – saß unter dem Küchentisch und hat das alles mit angesehen.«

»Woher kommen diese Unterlagen?«, fragte Anna. »Warum habe ich davon noch nie etwas gesehen?«

»Das weiß ich nicht. Schlamperei vermutlich.«

Anna schluckte. »Ich weiß nicht, ob …«

»Anna, die Augen der Mörderseele, die Frank Schmitt gesehen hat, sind die Augen seiner Mutter – und die irgendeines Irren, mit dem er zusammen in Lengerich war. Vermutlich wird er diese Augen bis zu seinem Lebensende vor sich sehen. Und sie überall wiederzuerkennen glauben – als ein mystisches Wesen, das man Traumhenker oder Weihnachtsmann oder wie auch immer nennen kann und das von den Seelen anderer Menschen Besitz ergreift und sie böse werden lässt. So, wie es bei seiner Mutter der Fall gewesen sein muss. Es war seine kindliche Erklärung dafür, dass seine Mutter, die er zweifellos geliebt hat, offensichtlich aber für ihn unerklärlich zu einer bösartigen Bestie wurde.«

»Was ist aus der Mutter geworden?«

»In der Haftanstalt verstorben. Drogen bekommt man leider auch da.«

Einige Augenblicke herrschte Schweigen.

Anna lehnte sich zurück und atmete so heftig aus, dass es fast wie ein Seufzen klang.

In diesem Moment flog die Tür zur Seite. Raaben kam herein.

»Timothy Winkelströter ist in Raum drei. Ich dachte …«

»Jetzt nicht«, sagte Haller.

»Doch«, widersprach Anna. »Es geht schon.«

»Nun sag mal ehrlich. So ein schlechter Psychologe bin ich auch nicht, oder?«

»Na ja, es geht, Sven.« Nach einer kurzen Pause fügte sie noch hinzu: »Aber du bist dir schon hundertprozentig sicher, dass dieser Frank Schmitt auch mit meinem Patienten identisch ist?«

Timothy Winkelströter nippte an dem Becher mit schwarzem Kaffee, den man ihm hingestellt hatte, und verzog das Gesicht. »Bah!«, stieß er hervor.

»Die können hier keinen Kaffee kochen«, meinte Anna. »Aber ich bin noch schlechter dran, denn ich trinke nur Tee, und den gibt es hier überhaupt nicht.«

»Nein, am Kaffee liegt es nicht. Wissen Sie, was für psychointensive Stoffe alles in Pilzen vorhanden sind? Da muss man sich mit auskennen, sonst nippelt man ganz schnell ab.«

»Und Sie kennen sich aus?«

»Ja, dachte ich zumindest. Aber die Wirkung ist immer schwer abzuschätzen. Und hinterher hat man noch eine Weile einen stark veränderten Geschmackssinn. Zumindest bei manchen der Originalrezepte, die ich bei den Neuen Templern gelernt habe.«

»Sie haben sich also zugedröhnt.«

»Ja.«

»Gab es einen Grund?«

»Ja, natürlich! Ich hatte ein paar Meinungsverschiedenheiten mit Nadine, und es schien so, als würde sich unsere schöne Zeit irgendwie langsam, aber sicher oder besser gesagt furchtbar schnell dem Ende entgegen neigen, wenn Sie verstehen, was ich meine.«

»Durchaus.«

»Ich konnte ja nicht ahnen, dass die Polizei ein paar Stunden später vor der Tür steht und mich festnehmen will. Da habe ich wohl ein bisschen überreagiert. Das ist auch schon alles. Mit Nadines Tod habe ich nichts zu tun.«

»Die Kripo glaubt etwas anderes.«

»Ja, diese Idioten wollen irgendeinen Sündenbock haben. Hauptsache, jemand wird eingelocht, damit die Bevölkerung beruhigt werden kann. Aber das Morden wird weitergehen. Ich bin nicht der Barbier. Ich schwöre es Ihnen! Ich sage nichts als die Wahrheit, die reine Wahrheit! Allerdings habe ich zurzeit das Gefühl, dass die hier niemand wirklich hören will.«

»Also für mich trifft das auf jeden Fall nicht zu«, sagte Anna. »Ich bin an nichts anderem als an der Wahrheit interessiert. Und vielleicht können Sie ja auch dazu beitragen, dass wir ihr etwas näher kommen.«

»Ist das irgendeine neue Masche? Wollen Sie mich einlullen, damit ich was Unvorsichtiges sage, was dann vor dem Haftrichter so ausgelegt werden kann, dass ich gefährlich bin?«

»Nein, da können Sie völlig unbesorgt sein.«

»Fragen Sie mich, was Sie wollen. Ich werde sowieso später alles abstreiten und behaupten, dass ich misshandelt wurde.«

»Herr Winkelströter …«

»Ist doch wahr! Wenn man etwas anders aussieht als der Durchschnitt, wird man gleich mit irgendwelchen Perversionen in Verbindung gebracht und als potenzieller Mörder betrachtet. Sie haben Glück. Sie laufen adrett frisiert und wie die Spießigkeit persönlich herum, da werden Sie wohl noch nicht mal verhaftet, wenn Sie gerade einen Geldsack aus einer Bank herausschleppen.«

»Herr Winkelströter, wenn Sie erst noch etwas mehr von Ihren Pilzgiften ausschwitzen müssen, bevor Sie sich mit mir unterhalten können, dann akzeptiere ich das. Aber Sie sollten wissen, dass ich keineswegs Ihr Feind bin. Und wenn das, was Sie behaupten, stimmt, wird sich das ja spätestens nach Abschluss der Laboruntersuchungen an Ihren Waffen, Ihrer Kleidung und Ihrem Wagen ja auch erweisen.«

Timothy seufzte. »Ja, entschuldigen Sie«, murmelte er. »Es ist nur so, ich habe Nadine wirklich gemocht.«

»Kennen Sie auch Melanie und Sarah Aufderhaar?«

Timothy Winkelströter blickte überrascht auf.

»Ja, kenne ich.«

»Beide?«

»Beide. Aber Melanie etwas besser.«

»Wieso?«

»Ich weiß nicht, wieso das jetzt wichtig ist.«

»Deshalb ist das wichtig«, sagte Anna und faltete vor ihm einen Ausdruck des Facebook-Fotos auf, das Nadine Schmalstieg hochgeladen hatte.

»Das ist aber lange her«, meinte Timothy. »Da sehe ich ja noch aus wie ein Bubi!«

»Fast alle Frauen, die hier zu sehen sind, wurden Opfer des Barbiers.«

»Ja, und weil ich mit all denen irgendwie mehr oder weniger gut bekannt war, heißt es nun, dass ich sie auf dem Gewissen habe.«

»Erinnern Sie sich noch, wo Melanie auf dem Foto war?«

»Na, da!«, meinte er und zeigte mit dem Finger auf eine der Frauen. Dann korrigierte er sich. »Nein, das ist Sarah. Melanie trug immer gerne diese Pestdoktor-Kostüme. Ich hatte damals mit meinem Internetshop angefangen, und das Ding ist seitdem ein Renner, kann ich Ihnen sagen.« Dann wirkte sein Gesicht auf einmal sehr nachdenklich.

»Sprechen Sie ruhig weiter. Alles, was Ihnen einfällt.«

»Irgendwie ist es nicht verwunderlich, dass Melanie eine Vorliebe für Masken hatte. Auch damals schon …«

»Wie meinen Sie das?«

»Sie wurde bei einem Brand furchtbar entstellt.«

»Sprechen Sie von dem Hausbrand in Borghorst vor fünfzehn Jahren, bei dem Melanies Eltern und ihr Bruder ums Leben kamen?«

»Sie wissen davon?«

»Ja, aber ich wusste nicht, dass Melanie dabei entstellt wurde.« Anna kam wieder in Erinnerung, dass irgendetwas mit Melanies Haaren nicht gestimmt hatte.

»Was hat das denn alles mit diesem Barbier zu tun – und mit Nadines Tod?«, fragte Timothy Winkelströter.

»Und dem von Jennifer Heinze, die Ihnen ja wohl ebenfalls nahestand.«

»Ja«, murmelte er.

»Vertrauen Sie mir einfach. Was hatten Sie mit Melanie Aufderhaar zu tun?«

»Ich würde sagen, ich war ihr erster Freund. Oder besser gesagt: beinahe.«

»Was heißt beinahe, Herr Winkelströter?«

Er wich Annas Blick aus und ließ die Daumen seiner gefalteten Hände umeinander kreisen. »Melanie war ja recht nett und sie hat die Folgen ihrer Brandverletzungen ja auch immer ziemlich geschickt verdeckt. So geschickt, dass ich davon zu Anfang gar nichts bemerkt habe. Verstehen Sie, ich konnte das einfach nicht. Sie hat kein Haar mehr auf dem Kopf und sieht ohne Perücke aus wie Frankenstein. Und dann an der Seite von der Körpermitte bis zum Knie, das ist alles verwachsen und was weiß ich, was da gemacht wurde. Sie hat deswegen auch Schwierigkeiten, wenn sie aufsteht.«

»Sie haben sich also von ihr zurückgezogen.«

»Ja. Kann man so sagen.«

»Und wie hat sie reagiert?«

»Sie wollte das nicht akzeptieren, hat mich lange Zeit mit Telefonterror verfolgt und so … Die Freundinnen, die ich danach hatte – oder auch nur Frauen, von denen Melanie geglaubt hat, dass ich was mit ihnen hätte –, hat sie ebenfalls belästigt. Es hagelte unbegründete anonyme Anzeigen wegen Steuerhinterziehung, Falschparkens, was weiß ich, was sie sich alles ausgedacht hat. Manchmal rief auch einfach nur jemand mitten in der Nacht an und meldete sich nicht. Natürlich mit unterdrückter Rufnummer. Aber das war sie, da bin ich mir sicher.«

»Warum ist nie jemand zur Polizei gegangen?«

»Weil so was immer im Sand verläuft. Außerdem kannten die meisten Melanie. Wir hatten uns alle in der Mittelalter-LARP-Szene kennengelernt, und jeder wusste doch, welches Schicksal sie hinter sich hatte. Und davon abgesehen, war es in vielen Fällen auch nicht zu beweisen. Nadine zum Beispiel glaubte eher, dass nicht Melanie hinter den Anrufen steckte, sondern die Neuen Templer, weil sie kein Mitglied werden wollte.«

»Und? Das kann man ausschließen?«

Er zuckte mit den Schultern. »Seit heute schließe ich gar nichts mehr aus. Denken Sie denn, dass Melanie wirklich …?«

»Ich schließe auch nichts aus«, antwortete Anna. »Warten wir am besten die Ergebnisse der Laboruntersuchungen ab.«

Als Anna ihre Wohnung erreichte, klingelte ihr Handy. Es war Branagorn.

»Teure Cherenwen, ich bin froh, dass Ihr offenbar wohlauf seid.«

»Warum auch nicht, Branagorn?«

»Lasst äußerste Vorsicht walten.«

»Gibt es einen Grund für Ihren Anruf? Ich bin nämlich sehr müde, und vielleicht wäre es besser, wenn wir uns morgen weiter unterhalten.«

»Hat sich Euer Heilerfreund aus Lengerich schon gemeldet?«

»Nein, das hat er nicht. Aber das tut er vielleicht noch.«

Anna dachte an das, was sie heute über Branagorns Vergangenheit erfahren hatte. Eines Tages werden wir uns über seine Mutter unterhalten müssen, dachte sie. Aber nicht jetzt, und schon gar nicht am Telefon, obwohl seine Reaktion darauf sie brennend interessiert hätte. Ein kleines Kind, das einen Mord gesehen hat – und die wahnhafte Grausamkeit und Gier in den Augen seiner Mutter. Wer so etwas erlebt hatte, dem blieb wohl tatsächlich keine andere Wahl, als sich in eine Phantasiewelt zu flüchten und sich eine Herkunft vom edlen Lichtvolk der Elben zu erträumen, dessen Angehörige über allerlei erstaunliche oder magische Fähigkeiten verfügen. Andererseits fragte sich Anna immer noch, wie es sein konnte, dass in den Unterlagen, die ihr bisher vorlagen, weder etwas über Heimaufenthalte noch über dieses zweifellos traumatisierende Kindheitserlebnis verzeichnet war. War am Ende alles nur eine Verwechslung? Ein Fehler? Ein Treppenwitz der Psychiatrieverwaltung? Der Name Frank Schmitt war schließlich so häufig, dass man die Verwechslung mit einem Namensvetter nicht so ohne Weiteres als etwas völlig Unwahrscheinliches ansehen konnte.

Machst du jetzt nicht dasselbe wie er?, ging es Anna dann durch den Kopf. Biegst du dir jetzt nicht auch die Welt so zurecht, wie sie dir in den Kram passt, nur damit zumindest eine vage Chance bestehen bleibt, dass an Branagorns Geschichte doch irgendetwas Wahres sein könnte?

»Branagorn, wir unterhalten uns am besten morgen. Kommen

Sie so gegen zehn in meine Praxis. Dann erzähle ich Ihnen auch, was sich bis dahin Neues ergeben hat. Und wir beide unterhalten uns dann vielleicht auch noch mal etwas ausführlicher.«

»Nein«, widersprach Branagorn. »Ich bin auf dem Weg zu Euch, denn zumindest das, was ich herausgefunden habe, solltet Ihr noch heute wissen.«

»Branagorn, das halte ich für keine gute Idee.«

»Ich werde jetzt das Gespräch beenden, werte Cherenwen, denn die Magie des sprechenden Artefakts gestattet es nicht, sich mit mehreren Stimmen zur selben Zeit zu unterhalten. Und wenn nun Euer Heilerfreund aus Lengerich Euch zu erreichen versucht und seine Magie nicht zu Euch durchzudringen vermag, wäre das sehr bedauerlich.«

»Hören Sie …«

»Bis bald, teuerste Cherenwen. Und gebt unbedingt auf Euch acht!«

Das Gespräch war unterbrochen.

Das hast du dir selbst zuzuschreiben, dachte Anna. Sie war es schließlich gewesen, die es zugelassen hatte, dass die Grenzen überschritten worden waren – und jetzt hatte sie einen Patienten am Hals, der gar nicht daran dachte, diese Grenzen zwischen Patient und Therapeut je wieder einzuhalten. Ein schöner Schlamassel, durchfuhr es sie. Aber so auf die Schnelle war daran leider wohl nichts zu ändern.

Anna zog die Schuhe aus, stellte sie sehr sorgfältig nebeneinander in den Flur, wo ihr Platz war, und streifte die Hausschuhe über. Dann ging sie ins Wohnzimmer und ließ sich in einen der Sessel fallen.

Erneut klingelte ihr Handy.

»Van der Pütten.«

»Hallo, Frau van der Pütten, hier spricht Dr. Lorentz aus Lengerich.«

»Ah ja, schön, dass Sie anrufen.«

Dr. Richard Lorentz kannte Anna schon seit Jahren. Er war ein fähiger Kollege, fünf Jahre älter als sie und hätte sich liebend gern mit ihr geduzt, wenn sie das zugelassen hätte. Aber sie hatte nicht, und bevor sie ihn gefragt hatte, ob er ihr in der Barbier-Angelegenheit an den offiziellen Wegen und Regeln vorbei helfen könn-

hatte sie ihre Sperrigkeit in dieser Hinsicht für kurze Zeit sogar bereut. Aber nur so lange, bis sie feststellte, dass Dr. Lorentz auch ohne Duzerei bereit war, ihr zu helfen.

»Also, Sie suchten doch einen Patienten, der in einem genau umrissenen Zeitpunkt hier in Lengerich war und keine Haare auf dem Kopf hatte.«

»Ja. Es geht darum, dass er gemeinsam mit Frank Schmitt in Ihrer Einrichtung war und beide sich getroffen – oder zumindest gesehen haben könnten.«

»Wir haben da eine gewisse Melanie Aufderhaar. Sie trug eine Perücke und hat sie während ihres Aufenthalts hier in Lengerich angezündet. Woher sie das Feuerzeug hatte, konnte nie ermittelt werden. Nachdem sie dann medikamentös neu eingestellt wurde und eine Gesprächstherapie bekam, scheint es ihr wieder besser gegangen zu sein.«

»Ah, ja ...«

An der Wohnungstür klingelte es.

»Das ist alles, was ich herausbekommen konnte. Wenn Sie noch Fragen dazu haben, rufen Sie mich gerne morgen früh an, da habe ich nur Bereitschaft.«

»Gut.«

Es klingelte ein zweites Mal.

»Ich höre, Sie bekommen gerade Besuch. Da will ich Sie auch nicht länger aufhalten.«

»Auf Wiederhören und vielen Dank.«

Anna beendete das Gespräch und ging zur Tür. Durch den Spion sah sie eine Frau mit Kopftuch. Sicher eine Spendensammlerin für die benachbarte Kulturinitiative.

Anna öffnete – und erkannte im nächsten Moment das Gesicht. Melanie Aufderhaar stand vor ihr. Sie trug das Kopftuch in Kombination mit einem weiten, bis zu den Knöcheln reichenden Sommermantel.

»Guten Abend«, sagte sie. »Sie wollten doch mit mir über Nadine Schmalstieg sprechen, nicht wahr?«

»Richtig«, murmelte Anna tonlos.

»Und wenn mir noch etwas einfiele, sollte ich mich bei Ihnen melden. Dafür gaben Sie mir Ihre Karte.«

»Ja.«

»Ich war vielleicht bei unserem ersten Zusammentreffen nicht so höflich, wie es angemessen gewesen wäre. Das tut mir leid. Aber wissen Sie, es war auch für mich nicht leicht, erfahren zu müssen, dass Nadine tot ist …«

»Wissen Sie, es ist schon spät, und ich bin sehr müde. Ehrlich gesagt würde ich mich lieber morgen mit Ihnen unterhalten. Wir können gerne einen Termin machen oder noch besser, ich fahre bei Ihnen zu Hause vorbei.«

»Nein, wir werden jetzt miteinander reden!«, erklärte Melanie Aufderhaar in einem plötzlich veränderten Tonfall. Sie riss ihre Hand aus der Manteltasche. Darin hatte sie einen Dolch mit Parierstange verborgen. Die Klinge wirbelte in der Höhe von Annas Kehle durch die Luft. Es war eine blitzschnelle Bewegung. Nur weil Anna sie vorausgeahnt hatte, entging sie diesem wuchtig ausgeführten Schnitt.

Sie wich zurück. Melanie Aufderhaar setzte nach, ließ das Messer noch einmal vorschnellen und traf damit Annas Hand. Das Handy entfiel ihr. Blut spritzte aus der Wunde.

»Frau Aufderhaar, was soll das?«

»Sie wissen es! Sie wissen anscheinend alles. Ich kann Sie nicht leben lassen!«

Anna floh ins Wohnzimmer, riss einen der Sessel herum und schob ihn der Angreiferin entgegen. Deren Gesicht hatte sich zu einer Grimasse verzogen.

»Sie haben Timothy erwähnt, als Sie bei mir waren. Wie gut kennen Sie ihn … reden Sie!«

Die letzten Worte glichen einem Schrei. Ihr Gesicht war dunkelrot angelaufen. Sie atmete heftig. Die Ader an ihrem Hals trat hervor und pulsierte.

Dann waren Schritte vom Flur her zu hören.

Branagorn stürmte in das Wohnzimmer, riss dabei sein Schwert hervor. Er rief eine Formel und schwang die Klinge durch die Luft.

Melanie wirbelte herum.

Branagorns Klinge hakte hinter die Parierstange. Der Dolch wurde ihr aus der Hand geschleudert. Branagorn stand mit dem Schwert in beiden Händen vor ihr und richtete die Spitze auf ihren Hals. Dabei murmelte er weiter scheinbar sinnlose Silben vor sich hin wie in einem Singsang.

»Bewegt Euch nicht, Mörderseele! Ich erkenne Eure Augen, Traumhenker, denn ich sah Euch in Lengerich und in so vielen anderen Gesichtern. Jetzt ist der Tag deines Banns gekommen!«

Branagorn holte aus.

»Nein!«, rief Anna. »Wir rufen die Polizei!«

Branagorn hielt inne. Auch sein Gesicht hatte sich zu einer Grimasse verzogen. Sekunden vergingen. »Rührt Euch nicht, wenn Ihr Euren Kopf behalten wollt, Mörderseele«, murmelte er. »Rührt Euch nicht … Wagt es nicht einmal, heftig zu atmen.«

Melanie Aufderhaar sah ihn nur an und wirkte wie erstarrt. Anna ging derweil zum Festnetzanschluss auf der anderen Seite des Wohnzimmers und nahm den Hörer ab. Die Nummer wählte sie wie automatisch. »Haller? Ich meine Sven … Ich bin zu Hause in meiner Wohnung, und hier muss jemand festgenommen werden. Melanie Aufderhaar ist hier und hat versucht, mich umzubringen.«

***

Fast eine Woche war seit der Verhaftung von Melanie Aufderhaar vergangen. Anna saß in Hallers Büro. Der Kriminalhauptkommissar machte einen ziemlich nachdenklichen Eindruck.

Sarah Aufderhaar hatte inzwischen ausführlich ausgesagt. Sie hatte offenbar schon seit Langem geahnt, dass ihre Schwester etwas mit den Morden zu tun hatte.

»Sie muss es gewusst haben, sonst hätte sie ihre Schwester nicht regelrecht verfolgt, wenn es ihr Job zuließ«, meinte Haller.

»Manche Dinge will man einfach nicht wahrhaben«, antwortete Anna. »Dinge, die nicht in das eigene, ganz private Weltbild passen und es zu sprengen drohen.«

»Fang jetzt nicht an, von Magie zu sprechen.«

»Dafür, dass Branagorn zur rechten Zeit zur Stelle war, um Melanie Aufderhaar aufzuhalten, suche ich erst gar keine Erklärung, Sven. Vielleicht war es einfach Zufall, vielleicht auch etwas anderes. Wer weiß … Wenn man anfängt, zwanghaft wirklich alles erklären zu wollen, dann endet man in einer Sackgasse wie Melanie. Warum war sie in dem brennenden Haus und nicht ihre Schwester? Warum konnte Timothy Winkelströter sie einfach nicht lieben? Nicht einmal dann, als doch alle Konkurrentinnen tot waren? Warum musste sie hässlich und verunstaltet sein, während der Rest der Menschheit nur aus Schönheit und Anmut zu bestehen schien?«

»Sie hätte sich auch fragen können, warum sie das unglaubliche Glück hat, noch am Leben zu sein.«

»Ja, es ist alles eine Frage der Perspektive. Und je nachdem, welchen Blickwinkel wir einnehmen, gestalten sich auch die Fragen, die wir dem Leben stellen. Und je nachdem, wie wir diese Fragen beantworten, formen sich unsere Einstellungen und Ansichten.«

»Du hattest auf jeden Fall einfach Glück.«

»Ja, so versuche ich das auch zu sehen ... Sven.«

Haller grinste. »Du hast immer noch Schwierigkeiten damit, nicht wahr?«

»Womit?«

»Mich beim Vornamen zu nennen.«

»Wie gesagt, jeder von uns hat Gründe dafür, weshalb sich seine Ansichten so und nicht anders gebildet haben.«

»Sicher ... Inzwischen liegen übrigens die Testergebnisse vor. Melanie Aufderhaar hat die Haare ihrer Opfer tatsächlich bei ihren Puppen verarbeitet. In dem Abstellraum gegenüber der Wohnung von Herrn Gross fanden sich noch einige Haarvorräte. Im Labor konnte man sie den bisherigen Opfern des Barbiers inzwischen zuordnen. Und ihr Wagen – ein Kombi mit Kuhfänger, so ähnlich, wie man ihn auch bei Timothy Winkelströters Wagen findet – trägt eindeutig Spuren von Branagorns Schwert.«

»Das finde ich gut.«

»Was?«

»Dass du ihn Branagorn nennst. Bei seinem richtigen Namen.«

Haller lächelte matt. »Der Wahnsinn scheint langsam schon auf mich überzuspringen.«

»Sven, das glaube ich nicht.«

»Ach nein?«

»Ich soll dich übrigens fragen, wann Ihr gedenkt, verschiedene Schwerter an ihren Eigentümer zurückzugeben, werter Hüter der Ordnung. Ich glaube, ich habe jetzt wörtlich seine Ausdrucksweise zitiert.«

»Der Fortschritt in der Beweissicherung wird es sicher bald zulassen«, sagte Haller. »Die Zurverfügungstellung eines Ersatzschwertes sieht unsere Rechtsordnung allerdings leider nicht vor – auch wenn das Branagorn gewiss nicht zufriedenstellen wird.«

***

»Sie wirken nicht glücklich«, stellte Anna beim nächsten Therapie-Termin mit Branagorn alias Frank Schmitt fest. »Es kann ja ein subjektiver Eindruck meinerseits sein, aber als wir uns über die Verhaftung von Melanie Aufderhaar und alles, was damit zu tun hat, unterhielten, da wirkten Sie so, als wäre es anders verlaufen, als Sie … gehofft hatten.«

»Ich hätte ihr den Kopf abschlagen müssen«, sagte Branagorn.

»Seien Sie froh, dass Sie das nicht getan haben.«

»Der Traumhenker konnte entkommen. Er entfuhr der Mörderseele. Ich sah es an den Augen. Euer Ruf war es, der mich dazu veranlasste zu zögern – und dieses Zögern war es, was dem Traumhenker die Flucht gestattete. Melanie Aufderhaar ist nur eine arme Mörderseele, die niemandem mehr etwas tun kann. Jetzt nicht mehr. Aber der Traumhenker ist frei. Er wird sich eine neue Seele suchen, und sein Hass wird aus einem anderen Augenpaar herausleuchten …« Branagorn ballte seine dürren Hände zu Fäusten. »Aber ich werde diese Augen erkennen. Wo auch immer sie mir begegnen. Das Böse kann sich vor mir nicht verbergen. Niemals!«

Einige Augenblicke schwiegen sie beide.

Anna überlegte, ob sie es wagen sollte, ihm die Frage zu stellen, die sie nun schon seit geraumer Zeit vor sich herschob.

Heute werde ich etwas riskieren, dachte sie.

»Branagorn, wären Sie heute bereit, über Ihre Mutter zu sprechen?«

»Meine Mutter?« Er wirkte überrascht. »Ich hatte schon befürchtet, Ihr wolltet über Unangenehmes mit mir reden.«

»Der Gedanke an Ihre Mutter ist nicht unangenehm?«

»Nein.« Er schüttelte den Kopf und lächelte.

»Was ist Ihre früheste Erinnerung an sie?«

»Meine Mutter steht am Bug eines prächtigen Schiffes, das zusammen mit der großen Flotte der Elben durch das zeitlose Nebelmeer gleitet, um die Gestade der Erfüllten Hoffnung zu finden – und ich bin auf ihrem Arm. Sie deutet in die Ferne und sagt: Sieh nur – da irgendwo ist unser fernes Ziel. Und dabei sehe ich zuerst in den trostlosen Nebel und danach in ihre golden schimmernden Augen, in denen so viel Hoffnung leuchtet, dass ich mir von nun an sicher bin, die ferne Küste irgendwann zu erreichen …« Er brach ab, und ein verhaltenes Lächeln umspielte seine Lippen. Dann sah er Anna van der Pütten an und fragte: »Habt Ihr etwas anderes erwartet?«

»Nein«, antwortete sie leise. »Eigentlich nicht. Fahren Sie ruhig fort …«